BLUTLAUENEN

Christof Gasser, geboren 1960 in Zuchwil bei Solothurn, war lange in führender Funktion in der Uhrenindustrie tätig und leitete zwölf Jahre einen Produktionsbetrieb in Südostasien. Seit 2016 arbeitet er als freischaffender Autor. Seine bereits veröffentlichten Romane mit dem Solothurner Ermittler Dominik Dornach und der Staatsanwältin Angela Casagrande figurierten monatelang ganz vorne auf den schweizerischen Bestsellerlisten. Eine deutsche Filmproduktion hat 2018 eine Option auf die Filmrechte für sein Buch »Schwarzbubenland« mit der Journalistin Cora Johannis erworben.

Dieses Buch ist ein Roman. Handlungen und Personen sind frei erfunden. Ähnlichkeiten mit lebenden oder toten Personen sind nicht gewollt und rein zufällig.
Im Anhang findet sich ein Glossar.

CHRISTOF GASSER

BLUTLAUENEN

Kriminalroman

emons:

Bibliografische Information der Deutschen Nationalbibliothek
Die Deutsche Nationalbibliothek verzeichnet diese Publikation in der Deutschen Nationalbibliografie; detaillierte bibliografische Daten sind im Internet über http://dnb.d-nb.de abrufbar.

FSC
www.fsc.org
MIX
Papier aus verantwortungsvollen Quellen
FSC® C083411

Umschlagmotiv: jba/photocase.de
Umschlaggestaltung: Nina Schäfer, nach einem Konzept von Leonardo Magrelli und Nina Schäfer
Umsetzung: Tobias Doetsch
Gestaltung Innenteil: César Satz & Grafik GmbH, Köln
Lektorat: Irène Kost, Biel/Bienne (CH)
Druck und Bindung: CPI – Clausen & Bosse, Leck
Printed in Germany 2019
ISBN 978-3-7408-0508-1
Originalausgabe

Dieser Roman wurde vermittelt durch die Agentur Editio Dialog, Dr. Michael Wenzel (www.editio-dialog.com).

Old sins cast long shadows.
Alle Verfehlungen werfen lange Schatten.
Dame Agatha Christie (1890–1976)

Prolog

Die Vibramsohlen der Bergschuhe schlitterten über den glatten Felsen. Sie fanden keinen Griff, der ihr zeitlupengleiches Abgleiten in die Schlucht aufhielt.

Die Schlinge um ihren Hals zog sich stetig zu. Wie durch Watte drang das unaufhörliche Grollen des Wasserfalles zu ihr. Es vermischte sich mit dem Rauschen des Blutes in ihren Ohren.

Sie lag mit dem Rücken zur Wand. Mehrmals versuchte sie, sich umzudrehen und einen Felsvorsprung oder ein Stück Wurzelwerk im Steilhang zu finden, an dem sie sich festhalten konnte.

Obwohl die Sonne hoch am Himmel stand, wurde es schwärzer und enger um sie. Am Rand ihres Gesichtsfeldes zuckten sternförmige Blitze. Die Gesichter ihrer Kinder schwebten an ihrem geistigen Auge vorbei. Sie hätte der Tochter noch so viel sagen wollen: wie sehr sie sie liebte und wie stolz sie auf sie war.

Der Mann, von dem sie nicht wusste, wie sie ihn lieben sollte, lächelte ihr vor ihrem geistigen Auge zu. Sie hatte ihm ihre Gefühle nie offenbart. Das Bedauern darüber kam zu spät.

War es das gewesen? Hatte es einen Zweck, gegen das Schicksal anzukämpfen? Loslassen war der Preis, den sie bezahlen musste, damit die Last ihrer Mitschuld an dieser Katastrophe von ihren Schultern fiel.

Ihr ganzes Leben bis zu den Ereignissen der letzten Tage zog in Bildern an ihr vorbei und hinaus ins Nichts.

EINS

»Mila, bist du so weit? Wir müssen uns beeilen, wenn …« Cora blieb im Türrahmen stehen. Milas vorwurfsvolle Miene sagte alles: Ihre Mutter hatte sich wieder mal nicht an die strikte Regel gehalten, anzuklopfen. Cora lenkte ab, indem sie auf das Kopfkissen zeigte, unter das Mila ein Foto geschoben hatte, als Cora eintrat. »Was ist das?«

»Was ist was? Du hast nicht angeklopft.«

»Tut mir leid, kommt nicht mehr vor. Was ist auf dem Bild unter deinem Kissen?«

»Welches Bild?«

»Trage ich einen Blindenstock? Das war ein Foto. Zeigst du's mir?«

Mit strengem Blick verschränkte Mila die Arme. »Sobald du noch mal rausgegangen bist und angeklopft hast.«

»Im Ernst? Wir haben keine Zeit für so was. Der Zug zum Flughafen wartet nicht.«

»Abmachung ist Abmachung. Du sagst selber, Anstand kennt keine Zeit.«

Hauskater Van Helsing hatte einen Satz von Milas Bett auf den Boden gemacht, als Cora eingetreten war, und setzte sich demonstrativ vor sie. Beide starrten Cora auffordernd an. Sobald Mila eingezogen war, hatten sich die beiden auf Anhieb gegenseitig ins Herz geschlossen und waren eine Art Freundschaftspakt eingegangen. Van Helsing betrachtete Milas Zimmer als ureigenes Territorium, dessen Herrschaft er sich mit Mila teilte. Lediglich in der Frage, welches Mitglied der Familie Johannis ihm sein Futter kredenzen durfte, war er weniger wählerisch.

Cora seufzte ergeben. Mittlerweile wusste sie, wann ihre Tochter sie mit den eigenen Argumenten schlug, wenn sie obendrein von der Katze sekundiert wurde. »Also gut.« Sie ging zur

Tür hinaus und wartete einige Sekunden, bevor sie zweimal klopfte.

»Ja bitte!«, flötete es aus dem Inneren des Zimmers.

Cora verdrehte genervt die Augen und öffnete die Tür. Van Helsing saß wie ein Torwächter auf Milas Bett. Seine grünen Augen fixierten Cora missbilligend. Das reichte: Sie erwiderte den stechenden Blick und klatschte zweimal in die Hände. Van Helsing erkannte, dass die Zeit zum Rückzug gekommen war. Er sprang vom Bett, strich einmal um Coras Beine und machte sich davon.

»Also, was ist jetzt?«, fragte Cora, nachdem sie die Tür hinter sich geschlossen hatte. »Zeigst du es mir?«

Mila zog das Foto unter dem Kissen hervor.

Cora betrachtete es lange. Es war ein Gruppenbild. »Das ist ja uralt, woher hast du das?«

»Gefunden, zwischen den Seiten eines der Bücher, die ich für dich ausmisten sollte.« Mila tippte auf eine Person mit lockigen schwarzen Haaren und engen Shorts. »Das bist du, nicht wahr? Siehst megageil aus. Wenn ich daran denke, was du mir vorpredigst, wenn ich mal kurze Hosen und ein bauchfreies Shirt anziehen will.«

»Moment mal, Fräulein, du bist gerade mal vierzehn.«

»Fünfzehn, in zwei Monaten.«

»Na schön.« Cora tippte mit dem Zeigefinger auf das Foto. »Hierdrauf bin ich achtzehn.«

»So what? Drei Jahre Differenz.«

»Mit dem kleinen, feinen Unterschied, dass ich mit achtzehn volljährig war.« Cora spekulierte, Mila würde das nicht nachprüfen. In der Schweiz galt Volljährigkeit ab achtzehn erst seit 1996. Das Foto war acht Jahre zuvor im August gemacht worden, wie der handschriftliche Vermerk auf der Rückseite klarstellte.

Mila musterte ihre Mutter misstrauisch. Cora atmete innerlich auf, als die Aufmerksamkeit ihrer Tochter von ihrem damaligen Outfit abdriftete. »Wer sind die anderen?«

»Das war die ›Clique‹.«

»Die ›Clique‹?«

»So nannten wir uns. Wir waren sieben Freunde. Wir gingen zusammen in die Bezirksschule und später an die Kanti. In der Freizeit sind wir ständig zusammen abgehängt, wie man heute sagt.«

»Und?«

»Und was?«

»Welcher von den Typen war dein Freund?«

»Wir waren alle Freunde«, sagte Cora mit dem überzeugendsten Unschuldsblick, den sie aufbringen konnte.

Mila grinste. »Ja, sicher. Du weißt genau, was ich meine. Mit welchem von den Jungs hast du …?« Sie tippte mit dem Finger auf den Zweiten von links in der stehenden Reihe. »Der hätte gut zu dir gepasst.«

»René Gamper?« Cora lachte und hoffte, dabei nicht zu erröten. »Du irrst dich, meine Liebe. Das war Ludivines Freund.« Sie zeigte auf die Blondine neben René. »Sie war zwanzig und dachte schon ans Heiraten.«

»Haben sie?«

»Was?«

»Geheiratet?«

Cora schüttelte den Kopf. »Daraus wurde nichts. Ludivine ging kurzerhand in die Staaten. Sie wollte dort studieren. Nicht lange danach hat sich die Clique in alle Winde zerstreut. Seither ist der Kontakt abgebrochen, mindestens soweit es mich betrifft.« Sie gab Mila das Foto zurück.

»Darf ich es behalten?«

Cora zuckte mit den Achseln. »Wenn du willst.« Ihr Blick fiel auf die Auslegeordnung auf dem Fußboden. Mila hatte mehrere Badeanzüge, Jeans, T-Shirts, Unterwäsche, Schuhe, Sonnenbrillen, Toilettenartikel, Girlie-Magazine und Comicbücher in Stapel aufgeteilt. Die Menge an Utensilien übertraf die Kapazität des Rollkoffers bei Weitem, den ihr Cora für die Reise ausgeliehen hatte. »Es geht nur mit, was in den Koffer passt. In einer Stunde müssen wir zum Bahnhof, wenn wir den Zug rechtzeitig erreichen wollen.«

»Ich habe massenhaft Zeit. Wir kommen zwei Stunden vor dem Abflug in Kloten an, dort hänge ich bloß rum.«

»Nur, wenn wir den Zug in Solothurn rechtzeitig erwischen. Außerdem muss ich dich zum vereinbarten Zeitpunkt beim Check-in im Flughafen an deine Begleitperson übergeben.«

»Das ist echt uncool, Cora, ich fliege nicht zum ersten Mal.«

»Allein schon, beeil dich!«

Mila hielt ein knappes Bikinihöschen mit passendem Oberteil in die Höhe. »Was hältst du davon?«

Cora nahm die spärlichen Teile, die sie nie zuvor gesehen hatte, in die Hand. »Fast so viel, wie Stoff dafür verwendet wurde. Du willst nicht allen Ernstes mit diesem Ding in Argentinien herumlaufen? Woher hast du das überhaupt?«

»Hat mir Patty geschenkt.«

Cora musste mit ihrer besten Freundin und Milas Patentante Patrizia Egger ein ernsthaftes Wort reden. Sie wollte sich deshalb nicht mit Mila streiten. Sollte sich Matthias die nächsten zwei Wochen mit der gemeinsamen Tochter herumschlagen, wenn er sie schon eingeladen hatte, ihre Frühlingsferien bei ihm in Argentinien zu verbringen. Cora war nicht ganz wohl dabei. Mila wohnte erst knapp ein Jahr bei ihr, nachdem Matthias mit seiner zweiten Frau Grazyna nach Südamerika gezogen war, wo er für fünf Jahre die Bauleitung einer Windkraftanlage in Patagonien übernommen hatte.

Vorher wohnte Mila bei ihrem Vater und verbrachte alternierende Wochenenden oder Ferienwochen bei ihrer Mutter und ihrem sieben Jahre älteren Halbbruder Julian. Nach Matthias' Übersiedlung nach Südamerika zog Mila zu ihnen nach Nennigkofen. Die ersten Monate des dauerhaften Zusammenlebens waren für Mutter und Tochter schwierig gewesen, bis ein dramatisches Erlebnis die beiden zusammengeschweißt hatte. Cora befürchtete insgeheim, die zwei Wochen bei Milas nach wie vor heiß geliebtem »Daddy« könnten die erreichten Fortschritte zunichtemachen. Sie war ehrlich genug zuzugeben, dass diese Gedanken mehr ihrer Eifersucht entsprangen als echter Sorge um Milas Zuneigung. Matthias war ein verantwortungsvoller Mann und Vater. Er hatte nie versucht, die beiden gegeneinander auszuspielen. Cora hatte Mühe, das anzuerkennen. Matthias' zweite Ehe mit der ehemaligen polnischen Assistentin eines baltischen Kunden hielt seit acht Jahren, und Cora empfand sie heute noch als ihr persönliches Waterloo.

Sie legte den Bikini zurück auf das Bett. »Ich empfehle dir, deinen einteiligen Badeanzug mitzunehmen. In dem spärlichen Ding läufst du dort am Strand nicht lange rum.«

»Und wieso nicht, wenn ich fragen darf?«

»Darfst du. Die Antwort kannst du selber googeln. April und Mai sind die ungünstigsten Monate, um in Playas Doradas Urlaub zu machen. Pack dir auf jeden Fall einen Pullover mit ein, wie den da ...« Cora betrachtete das altrosafarbene Sweatshirt. »Sag mal, das Teil suche ich seit Tagen. Wie kommt das zu dir?«

Wenn sie von Mila Schuldbewusstsein erwartete, lag sie falsch. »Mach jetzt deswegen keinen Aufstand. Du hast gerade gesagt, ich soll mich drüben warm anziehen.«

»Na hör mal«, Cora zeigte auf einen der Wäschestapel, »du hast ja wohl genug Pullover.«

»Alles Kleinmädchenkram. Meinst du, ich gehe in solchen Klamotten aus? Die guten Stücke sind in der Wäsche. Du bist ja so beschäftigt. Du hast nicht mal Zeit, auf den Knopf zu drücken.«

»Wenn ich mein allergnädigstes Fräulein Tochter daran erinnern dürfte, dass ich nebenbei arbeite. Außerdem weißt du so gut wie ich, wie die Maschine funktioniert.«

Mila schnitt eine abschätzige Grimasse. »Arbeiten? Wenn du dich endlich entscheiden könntest, mit deinem Daniel was anzufangen, hättest du's nicht mehr nötig. Der ist schon lange heiß auf dich.«

Cora hielt für einen Moment die Luft an. Zielsicher, wie sie war, hatte Mila ihren wunden Punkt getroffen. »Du hörst mal wieder das Gras wachsen, was? Zwischen Daniel und mir ist nichts, und es wird nie was sein.«

Mila rollte mit den Augen. »Und ich glaube an den Osterhasen.«

Cora sah auf die Uhr. »Ende der Diskussion. In zwanzig Minuten fahren wir zum Bahnhof – mit oder ohne Gepäck.«

»Kann ich deinen Pulli haben oder nicht?«

Cora zuckte mit den Achseln. »Meinetwegen, aber falls du mir den nicht exakt in dem Zustand zurückbringst, wie du ihn mitnimmst, solltest du schon mal einplanen, dein Sackgeld der nächsten Monate beiseitezulegen.«

»Danke, Cora.« Freudig umarmte Mila sie. Körperliche Zärtlichkeitsbezeugungen ihrer Tochter waren für Cora immer noch ungewohnt. Erst seit jener furchtbaren Nacht, als sie beide den Tod vor Augen hatten, ließ Mila diese Nähe zu. Verstohlen wischte sie sich mit einer Hand über die Augen, während sie mit dem Daumen zärtlich Milas Schläfe streichelte. Ein schmaler weißer Striemen in den blonden Strähnen zeigte den Verlauf des Projektils, das Mila fast das Leben gekostet hatte. Die Verletzung hatte die Pigmentierung an dieser Stelle zerstört.

Mila merkte, was in ihrer Mutter vorging. Sie küsste sie auf die Wange. »Keine Angst, Cora, ich komme wieder heim.«

Cora schluckte leer. »Sicher?«

»Versprochen. Glaubst du etwa, ich lasse dich vom Haken, jetzt, wo ich endlich meine Mutter gefunden habe?«

DIE CLIQUE – AUGUST 1988

Richard kämpft verbissen mit dem Stativ, dessen ausziehbare Aluminiumbeine sich nicht fixieren lassen wollen.

»Versuch's mal mit gut zureden, Richi«, ruft Sibylle, die sich neben Magdalena auf den Boden setzt.

Alle lachen. Richard schwitzt. Die Wirkung des Alkohols, welcher, der herrschenden Hitze geschuldet, reichlich fließt, ist spürbar. Die Freunde witzeln und foppen einander, während er sich mit dem störrischen Gestänge abmüht, das er sich mit seinem in den Sommerferien erarbeiteten Geld zusammen mit der neuen Spiegelreflexkamera angeschafft hat.

Sibylle hat von allen am meisten getankt. Magdalena kneift sie in die Seite. »Schalt einen Gang runter und reit nicht ständig auf Richards Ausrüstung herum. Er muss sich halt erst an sie gewöhnen.«

Sibylle wirft ihr einen neckenden Seitenblick zu. »Entschuldige, Mägi, ich wollte deinem Schätzli nicht zu nahe treten.«

»Richard ist nicht mein …« Beleidigt wendet sich Magdalena von Sibylle ab. Sie dreht sich nach den anderen um, die hinter ihr stehen. Matteo schenkt ihr ein aufmunterndes Lächeln. »Lass dir von dem Lästermaul nicht die Sommerlaune verderben.«

René stellt sich neben Matteo hin. Wo der wohl herkommt, fragt sich Richard. Er war plötzlich weg, verschwunden im Wald. Ludivine musste ihn suchen gehen. Anschließend haben sich die beiden gestritten. Anscheinend haben sie sich wieder versöhnt. Ludivine legt ihren Arm um Renés Hals und küsst ihn auf den Nacken.

Mittlerweile ist es Richard gelungen, das widerspenstige Stativ zu zähmen und die Kamera einzustellen. »Sind alle da? – Ludivine, könntest du René für ein paar Minuten loslassen? Der läuft dir nicht davon. Setz dich neben Sibylle auf den Boden.«

»Dann stimmt die Aufstellung nicht mehr. Cora fehlt. Die sollte unten sitzen. Und du musst ebenfalls in die untere Reihe, in die Mitte.«

Wo steckt Cora überhaupt? Ihr Verschwinden ist Richard als Einzigem aufgefallen. Sie hat die Gruppe kurz nach René verlassen und sich in die Büsche geschlagen. Ludivine hat es nicht bemerkt, sonst würde sie weniger glücklich dreinschauen.

»Weiß einer, wo Cora steckt?«, fragt Sibylle.

»Ich gehe sie suchen«, ruft Magdalena.

»Bleib sitzen«, sagt Richard. »Ich gehe.«

»Nicht nötig, bin schon da«, ertönt es hinter ihm. Cora steht neben ihm. Sie zupft an ihren ultrakurzen Shorts und dem über dem Bauchnabel zusammengeknoteten Hemd, dessen oberste Knöpfe offen sind und den Ansatz eines Paares sonnengebräunter Rundungen anpreisen.

»Wo bist du gewesen?«, fragt Richard vorwurfsvoll, ohne sich von den ihm gewährten Einblicken beeindrucken zu lassen. »Du weißt genau, dass wir unser Jahresfoto machen wollen.«

»Spazieren, habe ich ja gesagt«, antwortet Cora schnippisch. »Weiß nicht, was du hast, anscheinend hab ich nichts verpasst.« Sie drückt ihm einen Kuss auf die Wange, bevor sie ihre lockige schwarze Mähne zurechtschüttelt und mit betontem Hüftschwung zu dem ihr zugewiesenen Platz geht.

René stößt einen Pfiff aus, was ihm und Cora einen vorwurfsvollen Blick von Ludivine einträgt. »Setz dich hin, Cora, bevor jemand auf falsche Gedanken kommt.«

»Keine Sorge, Lüdi, René hat nur Augen für dich.«

Bevor sich Cora neben Sibylle auf den Boden setzt, versetzt diese ihr einen Klaps auf den Hintern. »Hast du keine Angst, in dem Aufzug im Wald herumzurennen? Wenn dir ein Perverser über den Weg läuft, bist du für den ein gefundenes Fressen.«

»Oder er für mich.«

Sibylle kichert. »Du bist ein schamloses Miststück, weißt du das?«

»Ich muss sehen, wo ich bleibe.« Cora wirft Richard eine

Kusshand zu. »Mach vorwärts, Richard, Schatz. Ich habe einen Bärenhunger, und das Feuer ist noch nicht einmal an.«

René kickt sie mit dem Fuß von hinten an. Auch das entgeht Ludivine. Die Gruppe ist endlich so aufgestellt, wie Richard sie haben will. »Habt ihr eure Getränke?«

Alle heben ihre Bierflaschen in die Höhe, bis auf Ludivine, die Weißwein aus einem Plastikbecher trinkt, und Cora, die mit leeren Händen dasitzt. »Scheiße, ich habe noch keins.«

»Was wärst du ohne deine Freunde?«, sagt Magdalena lachend. Sie reicht Cora eine volle Bierflasche.

»Na dann.« Richard stellt den Selbstauslöser ein. »So bleiben. Ich zähle bis zehn, und dann rufen alle ›Best Friends forever!‹.«

ZWEI

Der Blick, mit dem Daniel vom Staal sie beobachtete, wie sie von der Toilette kommend den Raum durchquerte, brachte Cora in Verlegenheit.

Sie strich mit beiden Händen ihr Kleid an den Hüften glatt und warf einen prüfenden Blick über ihre Schulter auf ihr einziges Paar hochhackiger Schuhe, die sie speziell für den Abend angezogen hatte. »Was ist? Schleife ich einen Meter Toilettenpapier hinter mir her?«

»Wie kommst du darauf? Du bist wunderschön in diesem Kleid. Du solltest so was öfter tragen.«

Cora hatte mit sich gerungen, das knielange, schulterfreie Cocktailkleid anzuziehen. In ihren üblichen Jeans und einem Baumwollhemd wäre ihr wohler gewesen. Nur wäre sie damit für den Abend im Restaurant »Vue« des Berner Hotels »Bellevue Palace« eindeutig underdressed gewesen. Nach der Rückkehr vom Flughafen, wo sie Mila der Flugbetreuerin übergeben hatte, war sie knapp dran gewesen. Trotzdem hatte sie sich Zeit genommen, sich herauszuputzen. Das Kleid hatte sie vor zwei Jahren auf Pattys hartnäckiges Zureden hin für einen denkwürdigen und sinnlich aufregenden Madeira-Urlaub gekauft. Wenn sie ihrem Spiegelbild Glauben schenken durfte, saß es, ungeachtet der unaufhaltsam näher rückenden Vollendung ihrer fünften Lebensdekade, nach wie vor tadellos. Die Hüftkurven zeigten, obwohl gefühlt breiter geworden, weder Ausbeulungen noch Verflachungen an Stellen, wo solche nicht erwünscht waren. Das Dekolleté, bei dem sie gefürchtet hatte, es würde konsequente textile Unterstützung benötigen, konnte sich zu ihrer Erleichterung notfalls ohne sehen lassen. Trotzdem trug sie den schwarzen Push-up-BH mit Spitzen, zu dessen Kauf sie ihre Tochter gedrängt hatte. Die junge Cora vor dreißig Jahren und die Mila von heute hatten vieles gemeinsam, wenn es darum ging, ihre Reize zur Geltung zu bringen.

Sie ließ sich von vom Staal in den Stuhl helfen. Die anachronistische Geste im Zeitalter der Gleichberechtigung schmeichelte ihr fast gegen ihren Willen. »Komplimente von dir machen mich nervös«, sagte sie. »Was gibt's zum Dessert?«

Das Bedienungspersonal musste über telepathische Fähigkeiten verfügen. Ein paar Sekunden nach dem halblaut ausgesprochenen Satz reichte ihr ein Kellner diskret die Dessertkarte.

Cora sah sich im Raum um. Es war ihr erster Besuch im Restaurant des exklusivsten Stadtberner Hotels. Das »Bellevue« lag auf einer Terrasse hoch über der Aare, die eine große grüne Schlaufe um die Altstadt zog. Unmittelbar daneben überragte das Bundeshaus die alten Häuser und engen Gassen des Marziliquartiers. Von diesem Standort hatten Hotelgäste wie regierende eidgenössische Magistraten die Botschaften und Residenzen der ausländischen Diplomaten im Kirchenfeldquartier jenseits des Flusses im Blick. An klaren Tagen war die Bundesterrasse ein imposanter Aussichtspunkt für Einheimische und Touristen auf die prominentesten Berner Alpengipfel: Eiger, Mönch und Jungfrau.

Bei einer früheren Gelegenheit war Cora aus beruflichen Gründen während eines Empfangs lediglich im Foyer des Hotels gewesen, mit dessen Geschichte sie sich im Vorfeld vertraut gemacht hatte. Das Haus existierte seit 1865 und wurde 1913 nach einer Komplettrenovation neu eröffnet. Seit jeher prägte es die politische Geschichte der Schweiz mit. Im Ersten Weltkrieg wurde das Hotel als Hauptquartier der schweizerischen Armee zweckentfremdet. Noch heute spielt es eine informelle Rolle als Erweiterung des Bundeshauses. Bei Staatsbesuchen nutzen es ausländische Staats- und Regierungschefs als Residenz. Während der Sessionen der eidgenössischen Räte dient es als vorübergehender Wohnsitz für Parlamentarier aus entfernten Landesgegenden. Alle vier Jahre, anfangs Dezember, wenn die Vereinigte Bundesversammlung nach den eidgenössischen Parlamentswahlen den Bundesrat neu bestellt, werden Foyer, Bar und einige Hinterzimmer am Vorabend der Wahl Schauplatz der »Nacht der langen Messer«. Dann wird abgerechnet, und es werden letzte Absprachen getroffen, wer in die Landesregierung portiert und wer daraus verschwinden sollte. Die Abwahl eines Bundesrates durch das Parlament ist das politische Ereignis in der Schweiz, welches einem Staatsstreich am nächsten kommt. Seit der Gründung des Bundesstaates im Jahr 1848 hatte sich eine derartige Ungeheuerlichkeit viermal zugetragen.

Im Zug von Coras Recherchen zu ihrem Lieblingsthema Flüchtlinge und Migration hatte die jüngere Schweizer Geschichte ihr Interesse geweckt. In den wechselvollen Perioden der beiden Weltkriege und während des Kalten Krieges diente das Land als internationale Drehscheibe und Verhandlungsort rivalisierender Mächte. Das Schicksal Hunderttausender, wenn nicht von Millionen Menschen war in diesen ehrwürdigen holzgetäfelten Räumen bei Kaffee, Cognac und Zigarren mit gedämpfter Stimme besiegelt worden. Nicht immer hatten alle einen Vorteil daraus gezogen, am wenigsten die Betroffenen selbst. Die Schweiz wusste ihre Politik der Guten Dienste im Umgang mit Monarchen, Diktatoren, Revolutionären, Nazis oder Kommunisten für sich zu nutzen. Sie hatte das Land nie ärmer gemacht, im Gegenteil.

Cora wurde in diesem Land geboren und besaß seit ihrer Jugend den roten Pass. Trotzdem wurde sie teilweise noch heute als »Papierlischwizerin« angesehen, nur auf dem Papier eine Schweizerin. Sie gehörte nicht zu den Ursprünglichen, die sich Eidgenossinnen nennen durften, weil ihre Stammbäume seit Generationen in schweizerischem Boden und schweizerischer Kultur verwurzelt waren. Möglicherweise hatte sie sich deshalb nie berufen gefühlt, in ihren Reportagen explizit zur Rolle ihrer Wahlheimat in internationalen Konflikten Stellung zu beziehen und zu be- oder zu verurteilen. In den sechziger Jahren mussten ihre Eltern aus Rumänien flüchten, das damals von Nicolae

Ceaușescu mit harter Hand regiert wurde. Die Schweiz hatte sie ohne Wenn und Aber aufgenommen. Cora verdankte dem Land ihren Beruf, den sie liebte, und dass ihre Kinder in Sicherheit mit intakten Zukunftsaussichten aufwachsen konnten.

Aus diesem Grund hatte sie ihrem Freund, Chefredaktor Wagner vom »Solothurner Tagblatt«, bisher nicht zugesagt. Er wollte sie für eine Reportage über die Goldgeschäfte der Schweiz im Zweiten Weltkrieg gewinnen. Die zweifelhaften Deals, welche die damalige Regierung mit den Nazis gemacht hatte, um das Land vor einer Invasion zu bewahren, interessierten sie nicht. Ein großer Teil des Goldes, das vielleicht noch heute in den Kellern der Nationalbank oder anderswo im Land lagerte, hatte ursprünglich vor allem jüdischen Familien gehört. Zu Millionen wurden sie von den Nazis zuerst aus ihrer Heimat vertrieben und schließlich exekutiert oder in den Vernichtungslagern von Auschwitz, Treblinka oder Majdanek ermordet.

Die Schweiz hatte mit dem Vermögen der Opfer des Naziterrors ihren Schnitt gemacht, bis ein eifriger amerikanischer Staatsanwalt in den neunziger Jahren den Finanzgnomen in der Zürcher Bahnhofstraße und der Genfer Rue du Rhône sowie ihrem Bankgeheimnis zum ersten Mal den Garaus machte.

Der Wink mit dem Flüchtlingszaunpfahl vermochte Cora dennoch nicht zu motivieren. Allerdings konnte sie es sich nicht versagen, vom Staal darauf anzusprechen, sobald das Dessert serviert worden war.

»Was weißt du über Raubgold?«, fragte sie, bevor sie einen Löffel mit kandierter Citron de Menton in Sabayon in den Mund schob.

»Wie bitte?« Vom Staal sah von seinem Nachtisch, einer Selektion erlesener Käse mit Feigensenf und Früchtebrot, auf.

»Was weißt du über das Gold, das die Nazis im Zweiten Weltkrieg in der Schweiz bunkerten?«

»Warum interessiert dich das?«

Cora erzählte es ihm.

»Wozu will Wagner diese alten Gamellen aufwärmen?«, fragte vom Staal. »Die Geschichte ist seit Ende der neunziger Jahre aufgearbeitet und trägt mittlerweile einen langen weißen Bart. Damit lockst du nicht mal mehr einen greisen Nazijäger hinter dem Ofen hervor.«

»Etwas muss dran sein, wenn er eine Reportage für sein ›WP&G‹-Magazin machen will – mehrere Seiten mit Fotostrecke.« Cora schrieb freischaffend für »Wirtschaft, Politik und Gesellschaft«. Sie galt gewissermaßen als Hausjournalistin der Publikation. Nachdem vom Staal ihre Nachforschungen zum Verschwinden seiner Frau äußerst großzügig honoriert hatte, konnte sie sich ihre Jobs mehr oder weniger aussuchen.

Vom Staal legte Messer und Gabel zur Seite und trank einen Schluck des Rotweins, bei dem er seit dem Hauptgang geblieben war. Cora hatte sich vom Kellner zu einem Glas Champagner verleiten lassen und verzichtete dafür auf den Kaffee nach dem Dessert.

»Die Schweiz war in beiden Weltkriegen neutral.«

»Das waren die Belgier und Holländer auch, geholfen hat es ihnen nicht.« Coras Ton wurde eindringlicher. Sie hasste Ausflüchte.

Vom Staal ließ die Bemerkung stehen. »Stimmt, wir hatten das Glück, für Hitler als Produktions- und Finanzierungsbasis für seine Feldzüge zu wertvoll zu sein, als dass er das Land als Durchmarschroute für seine Armeen missbrauchen wollte. Vermutlich war es für ihn eine Frage der Zeit, bis er uns ›heim ins Reich‹ holen konnte. Zumindest herrschte diese Idee in den ersten Kriegsjahren vor.«

»Im Gegenzug wurde hier das Gold gehortet, das er sich in den eroberten Gebieten zusammengestohlen hatte.«

»Als neutrales Land hat die Schweiz mit allen Staaten regen Handel betrieben. Deutschland war im Krieg unser wichtigster Handelspartner und ist es noch heute. Die Goldtransfers der Reichsbank an die Nationalbank sollten einerseits die Guthaben der Schweiz in Deutschland decken, andererseits dienten sie zur Währungssicherung, damit die Inflation niedrig gehalten werden konnte.«

»Das allein kann es nicht gewesen sein«, sagte Cora. »Mir ist nicht bewusst, dass Hitler sich je um Verpflichtungen scherte.«

»Da liegst du richtig. Die Nazis deckten sich unter Umgehung der Wirtschaftssanktionen der Alliierten und über Schweizer Mittelsmänner weltweit mit kriegswichtigen Gütern ein. Zudem lieferten wir ihnen wichtige Rüstungsgüter, die sie mit Rohstoffen, vor allem mit Kohle und mit Erdöl aus dem Heimatland deiner Eltern, bezahlten. Das wurde von den Alliierten moniert, die gegen Ende des Krieges deswegen den Bundesrat massiv unter Druck setzten.«

»Die Schweizer Exportwirtschaft und der Finanzplatz waren demnach die großen Profiteure des Krieges?«

»Wenn du so willst. Die Nationalbank war jedoch nicht nur das Golddepot der Deutschen. Die Goldtransaktionen der Alliierten mit der Schweiz waren insgesamt umfangreicher als diejenigen mit der Reichsbank. Praktisch jede europäische Zentralbank hinterlegte ihren Goldvorrat im Keller der Nationalbank drüben unter dem Bundesplatz.«

»Wie? Hatten die ihre Kellerabteile wie in Mietshäusern – jedem Mieter sein eigener Verschlag?«

»So in etwa darfst du dir das vorstellen, einfach besser gesichert.«

»Und das Gold der, sagen wir, der Franzosen oder Engländer, lag einträchtig neben demjenigen der Nazis?«

»Korrekt, bewacht von den Schweizern, koordiniert und kontrolliert von der BIZ.«

»BIZ?«

»Die Bank für Internationalen Zahlungsausgleich. Sie wurde 1930 als Bank der Zentralbanken mit dem Ziel gegründet, die deutschen Reparationszahlungen aus dem Ersten Weltkrieg abzuwickeln. Sie existiert in ihrer Koordinations- und Regulierungsfunktion bis heute an ihrem ursprünglichen Sitz in Basel. Zwischen 1939 und 1945 überwachte sie die Goldtransaktionen. Sie verfügt über einen exterritorialen Status, das heißt, die Schweizer Behörden haben nur beschränkt Zugriff.«

»Wie die UNO«, sagte Cora.

»Genau. Während des Krieges arbeiteten Menschen aus aller Herren Länder in Basel.«

»Wie? Auch Deutsche?«

»Viele Deutsche arbeiteten dort, aber auch Amerikaner, Franzosen, Engländer, Skandinavier und natürlich Schweizer.«

»Die saßen und arbeiteten dort friedlich zusammen, während sich ihre Landsleute auf den Schlachtfeldern gegenseitig die Köpfe einschlugen?«

»Geld hat seine eigenen Regeln, im Frieden wie im Krieg. Das gilt ebenso für Gold.« Vom Staal nickte einem Kellner zu, um einen Espresso zu bestellen. »Selbstverständlich kannst du davon ausgehen, dass in Basel auch andere Dinge vor sich gingen. Wie die übrige Schweiz war die Stadt ein Tummelplatz der Spione aller Mächte. Der BIZ-Anwalt Allen W. Dulles beispielsweise war gleichzeitig Gesandter für die Schweiz im amerikanischen Geheimdienst OSS, dem ›Office of Strategic Services‹, der Vorgängerorganisation der heutigen CIA. Sicher wurde unter anderem auch mit Gold gemauschelt. Ich bin nicht der Spezialist dafür, aber ich kann mich schlaumachen, wenn du willst.«

Cora schüttelte den Kopf. »Sollte ich was brauchen, bin ich froh, wenn ich auf dein Wissen zurückgreifen darf.« Sie leerte ihr Glas.

»Lust auf einen Schlummertrunk?«, fragte er. In seinen Augen erkannte Cora ein hoffnungsvolles Leuchten.

»Musst du nicht fahren?«

Sie hatten sich in Bern getroffen, weil er von einer Besprechung in Lausanne gekommen war. Am nächsten Morgen musste er wieder dort sein. Trotz seiner Proteste und des Angebotes, sie abholen zu lassen, hatte Cora es vorgezogen, mit der Bahn von Solothurn anzureisen.

»Ich habe eine Limousine mit Fahrer gechartert«, antwortete vom Staal.

»Hast du was gegen die Bahn?«

»Ich nichts, aber sie gegen mich. Wenn ich mich in letzter Zeit entscheide, den Zug zu nehmen, hat er einen Ausfall. Angesichts unserer heutigen Verabredung wollte ich dieses Risiko nicht eingehen. Mittlerweile sind die Staus auf den Autobahnen in ihrer Permanenz berechenbarer als unsere Bundesbahn. Wie steht's? Schlummertrunk, ja oder nein?« Er zögerte einen Moment, bevor er weitersprach: »Wenn du möchtest … ich habe vorsorglich für heute Nacht ein Zimmer reserviert.«

Sie sah ihn verdattert an. »Hier?«

»Es ist eine Suite – mit zwei Schlafzimmern –, Frühstück inbegriffen.«

Cora gab sich Mühe, sich ihre Erregung nicht anmerken zu lassen. Der Blick seiner klaren blauen Augen war so eindringlich wie einladend. Vom Staal, der Alkohol oder beides gleichzeitig verdrehte ihr den Kopf. Andererseits verspürte sie keine Lust, einsam zu Hause zu hocken. Außer einem mürrischen Kater, der seiner verreisten jungen Herrin nachtrauerte, wartete dort niemand auf sie. Für Van Helsing war Cora lediglich eine zweibeinige Bedienstete, zuständig für regelmäßige Futterabgabe und gelegentliche Verabreichungen von Streicheleinheiten. Julian war auf einer Studienreise in Italien. Niemand würde sie vermissen, wenn sie es sich für eine Nacht im Fünf-Sterne-Hotel gut gehen ließ.

***

Die ersten Strahlen der Frühlingssonne vermochten die Terrasse des »Bellevue« noch nicht zu erwärmen, obwohl die Wettervorhersage einen warmen Tag prophezeite. Cora schlang den Pashminaschal enger um die Schultern, während sie an ihrem Cappuccino nippte und an die letzte Nacht und den Morgen dachte.

Vom Staal hatte sie überrascht. Da sie nicht damit gerechnet hatte, in Bern zu übernachten, hatte sie außer dem Cocktailkleid und einem leichten Frühlingsmantel keine Wechselkleidung dabei. Ausgelegt auf dem Bett in ihrem Schlafzimmer der Suite hatte sie gefunden, was sie für den nächsten Tag brauchte: ein Paar Designer-Jeans, eine Seidenbluse, einen Kaschmirpullover und den Pashminaschal. Vom Staal hatte den Hotelconcierge mit Instruktionen versorgt, die Sachen zu besorgen, während sie beim Essen waren. Woher er ihre Größe wusste, war Cora ein Rätsel. Jedenfalls passte alles perfekt.

Sie hatte die Kleider erst nicht annehmen wollen und bestand zumindest darauf, sie zu bezahlen. Vom Staal hatte seinen ganzen Charme und sein Durchsetzungsvermögen aufbringen müssen, sie davon abzubringen. »Du lässt mir keine andere Möglichkeit, dir meine Zuneigung zu zeigen. Tu mir den Gefallen und akzeptiere wenigstens das.«

»Ich komme mir vor wie die blutjunge Geliebte eines Sugardaddys, wenn du so was tust. Das ist meinem Selbstbewusstsein wenig zuträglich.«

Vom Staal hatte gelacht. »Über dieses Stadium dürften wir beide hinaus sein. Außerdem habe ich bis jetzt nichts erlebt, was dein Selbstbewusstsein erschüttern konnte. Daran werden die Jeans und ein Kaschmirpullover nichts ändern. Ist ja mein Fehler, ich hätte dich wegen der Übernachtung vorwarnen sollen.«

»Wenn ich nicht hier schlafen würde, hättest du es umsonst gekauft.«

»Für mich ist bei dir nie etwas umsonst, Cora.« Er hatte sie freundschaftlich geküsst, bevor er in seinem Zimmer verschwunden war. Damit hatte er ihr erspart, sich zu überschwänglichen Dankesbezeugungen verpflichtet zu fühlen.

Das Frühstück war kurz ausgefallen, da vom Staal fahren musste, bevor sie aufwachte. Er hatte die Suite mit spätem Check-out gebucht und bereits bezahlt. Sie stand Cora bis achtzehn Uhr zur Verfügung.

Nach einem Besuch in der hoteleigenen Sauna im Wellnessbereich hatte sie sich mit zwei Tageszeitungen und einem

Cappuccino auf die Terrasse gesetzt. Sie konnte sich nicht entschließen, ob sie später durch die Lauben der Berner Altstadt schlendern oder bereits am frühen Nachmittag den erstbesten Zug zurück nach Solothurn nehmen wollte. Ihr graute vor dem leeren Haus in Nennigkofen.

Sie werweißte, einen zweiten Cappuccino zu bestellen, als sie eine Stimme von hinten ansprach: »Cora? Cora Johannis?«

Irritiert drehte sie sich in ihrem Stuhl um und musterte die groß gewachsene blonde Frau, die wenig älter als sie sein mochte. Ein dezentes Make-up betonte einen blassen Teint und zart gemeißelte hohe Wangenknochen unter einem Paar graublauer Augen. Vereinzelte silbrige Strähnen durchzogen ihr aschblondes Haar. Die Frau rückte ein teures Versace-Seidenfoulard zurecht, das sie um ihren Hals geschlungen hatte.

Eine diffuse Erinnerung kroch aus Coras Unterbewusstsein hervor und verfestigte sich zu einem klaren Bild, bis ihr Gedächtnis den passenden Namen zum Gesicht hervorgegraben hatte. »Ludivine? Sie sind … du bist Ludivine Spiegelberg. Das gibt's nicht!« Sie stand auf, um die Frau zu umarmen.

»Ich heiße jetzt Giroud«, sagte diese, nachdem sie sich voneinander gelöst hatten. »Außerdem nanntest du mich immer nur ›Lüdi‹, erinnerst du dich nicht mehr?«

»Ludivine hatte damals einen unmöglichen Klang für uns.«

»Das habt ihr immer dann betont, wenn ihr mich ärgern wolltet.«

Beide lachten herzlich. Cora bot ihr an, sich an ihren Tisch zu setzen. Ludivine schlug vor, das Wiedersehen mit einem Glas Prosecco zu feiern.

»Was machst du so?«, fragte Cora.

»Ich pendle zwischen der Schweiz und Südafrika hin und her. Meine Mutter wohnt in der Nähe von Kapstadt. Erinnerst du dich an sie?«

»Ich bin ihr nicht oft begegnet, aber wie könnte man Césarine Spiegelberg vergessen?«, erwiderte Cora. »Die wenigen Gelegenheiten, bei denen ich auf sie traf, beeindruckte sie mich mit ihrer selten starken Persönlichkeit. Wenn ich mich nicht täusche, bist du ihr wie aus dem Gesicht geschnitten.«

»Das sagen viele, ja. Ihre Haare waren dunkler als meine. Inzwischen sind sie weiß geworden. Sie feiert dieses Jahr ihren Achtzigsten.«

»Sie lebte damals allein mit dir in Solothurn, nicht wahr?«

»Ja, es hielt sie nichts mehr auf der Alp, nachdem Vater …« Ludivine räusperte sich. »Als der Berg ihn behielt.«

Cora erinnerte sich. Die sterblichen Überreste von Leopold Spiegelberg wurden Jahre nach seinem Verschwinden im Wildhorngebiet geborgen. Es passierte in den späten sechziger Jahren, bevor Cora geboren war. Césarine Spiegelberg, eine geborene Rettenmund, war daraufhin mit ihrer knapp einjährigen Tochter Ludivine in ihre Heimatstadt Solothurn zurückgekehrt.

»Du hast deinen Vater nie gekannt?«

Ludivine verneinte. »Er war dreiundzwanzig Jahre älter als meine Mutter. Im Nachhinein habe ich nie verstanden, warum sie einen so viel älteren Mann geheiratet hatte.«

»Möglicherweise hatte er andere Qualitäten.«

»Mag sein, sie hat nie groß über ihn gesprochen.«

»Sie hatte ihn nicht geliebt, meinst du?«

»Ich glaube schon, es war halt eine schwierige Zeit. Kurz bevor Vater verschwand, sind ihre beste Freundin und ihr Baby von deren Ehemann brutal erschlagen worden. Das und Vaters Verschwinden waren die Auslöser, weg von der Tungelalp und zurück nach Solothurn zu gehen.«

»Tungelalp? Steht euer Jagdhaus mit diesem unheimlichen Namen noch dort?«

»›Blutlauenen‹, ja. Es ist im Besitz unserer Familie geblieben.«

Heute wie damals fragte sich Cora, wie man einem Haus einen solchen Namen geben konnte, selbst wenn es ein Jagdhaus war. Ludivine hatte ihr erklärt, dass der Name nicht mit Blut im eigentlichen Sinn zu tun hatte. Das althochdeutsche »bluete« oder »blüete« bezog sich auf etwas, das unter großen

Mühen oder Kosten entstand. Man musste »dafür bluten«. Der Ausdruck gehörte noch heute zur Umgangssprache.

»Mutter will, dass ich ›Blutlauenen‹ verkaufe, sofern sich für den Kasten ein Käufer finden lässt. Sie ist nicht gut zu Fuß und wird Südafrika wohl nicht mehr verlassen.«

»Vielleicht findet sich jemand, der es als Hotel oder Gasthaus führen will«, sagte Cora.

»Das dürfte schwierig werden. Es gibt weder eine vernünftige Straße, noch besteht die Möglichkeit, dort etwas hinzubauen, eine Seilbahn für Touristen oder so was. Abgesehen von einer Materialbahn für die Sennereien dort gibt es nichts. Seit Ende der vierziger Jahre gilt das gesamte Lauenental als Naturschutzgebiet.«

»Was ist mit Touristentransport auf Esel- oder Maultierrücken wie früher? Pionierromantik in den Alpen soll en vogue sein.«

Ludivine nickte anerkennend. »Deine kreativen Ideen sind dir offenbar nicht ausgegangen – wie in alten Zeiten. Über die möglichen Verwendungszwecke des Gemäuers sollen sich potenzielle Käufer den Kopf zerbrechen. Ich bin froh, wenn ich es los bin und …« Nach einer kurzen Pause fuhr sie fort. »Ist schon ein Zufall, dass wir uns ausgerechnet heute begegnen. Ich habe ein paarmal versucht, dich über deine Redaktion ausfindig zu machen. Es ist schwierig, dich zu erreichen.«

»Das war mir nicht bewusst.« Cora war in keinem Telefonbuch gelistet, auch ihre private Mailadresse fand sich in keinem öffentlichen Verzeichnis.

»Ich bekomme demnächst die gefürchtete Fünf auf die zweite Dezimalstelle meiner Altersangabe. Das will gefeiert werden. Diese Begegnung mit dir heute ist wirklich ein verrückter Zufall.«

»Inwiefern?«

»Ich will unsere alte Clique ein letztes Mal zusammenkommen lassen – Erinnerungen an unsere wilden Zeiten, verstehst du?«

Cora war nicht sicher, ob sie nach all den Jahren an alles

erinnert werden wollte, was sie damals erlebt hatten. Ihr Gedächtnis hatte nicht nur rosige Momente gespeichert.

»Ist das nicht Schicksal?«, plauderte Ludivine weiter. »Ich konnte die ganze Clique lokalisieren, bis auf dich. Und siehe da: Wir laufen uns über den Weg. Du musst mitkommen. Morgen Freitag geht es los. Bis Dienstag feiern, spielen und diskutieren wir. Wer will, kann spazieren gehen oder herumhocken. Es wird genug zu essen und zu trinken geben. Ich habe die Vorräte bereits auf die Alp bringen lassen.«

»Dieses Wochenende?«, fragte Cora ungläubig. »Auf welcher Höhe ist das? Liegt da nicht alles noch im Schnee?«

»Das passt schon. Die Meereshöhe von ›Blutlauenen‹ beträgt circa tausendachthundert Meter. Außerdem ist im Winter wenig Schnee gefallen. Und sonst gehen wir Schneeschuhlaufen. Wir könnten einen Ausflug hinüber zur Geltenhütte machen. Der Pfad soll fast schneefrei sein.« Ludivine strahlte sie aufmunternd an. »Was ist? Jetzt, wo ich dich gefunden habe, musst du dabei sein. Schließlich gehörst du inzwischen zur Prominenz. Jeder kennt deine Artikel und Bücher.«

Cora ging das etwas zu schnell. Sie zog Sonne und Strand den Bergen vor, vor allem, wenn letztere mit Schnee und Eis bedeckt waren. »Ich weiß nicht, ich recherchiere gerade für einen Auftrag«, log sie.

»Komm schon, Cora. Du hast es doch nicht nötig, zu arbeiten. Dein letztes Abenteuer im Schwarzbubenland stand in allen nationalen Zeitungen. Sogar der Johannesburger ›Sunday Independent‹ berichtete darüber. Die Verkäufe deiner Bücher haben dir garantiert ein Vermögen an Tantiemen eingebracht.«

Cora äußerte sich nicht dazu. Ihre Lust auf die Einsamkeit ihres Hauses war unter den Nullpunkt gesunken. Warum nicht die Zeit für ein paar Tage gemeinsam mit alten Freunden und Jugenderinnerungen überbrücken? »Wer ist sonst dabei? Kommt die ganze Clique?«

»Alle«, bekräftigte Ludivine. »Magdalena, Sibylle, Richard und Matteo, weißt du noch?«

»Wie könnte ich Matteo vergessen. Der ist mit seinen Bildern inzwischen eine Berühmtheit geworden.« Cora schmunzelte. »Hätte ihm früher keiner zugetraut, wenn er seine Kritzeleien herumzeigte.«

»Ich habe ihm ein wenig unter die Arme gegriffen und seine ersten Bilder in meinen Galerien ausgestellt. Inzwischen hat er sich einen Namen gemacht.«

Cora gönnte es Matteo, dessen künstlerische Ambitionen von allen, einschließlich ihr selbst, belächelt worden waren.

»René kommt ebenfalls«, sagte Ludivine beiläufig. Sie sah Cora erwartungsvoll an.

Coras Herz machte einen Sprung. »René Gamper lädst du ein? Nach all dem, was ihr … was passiert ist?«

Ludivine winkte ab. »Das ist lange her – Jugendsünden. Ich will mit euch meinen Übergang in die bessere Lebenshälfte feiern.«

Sie prosteten sich zu.

»Und dein Mann?«, fragte Cora.

»Welcher Mann?«

»Der dir deinen klingenden Nachnamen verpasst hat.«

»Giroud? Kannst du getrost vergessen. Alte Familie von Privatbankiers in Martigny mit Geld wie Heu. Wir waren fünf Jahre verheiratet. Dann kam ihm in den Sinn, öffentlich zu bekennen, dass er schwul ist. Immerhin hatte er den Anstand, meine Einwilligung in die Scheidung mit einem zweistelligen Millionenbetrag abzugelten. Guter Kerl.« Sie hob ihr Glas und trank einen Schluck. »Wir werden in ›Blutlauenen‹ unter uns sein, Cora. Nur wir sieben, wie früher. – Nein, stimmt nicht ganz. René bringt seinen Sohn Alexander mit. Er will ihn unbedingt dabeihaben. Es würde ihm guttun, die verrückten Freunde seines Vaters kennenzulernen, wie er sagt. Mir soll's recht sein. Alexander ist ein flotter Kerl.«

Sieh an, dachte Cora. Gamper, der auf sämtliche Bibeln geschworen hatte, nie in den Hafen der Ehe einfahren zu wollen, hatte einen Sohn.

»Zwei Bedienstete kommen auch mit«, setzte Ludivine ihre Erläuterungen fort. »Unsere langjährige Haushälterin Chantal sorgt für unser leibliches Wohl. Der alte Fredi Schwizgebel ist zuständig dafür, dass wir nicht frieren müssen. Die beiden arbeiteten schon für meine Eltern. Insgesamt sind wir zehn – mit dir.«

»Und wie kommen wir auf die Alp? Zu Fuß, mit Gepäck und allem?«

»Wo denkst du hin? Ich habe einen Heli bei Air-Glaciers gechartert. Treffpunkt morgen Mittag, ein Uhr, auf dem Flugplatz Saanen zum Apéro. Um zwei heben wir ab. Am Dienstagnachmittag holt er uns wieder ab. Also was ist? Sei bitte keine Spielverderberin.«

Cora musste nicht mehr überzeugt werden. Ludivine fiel ihr um den Hals. Ein Blick auf ihre Armbanduhr ließ sie aufschnellen. »Was, schon so spät? Ich bin im Kornhauskeller mit einem Galeristen verabredet. Wir wollen eine gemeinsame Ausstellung machen. Wir sehen uns morgen in Saanen, ja?«

Sie tauschten Telefonnummern aus. Der Einkaufsbummel unter den Lauben war gestrichen. Cora musste nach Hause, für das Bergwochenende packen. Zuvor hatte sie ein Telefonat zu führen.

***

Cora musste Wagner zugestehen, dass er sich alle Mühe gab, sie umzustimmen. Sie verkniff sich ein Lachen, während sie ihm am Telefon zuhörte.

»Du bist mein bestes Pferd im Stall für diese Reportage, Cora. Das Ding ist heikel. Ich brauche jemanden, der fundiert recherchiert.«

»Und da bin ich die Einzige, die dir in den Sinn kommt? Gibt's da nicht einen anderen ausgezeichneten Investigatoren?«

»Ich weiß nicht, wen du meinst.«

»Heizmann. Letztes Jahr war er gut genug, an meiner Stelle die Flüchtlingsreportage zu machen.«

Wagner schnaubte. »Macht dir die Retourkutsche Freude? Du weißt, es war nicht meine Entscheidung gewesen, Heizmann an deiner Stelle nach Sizilien zu schicken. Es war die Teppichetage in Langenthal, die –«

»Geschenkt, Wagner.« Es ging ihr nicht darum, ihrem alten Freund eins auszuwischen, ebenso wenig den Erbsenzählern am Hauptsitz des Mittelland-Verlages. »Ich brauche mal etwas Abstand. Ludivine Giroud-Spiegelberg, die Galeristin, ist eine alte Freundin von mir. Sie hat mich eingeladen, ein Wochenende mit Freunden zu –«

»Hast du Spiegelberg gesagt?«

»Ja, warum?«

Am anderen Ende herrschte für ein paar Sekunden Stille.

»Wagner, bist du noch dran?«

»Cora«, sagte Wagner gedehnt, »sag mir nicht, du hast vor, auf eigene Faust zu recherchieren?«

»Natürlich nicht. Wie kommst du auf so was?«

»Weil der Name Spiegelberg in den Dokumenten auftaucht, die uns für diese Reportage zugespielt wurden.«

»Echt?«

»Echt. Und gib nicht vor, keine Ahnung davon zu haben. Solche Zufälle gibt's bei dir nicht.«

»Ehrlich, Wagner, woher soll ich wissen, was du über die Spiegelbergs hast, wenn ich diese Unterlagen nie gesehen habe?«

»Leopold Spiegelberg, sagt dir das was?«

»Das ist Ludivines Vater und gerade mal alles, was ich über ihn weiß.«

»Oberst im Generalstab Spiegelberg war in den Fünfzigern Kommandant des Solothurner Infanterieregiments 11. Im Zweiten Weltkrieg diente er als zugeteilter Offizier im Regimentsstab. In dieser Zeit wurde das Regiment innerhalb der dritten Heeresdivision als ›Gruppe Kander‹ für die Verteidigung des Raumes Spiez–Wimmis im Berner Oberland eingesetzt.«

»Wagner«, unterbrach ihn Cora seufzend, »wozu erzählst

du mir das? Militärkram interessiert mich, wenn überhaupt, nur am Rande.«

»Eins noch: Spiegelberg war kein gewöhnlicher Stäbler. Er fungierte als Verbindungsoffizier zum Militärischen Nachrichtendienst und arbeitete direkt mit dessen Chef, Roger Masson, zusammen.«

»Sagt mir nichts, aber ich höre dir trotzdem zu.«

»Oberstbrigadier Masson war ein Vertrauter des Oberbefehlshabers der Armee im Zweiten Weltkrieg, General Henri Guisan. Masson hat, vermutlich mit dessen Wissen, geheime Nachrichtenverbindungen mit Deutschland geknüpft.«

Das war Cora neu, und es tönte unerhört. »Der Schweizer Geheimdienst und die Nazis haben zusammengearbeitet?«

»In gewissen Bereichen. Masson hatte ab 1944 regelmäßige Kontakte mit dem Chef des Sicherheitsdienstes der SS, Standartenführer Walter Schellenberg.«

»Wie ließ sich das mit der schweizerischen Neutralität vereinbaren?«

»Insofern, als der Militärische Nachrichtendienst höchstwahrscheinlich ähnliche Verbindungen mit den Briten und dem amerikanischen Geheimdienst OSS unterhielt. Muss recht spannend zu- und hergegangen sein bei uns in jener Epoche.«

»Warum taten sie das?«

»Reiner Lebenserhaltungstrieb. 1943 landeten die Alliierten in Italien. Damit sah sich das Deutsche Reich einer dritten Front gegenüber. Im selben Jahr musste die bisher unbesiegbare Wehrmacht in Stalingrad ihre erste große Niederlage einstecken. Das Kriegsglück der Nazis begann sich gegen sie zu wenden.«

»Was hatte die Schweiz damit zu tun?«

»Nach den Invasionsängsten von 1940 durchlebte das Land bis 1943 eine relativ friedliche Zeit. Doch dann befürchtete man erneut, Hitler könnte einmarschieren, um General Guisan daran zu hindern, den Alliierten die Grenzen zu öffnen, damit sie Deutschland an seiner ungeschützten Südflanke angreifen konnten. In Geheimdienstkreisen will man damals gewusst haben, dass die Deutschen eine ganze Armee von Skandinavien an einen unbekannten Bestimmungsort verlegten. Es wurde kolportiert, sie sollte in Süddeutschland aufmarschieren, um die Schweiz zu besetzen und den Durchmarsch der Alliierten zu verhindern. Dank der Verbindung Masson-Schellenberg kam es zu Geheimgesprächen zwischen SS-Reichsführer Himmler und General Guisan, bei denen Letzterer garantierte, die Schweizer Armee würde das Land gegen jeden Invasor, ob deutsch oder alliiert, verteidigen. Im Gegenzug sicherte Himmler im Namen seines Führers die Respektierung der schweizerischen Neutralität zu – unter gewissen Bedingungen.«

Cora dachte an das Gespräch mit vom Staal vom Vorabend. »Was waren das für Bedingungen?«

»Lieferung von Spitzentechnologie für deutsche Waffensysteme. Die Schweiz war ein wichtiger Rüstungslieferant der Nazis. Das Geschäft sollte sich in den letzten Kriegsjahren intensivieren.«

»Hatten die Deutschen zu diesem Zeitpunkt den Krieg nicht schon verloren?«

»Das wussten alle – außer die Nazis selbst. Nach Stalingrad rief Propagandaminister Goebbels in seiner Sportpalastrede zum totalen Krieg auf. Wusstest du, dass die deutsche Industrieproduktion der Kriegsjahre erst 1944 ihren höchsten Stand erreichte?«

»Nicht wirklich. Womit haben sie das bezahlt?«

»Womit glaubst du wohl?«

»Mit Gold, nehme ich an.«

»Die Reichsbank verschob enorme Goldmengen in die Schweiz und kaufte dafür im großen Stil Kriegsmaterial, welches unter anderem die Schweizer Rüstungsindustrie mehr oder weniger bereitwillig lieferte. Bis zu einem gewissen Grad war es das zweifelhafte Verdienst unseres Landes, den Schrecken des Krieges bis 1945 verlängert zu haben.«

»Und die Alliierten? Haben die einfach zugeschaut?«

»Wo denkst du hin? Die offizielle Schweiz wurde mehrmals

davor gewarnt, mit den Nazis zusammenzuarbeiten. Der britische Premier Churchill erwog sogar, den deutschen Nachschub zu unterbinden, indem er unsere Eisenbahnlinien durch die Alpen bombardieren wollte, zog es jedoch nicht durch.«

»Dafür haben die Alliierten immer mal wieder Schweizer Städte bombardiert wie Zürich, Schaffhausen und Basel. Das war nicht wirklich ein Versehen, oder?«

»Offiziell schon. Die Engländer und Amerikaner setzten unsere Regierung gegen Ende des Krieges massiv unter Druck, die Lieferungen gegen Gold nach Deutschland einzustellen.«

»Was passierte dann?«

»Der Bundesrat beharrte auf dem Neutralitätsstatus der Schweiz, der es ihr erlaubte, mit jedem Land Handel zu treiben. Die Goldlieferungen wurden fortgesetzt. Ein letzter von der BIZ sanktionierter Transport fand im März 1945 statt. Etwas mehr als drei Tonnen Gold wurden hierherverschoben. Vordergründig dienten sie zur Sicherstellung von Guthaben unserer Nationalbank bei der Reichsbank und zur Abgeltung humanitärer Dienste.«

»Nicht zu fassen, welche Deckmäntelchen Politiker und Funktionäre damals wie heute für ihre schmutzigen Geschäfte finden«, sagte Cora.

»Du sagst es. Aber jetzt kommt der Scoop: Nach dem offiziellen letzten Transport soll es einen weiteren gegeben haben, in den letzten Kriegstagen, Ende April 1945.«

»Was heißt das?«

»Denk nach, Cora. Wer in Deutschland konnte im damaligen Chaos solche Geheimcoups arrangieren? Nach den uns vorliegenden Informationen ging es um über eine Tonne Feingold, umgerechnet zu heutigen Kursen sprechen wir von vierzig bis fünfzig Millionen Franken.«

»Der Krieg war verloren. Die Nazis verließen das sinkende Schiff. Ein paar von denen wollten vorher ihr Schäfchen ins Trockene bringen.«

»Du triffst den Nagel auf den Kopf. Darunter befanden sich

die Gottvaterstellvertreter persönlich, in diesem Fall Himmler und Reichsmarschall Göring zusammen mit einigen ihrer obersten Kumpane.«

Cora musste das kurz sacken lassen. »Darüber wollt ihr einen Artikel bringen? Ist das nicht Schnee von gestern?«

»Da gebe ich dir recht – teilweise. Die Geschichte ist ausgelutscht, bis auf diejenige mit dem Gold, das spurlos verschwunden ist.«

»Wie, verschwunden?«

»Himmlers goldenes Sparschwein hätte zu einem Bunker im Berner Oberland gebracht werden sollen. Es ist nie dort eingetroffen.«

»Eine Tonne Gold verschwindet nicht einfach so.«

»Das macht die Sache ja gerade so spannend. Laut unserer Quelle überquerte der fragliche Transport am 25. April 1945 die österreichisch-schweizerische Grenze bei Au-Lustenau. Es war einer der wenigen Orte, wo die Grenze noch offen war. Die Alliierten waren dabei, den süddeutschen Raum bis zum Bodensee vollständig zu besetzen. Die Spur des Goldes verliert sich im Einsatzraum der ›Gruppe Kander‹. Es gab nichts mehr, kein Gold, kein Transportfahrzeug. Ebenso wenig ist das SS-Begleitpersonal je wiederaufgetaucht.«

»Die haben sich mit der Beute abgesetzt und sich ein schönes Leben gemacht, ist doch sonnenklar.«

»Vermutlich, aber wohin? Sie sind nicht nach Deutschland oder Österreich zurückgekehrt, so viel steht fest. Wenige Tage nachdem der Transport die Grenze im St. Galler Rheintal passiert hatte, besetzten französische Truppen Vorarlberg. Ganz Kontinentaleuropa, mit Ausnahme der Schweiz, befand sich unter alliierter Kontrolle. Damals konnte man nicht mal so hurtig in einen Flieger nach Südamerika oder in die Karibik steigen.«

»Vor allem nicht mit einer Tonne Gold im Handgepäck«, sinnierte Cora.

»Verstehst du, was ich sagen will? Das Zeug ist im Land geblieben und liegt womöglich bis heute irgendwo. Dem wollen wir nachgehen.«

»Weshalb erst jetzt? Die Geschichte ist vor siebzig Jahren passiert.«

»Weil mir erst kürzlich Dokumente mit diesen Informationen zugespielt wurden. Frag mich nicht nach den Quellen. Sie machen jedenfalls den Anschein, echt zu sein.« Wagner machte eine Pause. »Also was ist, bist du interessiert?«

Coras Neugier war geweckt. »Schick mir alles, was du hast. Ich schaue es mir über das Wochenende an und gebe dir Bescheid, sobald ich zurück bin.«

»Ich zähle auf dich, Cora.«

Sie beendete das Gespräch. Falls die kommenden Tage nicht nach ihren Vorstellungen verlaufen sollten, hatte sie zumindest genügend Lesestoff.

LEOPOLD SPIEGELBERG – MÄRZ 1945

Die Szene kommt ihm surreal vor. Die Welt, wie man sie kennt, versinkt im Chaos. Währenddessen gehen die Bewohner Berns außerhalb des für das Treffen von Spezialtruppen gesicherten Hotels ihren abendlichen Geschäftigkeiten nach. Es ist wie ein Affront gegen das zigtausendfache Sterben, das sich jenseits der Landesgrenzen abspielt.

Die Gruppe von vier Männern hat es sich, unbeachtet von den anderen Hotelgästen, in einer Sitzgruppe in einem diskreten Winkel des Hotelfoyers bequem gemacht. Die beiden Deutschen tragen Zivilkleidung. Sie sind über Konstanz angereist. Vermutlich werden sie die Rückreise nicht auf derselben Route absolvieren können. Es ist eine Frage von Wochen eher als Monaten, bis französische und englische Truppen die Bodenseeregion unter ihre Kontrolle bringen werden.

Leopold mustert die SS-Offiziere. In ihren dunklen Anzügen, ohne die schneidige, die arische Herrenrasse definierende Uniform, sehen sie gewöhnlich aus. Er überlegt, ob sich hinter der arroganten Fassade in Wirklichkeit nicht blanke Angst verbirgt. In einem, bestenfalls in zwei Monaten wird das Deutsche Reich aufhören zu existieren, und die Jäger werden zu Gejagten. Während des Essens sprach man eingehend über den Plan. Leopold hat im Grunde nur Verachtung für diese als harmlose Zivilisten getarnten Verbrecher übrig. Aber es liegt nicht an ihm, zu urteilen. Er ist Soldat und hat zu gehorchen. Andere werden die Untaten dieser Scheusale vergelten.

»Mein lieber Oberst«, wendet sich der ältere Deutsche an Leopolds Vorgesetzten. »Wir sind uns einig, wo der Transport ihre Grenze überqueren soll. Ist es unerlässlich, dass Ihr Mann das Fahrzeug begleitet?« Er deutet auf Leopold. »Wir verfügen über bestens ausgebildete Fahrer, welche die Gegend kennen wie ihre Westentasche.«

Leopold verabscheut den Deutschen, der bis vor drei Jahren dem Stab von Reinhard Heydrich angehörte, dem damaligen Chef des Reichssicherheitshauptamts und gefürchteten stellvertretenden Reichsprotektor von Böhmen und Mähren. Bevor Heydrich 1942 in Prag von eingeschleusten tschechischen Partisanen ermordet wurde, war er Architekt eines Konzeptes gewesen, das festlegte, wie mit den Juden in Europa verfahren werden sollte. Leopolds Quellen zufolge war es an einer Konferenz am Wannsee bei Berlin entstanden. Welche Grausamkeiten der Nazis würden eines Tages an die Oberfläche kommen? Er verflucht diese Menschen innerlich. Gibt es etwas, das sie nicht über die Schweiz wissen? Aber es wird ihnen am Ende nichts nützen, Hitler und seinem Tausendjährigen Reich. Die Hölle soll diesen Teufel in Menschengestalt mitsamt seinem Führerhauptquartier verschlingen.

Leopolds Vorgesetzter zieht an seiner Zigarre und betrachtet die Glut, bevor er das Wort ergreift. »Wir befinden uns noch im Krieg, mein lieber Standartenführer. Auch wenn es auf Schweizer Territorium keine Kampfhandlungen gibt, werden immer wieder kurzfristig Gebiete und Straßen gesperrt. Sie wollen nicht riskieren, dass der Transport in eine außerplanmäßige Sperre gerät und kontrolliert wird, außer …«, der Oberst pufft an der Zigarre, »… die Situation würde sich komplett ändern und Ihr … ähm … seit Langem angekündigter Endsieg fände früher als vorgesehen statt.«

Die Miene des Standartenführers entgleist für einen Moment, bevor er laut herauslacht. »Was ich an euch Schweizern liebe, ist euer trockener Humor.« Er wird ernst. »Sie haben natürlich recht, lieber Oberst. Ihr Mann steigt beim Grenzübergang Au ein.«

»Danke, Standartenführer. Major Spiegelberg hat mein vollstes Vertrauen.«

»Darauf stoßen wir an.« Der Standartenführer winkt einem Kellner zu. Sobald die Cognacschwenker nachgefüllt sind, heben sie die Gläser. »Auf den Endsieg!«, sagt der Deutsche. Die Schweizer prosten ihm schweigend zu.

»Übrigens, Herr Major.« Der Standartenführer sieht Leopold an und zeigt auf den Mann, der neben ihm sitzt. Dieser hat bisher kein Wort gesagt. »Sturmbannführer Kessler wird den Transport befehligen. Ich denke, Sie werden Freunde.«

»Danke, Herr Standartenführer.« Leopold hebt sein Glas erneut in Richtung des jüngeren Deutschen, der mit seinen hellen Augen und kurz geschnittenen blonden Haaren aussieht wie ein Bilderbucharier. »Sturmbannführer Kessler.«

»Major Spiegelberg.«

Sie lächeln sich zu.

DREI

Cora war spät dran. Zum Zeitpunkt, als der Helikopter der Air-Glaciers in Richtung Lauenental abhob, hatte sie gerade erst Zweisimmen hinter sich gelassen.

In der Nacht zuvor hatte sie lange mit ihrer Tochter telefoniert und war erst um drei Uhr morgens eingeschlafen. Matthias hatte Mila am Flughafen in Buenos Aires abgeholt. Zusammen waren sie weiter nach Comodoro Rivadavia in der Provinz Chubut geflogen, wo er mit Grazyna wohnte.

Es gab Momente, da war Mila Cora unheimlich. Cosima, Milas Großmutter, stand in dem Ruf, das zweite Gesicht zu haben. Cora hielt wenig davon. Es gab eben Menschen, die feinfühliger waren als andere. Dabei ließ sie es bewenden. Mila war jedoch besonders sensibel. Sie hatte die Gabe, in die Seelen ihrer Mitmenschen hineinzusehen. Nachdem Cora ihr von Ludivine erzählt hatte, war Milas Reaktion zurückhaltend.

»Bist du sicher, es wird dir guttun, wenn du gehst?«

Die Frage hatte Cora verblüfft. Wie konnte Mila wissen, dass sie gezögert hatte, die Einladung anzunehmen? Ihre Tochter kam ihr mit der Antwort zuvor. »Pass auf dich auf, dort oben, Mam. Ich will dich in zwei Wochen lebendig und in einem Stück wiedersehen.« Der letzte Satz hatte Cora lange wach gehalten. Wenn Mila sie als Mutter ansprach, suchte sie ihre körperliche Nähe oder hatte Angst um sie.

Vor ihrer Abreise hatte sie auf einen Kaffee bei Daniel vom Staals Kanzlei im Müllerhof in Solothurn vorbeigeschaut. Er hielt nichts von Wagners Geschichte. »Das sind doch Räuberpistolen. Zahlreiche Legenden ranken sich um verschwundenes Nazigold. Ich glaube nicht, dass an diesem mysteriösen Transport was dran ist.«

Cora fand das zu pauschalisierend. Wenn Wagner eine Geschichte für erwähnenswert hielt, war in der Regel etwas dran.

Der Chefredaktor mochte nach außen den Eindruck eines gemütlichen Tanzbären erwecken. In Wirklichkeit war er ein Schnelldenker und hatte ein Gespür für interessante Storys. Cora hatte seine per E-Mail übermittelten Unterlagen am Morgen ausgedruckt und geordnet. Der Stapel umfasste gut hundertfünfzig Seiten.

Auf dem Flugplatz in Saanen, den selbstbewusste Promotoren als »Gstaad Airport« verkauften, teilte man ihr mit, der Flug nach »Blutlauenen« hätte zwanzig Minuten zuvor abgehoben. Zwei Stunden später sollte ein weiterer Transport mit Gepäck und Lebensmitteln folgen. Cora wollte nicht so lange warten. Sie vertraute ihr Gepäck dem Bodenpersonal an und stieg in ihren roten Mini. Das Dorfzentrum von Gstaad, eine Fusion von internationalem Glamour und Berner Oberländer Chaletromantik, ließ sie auf der Umfahrungsstraße links liegen und fuhr direkt ins Lauenental.

Bis zur Abenddämmerung zogen sich noch ein paar Stunden hin, als sie durch den Dorfkern von Lauenen fuhr. Im Gegensatz zum glamourösen Gstaad war es ein friedlicher Flecken mit schmucken Chalets, zwei Hotels und einer Handvoll Pensionen. Bei ihrer Ankunft herrschte überall Geschäftigkeit. Die Landwirte bereiteten die Weiden für das Vieh vor, das bald sein Winterquartier verlassen und sich über die ersten saftigen Frühlingsgräser hermachen konnte. Vor ihr, am Ende des Tals, lag die imposante Kulisse des Wildhorn- und Sanetschgebietes. Ganz hinten, unterhalb der schneebedeckten Gipfel, toste eine hohe, kräftige Kaskade senkrecht über eine Felswand. Weiter vorn auf der Ostseite, näher beim Ort, war ein weiterer Wasserfall zu sehen. Cora war vor mehr als dreißig Jahren das erste Mal hier gewesen. Die Quelle des »Tungelschutz«, wie die Einheimischen den Wasserfall nannten, wurde vom Tungelgletscher unterhalb des Wildhorns gespeist. Bevor er sich in die Tiefe des Lauenentals stürzte, bewässerte er die Tungelalp, wo das Haus »Blutlauenen« stand.

Cora ließ für einen Moment die wilde Schönheit und Erhabenheit der Landschaft auf sich wirken.

Inmitten dieses Friedens durchfuhr Cora ein kurzes Frösteln. Waren es Milas Worte, die in ihr das dunkle Gefühl einer unbestimmten Bedrohung hinterlassen hatten, die nun hinter dem wohlwollend lächelnden Gesicht von Mutter Natur lauerte? Die schmale einspurige Straße zum See war noch gesperrt. Sie sollte erst zwei Wochen später für den Touristenverkehr geöffnet werden. Die Postautolinie zum Lauenensee, von wo Cora den Aufstieg zu Fuß auf die Tungelalp in Angriff nehmen wollte, war noch nicht in Betrieb. Sie hatte sich darauf eingestellt, den Wagen auf dem großen Parkplatz bei der Bushaltestelle zurückzulassen und den Weg bis zum See zu Fuß zu machen, als ein alter Subaru neben ihr stoppte.

»Willst du zum See?«, fragte die Frau am Steuer freundlich. Cora schätzte sie auf rund siebzig. Lange stahlgraue Haare umrahmten ein von Falten zerfurchtes, sonnengebräuntes Gesicht. Etwas verwirrt, mir nichts, dir nichts mit dem vertraulichen Du angesprochen zu werden, erwiderte Cora, dass dem so war.

»Da musst du zu Fuß hin, es sei denn, es macht dir nichts aus, in meine Klapperkarre zu steigen. Ich muss bis ganz hinten ins Tal und kann dich beim See abladen. Es ist kein großer Umweg.«

Cora nahm dankend an. Die Frau stellte sich als Berthe vor. Cora hörte einen leichten Akzent heraus, der nicht in die Gegend gehörte. Sie folgte Berthes Aufforderung, sie ebenfalls zu duzen. »Deiner Aussprache nach zu schließen, stammst du nicht von hier.«

»Richtig geraten«, sagte Berthe lachend und zeigte zum Sanetsch. »Ich stamme ursprünglich von der anderen Seite, aus Savièse im Wallis.«

Nun erkannte Cora die französische Färbung im behäbigen lokalen Idiom.

»Vor fünfzig Jahren machte ich eine Wanderung von der anderen Seite her über den Sanetsch und kam über die ›Walliser Wispile‹. Hier bin ich dann hängen geblieben.«

»Lass mich raten: die Liebe?«

»Genau die. Mein Hansruedi ist vor mehr als zehn Jahren gestorben. Zum Glück habe ich meine Söhne, die mir mit dem Hof helfen, ich komme dieses Jahr ins Fünfundsiebzigste. Der jüngere ist Hüttenwart am Gelten. Er ist bereits seit Anfang Woche oben. Es gibt einiges zu tun an Reparaturen, und die Saison muss vorbereitet werden.«

Der Fahrstil der Bäuerin entsprach dem einer Fünfundzwanzigjährigen. Cora hielt sich bei jeder Kurve krampfhaft am Türgriff fest. Berthe wollte wissen, warum sie außerhalb der Saison zum See wollte. »Du müsstest im Juli kommen, wenn das Wasser des Moorsees warm genug ist. Im Moment ist alles zu, auch das Restaurant. Die machen erst in zwei oder drei Wochen auf.«

Cora erklärte ihr, sie wolle zum Jagdhaus der Spiegelbergs. Sie musste sich mit beiden Händen an der Konsole des Wagens abstützen, als Berthe abrupt stoppte.

»Du willst nach ›Blutlauenen‹, jetzt? Allein?«

Cora bejahte.

Berthe sah sie lange von der Seite an. »Du scheinst mir eine unerschrockene junge Frau zu sein. Aber willst du wirklich ganz allein dort hochgehen, zum Mörder?«

»Zu welchem Mörder?«

Berthe schnalzte mit der Zunge. »Ja klar, du kannst die Geschichte nicht kennen. Du warst sicher noch nicht geboren, als es passierte, vor etwa fünfzig Jahren.«

»Du meinst den Mann, der seine ganze Familie umbrachte? Meine Freundin, Ludivine Giroud, hat mir davon erzählt.«

»Ludivine Giroud? Die junge Spiegelberg ist deine Freundin?«

Jung war gut. »Kennst du sie?«

»Kennen ist übertrieben. Sie ist ja selten hier. Ihre Mutter Césarine ist mir besser im Gedächtnis geblieben, obwohl sie sich nach dem Tod ihres Mannes nie mehr im Dorf blicken ließ. Vorher war sie mit allen stets freundlich und zuvorkommend.

Habe gehört, die Tochter will den Kasten da oben verkaufen. Ich frage mich, warum sie das nicht schon lange getan hat.« Berthe fuhr wieder an. »Hüte dich vor Brand, wenn du da oben bist.«

»Brand?«

»Ja, der Brand Werner, dieser Mörder. Seit sie ihn entlassen haben, lebt er in seiner Hütte auf dem Stierentungel, dort, wo er seine Frau und sein bébé abgeschlachtet hat.«

»Warum hat er das getan?«

»Weil er nicht ganz richtig ist im Kopf, wenn du mich fragst. Die hätten ihn im Thorberg behalten sollen, damit er dort verfault. Der Jähzorn soll ihn gepackt haben. Da hat er zugeschlagen. Mit einer Axt hat er der armen Anna-Lisa den Schädel gespalten. Der Polizei fiel es schwer, sie zu identifizieren. Und das kleine Vreneli, sein eigenes Kind, es war kein Jahr alt, beinahe in zwei Hälften hat er es gehackt. Es war furchtbar.« Berthe bekreuzigte sich. »Bin katholisch geblieben. Ich konnte mit den Reformierten hier nie viel anfangen, außer mit meinem Hansruedi, der war in Ordnung.« Sie fuhr sich mit der Hand über das Gesicht, als müsste sie die Erinnerung löschen. »Anna-Lisa Romang war meine Nichte – eigentlich die vom Hansruedi. Ein hübsches Ding, etwas zu eitel. Als Ledige ging sie gerne nach Gstaad, um sich zu vergnügen. Niemand hat verstanden, warum sie den Schwerenöter Brand heiratete. Im Dorf wurde gemunkelt, sie hätte dem Idioten ständig Hörner aufgesetzt. Kann sein, dass er deswegen ausrastete. Césarine Spiegelberg war dabei.«

»Césarine hat gesehen, wie es passiert ist?«

»Sie wollte Brand zurückhalten. Der ging wie eine Furie auf seine Frau los. Césarine ist geflohen, bevor er sie auch erschlagen konnte. Zuerst hat sie sich draußen vor ihm versteckt. Dann ist sie nach ›Blutlauenen‹ gelaufen, um Hilfe zu holen. Als sie mit ihrem Mann und ihrem Knecht, dem Schwizgebel Fredi, zur Hütte zurückkam, war es vorbei. Der Brand war stockbesoffen. Stell dir vor, er lag neben den Leichen und schlief seinen Rausch aus. Er ließ sich widerstandslos fesseln. Sie haben ihn in den

Keller von ›Blutlauenen‹ gesperrt, bis zwei Landjäger ihn mitnahmen.«

Inzwischen waren sie beim Parkplatz am Lauenensee angekommen. Cora ergriff ihren kleinen Rucksack, in den sie in Lauenen Pullover, Regenjacke, zwei Äpfel und einen Schokoriegel gestopft hatte. Sie bedankte sich bei Berthe, die ihre Hand festhielt. Sie zeigte die beinahe senkrecht ansteigende Bergflanke mit dem Wasserfall hinauf. »Pass auf dich auf, Cora. Auf diesem Ort liegt ein Fluch.«

»Was meinst du?«

»Dem Tod gefällt es da oben. Ein paar Wochen nach der Tragödie mit dem Brand ist der alte Spiegelberg auf einer Bergtour in eine Gletscherspalte gefallen und wurde erst Jahre danach gefunden. Wenn du mich fragst, hat der den Preis dafür bezahlt, den Teufel versucht zu haben.«

Coras Augen sprühten Fragezeichen.

»Man baut kein Haus in diese Wildnis und gibt ihm einen solchen Namen – ›Blutlauenen‹. Damit hat Spiegelberg sein Schicksal herausgefordert.« Berthe reckte den Hals prüfend in den Himmel. »Du solltest gehen, es wird bald Nebel geben. Dann treibt sich der Brand im Wald herum.«

»Ich kenne Schlimmeres.« Cora sah in den klaren blauen Himmel. Kein Anzeichen von Nebel.

Eine Dreiviertelstunde später stand sie in der Suppe. Die Bäume waren in Watte gepackt. Cora hatte größte Mühe, den Pfad zu erkennen. Sie wusste, dass man in den Bergen stets mit abrupten Wetterwechseln rechnen musste. Dennoch hatte sie so etwas noch nie erlebt. Sie fluchte über die hohen Stufen, welche die Wegebauer in Felsen und Wurzelwerk geschlagen hatten. Entweder waren das Riesen gewesen, oder sie hatten die Tritthöhe von Hannibals Elefanten bei der Alpenüberquerung als Referenzmaß verwendet. Zu allem hinzu musste sie höllisch aufpassen, nicht auf feuchten Wurzeln auszurutschen, die den Pfad durchzogen. Die Idylle war weg. Obwohl sie schwitzte, drang die feuchte Kälte bis auf die Knochen. Links von ihr rauschte der Tungelschutz, der sich im Tal mit dem Geltenbach zum Louwibach vereinte.

Kurz zuvor hatte sie den knatternden Lärm schnell drehender Rotorblätter über sich gehört, der zweite Lufttransport mit den Vorräten und ihrem Gepäck. Ein nagendes Gefühl der Reue quälte sie. Sie sah den Hang hoch und versuchte zu erkennen, ob sich der Wald lichtete, ein Anzeichen, bald am Ziel zu sein. Die dichten Nebelschwaden verwehrten ihr die Gewissheit darüber. Sie konzentrierte sich weiter darauf, jeden Schritt auf dem teilweise durch den Schneedruck des Winters mit gelockertem Geröll verschütteten Pfad zu sichern. Eile war geboten, die Dämmerung würde bald einsetzen.

Der Fremde kam aus dem Nichts. Cora war vor Schreck wie gelähmt, als die mächtige Figur wie ein Schatten vor ihr stand. Sein Gesicht wurde vollständig von einem Hut verdeckt. Unter der breiten Krempe lugte ein struppiger, mit grauen Strähnen durchzogener Bart hervor. Cora senkte den Kopf etwas, damit sie sein Gesicht sehen konnte. Ein Paar schwarzer glimmender Augen starrte sie an. Cora war nicht leicht zu verängstigen, in diesem Moment hätte sie sich jedoch gerne unter einem Stein verkrochen. Der Mann musterte sie schweigend.

»Guten Abend.« Sie bemühte sich, ihrer Stimme einen festen Klang zu geben. »Ist das der Weg zur Tungelalp?«

Der Hüne blieb stumm. Nur das Glimmen in den Augen wurde intensiver, glaubte sie zumindest.

»Bin ich hier richtig für auf die Tungelalp? Ich muss zum Jagdhaus ›Blutlauenen‹.«

Der Mann zeigte immer noch keine Reaktion. Cora schlang die Arme um ihren Leib. Es war spürbar kälter geworden. Obwohl es sie Überwindung kostete, machte sie einen Schritt auf den Mann zu. Sie überlegte sich, wie sie um ihn herumgehen konnte, und fuhr zusammen, als er unvermittelt den Arm ausstreckte und in die Fortsetzung der Richtung zeigte, die sie eingeschlagen hatte.

Cora sah hoch. Die Nebelschwaden hatten sich gelichtet. Hinter dem grauen Dunst schimmerte es dunkelblau. »Danke!«

»Pass auf, Frau. Der Berg drückt«, hörte sie eine gutturale Stimme hinter sich.

»Wie bitte?« Sie drehte sich zu dem Mann um. Er war nicht mehr zu sehen, keine Spur, als hätte ihn der Nebel verschluckt.

Cora beeilte sich weiterzukommen. Je höher sie stieg, desto heller wurde es. Mit jedem Schritt fühlte sie sich leichter. Dieser verfluchte Nebel. Warum musste so was immer ihr passieren? Sie erinnerte sich an eine ähnliche Begegnung mit einem Landstreicher im Jahr zuvor im Schwarzbubenland. Was war das bloß mit ihr und den komischen Käuzen?

Kurz nachdem sie am Drahtseil einer Materialbahn vorbeigekommen war, verflachte sich der Weg. Sie kam dem Ziel näher. Mit einem Gefühl größter Erleichterung beschleunigte sie ihre Schritte, nur um nach kurzer Zeit wie gebannt stehen zu bleiben.

CÉSARINE SPIEGELBERG-RETTENMUND – JULI 1967

Das Kleine hört nicht auf zu weinen. Césarine beugt sich über die grob gezimmerte Stubenwiege. »Beruhige dich, Vreneli, die Mutter ist bald zurück. Sie ist nur schnell nach dem Vater schauen gegangen.«

Sie hebt den Säugling aus dem Bettchen und wiegt ihn sanft in ihren Armen. Seine Backen sind gerötet. »Hast du Zahnweh? Hab ein wenig Geduld. Es sind wohl die Letzten, die rauskommen.« Sie stimmt ein Kinderlied an, das ihre Mutter gesungen hatte, wenn sie als Kind vor Schmerzen geschrien hatte. »Heilä, heilä Säägä, drüü Tag Räägä …«

Der sanfte Gesang beruhigt das Kleine. Césarine legt es zurück in die Wiege und steht daneben, ständig den Kinderreim vom heilenden Segen und drei Tage Regen summend, der, gefolgt von Sonnenschein und Schnee, die Schmerzen vergessen lassen soll. Es ist Nonsens. Für Kleinkinder hingegen müssen die sanfte Melodie und die Worte etwas Wohltuendes haben, das die Wehwehchen wegbläst. Das Kleine wird still und sieht Césarine aus großen, wachen Augen an. Es macht eine drollige Grimasse, die Césarine zum Lachen bringt. Sie fährt mit der Hand über ihren Bauch, in dem ebenfalls ein Leben im Entstehen begriffen ist.

Nach Jahren des Wartens hat das Glück endlich bei ihr angeklopft. Leopold weiß noch nichts davon. Sie will ein paar Wochen zuwarten, bis zu ihrem Hochzeitstag. Er wird platzen vor Stolz. Im nächsten Januar soll es so weit sein. Er hofft auf einen Sohn. Sie würde es ihm gönnen, obwohl sie sich eine Tochter wünscht, wie dieses süße Vreneli, das endlich seine Augen geschlossen hat und ins Land der Träume abgleitet.

Césarine spürt Müdigkeit in ihre Glieder fahren. Es ist ein langer, schöner Sommertag gewesen. Sie hat Anna-Lisa geholfen, das Vieh in den Stall zu treiben. Seit Jäger drüben in der Lenk einen Wolf gesehen haben wollen, müssen die Tiere über Nacht drinnen bleiben. Césarine glaubt nicht an die Geschichte. Und wenn sie wahr wäre, würde der Wolf nicht so rasch über den Tungelpass kommen – jedenfalls nicht, solange er auf der anderen Seite genug fette Simmentaler Kühe auf seinen Speiseplan setzen kann.

Die schlimmsten Raubtiere sind die Menschen, vor allem die Männer, wobei Césarine findet, mit ihrem Gatten Glück zu haben. Aber sie macht sich nichts vor: Als sie sich kennenlernten, war Leopold Spiegelberg ein hoffnungsloser Schürzenjäger gewesen. Obwohl er dreiundzwanzig Jahre älter ist, verliebte sie sich sofort in ihn. Seine Art faszinierte sie – ebenso wie ihre Mutter. Ein Gentleman alter Schule, hatte sie gesagt, deren Hand er bei ihrer ersten Begegnung geküsst und sie mit Madame Rettenmund angesprochen hatte. Sie hatte die ersten Annäherungsversuche zwischen ihrer Tochter und dem Landadligen wohlwollend zur Kenntnis genommen.

Leopold Spiegelberg, Privatier, Besitzer von großen Ländereien und Immobilien im Solothurnischen sowie im Kanton Bern, gilt als gute Partie. Sein Vermögen beläuft sich auf einen hohen zweistelligen Millionenbetrag. In Solothurn ist er eine einflussreiche Persönlichkeit, nicht zuletzt dank seiner militärischen Stellung als Oberst im Generalstab und ehemaliger Kommandant des traditionsreichen Infanterieregimentes 11. Nach dem Krieg erfüllte er sich einen Traum und baute das große Jagdhaus, das sein Vater geplant hatte. Stolz nannte er es »Blutlauenen«.

Nach der Heirat hat Leopold es nicht lassen können, fremden Röcken nachzublicken. Césarine sieht darüber hinweg. Sie bewertet Liebe und Treue nicht einzig und allein aufgrund eines körperlichen Rituals, dem sie weniger Bedeutung beimisst, als manche es in dieser neumodischen sexuellen Revolution tun. Außerdem bleibt es bei Leopold, angesichts seines fortgeschrittenen Alters, oft beim Schauen. Gegessen wird daheim, wie er selbst oft sagt. Es war für sie wie ein Wunder gewesen, als bei ihr vor ein paar Wochen die Tage ausblieben. Ihr Lebensglück wird bald vollkommen sein.

Sie schaut in die Wiege hinein. Das Kleine schläft tief und fest. Wenn nur Anna-Lisa mit ihrem Werner so viel Glück hätte. Die lebenslustige ehemalige Lehrerin hätte sich einen englischen Millionär oder einen dieser neureichen Deutschen angeln sollen, die während der Saison Gstaad bevölkern. Césarine ist es ein Rätsel, weshalb Anna-Lisa Romang sich stattdessen zusammen mit diesem ungehobelten Klotz von einem Mann hier oben vergräbt. Césarine ist überzeugt, dass er Anna-Lisa schlägt. Vor einer Woche trug sie den ganzen Tag eine Sonnenbrille, die sie nicht einmal vor ihr abgelegt hatte.

Wo sie nur bleibt?

Wie auf Stichwort wird die schwere Holztür aufgestoßen. Anna-Lisa stürzt atemlos und mit angstgeweiteten Augen herein. Das Haar ist zerzaust, eine Wange heftig errötet.

»Anna-Lisa, was ist passiert?«, ruft Césarine erschrocken.

»Brand, der Dreckskerl, hat mich geschlagen. Er hätte mich umgebracht, wenn ich mich nicht hätte losreißen können. Er ist hinter mir her.«

»Schon wieder!« Césarine springt auf und nimmt das Wallholz aus dem Küchenschrank. »Diesmal werde ich ihm –«

»Nein!«, ruft Anna-Lisa. »Er bringt uns beide um.« Sie hebt das Kleine aus der Wiege. »Wir müssen weg von hier. Kann ich zu euch nach ›Blutlauenen‹ kommen?«

»Natürlich.«

»Ich muss nur schnell …« Anna-Lisa legt Césarine das Baby in die Arme und fängt an, hektisch in den Schubladen zu wühlen.

»Was suchst du, wir müssen uns beeilen.« Césarine späht sorgenvoll zur Tür.

»Das Portemonnaie mit meinem Ausweis drin. Hilf mir suchen, es muss hier irgendwo liegen. Ich hatte es gerade noch in der Hand. Vielleicht ist es mir irgendwo hinuntergefallen.«

Césarine legt das Kind zurück in die Wiege. Dann beginnt sie, den Boden abzusuchen.

Plötzlich kracht hinter ihr die Tür erneut gegen die Wand. Sie hört Anna-Lisas Aufschrei. Césarine richtet sich auf. »Was zum Teufel …«

Was sie sieht, lässt ihr Blut gefrieren.

VIER

Cora war gefangen vom Anblick. Sie kannte das Haus nur von Ludivines Schilderungen von früher. Damals waren Cora andere Dinge wichtiger gewesen. Was Leopold Spiegelberg am Fuß von Felsen und Eis gebaut hatte, war nicht einfach eine Jagdhütte, es war ein Schloss. Es stand auf einer flachen Erhebung am Rand einer Moorwiese vor einem mächtigen Felsmassiv, dem der Tungelbach entsprang. Bis auf die Zierbalken an Fassade und Holzgiebeln war das Gebäude gemauert. Cora fragte sich, wie das Baumaterial vor über siebzig Jahren hierherauf transportiert worden war.

Die Gebäudefront war im Stil eines Grandhotels der Tourismusblüte des ausgehenden 19. Jahrhunderts gehalten. Zwei Giebeltürme flankierten den dreigeschossigen Bau. Holzbalkone umrahmten die beiden oberen Wohnetagen. Das Haus hatte Platz für mindestens ein Dutzend Zimmer. Was mochte den Erbauer dazu getrieben haben, einen Palast in dieser verlassenen Gegend aufzustellen? Im Naturschutzgebiet gab es keine befahrbare Straße. Die Endstelle der Materialbahn lag rund zweihundert Meter nördlich vom Jagdhaus entfernt, falls diese damals bereits existiert hatte. Cora wandte sich um und blickte über das Tal von Lauenen, das sich gegen Nordwesten bis nach Gstaad erstreckte. Auf der gegenüberliegenden Talseite lag der bewaldete Gebirgszug der »Höhi Wispile«. Der Ausblick war von solcher Erhabenheit und strahlte einen Frieden aus, dass Cora ein wenig Verständnis für den extravaganten Bauspleen von Leopold Spiegelberg aufzubringen vermochte. Trotzdem wünschte sie Ludivine Glück beim Verkauf. Welcher vernünftige Mensch würde ein solches Gebäude kaufen und dann noch investieren, wenn er es nicht als Hotel oder für einen anderen wirtschaftlichen Zweck nutzen konnte?

Eine Person trat aus dem Haus und kam auf Cora zu. Beim

Näherkommen erkannte sie Ludivine. Da es merklich abgekühlt hatte, trug sie einen Anorak. Das gleiche Seidenfoulard, das Cora am Vortag an ihr gesehen hatte, umschlang ihren Hals. »Endlich bist du da, wir haben uns schon Sorgen gemacht.«

»Tut mir leid, ich bin in den Nebel geraten, es war eine veritable Erbsensuppe.«

»Nebel? Davon haben wir hier oben gar nichts bemerkt – stahlblauer Himmel, bis die Sonne unterging. Das Wetter wechselt schnell hier, und es wird leider nicht schön bleiben. Die Wetterfrösche reden von Sturm.« Sie nahm Cora bei der Hand. »Jedenfalls sind wir jetzt vollzählig. Genug zu essen und zu trinken für die nächsten paar Tage haben wir auch. Komm rein, die anderen sind begierig, dich zu sehen.«

Cora hielt sie zurück. »Ich bin vorhin einem Mann begegnet, ein unheimlicher Kerl. Ich glaube, es war dieser Brand.«

Ludivine erstarrte. »Brand? Bist du sicher, ich meine, wie hat er ausgesehen?«

Cora beschrieb ihn. »Er hat mir die Richtung gezeigt, die ich nehmen soll, und gesagt: ›Pass auf, Frau. Der Berg drückt.‹ Dann war er verschwunden, wie er gekommen war.«

Ludivine sah Cora einen Augenblick konsterniert an und winkte dann mit beiden Händen ab. »Ich kann mir nicht vorstellen, dass Brand sich um diese Zeit hier herumtreibt. Er bleibt normalerweise in seiner Hütte oben auf dem Stierentungel.«

»Ist er gefährlich?«

»Glaube ich nicht. Es ist dreißig Jahre her, seit er aus der Haft entlassen wurde. Seitdem ist nichts passiert. Die Mütter im Tal missbrauchen seinen Namen immer mal wieder als Kinderschreck. Wenn die Kleinen nicht gehorchen wollen, drohen sie ihnen mit dem ›bösen Brand‹, der sie holen wird.« Ludivine rollte mit den Augen und machte eine furchtbare Grimasse. Lachend nahm sie Cora wieder bei der Hand. »Komm, man erwartet dich.«

»Ich bin verschwitzt und will mich erst frisch machen.«

Ludivine sah auf die Uhr. »Essen gibt's in einer Stunde. Chantal zeigt dir dein Zimmer.« Sie hakte sich bei Cora ein. »Du hast übrigens eines der drei Zimmer, die über ein eigenes Bad mit Dusche verfügen.«

»Wer wohnt in den anderen beiden?«, fragte Cora, nachdem sie einen inneren Luftsprung der Erleichterung vollführt hatte. In letzter Zeit war ihr die Privatsphäre wichtig geworden. Das musste eine Alterserscheinung sein.

»Eines davon gehört mir. Ich habe mir ein kleines Studio eingerichtet. Das dritte Zimmer bewohnt Sibylle. Die war schon immer etwas eigen, das weißt du vielleicht noch. Magdalena muss sich auf der zweiten Etage das Bad im Korridor mit den Männern teilen. Es liegt dafür direkt neben ihrem Zimmer. Als grüne Kantonsrätin sollte sie imstande sein, auf einen gewissen Luxus zu verzichten.« Beide lachten.

Cora nahm hinter sich eine Bewegung wahr. Sie fuhr erschrocken herum und sah sich einer groß gewachsenen älteren Frau mit einem schönen, etwas verhärmten Gesicht gegenüber. Ähnlich wie bei Berthe war ihr Alter nicht ohne Weiteres zu bestimmen.

»Entschuldigen Sie, Madame, ich wollte Sie nicht erschrecken«, sagte die Alte mit heiserer Stimme. Sie nahm Cora den Rucksack ab. »Ich begleite Sie auf Ihr Zimmer.«

Ludivine stellte sie als Chantal Reybaz vor. »Chantal ist der gute Geist des Hauses. Sie besorgt den Haushalt und kümmert sich um das Essen.« Sie gab Cora einen sanften Schubser. »Geh dich frisch machen. Dein Gepäck ist schon auf dem Zimmer. Wir sind im Großen Salon. Geh einfach dem Lärm nach, dann findest du uns schon.«

Chantal ging vor. Cora folgte ihr über die aus Arvenholz gezimmerte und mit Schnitzereien verzierte Treppe. Mit einem leichten Gefühl von Widerwillen betrachtete sie die Jagdtrophäen, die beidseitig an der Wand hingen. Es gab anscheinend kein Wald- oder Bergwild, welches vor Leopold Spiegelbergs Flinte sicher gewesen war. Sogar der Kopf eines ausgewachsenen Bären zierte die makabre Galerie. »Herr Spiegelberg muss ein passionierter Jäger gewesen sein.«

»Das war er, Madame«, erwiderte Chantal. »Für die Jagd reiste er in der ganzen Welt herum. In Ceylon hat er einen Königstiger geschossen. Er liegt im Großen Salon, ein schönes Tier.«

Das wäre es auch gewesen, wenn man es am Leben gelassen hätte. »Wie lange arbeiten Sie schon für die Familie Spiegelberg?«

»Seit meinem neunzehnten Lebensjahr. Der Oberst wohnte fast das ganze Jahr hier oben. Er ging nur ins Tal, wenn ihn die Geschäfte nach Bern, Solothurn oder ins Ausland riefen. Er hat mich angestellt, als er Madame heiratete, ich meine Mademoiselle Rettenmund.«

»Die spätere Césarine Spiegelberg?«

»Das ist korrekt, Madame.«

»Darf ich fragen, wie alt Sie sind, Chantal?«

»Dieses Jahr werde ich siebenundsiebzig, Madame.«

»Wow!«, entfuhr es Cora. »Ich hätte Sie bedeutend jünger geschätzt.«

»Gute, freudvolle Arbeit erhält gesund und jung, Madame.«

»In der Tat.« Cora dachte erneut an Berthe. In dieser Gegend gab es offenbar viele Menschen, die auf ein erfülltes Arbeitsleben zurückblickten. Ihr war der Akzent der Haushälterin aufgefallen. »Sie sind eine Romande, nicht wahr?«

»Waadtländerin, Madame. Ich komme aus Rougemont, im Pays d'Enhaut, gewissermaßen aus der Nachbarschaft.«

Cora wurde bewusst, dass sie sich auf der Trennlinie zwischen zwei europäischen Kulturen befand. Westlich und südlich des Sanetschpasses dominierte die frankofon geprägte Lebensart, während sich die deutschsprachigen Kulturen von hier aus im Norden und Osten über den Kontinent ausbreiteten.

Ihr Zimmer lag im Mitteltrakt des ersten Stockwerks. Es war geräumig, das Bad bestand neben der Toilette aus einer Wanne mit Brause und einem Waschbecken. Cora genügte das vollauf. Der kleine Balkon bot Aussicht auf das Tal, über das sich die Nacht legte. Noch lagen die von Schnee freigelegten braunen

Alpwiesen verlassen da. Bald würde die Sonne sie zum Sprießen bringen, bis in ein paar Wochen die Alpaufzüge stattfanden. Das Zimmer war vollständig mit Holz getäfelt. Cora war erleichtert, keine abscheulichen Tierköpfe vorzufinden. Kunstdrucke dramatischer Landschaften des Malers Otto Frölicher, dessen Originale sie im Solothurner Kunstmuseum gesehen hatte, zierten die Wände. Cora hatte keine innige Beziehung zu den Bergen. Wenn sie Ferien machen wollte, fuhr sie lieber ans Meer. Hingegen mochte sie die Darstellung der unbändigen Gewalt, so wie die Maler des 19. Jahrhunderts die Alpen gesehen hatten. Mit der Perspektive eines angekündigten Sturmes war sie froh, die Nacht in der relativen Sicherheit eines soliden Hauses zu verbringen.

***

Zwanzig Minuten später betrat sie ausgiebig geduscht und mit dezentem Make-up versehen den Großen Salon. Sie trug schwarze Jeans und ein gleichfarbiges Sweatshirt, das den diebischen Fingern ihrer Tochter entgangen war.

Man empfing sie mit großem Hallo. Richard Bloch war der Erste, der sie umarmte. »Unsere Transsilvanerin ist angekommen. Hast du dir immer noch keine Fangzähne zugelegt, Cora?«

Er hatte sie früher ständig mit ihren rumänischen Wurzeln und einer möglichen Verwandtschaft mit dem berühmtesten Vampir der Literaturgeschichte aufgezogen.

»Das nicht, aber ich trinke abends vor dem Einschlafen neuerdings ganz gerne ein Glas frisches Menschenblut. Nimm dich in Acht, Richi.«

Die Anwesenden quittierten die Replik mit ausgelassener Heiterkeit.

»Gute alte Cora, bei dir weiß man nie, was spitzer ist, die Zunge oder die Feder.« Bloch küsste sie dreimal auf die Wange.

Sie erwiderte die Begrüßung. »Das ›alte‹ habe ich überhört,

sonst müsste ich mir das mit den Fangzähnen ernsthaft überlegen.« Cora hatte es nie geschafft, Bloch böse zu sein.

»Schön, dich wiederzusehen, Cora. Du siehst gut aus«, sagte jemand hinter ihr.

Sie wandte sich um. Es dauerte ein paar Sekunden, bis es ihr gelang, den schmächtigen Mann mit den wirren schwarzen Locken einzuordnen. »Matteo? Immer noch der Künstler durch und durch.«

»Konntest dich fast nicht erinnern, was?« Er lächelte schief.

»Und ob ich das tue, Matteo Rizzardi. Vor allem an den Moment, als du mich in der Pose der Venus von Milo malen wolltest.«

»War ein Versuch, dich nackt zu sehen.« Er grinste wie ein Schuljunge, der dabei erwischt wurde, durch das Schlüsselloch der Mädchengarderobe zu linsen.

»Wurde nichts draus, wenn mich mein Gedächtnis nicht täuscht.«

Rizzardi rieb sich demonstrativ die Wangen. »Deine Ohrfeige spüre ich bis heute. Dabei fragte ich ganz lieb.«

»Und? Was antwortete ich darauf?«

»Dass die Absicht zählt, nicht die Frage.«

»Bist ein braver Kerl, Matteo. Inzwischen müssten die Damen der Prominenz, die sich für dich ausgezogen haben, Legion sein. Sehr lukrativ für dich, wie ich höre.« Cora klopfte ihm auf die Schulter und wandte sich den beiden Frauen zu, die auf sie zutraten.

Sibylle Tüscher und Magdalena Sprenger wirkten auch jetzt noch wie zwei ungleiche Schwestern. Schon früher hatten sie ständig die Köpfe zusammengesteckt, wenn es darum ging, etwas auszuhecken. Sibylle begrüßte Cora überschwänglich und fragte gleich als Erstes, ob sie vergeben sei. »Ich kann dir durch meine Agentur gute Kontakte vermitteln. Gepflegte Herren, gut situiert und im wahrsten Sinne des Wortes bestens in Schuss.« Mit ihrem für den Anlass zu aufgetakelten Äußeren und dem um eine Spur zu grellen Make-up sah Sibylle aus, als wäre sie ihre eigene Stammkundin. Sie zwinkerte Cora zu, die keine Miene verzog. »Oder bist du etwa … ziehst du Frauen vor? Dabei kann ich dir auch behilflich sein. Ich wüsste da –«

Cora hob abwehrend die Hand. »Danke, Sibylle, ich bin versorgt«, log sie.

Magdalena Sprenger war etwas auseinandergegangen, hatte jedoch ihre stille Eleganz gewahrt. Im Gegensatz zu ihrer besten Freundin mit der nachgefärbten Löwenmähne stand ihr die rote Kurzhaarfrisur gut. Der Politalltag hatte aus der vormals militanten Umweltschützerin eine versierte Parlamentarierin gemacht, die wusste, welche Anliegen mit guter Aussicht auf Erfolg durchzubringen waren. Damit konnte sie sich in den vergangenen Legislaturen bis heute genügend Wählerstimmen nicht nur von Anhängern ihrer eigenen Partei sichern. Von den drei Frauen der Clique hatte sich Cora mit ihr früher mal bestens verstanden, besser als mit Sibylle und der oft hochnäsig daherkommenden Ludivine.

»Ich gratuliere dir nachträglich für deine Publikationen in der Affäre um alt Regierungsrat vom Staal und seine Frau«, sagte Magdalena. »Meine Fraktion hat seine Rehabilitierung erleichtert aufgenommen, glaub mir.«

Cora glaubte Magdalena, weil es von ihr kam. »Es gibt nach wie vor einige Persönlichkeiten in der Solothurner Politlandschaft, die Dan… die Herrn vom Staal am liebsten in die Wüste schicken möchten, denke ich«, wandte sie ein.

Magdalena lächelte spitz. Der Versprecher war ihr nicht entgangen. »Du wirst oft mit ihm gesehen. Stimmen die Gerüchte? Läuft was zwischen euch?«

Cora legte den Zeigefinger auf die Lippen. »Privatsache – nicht der Rede wert.«

»Verstehe.« Ein Vorteil von Magdalena war, dass sie als Politikerin trotzdem diskret sein konnte.

Bloch drückte Cora ein Glas Weißwein in die Hand. Nachdem der Begrüßungssturm vorüber war, sah sie sich im Raum um. Die reich ausgestatteten Bücherregale und bequemen Sessel machten einen einladenden Eindruck. Sie hatte ihren Rückzugsort gefunden, wenn das Wetter nicht mitspielen sollte oder Blochs Witze ihr auf die Nerven gingen. Zu gerne hätte sie wieder mal in einer Bibliothek gesessen und geschmökert. Der Ursprung der unvermeidlichen Jagdtrophäen im Raum war exotischer als im Treppenhaus. Cora entdeckte besagten Königstiger an seinem Ehrenplatz über dem Cheminée. Zu Lebzeiten musste er tatsächlich eine prachtvolle Wildkatze gewesen sein. Der Gedanke an Menschen, die solche Tiere zum persönlichen Vergnügen töteten, weckte bei ihr Mordgelüste.

Eine Hand auf ihrer Schulter riss sie aus diesen Gedanken. »Kennst du mich nicht mehr, oder ignorierst du mich absichtlich?«

René Gamper war gut einen Kopf größer als sie. Sein an den Schläfen ergrauendes Haar war noch voll, obwohl sein Haaransatz sich in all den Jahren nach hinten verschoben hatte. Falten zerfurchten sein Gesicht. Seine Statur war von der gleichen sportlichen Schlankheit wie eh und je. Obwohl Ludivine ihn angekündigt hatte, hatte Cora die leise Hoffnung bewahrt, ihm nicht begegnen zu müssen. »René, lange nicht gesehen.« Sie hätte sich für die idiotische Phrase am liebsten auf der Stelle geohrfeigt.

»Zu lange«, erwiderte er. »Du hast dich nicht verändert, Cora.«

Sie fand es tröstlich, nicht die Einzige zu sein, die mit belanglosen Sprüchen um sich schmiss. »Lass das Süßholzraspeln. Es hat dir nie gestanden. Du hast mir mehr imponiert, wenn du dir jeweils genommen hast, was du wolltest.«

»Worin wir uns ebenbürtig waren. Nur eine habe ich nicht so bekommen, wie ich wollte«, erwiderte er mit gesenkter Stimme.

»Ist doch schön, wenn im Leben ein paar Wünsche offenbleiben. Bist du schon Chefarzt einer Uniklinik, oder arbeitest du noch daran?«

»Wie man's nimmt. Für den gleichwertigen Posten in einer Privatklinik in der Zentralschweiz hat's immerhin gereicht.«

»Man kann nicht alles haben.«

»Das stimmt, wenigstens bekomme ich das doppelte Gehalt meines früheren Jobs.«

Sie neigte anerkennend den Kopf. »Was tut man nicht alles, um sein Dasein zu versüßen.«

Ein junger Mann gesellte sich zu ihnen. Die Ähnlichkeit mit Gamper war verblüffend: die gleiche Statur und der gleiche blasierte Gesichtsausdruck.

»Alexander, mein Sohn«, stellte Gamper ihn vor.

»Das hättest du nicht zu präzisieren brauchen.« Sie reichte dem jungen Mann die Hand. »Darf ich Alexander zu dir sagen? Ich bin Cora. Dein Vater und ich kennen uns schon lange.«

»Weiß ich«, sagte Alexander mit einem eigentümlichen Lächeln, »und ich freue mich, Ihre … deine Bekanntschaft zu machen. Dad hat mir viel von dir erzählt. Ich hoffe, wir haben Gelegenheit, uns näher kennenzulernen.«

Die Art, wie er unvermittelt seine Hand um ihre Taille legte und ihr drei Küsse auf die Wangen drückte, irritierte und elektrisierte sie gleichzeitig. Machte sie der Jungspund etwa an? Wenn er seinem Erzeuger nachschlug, dürfte er nach dem gleichen Beuteschema vorgehen. Sie mahnte sich zur Vorsicht. Der Junge konnte unmöglich wesentlich älter sein als ihr Sohn Julian.

Ludivine entspannte die Situation, indem sie sich zu ihnen gesellte. »Cora schafft es immer noch, die attraktivsten Männer um sich zu scharen.« Ihr Gesicht war leicht gerötet, vermutlich vom Weißwein. Sie versetzte René einen sanften Klaps. »Gewisse Dinge ändern sich nie, wie ich sehe.« Sie machte eine einladende Handbewegung in die Runde. »Das Essen ist angerichtet – im Kleinen Salon.«

Gamper bot ihr seinen Arm an. Mit einem strahlenden Lächeln ließ sich Ludivine von ihm zu Tisch führen.

Cora fragte sich, was das formelle Getue sollte. Alexander deutete eine Verbeugung an. »Darf ich bitten?«

Achselzuckend hakte sie sich bei ihm ein.

Der angrenzende Kleine Salon war ebenso sorgfältig eingerichtet wie sein größeres Pendant, minus Bücherregale und

Tierköpfe, was Cora erleichtert zur Kenntnis nahm. Wenn ihr bei jedem Bissen eines Stückes Fleisch ein Vertreter der Spezies über die Schultern blickte, würde sie noch zur Vegetarierin.

Sie versammelten sich um einen runden Tisch mit acht Stühlen. »Freie Platzwahl«, verkündete Ludivine. »Setzt euch bitte hin, Chantal möchte auftragen.«

Bevor Cora zwischen Gamper und Rizzardi Platz nahm, fiel ihr Blick auf eine Glocke aus Kristallglas auf einem Seitentisch. Darunter lag ein faustgroßer Stein mit blutroten Adern. Der Kerzenschein ließ den Stein in einem warmen und gleichzeitig dunklen Licht glänzen. Cora wusste nicht, ob sie es als schön oder bedrohlich empfinden sollte. »Was ist das für ein Stein?«, fragte sie Ludivine.

»Die roten Durchwachsungen sind Rubin«, sagte Ludivine. »Vater hat den Stein von einem Strahler aus dem Binntal.«

»Es gibt Rubinvorkommen im Binntal?«, fragte Cora erstaunt. »Das wusste ich nicht.«

»Ich verstehe zu wenig davon. Kann sein, dass ihn der Strahler auch irgendwo anders abgebaut oder eingekauft hat. Von Mutter weiß ich, dass Vater den Stein wegen der blutroten Farbe liebte. Für ihn war es der Talisman, der ›Blutlauenen‹ beschützt. Er nannte ihn seinen Blutkristall.«

Cora hob die Glocke ab und sah Ludivine fragend an.

»Du kannst ihn ruhig in die Hand nehmen«, sagte diese.

Cora ergriff den Stein und betrachtete ihn. »Er muss sehr wertvoll sein.«

Ludivine zuckte mit den Achseln. »Keine Ahnung. Wie gesagt, ich kenne mich damit nicht so aus. Ich glaube, diese Steine gewinnen erst an Wert, wenn sie geschliffen sind. Je perfekter, desto wertvoller.«

»Das Problem sind die Unreinheiten im Kristall«, sagte Gamper. »Ein Juwelier wird Mühe haben, daraus ein schönes Schmuckstück anzufertigen.«

Cora legte den Stein zurück.

»Er wird bleiben, wie er ist«, sagte Ludivine. »Mein Vater

wollte es so. Meiner Mutter hat er immer gesagt: ›Solange der Blutkristall hierbleibt, wird ›Blutlauenen‹ bestehen.‹«

»Und wenn du ›Blutlauenen‹ verkaufst? Soll der Stein hierbleiben?«

Ludivine schüttelte den Kopf. »Ich werde ihn mit nach Südafrika nehmen. Mutter will ihn als Andenken an diesen Ort und meinen Vater behalten. Sobald das Haus verkauft ist, wird es nicht mehr ›Blutlauenen‹ sein.«

Cora glaubte für einen Moment, der Glanz des Kristalls hätte sich verstärkt, als Ludivine den Namen des Hauses wiederholte. Sie blinzelte und wandte sich ab. Vermutlich war es der Wein, sie musste unbedingt etwas essen.

»Es soll tatsächlich Sturm geben«, sagte Magdalena bei Tisch. »Ich habe eine Push-Nachricht auf mein Handy bekommen: Kälteeinbruch, Schnee und Regen mit Windstärken bis zu hundert Stundenkilometern.«

»Das sah aber gestern nicht so heftig aus«, sagte Bloch. »Können die bei Meteo Schweiz so was mittlerweile nicht zuverlässiger voraussagen?«

»Vom Sturm wusste man schon«, sagte Magdalena. »Offenbar sollte er weiter nördlich vorbeiziehen. Ein Wind hat gedreht. Der Hexenkessel rollt jetzt direkt auf uns zu.«

»Macht euch keine Sorgen«, ließ sich Ludivine vernehmen. »Wir sind hier sicher. ›Blutlauenen‹ hat schon einiges überstanden. Wir werden weder verhungern noch verdursten müssen. Außerdem haben wir genügend Gesprächsstoff, wenn ich mich so umhöre.«

Chantal kam mit einer Platte mit dem Supplément herein. Im Schlepptau hatte sie einen Mann in ihrem Alter, dem in dunkler Flanellhose und weißem Hemd sichtlich unbehaglich zumute war.

»Entschuldigt, Freunde«, sagte Ludivine. »Ich habe vergessen, das zehnte Mitglied unserer vorübergehenden Schicksalsgemeinschaft vorzustellen.« Sie zeigte auf den Alten. »Das ist Fredi

Schwizgebel. Wie Chantal ist er ein langjähriger Bediensteter der Familie. Fredis Vater Gottfried war ein Militärkamerad meines Vaters.«

Chantal präsentierte Cora die Platte. »Möchten Sie noch etwas vom Hirschragout, Madame?«

»Danke, Chantal, wenn ich einen einzigen Bissen mehr esse, muss einer der Herren mich nach oben rollen.«

»Da lassen sich sicher genügend Freiwillige finden.« Alexander blinzelte ihr zu. Etwas an ihm reizte sie. War es die Ähnlichkeit mit seinem Vater in jungen Jahren?

Das Hirschragout hatte Cora geschmeckt, sobald sie die Tierköpfe erfolgreich verdrängt hatte. Der Hirsch, der für dieses Abendmenü dran glauben musste, hatte vermutlich einen würdigeren Tod als manches Rind oder Schwein in einem Industrieschlachthof. Sie fand den Gedanken tröstlich und appetitanregend.

Magdalena rührte als Einzige das Fleisch nicht an. Stattdessen ließ sie sich die Spätzli mit einer Extraportion Gemüse schmecken, ohne dass sich jemand daran störte.

Schwizgebel half Chantal, den Tisch abzuräumen, und servierte das Dessert: Meringues mit Vanilleglacé und Schlagrahm. Cora verzichtete, Rizzardi tat es ihr gleich.

»Was hast du für Projekte?«, fragte Cora, während die anderen ihre Süßspeise löffelten. »Ich habe gehört, du feierst neuerdings auch im Ausland beträchtliche Erfolge.«

»Das verdanke ich Ludivine. Sie hat mir die Türen zu einigen bedeutenden Galerien in Berlin, Mailand und Paris für meine Fusionen von Malerei mit Fotografie geöffnet. Ich scheine den Geschmack des Publikums zu treffen, was in der Schweiz bekanntlich schwieriger ist als anderswo.«

»Du bist zu bescheiden, Matteo«, schaltete sich Ludivine ein. »Um als Schweizer Künstler bei den hiesigen Kultursnobs etwas zu gelten, muss man mindestens fünfzig Jahre tot sein oder im Ausland erfolgreich. Du machst ganz einfach gute Kunst. Ich habe das Glück gehabt, das früh zu erkennen, mehr nicht.«

Rizzardi prostete ihr zu. »Ohne dich wäre ich hier versauert. Das vergesse ich dir nie, Lüdi.«

»Dein Erfolg ist dein Verdienst. Ich bin nur die Geschäftsfrau, die sich ihr Stück davon abschneidet. Wir helfen uns gegenseitig.«

Rizzardi führte sein Glas erneut an die Lippen. Er stockte unvermittelt und setzte es ab, bevor ihn ein heftiger Hustenanfall schüttelte. Cora klopfte auf seinen Rücken. »Was ist mit dir? Du bist ganz blass.«

Er winkte ab. »Keine Sorge, ich habe mich verschluckt – die Luft hier oben, die Höhe. Ich bin es nicht gewohnt.«

»Hast du deine Medis genommen?« Ludivine beugte sich besorgt über ihn. Die anderen unterbrachen ihre Gespräche.

»Du brauchst Medikamente?«, fragte Cora.

Rizzardi nickte verbissen. »Herzfehler, von Geburt auf. Solange ich die Pillen nehme, ist es kein Problem.« Er schaute Ludivine an. »Schon gut, Lüdi. Ich habe sie brav eingeworfen vor dem Essen, wie der Onkel Doktor es gesagt hat.« Er warf Gamper einen Seitenblick zu.

»Du tust das für dich«, sagte dieser.

»Nicht nur«, entgegnete Ludivine sorgenvoll. »Deine nächste Ausstellung ist für uns beide wichtig, Matteo. Also trag gefälligst Sorge zu dir.«

»Ist ja gut, macht mal kein Aufhebens.« Er trank einen Schluck vom Glas Wasser, das ihm Chantal hingestellt hatte.

Sein Gesicht gewann wieder Farbe, soweit Cora das im Schummerlicht des Raumes erkennen konnte. »Bist du sein Hausarzt?«, fragte sie Gamper.

»Reiner Freundschaftsdienst zugunsten eines Kulturschaffenden.«

»Wie nobel.«

»Mit den Medikamenten ist er imstande, ein normales Leben zu führen. Möglicherweise hat ihn das Wiedersehen mit dir aufgewühlt.«

»Übertreib mal nicht. Ist das nicht eher bei dir der Fall?«

Gamper warf einen verstohlenen Blick in die Runde. Die Tischgemeinschaft hatte sich wieder in ihre Zwiegespräche vertieft. Ludivine bemutterte Rizzardi.

»Aus uns beiden hätte etwas werden können, früher, meinst du nicht?«, raunte Gamper Cora zu.

Sie hielt die Hand über ihr Weinglas und lächelte Schwizgebel kopfschüttelnd zu, der ihr nachschenken wollte. »Gott sei Dank sagst du ›früher‹. Ich denke, an mir lag es nicht, René. Du weißt, wie ich es mit der Treue halte.«

»Damals hast du –«

Cora legte die Hand auf seinen Arm. »Reden wir nicht mehr davon, was wir hätten tun oder lassen können. Wir waren jung und dumm.« Sie warf einen Seitenblick zu Ludivine, die sich inzwischen angeregt mit Sibylle und Magdalena unterhielt. »Du hattest dich für sie entschieden.«

»Und? Sieht nicht so aus, als wäre das was geworden.«

Cora schürzte die Lippen. »Das Leben hat uns allen mitgespielt. Trotzdem geht es uns heute nicht so schlecht, oder?«

»Erst wer alles hat, merkt, was ihm fehlt.«

Cora lachte. »Bist du auf deine alten Tage unter die Philosophen gegangen?«

Er erwiderte ihr Grinsen.

»Darf man an der Erheiterung teilhaben?«, fragte Alexander.

»Dafür bist du zu jung, mein Sohn. Vielleicht kann Cora –«

Eine erneute Hustenattacke Rizzardis unterbrach die Gespräche. Cora kümmerte sich sofort um ihn. Der Anfall war ernster als der vorangegangene. Rizzardis Gesicht lief blau an, und er schnappte nach Luft. Seine Hand klammerte sich an Coras. »Ich … wir … reden … Zimmer.«

»Sprich nicht, Matteo, versuche zu atmen«, sagte Cora.

»Umschlag … Zimmer«, röchelte er.

Ludivine und Gamper waren aufgesprungen. Sie halfen Cora, Rizzardi auf die Couch im hinteren Teil des Raumes neben dem Tischchen mit der Kristallglasglocke zu legen.

»Was ist mit ihm?«, fragte Cora.

Ludivine sah sie ratlos an. »Ich … ich verstehe das nicht. So was ist ihm noch nie passiert.«

Rizzardi erholte sich nicht. »Tut so weh«, stöhnte er. Mitten im Versuch, sich aufzurichten, erstarrte er. Sein Körper wurde von Krämpfen geschüttelt, bevor er erschlaffte.

»Matteo!« Ludivine wollte ihren Arm um ihn legen. Cora hielt sie zurück. »Gib ihm Raum. René kümmert sich um ihn.« Allerdings brauchte sie nicht Ärztin zu sein, damit sie zum gleichen Schluss kam wie Gamper.

Gamper richtete sich auf. »Matteo ist tot. Herzstillstand.«

Die Atmosphäre im Raum war bleiern. Magdalena begann zu weinen. Coras Blick fiel auf den Kristall unter der Glasglocke. Die rote Farbe schien in der Stille intensiver zu leuchten.

***

Bloch und Gamper trugen Rizzardis Leichnam in sein Zimmer und legten ihn aufs Bett. Die Fassungslosigkeit stand ihnen ins Gesicht geschrieben, nachdem sie in den Großen Salon zurückgekehrt waren.

»War dieser plötzliche Tod voraussehbar?«, fragte Cora. Sie schenkte sich und den beiden einen alten Armagnac ein. Sie brauchte etwas Stärkeres als den Tee, den Chantal servierte.

»Nun ja«, begann Gamper. »Matteo war von jeher eine fragile Natur. Wenn jeweils im Winter die Grippewelle anrollte, erwischte es ihn ständig, obwohl er sich impfen ließ. Und außerdem …« Gamper starrte ernst ins Kaminfeuer.

»Außerdem?«, fragte Cora.

»Er litt unter einem Atriumseptumdefekt. Das ist, einfach gesagt, ein Loch in der Herzscheidewand auf der Ebene des Vorhofes. Er wurde vor Jahren operativ behoben, aber es kann immer was passieren, womit man nicht rechnet«, fuhr Gamper fort. »Er hat gut auf die Medikamente angesprochen. Vielleicht hat ihn etwas aufgeregt, oder die Höhe ist ihm nicht bekommen.«

»Das kann ich mir nicht vorstellen«, erwiderte Ludivine. »›Blutlauenen‹ liegt auf knapp tausendachthundert Metern. Matteo ist ständig überallhin in Europa und in die Staaten geflogen. Der Kabinendruck bei einem Verkehrsflugzeug auf Reiseflughöhe entspricht einem Luftdruck auf zweitausendfünfhundert Metern Meereshöhe. Wenn das die Ursache sein soll, hätte er es schon lange merken müssen.«

»Besteht die Möglichkeit, dass etwas mit dem Medikament nicht stimmt?«, fragte Cora. »Eine falsche Dosierung vielleicht?«

»Nein«, sagte Gamper. »Matteo nimmt diese Pillen seit Jahren. Einen Produktionsfehler des Herstellers schließe ich aus. Die Prozesse werden strikt überwacht. Die Wahrscheinlichkeit eines Fehlers ist verschwindend klein.«

»Gift?«

Alle Köpfe schnellten zu Cora herum.

»Meinst du das im Ernst?«, fragte Bloch, dessen Jovialität wie weggeblasen war.

»Entschuldigt, ich denke laut«, antwortete Cora.

»Mir wäre es lieber, wenn du so was leise oder gar nicht denken würdest«, sagte Bloch.

»Matteo hat das Gleiche gegessen und getrunken wie wir alle«, wandte Gamper ein. »Sollte Matteos Essen vergiftet gewesen sein, müssten wir es auch spüren.«

»Jemand könnte in einem unbeobachteten Moment etwas in seinen Teller oder in sein Glas getan haben.«

Bloch sah Cora empört an. »Du verdächtigst einen von uns? Bist du noch ganz bei Trost?«

»Ich verdächtige niemanden, Richi. Es geht darum, eine Erklärung zu finden.« Blochs Reaktion war ihr unverständlich. Seine stets vergnügte Miene hatte sich in eine wütende Fratze verwandelt.

»Aber Cora«, sagte Ludivine. »Das würde bedeuten, jemand von uns … hätte Matteo umgebracht – aus welchem Grund?«

Cora hob beschwichtigend die Hände. »Ich will keinen

unbegründeten Verdacht äußern. Denkt ihr nicht, wir sollten mindestens versuchen, uns über die Ursache für Matteos Tod klar zu werden?«

»Es bringt nichts, wilde Spekulationen anzustellen«, sagte Gamper. »Fakt ist, Matteo war herzkrank. Ich diagnostiziere Herzinfarkt als Todesursache. Der Fall muss ohnehin gemeldet werden. Allenfalls ordnet der Staatsanwalt eine Obduktion an. Im Moment können wir nicht mehr tun.«

Ludivine sah auf die Uhr. »Schon nach halb zwölf. Es hat keinen Zweck, um diese Zeit jemanden anzurufen.«

»Womöglich morgen auch nicht«, meldete sich Sibylle zu Wort. »Habt ihr mal hinausgesehen? Da braut sich was zusammen.«

Sie traten an die Fenster. Ludivine öffnete die Terrassentür. In der Aufregung hatten sie den auffrischenden Wind nicht bemerkt, der jetzt in heftigen Böen wehte. Regentropfen trafen wie feine Nadeln auf ihre vor Erregung und vom Kaminfeuer erhitzten Gesichter. Die Temperatur war merklich zurückgegangen. Ludivine konsultierte die antiquarische Wetterstation an der Wand neben der Tür. »Sieht nicht gut aus. Wenn Luftdruck und Temperatur weiter fallen, gibt's noch in der Nacht Schnee.« Sie schloss die Tür.

»Dann fliegt kein Helikopter, oder?«, fragte Sibylle.

»Jedenfalls nicht bei schlechter Sicht.«

»Das heißt, wir müssen alle hierbleiben mit einem Toten?« Magdalena war leichenblass geworden.

»Matteo tut dir nichts mehr, Mägi«, sagte Bloch. »Oder hast du Angst vor Geistern? Da fürchte ich mich eher vor Coras Mordgeschichten. Womöglich sucht sie neue Storys für ihr Käseblatt.«

Das reichte Cora. »Was habe ich dir getan, Richard?«, sagte sie wütend. »Denkst du, das Ganze geht mir nicht an die Nieren?«

Ludivine trat zwischen sie. »Kommt, das hat keinen Zweck. Lasst uns zu Bett gehen. Morgen sehen wir weiter.«

Mit einer abschätzigen Geste drehte Bloch den beiden Frauen den Rücken zu und ging hinaus.

»Ich bleibe nicht einen Tag länger hier«, verkündete Magdalena. »Ich packe und verschwinde, sobald morgen ein Heli da ist.«

»Wenn das Wetter so weiterwütet, kannst du morgen früh gleich wieder auspacken«, wiederholte Sibylle ihre Ansage.

»Warten wir ab«, sagte Gamper. »Kann sein, dass es nur ein Gewitter ist.«

»Wenn Meteo Schweiz sagt, es kommt ein Sturm, dann kommt auch einer, Dad«, erwiderte Alexander. Mit einem vielsagenden Blick in Coras Richtung verließ er den Raum.

Die sichtlich mitgenommene Ludivine machte es ihm nach. »Ich brauche Ruhe, um Matteos Tod zu verarbeiten. Wir beraten morgen weiter. Wer hier unten bleiben und etwas trinken will: Ihr wisst, wo alles steht.« Sie nickte Chantal und Schwizgebel kurz zu, offenbar ein Zeichen für die beiden, sich zurückzuziehen.

Cora schloss sich ihr an. »Meinst du, wir sitzen morgen fest?«, fragte sie, als sie zwischen dem Spalier von Tierköpfen im Treppenhaus auf ihre Etage gingen.

»Es wäre nicht das erste Mal. Es tut mir leid, Cora.«

»Was?«

»Dich mitgeschleift zu haben. Hätte ich gewusst, dass das Wetter so dramatisch kehrt, hätte ich das Treffen verschoben oder woanders durchgeführt.«

»Wenn's die Wetterfrösche nicht voraussehen konnten, wie solltest du? Mach dir nichts draus.« Cora legte beruhigend eine Hand auf Ludivines Arm. »Kann ich dich was fragen?«

»Immer zu.«

»Macht es dir nichts aus, dass René hier ist?«

Ludivine sah sie verblüfft von der Seite an. »Was ist das für eine Frage? Ich habe ihn eingeladen.«

»Ihr wart früher zusammen, ich meine, weil …«

»Weil wir mal verlobt waren, willst du sagen?«

Cora vermied es, Ludivine anzusehen.

»Das ist dreißig Jahre her. Damals verliebte man sich schnell mal Hals über Kopf, das weißt du selber. René hat eine andere geheiratet und ich meinen Banker. Damit bin ich nicht schlecht gefahren, wie du siehst. C'est la vie.«

»Es war trotzdem schwer für dich damals, nicht wahr?«

»Leicht war es nicht.« Ludivine zupfte an ihrem Foulard. »Es gab Schlimmeres.« Sie tätschelte Coras Hand. »Ich bin froh, dass du gekommen bist. Wirst du mir morgen helfen, mit dem Ganzen hier? Ich denke nicht, diesbezüglich auf Sibylle oder auf Magdalena zählen zu können. Und die Männer … du weißt ja: Jemand muss ihnen die Stirn bieten.«

»Du kannst dich auf mich verlassen, Lüdi.«

»Danke, Cora. Schlaf gut.«

Cora sah Ludivine nach, bis sie in ihrem Quartier verschwunden war, bevor sie ihre Tür aufschloss. Auf der Schwelle blieb sie wie angewurzelt stehen. Jemand war in ihrem Zimmer gewesen.

***

Cora schreckte aus dem Schlaf hoch. Hatte sie das Geräusch wirklich gehört, oder war es nur ein Traum gewesen?

Mund und Kehle fühlten sich trocken an. Das lag zweifellos am Armagnac, von dem sie etwas zu viel intus hatte. Sie stieg aus dem Bett und trat ans Fenster. Der Sturm hatte sich verstärkt. Heftige Winde trieben gewaltige Regenschwaden vor sich her. Cora glaubte, talwärts stiebende Schneeflocken und Graupel zu erkennen.

Sie fuhr herum. Da war es wieder, dieses Geräusch. Es kam vom Korridor. Sie stieg hastig in ihre Hose und streifte einen Pullover über das T-Shirt. Behutsam öffnete sie die Tür und spähte hinaus. Keine Menschenseele war zu sehen. Sie hätte geschworen, eine zuschlagende Tür gehört zu haben.

Am Ende des Ganges lag Ludivines Apartment. Sibylle

schlief in einem der Nachbarzimmer. Cora wusste nicht, in welchem. Magdalenas Zimmer lag im Stock über ihr. Dasselbe galt für Blochs und Rizzardis Unterkünfte. Die Zimmer von Gamper und Sohn befanden sich ebenfalls auf der oberen Etage. Cora dachte an Magdalena, die unter demselben Dach wie der Leichnam, sogar neben seinem Zimmer, schlafen musste. Sie hatte die resolut auftretende Politikerin nicht für derart zartbesaitet gehalten.

Sibylle war da kaltblütiger. Während des Abends war sie auf Distanz zu Rizzardi geblieben. Dem war nicht immer so gewesen. Zu Beginn, als die Clique sich frisch formiert hatte, waren sie ein Herz und eine Seele gewesen. Cora hatte sie einmal bei einem Kellerfest im Haus von Gampers Eltern in Günsberg beobachtet, ohne von den beiden bemerkt zu werden. Sie hatten sich in den Veloabstellraum verdrückt. Cora war von der Toilette zurückgekehrt und hatte durch den Spalt der angelehnten Tür gesehen, wie Sibylles Hand in seinen geöffneten Hosenschlitz schlüpfte, wobei sich Rizzardis Finger unter Sibylles Pullover geschoben hatten. Cora hatte sich das Ganze nicht bis zum Schluss ansehen wollen und war zu den anderen zurückgekehrt. Danach waren die beiden für einige Monate zusammengeblieben. Nach einem längeren England-Aufenthalt hatte sich Sibylle von Rizzardi getrennt. Zumindest glaubte Cora, die Initiative sei von ihr ausgegangen. Merkwürdigerweise hatte die Trennung Sibylle danach mehr zu schaffen gemacht, als sie es sich hatte anmerken lassen. Rizzardi hatte sich daraufhin seinen verrückten Kunstprojekten gewidmet. Die Idee, Cora als Modell für seine Venus von Milo zu benutzen, war in dieser Zeit gereift. Coras Beobachtungen im Haus Gamper waren für sie mit ein Grund gewesen, dem Jungkünstler die kalte Schulter mit dem für ihn schmerzhaften Nachdruck zu zeigen. Hätte sie ihn nicht bei der unbeholfenen Fummelei mit Sibylle ertappt, wäre sie nicht mal abgeneigt gewesen. Ganz sicher hätte sie zu jener Zeit keine Hemmungen gehabt, als Vorlage für eine moderne Venus die Hüllen fallen zu lassen.

Vielleicht … Cora wischte den Gedanken beiseite. Der arme Rizzardi war tot. Es war müßig, über verpasste Gelegenheiten nachzudenken. Gemeinsam mit Gamper Zeit unter einem Dach mit Ludivine verbringen zu müssen war heikel genug. Sie sehnte den Tagesanbruch herbei. Es würde sie ablenken, Ludivine zu helfen, sich mit den Behörden wegen des Abtransports von Rizzardis Leiche herumzuschlagen und alle Fragen zu beantworten. Sie wusste nicht mal, ob er Angehörige hatte, die verständigt werden mussten. Gamper war vermutlich besser im Bild.

Sie konnte sich nicht erklären, warum es sie irritierte, wie unbeschwert Ludivine mit Gamper umging. Nachdem sich die beiden getrennt hatten, war Ludivine regelrecht zusammengebrochen. Ihre Mutter war damals mit ihr für längere Zeit weggefahren. Die Zeit heilt möglicherweise alle Wunden. Cora fand die Weisheit stumpfsinnig. Auf sie traf sie jedenfalls nicht zu.

Sie fragte sich, ob es an ihr lag. Keine zwölf Stunden nachdem sie angekommen war, passierten die tragischsten Dinge. Was hatte Rizzardi ihr sagen wollen, bevor er starb? Oder bildete sie sich das nur ein? Sah sie Gespenster? Als sie vorhin in ihr Zimmer gekommen war, war sie überzeugt gewesen, jemand hätte sich Zutritt verschafft, während sie unten war. Konnte es Rizzardi gewesen sein? Bevor er sich vor dem Essen bei ihr bemerkbar machte, hatte sie sich mit Bloch unterhalten. Er hätte in der Zwischenzeit Gelegenheit gehabt, in ihr Zimmer einzudringen. Dass er keinen Schlüssel hatte, wollte nichts heißen. Die Türen waren mit herkömmlichen Bartschlössern ausgestattet. Oft passte bei dieser Ausführung ein Schlüssel zu mehreren Schlössern. Als sie zurückkam, um sich schlafen zu legen, war ihr sofort die Reisetasche auf dem Boden aufgefallen. Sie war sich absolut sicher, sie vor dem Essen auf das Bett gestellt zu haben, weil sie sich für den Abend hatte umziehen wollen. Den Reißverschluss hatte sie offen gelassen. Als sie zurückkam, war die Tasche zu. Cora hatte reingeschaut. Es fehlte nichts. Die Hefter mit Wagners Unterlagen waren komplett. In der Hoffnung, am Morgen klarer sehen und denken zu können, hatte sie sich hingelegt, nachdem sie auf ihrem Handy nachgesehen hatte, ob sie Nachrichten von den Kindern erhalten hatte. Das war eine Fehlanzeige, weil kein Netz vorhanden war.

Sie verspürte Durst auf ein Heißgetränk. Im Zimmer gab es nichts, womit sie hätte heißes Wasser zubereiten können. Auf der Anrichte im Essraum meinte sie, einen Wasserkocher gesehen zu haben.

Es war ein schwieriges Unterfangen, geräuschlos die alte Holztreppe hinunterzugehen. Cora befürchtete, dass das Knarren der Holzstufen noch im Tal unten zu hören war.

Im Großen Salon betätigte sie den Lichtschalter. Sie wollte nicht im Dunkeln über einen Sessel stolpern. Das Licht ging nicht an. Cora erstarrte. Der Sturm heulte draußen, die Stille im Innern war bedrückend. Das gleichmäßige Ticktack der Standuhr und die langsam erkaltende Glut des Cheminéefeuers waren die einzigen Lebenszeichen. Das Unwetter musste einen Kurzschluss verursacht haben. Der Plan, Wasser zu kochen, war hinfällig. Für Cora kein Grund, aufzugeben. Auf dem Kaminsims hatte sie Kerzen und Streichhölzer gesehen. Sie tastete sich vorwärts und schaffte es ohne zu stolpern bis zum Cheminée mit der geräumigen Feueröffnung. Wenn es sein musste, konnte man darin ganze Wildschweine braten. Sie tastete mit einer Hand den Sims ab, der über ihrer Augenhöhe lag. Sie bekam eine große Kerze und eine Schachtel mit Streichhölzern zu fassen.

In der Aura des Kerzenscheins ging sie hinüber zum Kleinen Salon. Der Kopf einer Grant-Gazelle starrte sie eigentümlich an, als das flackernde Licht ihn im Vorbeigehen streifte. »Schau mich nicht so an«, murmelte Cora. »Tut mir ja auch leid, dass du hier hängen musst. Ich kann nichts dafür.«

Auf der Anrichte stand kein Wasserkocher, dafür zwei Thermosflaschen mit heißem Wasser und ein Brotkorb mit einer reichhaltigen Auswahl an Teebeuteln. Cora entschied sich für Kamille. Das Wasser hatte gerade die richtige Temperatur. Mit einer vollen Tasse setzte sie sich an den Tisch. Draußen jagte der Sturm unvermindert Regen- und Graupelschauer durch die nächtliche Landschaft. Es verhieß für den nächsten Tag nichts Gutes.

Sie ließ sich in einen Sessel sinken. Ihr Blick wanderte zu dem Tischchen mit der Glashaube. Das schummrige Licht trieb sein Spiel mit den Facetten der Rubine. Cora sah ihm gebannt zu, während sie ihren Tee langsam trank. Als sie die Tasse für den letzten Schluck zu den Lippen führte, hielt sie abrupt inne. Einen Augenblick lang machte es den Anschein, der Stein wäre lebendig. Im Rubinrot lag eine Bewegung, wie Blut, das durch Adern floss. Cora stand auf und hielt die Kerze näher an die Glasglocke. Die Rubine funkelten dunkelrot in ihrer Starrheit. Ihre vorherige Sitzposition und das Lichtspiel hatten ihr etwas vorgegaukelt. Cora atmete auf. Gleichzeitig legte sich ein beklemmender Druck auf ihr Gemüt. Die Intensität dieses Stück Berges strahlte dessen ganze Energie aus. Sie hatte nicht das Gefühl, dass er ihr wohlgesinnt war. »Zeit, ins Bett zu gehen«, murmelte sie und zwang sich aufzustehen.

Im Vestibül spürte sie einen kühlen Lufthauch an der Wange. Aus der Richtung der Küche drang ein Lichtschimmer zu ihr, und sie glaubte, einen vorbeihuschenden Schatten zu sehen. »Ist da jemand – Chantal?« Wer sonst hätte um diese Zeit hier etwas zu suchen gehabt? Die Antwort war Stille. Das Quartier der Haushälterin lag in diesem Bereich des Hauses. Wahrscheinlich hatte sie der Toilette einen Besuch abgestattet.

Nachdem sie den Schlüssel im Schloss gedreht hatte, atmete sie erleichtert auf. Bevor sie zurück ins Bett stieg, sah sie ein letztes Mal zum Fenster hinaus.

Es hatte angefangen zu schneien.

FÜNF

Die leise Hoffnung, die Auswirkungen des Unwetters würden sich als weniger schlimm erweisen als befürchtet, machte der nächste Morgen brutal zunichte. Im Gegenteil: Der Sturm tobte mit unverminderter Kraft. Der Schneefall hatte sich intensiviert. Die am Vortag schneefreien Bergweiden lagen unter einer mehrere Zentimeter dicken weißen Schicht. In absehbarer Zeit sah es nicht nach einer Wetterbesserung aus.

Das Schneegestöber und eine dichte Nebelwand beschränkten die Sicht bis auf wenige Meter. Ein Helikopter konnte bei solchen Verhältnissen unmöglich sicher landen.

Im Zimmer war es kühl. Cora legte eine Hand auf die Heizkörper der Elektroheizung. Sie waren kalt, eine Folge des nächtlichen Stromausfalls. In der Zimmerecke neben der Tür stand ein kleiner Holzofen. Der Brennholzkorb daneben war leer. Cora würde sich einen Vorrat besorgen.

Chantal hatte mit Schwizgebels Hilfe ein üppiges Frühstück mit Ei in drei Variationen zubereitet. Dazu gab es gebratenen Speck, Aufschnitt und Käse. Für diejenigen, die mit Cholesterolbomben nichts anfangen konnten, stand eine reiche Auswahl an Cerealien, Müesli, Joghurt und selbst gebackenem Brot mit Butter und Konfitüre zur Verfügung. Ludivine schien keinen Aufwand zu scheuen, ihren Gästen, trotz aller Widrigkeit, den Aufenthalt so angenehm wie möglich zu gestalten.

»Hat jemand Netz?« Ludivine blickte von ihrem Handy auf.

Wie auf Kommando zogen alle bis auf Cora ihre Geräte hervor. Sie war bereits vor dem Frühstück vergeblich mit erhobenem Handy im Zimmer und auf dem Korridor herumgelaufen. Es gab keine Verbindung zur Außenwelt. Das schmerzte Cora, wegen der Kinder. Sie sehnte sich danach, Milas Stimme zu hören.

»Der Sturm muss einen oder mehrere Funkmaste beschädigt haben«, sagte Gamper.

»Gibt's hier Festnetz?«, fragte Cora.

»Nicht mehr«, antwortete Ludivine. »Ich habe den Vertrag vor einem Jahr gekündigt, tut mir leid.«

»Letzte Nacht war der Strom weg, ist er wieder da?«, fragte Cora weiter.

Ludivine verneinte auch das. »Etwas da draußen muss furchtbar schiefgegangen sein. Fredi versucht gerade, den Generator in Gang zu setzen. Es dürfte schwierig sein, das altersschwache Ding zum Leben zu erwecken. Ohne Strom werden wir gezwungen sein, mit Holz zu heizen. Jedes von euren Zimmern verfügt über einen Holzofen. Fredi wird euch Brennholz hineinlegen. Für das Licht ist ein großer Kerzenvorrat vorhanden.«

»Kein Strom und kein Telefon«, sagte Cora. »Wir haben keine Möglichkeit, die Behörden über den Todesfall zu unterrichten, geschweige denn Matteos Leichnam evakuieren zu lassen. Im schlimmsten Fall können wir nicht mal einen Notruf absetzen.«

»Bei dem Wetter fliegt auch kein Helikopter«, sagte Alexander.

»Wir haben keinen Grund zur Besorgnis«, sagte Ludivine. »Das Unwetter kann nicht ewig dauern. Spätestens am Dienstagnachmittag wird uns der Helikopter abholen. Im schlimmsten Fall, wenn es nicht klappt, wird Air-Glaciers versuchen, sich mit uns in Verbindung zu setzen. Doch bis dahin bessert sich das Wetter ganz sicher.«

Cora pflichtete ihr bei. Was auch immer der Sturm in der Region angerichtet haben mochte, in der Regel war es hierzulande eine Frage von Tagen, bis die Schäden behoben und die Infrastruktur wieder instand gesetzt war.

»Ich will nur weg«, jammerte Magdalena. »Mir ist's hier zu unheimlich.«

»Ach Mägi«, Sibylle legte einen Arm um die Schultern ihrer Freundin, »lass deinen Krimischmöker liegen und such dir in der Bibliothek einen saftigen Liebesroman. Dann sieht die Welt gleich rosiger aus.«

»Wir könnten versuchen, zu Fuß ins Tal hinunterzugehen. Cora ist ja auch heraufgekommen«, sagte Magdalena.

»Davon würde ich abraten«, sagte Cora. »Gestern schon war der Pfad wegen der Winterschäden schwer begehbar. Ich musste höllisch aufpassen und schauen, wo ich hintrete. Mit dem, was letzte Nacht heruntergekommen ist, muss sein Zustand inzwischen halsbrecherisch sein.«

»Außerdem ist es gut möglich, dass er verschüttet ist, wäre nicht das erste Mal«, sagte Ludivine.

Cora pflichtete ihr bei. »Wenn mir Brand nicht geholfen hätte –«

Ein schrilles Klirren ließ alle hochfahren. Chantal starrte erschrocken in die Runde. Sie hatte die große Glasschüssel mit den Müesliflocken fallen lassen.

»Was ist los mit Ihnen, Chantal?«, fragte Ludivine besorgt. »Sie sind totenblass.«

»Es … es tut mir leid, Madame. Die Schüssel ist mir aus der Hand gerutscht. Ich … Sie können sie mir vom Gehalt abziehen.«

»Reden Sie keinen Unsinn. Gehen Sie und ruhen Sie sich einen Moment aus. Ich wische die Scherben nachher selber weg. Soll ich Sie begleiten?«

»Danke, Madame. Ich komme zurecht.«

»Bist du sicher, ihr fehlt nichts?«, fragte Cora, als Chantal draußen war. »Sie hat sich echt erschrocken.«

»Sie wird alt, auch wenn sie es sich nicht zugeben will«, sagte Ludivine. »Sobald das Haus verkauft ist, zahle ich ihr eine Abfindung. Zusammen mit der Altersrente kann sie sich damit einen schönen Lebensabend leisten.«

»Großzügig von dir.«

»Das ist das Mindeste. Sie hat ihr ganzes Leben lang für die Familie geschuftet.«

»Gibt es noch andere Wege ins Tal?«, wechselte Cora das Thema.

»Richtung Süden liegt der Rundweg zur Geltenhütte, und von dort kommt man auch ins Tal hinunter«, erklärte Ludivine. »Üblicherweise braucht man eine gute Stunde für die Strecke bis zur Hütte und eine weitere bis anderthalb zum Lauenensee. Doch bei diesem Wetter – ich weiß nicht. Man muss durch den ›Geltentritt‹. Das ist eine Felswand, die über eine Metallleiter und einen felsigen, glitschigen Pfad überwunden werden muss. Für ungeübte Berggänger ist das nicht zu empfehlen, erst recht nicht bei diesem Wetter. Wenn man abrutscht, ist der nächste Halt hundert Meter weiter unten, am Fuß der Wand.«

»Und sonst?«

»Über den Tungelpass in die Lenk. Unter normalen Bedingungen sind das drei bis vier Stunden Marschzeit. Bei dieser Wetterlage und ohne Kenntnisse der Gegend praktisch unmöglich, außer jemand will sich freiwillig in Lebensgefahr begeben.«

»Finden wir uns damit ab«, sagte Gamper. »Wir sitzen fest.«

Die Runde verfiel in nachdenkliches Schweigen. Magdalena hörte nicht auf zu jammern. Cora hätte sie am liebsten geschüttelt. Flennen brachte in dieser Situation weiß Gott nichts. Sie schwebten nicht in unmittelbarer Lebensgefahr.

Alexander hob die Hand wie ein braver Schüler im Unterricht. »Was machen wir mit dem Toten?«

Die Runde sah ihn fragend an. »Wie meinst du das?«, fragte Gamper.

»Ist doch komisch, ihn in seinem Zimmer liegen zu lassen. Wenn wir ihn nicht bald fortschaffen können, fängt er bald an zu … weiß nicht … zu riechen, meint ihr nicht?«

Alexander sah Cora an, als erwarte er speziell von ihr Unterstützung. Er hatte nicht unrecht. Rizzardis Leichnam konnte nicht in seinem Zimmer liegen bleiben, wenn unklar war, wie lange es bis zu seiner Überführung dauern konnte.

Ludivine war der gleichen Ansicht. »Es gibt im Keller einen zweiten Kühlraum, der nicht genutzt wird. Das Kälteaggregat ist seit Jahren defekt. Es wurde nie repariert, weil der Raum nicht mehr benötigt wurde. In dieser Jahreszeit und vor allem bei dem Wetter müsste die Temperatur niedrig genug sein.«

»Ich kümmere mich darum.« Gamper sah in die Runde. »Wo steckt Bloch? Normalerweise schläft der doch nicht so lange.«

Cora war aufgefallen, dass Bloch am Tisch fehlte, sie hatte sich jedoch bis zu Gampers Feststellung nichts weiter dabei gedacht. Von einer unguten inneren Ahnung getrieben, richtete sie ihr Augenmerk auf die Kristallglocke. Das beklemmende Gefühl in der Magengegend meldete sich wieder. »Wir müssen nach ihm sehen, sofort.« Sie erhob sich von ihrem Stuhl.

»Zu seinem Zimmer, schnell!« Gefolgt von Alexander eilte Gamper aus dem Raum.

»Bleibt hier, bis wir euch rufen«, sagte Cora zu den zurückbleibenden Frauen, bevor sie den beiden folgte.

Sie holte sie vor Blochs Zimmer im zweiten Stock ein. Gamper machte sich am Türschloss zu schaffen. »Abgeschlossen. Bloch gibt keine Antwort. Unser Schlüssel funktioniert bei diesem Schloss nicht.«

»Probiert es mit meinem.« Cora gab Gamper ihren Zimmerschlüssel. Er half ebenso wenig.

»Tür eintreten?«, fragte Alexander und sah sie auffordernd an.

»So was nennt sich Gefahr im Verzug, glaube ich.« Cora nickte ihm zu.

Alexander benötigte zwei Fußtritte, bis die Tür aufsprang.

Bloch lag angezogen auf dem Bett. Man war versucht zu glauben, er mache ein Nickerchen, wären die weit aufgerissenen Augen und der offene Mund nicht gewesen. Gamper prüfte den Puls an seiner Halsschlagader. Er sah Cora an und schüttelte den Kopf. Richard Bloch lebte nicht mehr.

Cora hatte Ludivine diskret gebeten, heraufzukommen. Sibylle und Magdalena waren im Kleinen Salon geblieben. Sie und Ludivine beobachteten Gamper, wie er Blochs Leichnam untersuchte.

»Ist er etwa auch an einem Herzinfarkt gestorben?«, fragte Cora.

Gamper richtete sich auf. »Kann ich nicht sagen. Richard war Alkohol und gutem Essen nicht abgeneigt, und er hielt nichts von Sport. Ich war nicht sein Arzt. Er hat ständig betont, er sei gesund und kräftig wie ein Stier.«

»Altersschwäche wird ihn nicht umgebracht haben«, sagte Ludivine.

»Ganz sicher nicht.« Gamper bedeutete ihnen, näher zu kommen. »Da ist was anderes.«

»Wie meinst du das?« Cora beugte sich zum Toten hinunter.

Ludivine zögerte. »Ich muss das nicht sehen.« Sie trat einen Schritt zurück.

Gamper zeigte auf die Nasen- und Mundpartie in Blochs wächsernem Gesicht. »Die Haut ist an diesen Stellen vertrocknet. Siehst du das?«

Cora rückte ihren Kopf nah heran. Die Haut war gerötet. »Was heißt das?«

»Sieh dir seine Augen an.«

Cora bemerkte punktförmige Einblutungen im Weiß des Augapfels. »Ist er erstickt?«

»Erstickt?«, fragte Ludivine entsetzt.

Cora richtete sich auf. »Es ist nicht zu vermuten, dass Richi sich ins Bett gelegt hat und plötzlich einfach keine Luft mehr gekriegt hat.«

»Kaum, da wurde nachgeholfen«, sagte Gamper nüchtern.

»Wie?«

»Er wurde erstickt, wohl mit einem Kissen.« Er tippte auf Blochs Kopfkissen.

»Wie kommst du darauf?«

»Bist du immer noch so hart im Nehmen wie früher?« Er reichte Cora eine kleine Stablampe, mit der man Pupillenreflexe untersuchte. »Leuchte in seine Nase und den Mund.«

Cora tat wie geheißen. »Da sind helle Partikel«, sagte sie nach einer Weile. »Könnten Spuren von Fasern sein.«

»Sie sind weiß, die gleiche Farbe wie das Kissen.«

»Also wurde Richi …«

»… ermordet, vermutlich, jedenfalls hat jemand bei seinem Tod nachgeholfen. Natürlich muss das die Rechtsmedizin abschließend feststellen. Ich verwette meine Zulassung, dass man ihm das Kissen auf den Kopf gedrückt hat.«

»Wäre nützlich, auch gleich den Namen von diesem ›man‹ zu wissen.« Cora richtete sich auf. »Richi muss sich gewehrt haben. Einen Riesenkerl wie ihn mit einem Kissen zu ersticken erfordert einiges an Kraft. Ich kann keine äußeren Abwehrspuren erkennen.« Coras Blick schweifte durch den Raum. »Einen Kampf hat es nicht gegeben, soweit ich das beurteilen kann.«

»Der arme Kerl hatte gestern Abend zünftig geladen, als er schlafen ging. Möglich, dass er ins Bett geplumpst ist und gleich weg war. Sein Mörder hat ihn im Schlaf überrascht und konnte ihm ohne Gegenwehr das Kissen auf das Gesicht pressen. Betrunken, wie er war, hatte Richi keine Chance.«

»Ich bekomme weiche Knie, wenn ich euch zuhöre«, sagte Ludivine. Sie setzte sich in einen Sessel am Fenster. »Das ist ein Alptraum. Wer soll denn Richi umgebracht haben? Und wie soll der Täter ins Zimmer gekommen sein? Es war abgeschlossen.«

»Wenn jemand unbedingt hier reinkommen will, ist das Schloss kein Hindernis«, sagte Cora. »Außerdem wissen wir nicht mit Sicherheit, ob Richi abgeschlossen hatte. Er könnte im Rausch vergessen haben, den Schlüssel umzudrehen. Kann auch sein, dass der Mörder nach der Tat die Tür verriegelt hat. Als wir reingekommen sind, hat der Schlüssel nicht gesteckt. Habt ihr gesehen, ob er hier irgendwo herumliegt?«

Sie durchsuchten das Zimmer. Der Türschlüssel tauchte nirgends auf. »Scheint, du liegst richtig, Cora«, meinte Gamper anerkennend.

»Der Täter muss kräftig gewesen sein«, sagte Ludivine. »Das schließt eine Frau aus.«

Gamper verzog skeptisch den Mund. »Nicht unbedingt.

Magdalena ist zum Beispiel kräftig gebaut. Dann muss man bedenken, dass Blochs Abwehrkraft durch den Alkohol erheblich vermindert war.«

»Wir können uns doch nicht einfach gegenseitig verdächtigen«, empörte sich Ludivine. »Das ist absurd. Wer sollte einen Grund haben, Richi umzubringen?«

»Das herauszufinden wäre eigentlich Sache der Polizei«, sagte Cora. »Wir müssen etwas unternehmen. Außerdem sollten wir es den anderen sagen.«

»Sibylle wird es verkraften«, sagte Gamper. »Magdalena macht mir Sorgen. Sie ist jetzt schon am Rand eines Nervenzusammenbruchs.«

Cora musste ihm beipflichten.

Ludivine hatte ihre Fassung wiedergewonnen. »Es kann niemand von uns gewesen sein. Davon gehen wir doch aus, nicht wahr? Wir sind Jugendfreunde. Das macht doch keinen Sinn.«

Inwiefern machten Verbrechen überhaupt Sinn? Cora zweifelte, dass eine philosophische Diskussion darüber zur Problemlösung beitrug. »Ich bin mit René einig. Wir sollten vermeiden, unnötig Angst zu verbreiten. Schlimm genug, dass wir hier nicht wegkommen. Wir brauchen eine unverfängliche Erklärung und eine Idee, wie wir Blochs Tod erklären, mindestens bis die Polizei hier ist.«

Gamper nickte nach kurzem Nachdenken. »Mir kommt keine bessere Idee in den Sinn. Ich werde erklären, Bloch habe sich erbrochen und sei daran erstickt.« Er sah in die betroffenen Gesichter der beiden Frauen. »Ich weiß, das ist unschön. Zumindest ist es plausibel.« Er wandte sich an Ludivine. »Schickst du mir Schwizgebel herauf? Er soll mir und Alexander helfen, Matteo und Richard in den Kühlraum zu schaffen.«

***

Cora lag in ihrem Zimmer auf dem Bett und starrte an die Decke, während sie ihre Gedanken ordnete. Der Schock über den zweiten Todesfall saß tiefer, als sie sich gegen außen anmerken lassen wollte. Rizzardi starb möglicherweise an seinem schwachen Herzen. Bloch war eindeutig umgebracht worden. Was, wenn …? Sie setzte sich mit einem Ruck kerzengerade auf. Was, wenn Rizzardis Tod ebenfalls ein Mord gewesen war, einer, der besser vertuscht worden war als der zweite? Dann konnte es kein Zufall sein, dass es hier passierte. Es musste einen Zusammenhang geben, eine Schnittstelle, die zu einem Motiv führte. Was war mit dem unbekannten Eindringling in ihrem Zimmer? Wollte er zu ihr, oder hatte er sich in der Tür geirrt? In welchem Verhältnis standen die Ereignisse zueinander – und die Personen? Cora hatte Rizzardi und Bloch seit über zwanzig Jahren nicht mehr gesehen.

Sie rollte sich vom Bett und ging im Zimmer hin und her. Sie versuchte, das unheimliche Gefühl abzustreifen, das sich wie eine unsichtbare Schlinge um ihren Hals legte, die sich langsam zuzog. Sie musste sich ablenken. Ihr Haus in Nennigkofen fehlte ihr nun doch. Sie hätte in diesem Moment viel darum gegeben, wenigstens Van Helsing um sich zu haben. Zum Glück hatte sie ihm genügend Futter hingestellt. Außerdem würde vom Staal von Zeit zu Zeit nach ihm sehen. Ansonsten gab es in der ländlichen Umgebung genug Mäuse.

Sie checkte ihr Handy. Nach wie vor war kein Netz vorhanden. Mila hatte sicherlich versucht, sie zu erreichen. Sie würde nicht verstehen, warum Cora nicht zurückrief. Es war ihr nicht zu verdenken, wenn sie glaubte, ihre Mutter würde sie einmal mehr im Stich lassen. Letztes Jahr war ihr das beinahe zum Verhängnis geworden. Der Gedanke daran trieb Cora Tränen in die Augen. »Es tut mir leid, Mila«, flüsterte sie.

Julian war vermutlich beschäftigt, sodass er seine Mutter während ein paar Tagen nicht vermissen würde, so wie es sich für einen erwachsenen Sohn gehörte, der begann, sein eigenes Leben zu führen.

Wie aus heiterem Himmel ergriff ein Gefühl von Todesangst von Cora Besitz. Und wenn sie ihre Kinder nicht wiedersehen würde? Wenn sie und die Freunde hier oben alle Opfer eines wahnsinnigen Massenmörders wurden? Cora ergab sich den abstrusesten Grübeleien. Hatte sie sich richtig von den Kindern verabschiedet? Hatte sie ihnen alles gesagt, was sie hätte sagen sollen? Julians Abschied war, wie so oft, auf den letzten Drücker. Ein Kuss mit vollem Mund auf die Wange, ein »Halt die Ohren steif, Mam«, und schon war er mit der anderen Hälfte des Frühstücksbrotes in der Hand durch die Tür verschwunden, weil seine Freundin Lara draußen im Auto mit laufendem Motor wartete. Zwischen Mila und Cora war hingegen noch vieles offen.

»Hör auf damit, Cora!«, befahl sie sich mit lauter Stimme. Sie setzte sich im Lotussitz auf das Bett und begann mit den Atemübungen, die sie vor Jahren auf ihrer Asienreise bei buddhistischen Mönchen in einem Waldkloster in Nordthailand gelernt hatte. Schlechte Energie ausatmen, Kopf leeren, gute Energie einatmen. Befreiung. Nach zehn Minuten war sie imstande, wieder klare Gedanken zu fassen.

Ihr einziger Ansatz bei der Spurensuche war – es gab keinen. Wenn nicht irgendein verrückter Killer auf der Alp herumschlich und planlos Leute umbrachte, musste sie das Motiv woanders suchen.

Was hatte es mit Rizzardi und Bloch auf sich? Welche Leichen hatten die beiden im Keller, dass sie auf diese Weise enden mussten?

Um ihre Fragen und Gedanken besser zu ordnen, wollte sie sie niederschreiben. Cora hatte einen Schreibblock in ihre Tasche gepackt. Sie musste sich bis zuunterst durchwühlen, bevor sie ihn fand. Mit einem Ruck zog sie ihn hervor. Zu ihrer Überraschung zog sie ihn zusammen mit einem großen Umschlag hervor, der ihr zuvor nicht aufgefallen war. Sie konnte sich nicht erinnern, ihn in die Tasche gelegt zu haben.

Sie betrachtete das beigefarbene Couvert, auf dessen Vorderseite zwei Zeilen geschrieben waren:

Für Cora
Nur öffnen, falls mir etwas zustößt. M.

Es dauerte einen Moment, bevor Cora realisierte, dass »M.« für Matteo stand. Rizzardi hatte ihr den Umschlag untergeschoben. Cora fiel es wie Schuppen von den Augen. Also war es Rizzardi gewesen, der am Vorabend in ihr Zimmer eingedrungen war. Den Umschlag in ihrer Tasche zu verstauen und gleich wieder zu verschwinden, dürfte unwesentlich länger gedauert haben. Als sie ihre Sachen überprüfte, nachdem sie den Einbruch bemerkt hatte, war alles vollständig gewesen – nichts fehlte. Nie im Leben wäre sie darauf gekommen, dass ihr jemand etwas in die Tasche gelegt haben könnte.

Der Anlass war gegeben, den Umschlag zu öffnen. Er war relativ dick. Cora zog einen Bund Papiere, diverse fotokopierte Formulare und maschinengeschriebene Berichte – uralte Schriftstücke – heraus. Das erste Blatt war ein undatierter, an sie adressierter, handgeschriebener Brief mit Rizzardis Unterschrift.

Liebe Cora,
wenn du diese Zeilen liest, bin ich vermutlich tot oder nicht mehr in der Lage zu sprechen.
Was ich dir im Folgenden schildere, hat mich seit dem letzten Jahr stark beschäftigt. Als Journalistin weißt du, wie damit umgehen. Sollten diese Informationen mich das Leben kosten, sind sie es wert, veröffentlicht zu werden.
Richard ist eingeweiht. Ich hoffe, ihm wird die Sache nicht auch zum Verhängnis. Er ist ein guter Kerl und treuer Freund.
Bilde dir selber ein Urteil über das, was du liest. Die Unterlagen, die ich diesem Schreiben beilege, untermauern meine Geschichte.
Alles Liebe, Matteo

MATTEO RIZZARDI UND RICHARD BLOCH – AUGUST 2017

Es ist möglicherweise der letzte Besuch von Nonno Giuseppe. Der alte Mann hatte die Strapaze der Flugreise von Boston in die Schweiz mit Freuden auf sich genommen. Für seine fünfundneunzig Jahre strotzt er vor Energie.

Matteo besucht seinen Großvater stets, wenn er aus beruflichen Gründen mit Kunstagenten und Galerien an der US-Ostküste zu tun hat. Die Lebensfreude des Alten beeindruckt ihn immer wieder aufs Neue, so auch jetzt, bei Giuseppes erstem Besuch in Solothurn.

Der alte Herr ist unermüdlich. Er will alles entdecken. So haben sie bereits die Aussicht vom Glockenturm der St.-Ursen-Kathedrale bewundert und sind durch die Verenaschlucht zur Einsiedelei spaziert. Sogar eine Fahrt mit dem Frühstücksschiff von Solothurn die Aare hinauf bis nach Biel lag hinter ihnen. Es sind nicht nur die kulturellen und kulinarischen Sehenswürdigkeiten der Ambassadorenstadt, die Nonno Giuseppes wanderndes Auge erfreuen, sondern ebenso die sinnlichen Eindrücke. »Dio, che belle, le ragazze svizzere!«, ruft er angesichts der sommerlich gekleideten Frauen, die in der Fußgängerzone über den Marktplatz der Altstadt flanieren. Obwohl Giuseppe seit Geburt in den USA lebt und amerikanischer Staatsbürger ist, spricht er mit seinem Enkel Italienisch, das er mit der Muttermilch so selbstverständlich aufgesogen hat wie das distinguierte Englisch seiner Geburtsstadt an der Ostküste.

Sie trinken Bier auf der Terrasse der »Brasserie Fédérale« auf dem Marktplatz. »Wenn sich die Schweizerinnen eleganter zu kleiden wüssten, wären sie die schönsten Frauen der Welt«, schwärmt Giuseppe. »Wie die Mädchen damals in Bern und in Basel.«

Matteo sieht seinen Großvater erstaunt an. »Was meinst du, Nonno, warst du schon mal in der Schweiz?«

Giuseppe nickt mit einem verzückten Lächeln. »Von 1943 bis 1946. Es hatte mit dem Krieg zu tun und war geheim. Wann kommt dein Freund, damit ich die Geschichte nicht zweimal erzählen muss?« Er schaut einer jungen Frau mit einer asymmetrischen blonden Langhaarfrisur nach, die an ihnen vorbei über den Platz spaziert. Sie trägt Jeans-Shorts und ein knappes T-Shirt. Giuseppe seufzt. »Dio mio, was für ein Anblick, so wie die Berner Mädchen von früher. Du hättest sie sehen sollen, Matteo, wie sie im Sommer in ihren luftigen Kleidchen durch die Lauben der Stadt flanierten oder sonntags die Braunbären im Bärengraben fütterten. Was habe ich die Viecher um die Aufmerksamkeit dieser Geschöpfe beneidet. Und dann ihre Sprache – diese Worte in Berndeutsch, die sie mir in den warmen Nächten ins Ohr hauchten –, ein richtiges Aphrodisiakum.« Giuseppe kichert heiser. Matteo schmunzelt. Sein Nonno zeigt keine Anzeichen, des Lebens müde zu sein.

Kurz darauf steht Richard Bloch vor ihnen. Nachdem Matteo die Männer einander vorgestellt hat, setzt sich Richard an den Tisch. Mit einem Seidentuch tupft er sich die schweißnasse Stirn ab. »Entschuldigt, es hat im Restaurant länger gedauert, weil ich heute Abend nicht dort bin. Zu allem Überfluss hat sich auch der Verkehr auf der Autobahn vor der Verzweigung Luterbach gestaut.«

Matteo winkt ab. Sie warten, bis der Keller eine Stange dunkles Bier vor Richard hingestellt und dieser einen großen Schluck davon getrunken hat.

»Richard ist der Anwalt, von dem ich dir erzählt habe, Nonno«, sagt Matteo. »Er möchte deine Geschichte hören.«

»Ehemaliger Anwalt, heute bin ich Wirt«, korrigiert Richard. »Egal, gespannt bin ich auf jeden Fall.«

Matteo sieht seinen Großvater auffordernd an, bis dieser anfängt zu erzählen. Zu Matteos Erstaunen spricht er in fast akzentfreiem Deutsch weiter.

»Nach dem japanischen Angriff auf Pearl Harbor im Dezember 1941 traten die USA in den Krieg ein. Im Jahr zuvor führten die Staaten die allgemeine Wehrpflicht ein. Deshalb wurde ich eingezogen.«

Giuseppe sieht Richard grinsend an und zeigt auf Matteos schmächtige Figur. »Ich sah damals etwa so aus wie er. Während der Grundausbildung fürchtete mein Kommandeur, der erste Windstoß könnte mich hinter die feindlichen Linien pusten. Dafür war ich ein schlaues Kerlchen und fix im Dechiffrieren von geheimen Botschaften. Deshalb hat er mich für das im Juni 1942 von ›Wild Bill‹ Donovan frisch gegründete Office of Strategic Services vorgeschlagen. So hieß damals der amerikanische Geheimdienst. Meine Mutter war Südtirolerin. Neben Italienisch und Englisch spreche ich fließend Deutsch. Das war der Grund, weshalb mich Donovan 1943 nach Bern zu Allen Dulles schickte, dem Residenten des OSS in der Schweiz.«

»Was war Ihre Aufgabe?«, fragt Richard.

»Ich musste sie bespitzeln.«

»Wen?«

»Die Schweizer und ihre Geschäfte mit Hitler. Sie verkauften den Nazis massenhaft Waffen und weitere Rüstungsgüter. Die Amerikaner und Briten sahen das nicht gerne. Wegen der Schweizer Neutralität konnten sie wenig dagegen ausrichten. Unzählige lange Nächte lag ich an den Grenzbahnhöfen in Basel, Chiasso oder am Rheinhafen auf der Lauer. Ich fotografierte Frachtbriefe und zählte Güterwagen und Frachtkähne, die die Grenze Richtung Deutschland oder nach Italien überquerten.«

»Ich habe mir das Leben eines Spions im Krieg romantischer vorgestellt«, sagt Rizzardi.

»Für mich war es okay. Ich hatte tagsüber genug Freizeit, mich um die einsamen jungen Schweizerinnen zu kümmern, deren Männer im Aktivdienst die Grenzen bewachten. Die Konkurrenz war klein und die Bedürfnisse der Frauen groß.« Giuseppe zwinkert den beiden zu, bevor sich seine Miene er-

neut verfinstert. »Ab 1944 beschäftigte ich mich mit den Goldlieferungen.«

»Was für Gold?«

»Für ihre Rüstungslieferungen nach Deutschland wurde die Schweiz mit Rohstoffen wie Erdöl, Kohle, Stahl und mit Gold bezahlt.«

»Das die Nazis von ihren Eroberungen oder von den Juden zusammengestohlen hatten«, präzisiert Richard.

»Allen Dulles versuchte, über seinen Einfluss bei der Bank für Internationalen Zahlungsausgleich in Basel, wo er damals offiziell arbeitete, diesen Handel einzudämmen. Die Vorstöße stießen bei der Schweizer Regierung und der Nationalbank auf taube Ohren. Die Verantwortlichen stellten sich auf den Standpunkt, der Ursprung des Goldes lasse sich nicht nachweisen. Solange keine Beweise vorlagen, es handle sich um Blut- oder Raubgold, bestehe keine Veranlassung, die Goldkäufe abzulehnen.«

»Das heute noch typische Credo des Schweizer Bankers mit der chronisch verstopften Nase«, sagt Richard. »Geld ist sauber, solange man seinen Gestank nicht riechen kann.«

Giuseppe nickt bedächtig. »Wenn ihr Schweizer wüsstet, wie viel Blut heute noch an eurem Geld und damit an euch selbst klebt. Natürlich waren die offiziellen Goldlieferungen für uns nicht so interessant wie die inoffiziellen.«

»Welche inoffiziellen Lieferungen?«, fragt Rizzardi.

»Gegen Ende des Krieges bekamen viele Nazigrößen kalte Füße und bereiteten sich darauf vor, Deutschland den Rücken zu kehren. Leute wie Göring und Himmler hatten sich im Lauf der Zeit regelmäßig selber bedient. Sobald es ihnen zu heiß wurde, schafften sie die Beute aus Deutschland heraus. Ein beträchtlicher Teil landete vermutlich in der Schweiz.«

»Weshalb ist das für uns interessant?«, fragt Richard.

»Ende April 1945 soll es einen Transport von etwa einer Tonne Reingold, angeblich aus dem persönlichen Schatz von Heinrich Himmler, gegeben haben. Wir wissen, wann er die Grenze zwi-

schen dem St. Galler Rheintal und Vorarlberg überquerte. Dort gab es einen der letzten Übergänge, die nicht von den Alliierten überrannt worden waren. Danach verlor sich seine Spur.«

»In der Schweiz? Wie war das möglich?«

»Das fragten wir uns auch. Nur wenige waren darüber im Bild. Der Bundesrat oder die Nationalbank gehörten wohl nicht dazu. Wir vermuteten, es war ein Deal zwischen dem Schweizer Nachrichtendienst und hochgestellten SS-Leuten.«

Richard kann sich ein breites Grinsen nicht verkneifen. »Zuerst stehlen es die Nazis von den Juden, und dann lassen sie es sich von den eigenen Leuten wegschnappen?«

»Wir wissen nicht genau, was vor sich ging und wie. Fest steht, dass es wie vom Erdboden verschluckt war, wie die SS-Soldaten, die den Transport begleiteten«, sagt Giuseppe zu Richard. »Matteo dachte, es könnte sich lohnen, der Sache nachzugehen. Sie als Anwalt wissen vielleicht, wie. Ich habe die Unterlagen bei mir.«

Giuseppe lässt sich von Rizzardi eine Aktenmappe aus Karton geben, die er an Richard weiterreicht. »Schauen Sie sich das an.«

Richard geht die Papiere durch. Zwischendurch pfeift er leise durch die Zähne. Schließlich klappt er den Deckel zu. »Das muss an die Öffentlichkeit. Ich habe auch schon eine Idee, wie wir es machen.«

Giuseppe ist zufrieden. »Ich bin froh, wenn diese Informationen jemandem nützen, sei es nur als Genugtuung für die Menschen, die von diesen Scheusalen ermordet wurden.« Er reibt sich freudig die Hände. »Ich habe Hunger, wo gehen wir essen? Ich lade euch ein.«

SECHS

Kurz vor sieben Uhr früh erwachte Cora aus einer Kette von Träumen, von denen ihr nur Fetzen in Erinnerung blieben. Nachdem sie die Schlaftrunkenheit abgeschüttelt hatte, klangen wechselnde Gefühle von Niedergeschlagenheit und Angst nach. Im Raum war es kühl. Die elektrischen Heizkörper fühlten sich immer noch kalt an. Cora feuerte den Ofen mit dem Holz an, welches Schwizgebel in der Zwischenzeit in den Zimmern verteilt hatte, und kroch zurück unter die Bettdecke, so lange, bis die Temperatur einigermaßen annehmbar war.

Bis halb zwei Uhr morgens hatte sie Rizzardis Papiere durchgesehen. Sie waren meist in knappem, präzisem Englisch gehalten. Der Verfasser musste über einen militärischen oder polizeilichen Hintergrund verfügt haben. Die in der Regel nicht mehr als zweiseitigen Berichte waren von einer Person namens »Chaffinch« unterzeichnet, was »Buchfink« bedeutete, sofern Coras Englischkenntnisse sie nicht täuschten, vermutlich der Codename eines Agenten. Sie war zu wenig bewandert im Geheimdienst-und-Spionage-Geschäft, glaubte jedoch, mal aufgeschnappt zu haben, dass alliierte Nachrichtendienste während des Zweiten Weltkrieges und im Kalten Krieg die Identität ihrer Spione oft mit Vogelnamen tarnten. Oder waren es die Nazis gewesen? Sie erinnerte sich an einen alten Kriegsfilm über einen deutschen Geheimagenten mit dem Titel »Kennwort: Reiher«.

»Buchfink« war höchstwahrscheinlich der Alias für Captain Joe Rizzardi, Matteos geliebten »Nonno Giuseppe«. Beide Vornamen, der italienische Geburtsname und die anglifizierte Kürzung, bezogen sich auf ein und dieselbe Person. Cora konnte das aus einer Ehrenurkunde des OSS ersehen. Joe Rizzardi hatte seine Vorgesetzten mit Informationen über Daten, Uhrzeiten und Tonnagen versorgt. Die Beschreibung der transportierten Güter war technisch. In Klammern hatte der Verfasser sie oft mit dem Zusatz »(pres.)« versehen, was Cora mit »presumed« übersetzte – vermutet. Anscheinend war nicht immer mit letzter Sicherheit bestimmbar, was sich zwischen der Schweiz und dem Weltfeind Nummer eins hin- und herbewegte. Es gab zahlreiche Einträge, bei denen ein »(conf.)« hintanstand für »confirmed« – bestätigt.

Cora war der Schweiz mehr als dem ursprünglichen Heimatland ihrer deutsch-rumänischen Eltern verbunden. Es machte sie betroffen, mit welchen Mengen von Waffentechnologie die Schweiz Nazideutschland versorgt hatte. In einem von Wagners Papieren hatte sie gelesen, die schweizerische Kriegsproduktion für das Reich lag deutlich unter einem Prozent der Gesamtleistung der deutschen Rüstungsindustrie. Dessen ungeachtet hatte die neutrale Eidgenossenschaft mitgeholfen, einen Krieg zu verlängern, der täglich Zigtausende von Opfern in Europa gefordert hatte.

Cora konnte und wollte kein Urteil über das Land fällen, das ihrer Familie eine Heimat gab. Im Krieg war die Schweiz während Jahren von Feinden umzingelt. Sie konnte nachvollziehen, dass die Regierung täglich schwere und oft tragische Entscheidungen treffen musste, um ihren Bürgern ein Leben in Würde zu garantieren und sie einigermaßen unbeschadet durch die dunkle Zeit zu führen.

Mit der Wendung des Kriegsglücks zulasten Deutschlands und mit zunehmendem Druck der Alliierten gingen die beobachteten Güterlieferungen an den nördlichen Nachbarn im Lauf des Jahres 1944 zurück. Die Tätigkeit von »Buchfink« verlagerte sich auf die Auflistung der Goldimporte, welche die Nationalbank von der Deutschen Reichsbank unter den Argusaugen der BIZ entgegennahm. Die Auftraggeber von Agent Rizzardi hatten es zu diesem Zeitpunkt für angebracht gehalten, seinen Codenamen zu ändern, da er von da an sinnigerweise mit »Goldfinch« signierte, was auf Deutsch weniger verfänglich für Distelfink stand.

Das letzte Papier aus jener Epoche war datiert am 29. April 1945. Es trug den Titel »Last Transport – destination unknown«.

Cora nahm an, es könnte sich um den mysteriösen Goldtransport handeln, von dem bis heute niemand wusste, wo er schließlich gelandet war. Sofern es ihn tatsächlich gegeben hatte, fügte sie ihre professionelle Skepsis in Gedanken an.

Sie fragte sich, weshalb sich Matteo und Bloch mit dieser Geschichte aus einer Zeit, bevor sie geboren worden waren, beschäftigt hatten. Blochs Mutter war Jüdin gewesen, der Vater römisch-katholisch. Der jüdischen Tradition zufolge übertrug sich die Religion von der Mutter auf das Kind. Demnach war Bloch Jude. Cora konnte verstehen, dass ihn der unsägliche Handel mit Blutgold beschäftigt haben musste. War es der Grund, warum er und Matteo sterben mussten? Waren sie bei ihren Nachforschungen jemandem in die Quere gekommen – aber wem?

Cora warf einen Blick zum Fenster hinaus. Der Sturm tobte mit verminderter Kraft, der Schneefall hatte etwas nachgelassen. Die Sichtweite erstreckte sich nach wie vor nicht weiter als bis zum Vorplatz des Jagdhauses.

An Handyempfang war noch immer nicht zu denken. Liebend gerne hätte sie Wagner angerufen und gefragt, ob Bloch der Informant gewesen war, der ihm den Speck für die Reportage durch den Mund gezogen hatte. Die Übereinstimmung der Informationen von unterschiedlichen Quellen zu demselben Thema konnte sie sich nicht anders erklären. Sie war allerdings noch nicht dazu gekommen, alle Dokumente eingehend zu lesen, die Wagner ihr gemailt hatte.

Sie wollte sich waschen. Nach dem Frühstück würde sie sich in der Küche heißes Wasser holen. Es war Glück im Unglück, dass in »Blutlauenen« auf holzbefeuerten Herden gekocht wurde. Erst mal brauchte sie einen Kaffee. In Anbetracht der ausbleibenden Stromzufuhr würde sie den am ehesten ebenfalls in der Küche bekommen.

Sie war nicht überrascht, Chantal in der Küche anzutreffen, die das Frühstück zubereitete.

»Geht es Ihnen besser?«, fragte Cora.

Chantal sah sie fragend an.

»Wegen gestern, als Sie die Schüssel fallen gelassen haben. War Ihnen nicht wohl?«

»Ach das. Ja, danke es geht mir wieder besser. Mir wurde für einen Moment schwindlig.«

»Gut, ich hatte den Eindruck, Sie haben sich erschreckt, weil ich Werner Brand erwähnte.«

»Das auch. Mir ist dieser Mensch unheimlich. Ich möchte ihm nicht allein begegnen.«

»Glauben Sie, er ist gefährlich? Seit seiner Entlassung vor dreißig Jahren hat er niemandem mehr etwas getan.«

»Niemand im Tal hätte Brand früher für gefährlich gehalten. Er war jähzornig, und manchmal rutschte seine Hand aus. Dann ging er plötzlich hin und tötete seine Frau und seine Tochter.«

»Sie haben recht. Wer kann in einen Menschen hineinsehen? Mir hat er auf jeden Fall einen gehörigen Schrecken eingejagt, als ich ihm so unvermittelt gegenübergestanden bin.« Cora nahm dankbar eine große Tasse Filterkaffee, den Chantal auf dem Holzherd zubereitet hatte.

Chantal sah ihr beim Trinken zu. »Hat Brand mit Ihnen geredet?«

»Ich weiß nicht so recht. Ich habe ihn nach dem Weg gefragt. Er hat mir die Richtung gezeigt und gemeint, ich solle aufpassen, weil der Berg drückt oder so was Ähnliches. Dann war er weg. Es war, als ob der Nebel ihn verschluckt hätte.« Sie schenkte sich eine zweite Tasse aus einem großen Krug, den Chantal vor ihr hingestellt hatte. »Wissen Sie, was er gemeint haben könnte?«

»Aucune idée. Er ist eben ein komischer Kauz und zu lange alleine hier oben.« Chantal schnitt ein Brot in Scheiben, die sie auf zwei Servierkörbchen verteilte. »Er ist nur …«

»Was meinen Sie?«, fragte Cora.

»Es ist merkwürdig, dass Sie ihm begegnet sind. Normalerweise geht Brand um diese Tageszeit nicht ins Tal hinunter.«

»Kennen Sie jeden seiner Schritte?«

»Er ist ein Mörder, der in unserer Nachbarschaft lebt. So einen behält man besser im Auge.«

Der Kaffee hatte ausgezeichnet geschmeckt, obwohl Cora seit Jahren keinen Filterkaffee mehr getrunken hatte. Sie stellte die Tasse in das Spülbecken. »Könnte ich heißes Wasser haben, damit ich mich waschen kann?«, bat sie Chantal.

»Wollen Sie nicht duschen?«

»Ohne Strom? Naturnähe schön und gut, aber das ist mir zu kalt.«

Chantal lächelte. »Neben meiner Kammer gibt es eine Dusche mit gasbetriebenem Wassererhitzer. Sie dürfen sie gerne benutzen, bis der Strom wieder da ist. Sagen Sie es auch den beiden anderen Frauen, aber bitte nur ihnen. Ich will keine Männer in meiner Dusche. Die sollen sich an ihren Waschbecken waschen.«

Cora wäre ihr am liebsten um den Hals gefallen. »Ich hole mein Duschzeug.«

Auf der Treppe begegnete ihr Sibylle. Sie sah übernächtigt aus. Schwarze Ränder untermalten ihre Augen. Das sonst luftig lockere Haar war matt und strähnig.

»Schlecht geschlafen?«, fragte Cora.

»Das ist massiv untertrieben. Ich habe kaum ein Auge zugetan. Wenn es mir kurz gelang, sah ich Matteo und Richi vor mir.«

Erst jetzt fiel Cora auf, dass Sibylle eine leuchtend grüne Windjacke und Wanderhosen trug. An den Füßen hatte sie solide Schuhe. »Willst du nach draußen? Bei diesem Sturm?«

»Ich muss mal frische Luft schnappen. Hier drin fällt mir demnächst die Decke auf den Kopf. Und dann das ständige Gejammer von Magdalena, die sich an meiner Schulter ausweint, nur um sich kurz darauf über alles zu beklagen. Ich mag sie ja sonst, aber im Moment nervt sie mich zwischendurch schauderhaft. Sie macht mir Vorwürfe, weil ich sie überredet habe mitzukommen.«

»Sie war seit jeher zartbesaitet«, sagte Cora, »obwohl sie heute die taffe grüne Kantonsrätin markiert.«

»Muss sie auch. Im Solothurner Parlament kommen gerade mal achtundzwanzig Frauen auf die hundert Sitze. Vor zwanzig Jahren waren es fast doppelt so viele.«

»Damals zählte der Rat hundertfünfzig Mitglieder«, sagte Cora.

»Die Quote hat sich seither verschlechtert. Frau muss kämpfen, damit sie sich gegenüber den Männern behaupten kann.«

Die Frauen sollten anfangen, sich die Anerkennung zu nehmen, anstatt ständig zu jammern, sie nicht zu erhalten, dachte Cora, ohne es auszusprechen. »Damit hast du anscheinend keine Probleme – mit der Anerkennung, meine ich.«

»Immerhin weiß ich, wie die Kerle ticken.«

»Läuft das Geschäft mit deiner … Partneragentur gut?«

Falls sie die Ironie in der Frage bemerkt hatte, ließ Sibylle es sich nicht anmerken. »Bin zufrieden. Die Klicks auf die Website sind in den letzten sechs Monaten um dreißig Prozent gestiegen. Ich habe eine Marktlücke in unserer Region entdeckt.«

»Welche Marktlücke meinst du? Diejenige der kurzfristigen oder der langfristigen Kontakte?«

Cora gönnte sich den kleinen Triumph, Sibylle länger als einen Wimpernschlag in Sprachlosigkeit versetzt zu haben.

»Du bist ein Luder, Cora«, sagte sie, nachdem sie ihre Fassung wiedergewonnen hatte. »Die geborene Journalistin. Dir kann man nichts vormachen.«

»Ist Bestandteil meines Jobprofils. Du betreibst eine Online-Escortagentur, nicht wahr?«

»Ich musste diversifizieren.« Sibylle zeichnete Anführungszeichen in die Luft. »Sogenannte ›seriöse‹ Partnervermittlungen gibt es wie Sand am Meer. Zu Anfang lief es ganz annehmbar. Dann brach das Geschäft ein. Billige Online-Anbieter mit gefakten oder simulierten Profilen. Du weißt, wie es ist: Wenn's mies läuft, unterstützt dich keiner. Ich habe mir selber geholfen, und es hat funktioniert. Heute bin ich der Uber unter den

Escort-Agenturen. Ich habe sogar eine App entwickeln lassen, willst du mal sehen?« Sie zog ihr Handy hervor, um es mit einer frustrierten Geste gleich wieder einzustecken. »Funktioniert ja nicht hier oben.«

»Zum Glück bin ich kein Mann, der gerade jetzt und hier ein gewisses Bedürfnis verspürt.«

»Wenn du willst, ich vermittle auch Männer an Frauen oder Frauen an Frauen. Melde dich, falls du mal was in dieser Richtung brauchst. Du glaubst es vielleicht nicht, aber unter meinen Stammkunden gibt es einige gehobene Damen.« Sibylle vergewisserte sich rasch mit gespielt verschwörerischer Miene, dass sie nicht belauscht wurden. »Außerdem wärst du nicht die Einzige hier, die meine Dienste beansprucht, wenn du verstehst, was ich meine.«

Cora konnte sich nicht vorstellen, dass Ludivine oder Magdalena die Dienste einer Escortagentur in Anspruch nahmen, ebenso wenig Rizzardi. Bloch vielleicht. Am ehesten kam für sie Gamper dafür in Frage.

»Wie ich gestern schon sagte: Ich habe, was ich benötige.« Cora machte Anstalten, weiterzugehen. Bevor sie die nächste Treppenstufe genommen hatte, drehte sie sich zu Sibylle um. »Der Vorfall vor, wann war das, vor fünf oder sechs Monaten? Eine junge Frau, wenig mehr als zwanzig Jahre alt, wurde von drei Freiern brutal vergewaltigt und zusammengeschlagen. Rund zwei Monate später beging sie in der Psychi Langendorf Selbstmord. Sie arbeitete als Online-Escort. Doch nicht etwa für deine Agentur?«

Sibylle sah sie eindringlich an. »Hör zu, Cora, bevor du falsche Schlussfolgerungen ziehst: Alle meine Hostessen sind Freischaffende. Gegen eine einmalige Gebühr können sie sich auf meiner Plattform registrieren. Ich bekomme fünfzehn Prozent ihrer Einnahmen für Unkosten und Datenpflege. Mit wem und mit wie vielen von denen sie sich einlassen, ist nicht meine Sache. Im Übrigen warne ich sie ausdrücklich davor, sich in unüberblickbare Situationen zu begeben.«

»Verstehe. Stimmt es, dass die drei Männer weiterhin als Kunden in deiner Datenbank registriert sind?«

Mit einer übertrieben hilflosen Geste breitete Sibylle die Arme aus. »Was soll ich machen, Cora? Es kam nicht einmal zu einer Anklage. Wenn ich jeden Kunden ausschließen würde, über den sich eine der Frauen beschwert, könnte ich den Laden gleich schließen. Wie gesagt, ich bin lediglich die Vermittlerin, die Frauen arbeiten auf eigenes Risiko. Immer noch besser, als wenn sie das Trottoir machen müssen.«

Cora hatte nun wirklich das dringende Bedürfnis zu duschen. »Wir sehen uns beim Frühstück«, sagte sie, bevor sie die Treppe weiter hochging, um ihr Duschzeug zu holen. Sie hatte weitere zwei Stufen genommen, als ihr noch etwas einfiel. »Sibylle?«

Diese war fast unten, als sie sich zu ihr umdrehte.

»Denk dran: Ludivine hat gesagt, wir sollen bei diesem Wetter nicht in die Richtung des Niesehorns gehen, wegen möglicher Lawinen und Steinschlag.«

»Alles klar, bis später.«

Cora sah ihr nach. Sie hatte es absichtlich unterlassen, die Duschmöglichkeit bei Chantals Quartier zu erwähnen. Sibylle sollte sich ruhig eine Zeit lang schmutzig fühlen.

***

»Hängt in euren Zimmern auch so ein abscheulicher Hirschkopf?«, fragte Magdalena beim Frühstück.

Keiner der Anwesenden sagte etwas. Cora fand die Bemerkung unangebracht. Vom archaischen Männerritual der Jagd hielt sie ebenso wenig wie Magdalena. Der Zeitpunkt für das Gesprächsthema war ihrer Ansicht nach aber unpassend. Sie schielte hinüber zu Ludivine, deren Mundwinkel bei Magdalenas Bemerkung kurz gezuckt hatten. Falls sie sich darüber ärgerte, war es ihr nicht anzusehen. Ludivine kannte ihre Freundin, die schon früher ständig an allem herumgenörgelt hatte.

An Magdalenas Stelle hätte Cora es sich für die Dauer des Aufenthaltes verkniffen, anstatt die Gastgeberin zu brüskieren.

Magdalena hingegen war anscheinend in Streitlaune. »Ich verstehe nicht, wie man sich Teile von toten Tieren an die Wand hängen kann. Das ist barbarisch.«

»Jetzt ist mal gut, Mägi«, sagte Gamper verärgert. »Alle haben verstanden, dass du nichts von der Jagd hältst. Ludivines Vater war passionierter Jäger. Diese Leute gehen mit Tieren respektvoller um als mancher Viehzüchter – da ist nichts von Barbarei. Nimm wenigstens Rücksicht auf unsere Gastgeberin.«

Magdalena machte ein konsterniertes Gesicht. Ludivine warf Gamper einen tadelnden Blick zu. »Lass gut sein, René. Ich weiß, wie Mägi es gemeint hat, und ich verstehe sie. Ich halte auch nichts von der Jagd, selbst wenn es notwendig sein mag, die Wildbestände unter Kontrolle zu halten. Jemand muss es machen.«

»Grenzwertig ist das schon«, fand Alexander. »Auf andere Lebewesen zu schießen, nur um sie zu töten. Von mir aus kann man alle Jäger ins Pfefferland schicken.«

»Alex!« Gamper sah seinen Sohn warnend an. »Deine Meinung interessiert hier keinen.«

»In diesem Fall kann ich mich ja verdrücken.« Alexander stand auf und warf seine Serviette auf den Teller. »Sagt Bescheid, wenn's wieder einen Toten geben sollte.«

»Alex!« Gamper wollte ihm folgen. Ludivine hielt ihn zurück. »Lass ihn, René, er ist nicht mehr sechzehn.«

»Das ist keine Entschuldigung für sein respektloses Benehmen. Deinen Vater –«

»Habe ich nie gekannt. Auf seine Jagd ließ er angeblich nichts kommen, aber es beleidigt mich keinesfalls, wenn jemand damit nicht einverstanden ist.«

Cora wechselte das Thema. »Ich nehme an, euch ist es bisher ebenso wenig wie mir gelungen, mit der Außenwelt in Verbindung zu treten.«

Sie erhielt allgemeines Kopfschütteln zur Antwort.

Schwizgebel kam herein. Seine Hände waren schwarz verschmiert. »Entschuldigen Sie meinen Aufzug, Frau Giroud«, wandte er sich an Ludivine. »Sie wollten unterrichtet werden, sobald der Generator betriebsbereit ist. Es ist so weit.«

Ludivine strahlte. »Wunderbar, Fredi, danke.«

Anstatt sich wie erwartet zurückzuziehen, blieb Schwizgebel stehen.

»Ist noch etwas?«, fragte Ludivine.

»Es gibt da ein Problem mit der Bedienung. Ich möchte Ihnen zeigen, wie es geht.«

»Verstehe.« Ludivine blickte verlegen in die Runde. »Ich und die Technik, genauso gut könnte man versuchen, einem Huhn die Uhrmacherei beizubringen.«

Gamper stand auf. »Ich sehe mir das mal an, wenn du möchtest.«

Das Lächeln, das Ludivine ihm schenkte, zeigte mehr als reine Dankbarkeit. Ungeachtet dessen fleckigen und öligen Arbeitskittels klopfte Gamper Schwizgebel auf die Schultern. »Kommen Sie, Fredi. Ich habe mir schon lange nicht mehr die Hände richtig schmutzig gemacht.«

Magdalena erhob sich ebenfalls. »Ich gehe auf mein Zimmer. Ich muss mich hinlegen.«

»Meinst du, sie ist wütend, weil René sie vorhin zurechtgewiesen hat?«, fragte Ludivine Cora, als Magdalena außer Hörweite war.

»Die gestrenge Frau Kantonsrätin wird darüber hinwegkommen. Als Politikerin sollte sie gelernt haben, wie man sich eine dicke Haut zulegt.«

Ludivine sah auf ihre Armbanduhr. »Wo steckt Sibylle? Sie ist schon über eine Stunde draußen. Etwas lange, nur um bei diesem Wetter frische Luft zu schnappen.«

»Kann sein, dass sie auf ihrem Zimmer ist.«

»Ohne Frühstück? Sibylle war nie eine, die eine Mahlzeit ausließ. Ihrer Figur hatte es nie geschadet.«

Cora erzählte Ludivine vom Gespräch, das sie mit Sibylle

im Treppenhaus geführt hatte. »Ich nehme an, sie will mir im Moment nicht über den Weg laufen.«

»Das ist ja lächerlich«, sagte Ludivine. »Ich sehe mal nach ihr.«

Derweil Ludivine nach oben ging, begann Chantal, den Tisch abzuräumen. »Können Sie damit warten?«, bat Cora. »Frau Tüscher will sicher später etwas essen.«

»Selbstverständlich, Madame.«

Während Cora sich an der Anrichte eine Tasse Tee einschenkte, kam Ludivine zurück. Ihre Augen blickten sorgenvoll. »Sibylle ist nicht auf ihrem Zimmer.«

***

Nachdem sie vergeblich das ganze Haus und die unmittelbare Umgebung abgesucht hatten, teilten sie sich auf. Ludivine, welche die Gegend besser kannte, wandte sich in Richtung Bergmassiv. Cora ging den Pfad am Tungelbach entlang, auf dem sie am Freitag heraufgekommen war.

Sie hoffte für Sibylle, dass sie Ludivines Direktive befolgt hatte und nicht bergwärts gegangen war. Der Wind hatte nachgelassen, dafür war der Nebel dichter geworden. Nach den Schneefällen in der Nacht musste es wieder geregnet haben. Auf den Wiesen lag der Schnee höher. Der Pfad selbst war lediglich mit einer dünnen Schneeschicht bedeckt. Dafür war er umso rutschiger. Cora kam nur langsam vorwärts. Sie hatte keine Lust, sich zu allem Überfluss gebrochene Gelenke oder eine Zerrung zuzuziehen. Warum hatte sich Sibylle so weit vom Haus entfernt? Das sah ihr nicht ähnlich. Sie war ein Stadtmensch, der nur auf jene Berge stieg, die entweder per Seilbahn oder per Auto erreichbar waren. Konnte sie versucht haben, ins Tal hinunterzugehen? Als sie das Haus verlassen hatte, hatte sie weder Rucksack noch eine Tasche mit. Das musste nichts heißen. Möglicherweise war Sibylle zurückgekommen, während alle beim Frühstück saßen, hatte ein paar Sachen gepackt und war wieder gegangen. Oder sie war ohne Gepäck weg. Bei der Begegnung im Treppenhaus hatte sie nicht gut ausgesehen. Der Tod ihrer beiden Freunde musste sie mehr mitgenommen haben, als sie den Anschein geben wollte. Was Cora in Bezug auf ihre Internetplattform zu ihr gesagt hatte, war nicht nett gewesen, aber Sibylle war nie eine Mimose gewesen. Nur gerade deswegen hätte sie sich nicht einfach so auf Französisch verabschiedet.

Je mehr sich Cora der Waldgrenze näherte, desto undurchdringlicher wurde die tief liegende weißgraue Wolkenwand. Inmitten der Bäume war sie vor dem beißenden Wind geschützt, der ihr im offenen Gelände der Alp heftig entgegengeblasen hatte. Sie fror trotz ihres dicken Anoraks und der Thermowäsche, die sie angezogen hatte. Das gleiche beklemmende Gefühl ergriff von ihr Besitz wie beim Aufstieg vor zwei Tagen. Neben ihr rauschte der Tungelbach. Weitere Geräusche wurden von der wattigen Feuchtigkeit verschluckt.

Bald kam sie zur Stelle, wo die Materialbahn ein Stück weit dem Weg entlang verlief. Unmittelbar danach machte der Pfad einen Knick nach links. In steilen Serpentinen wand er sich abwärts hinunter zum Lauenensee. Im Wald lag erheblich weniger Schnee als auf dem freien Gelände. War Sibylle wirklich bis hierher oder noch weiter gegangen? Talwärts war der Bergpfad unwegsamer als beim Aufstieg. Eine schmierige Schicht aus Nässe und Schnee erschwerte das Vorwärtskommen.

Aus dem Nichts spürte sie einen eiskalten Hauch. Es war, als würde jemand hinter ihr in ihren Nacken atmen. Sie fuhr herum und starrte in den Dunst. Diesmal war sie sicher, beobachtet zu werden. Sie rief Sibylles Namen. Ihre Stimme war belegt. Das Ganze geht mir an die Nieren, dachte sie. Ich beginne Gespenster zu sehen.

Sie stand an der Stelle, wo sich der Weg vom Bach entfernte. Sibylle konnte nicht weiter hinabgestiegen sein. Cora machte einen Schritt neben den Pfad und tastete sich auf dem unsicheren Terrain zwischen Bäumen und Sträuchern bis hin zum Bach.

Sie hatte zwar keine Spuren gesehen, aber vielleicht war Sibylle weiter oben irgendwie zum Bach gelangt. Nachdem Cora zweimal beinahe ausgerutscht war, blieb sie in sicherem Abstand zum Wasser stehen. Der Sturm hatte es zu einem schäumenden, bösartigen Biest anwachsen lassen. Das tobende Element putschte sich für den großen Sturz in die Tiefe ein Stück weiter abwärts auf. Es hatte keinen Zweck. Wenn sie weiterging und ausrutschte, riskierte sie, hineinzufallen und mitgerissen zu werden. Sicher hatte sich Sibylle nicht bis hierher gewagt. Sie ging auf ihren Spuren zum Pfad und machte sich auf den Rückweg. Sibylle konnte inzwischen ins Jagdhaus zurückgekehrt sein. Cora wollte weg von hier. Der Eindruck, nicht allein zu sein, hatte sie nicht verlassen. Sie musste an Brand denken, der in der Gegend herumstreunte, und beschleunigte ihre Schritte.

Je mehr Distanz sie zwischen sich und dem Wald ließ, desto lichter wurde der Nebel. Sie konnte die Wogen des Baches erkennen, die unter ihr vorbeiströmten.

Sie schaute bachaufwärts und kniff die Augen zusammen. Weiter vorne, wo die Strömung eine kleine Bucht ausgeschwemmt hatte, schimmerte etwas Grünes am Ufer. Cora hatte es beim Kommen nicht bemerkt. Vielleicht, weil es noch gar nicht da gewesen war? Um diese Jahreszeit gehörte die satte Sommerfarbe nicht hierher. Sie näherte sich langsam. Das Etwas war nicht organisch. Es sah aus wie eine Plane oder der Stoff einer Windjacke.

Cora nahm keine Rücksicht mehr auf ihre Knochen. Sie kletterte rasch die Böschung hinunter, wo das Wasser die flache sandige Stelle flutete. Ihre schlimmste Befürchtung wurde zur Gewissheit: Sibylle lag reglos auf dem Bauch. Ihr Kopf lag seitlich halb im Wasser, Mund und Nase waren über der Oberfläche. Cora bemerkte eine klaffende Wunde an ihrem Hinterkopf. Sie tastete die Halsschlagader ab – sie fühlte keinen Puls mehr.

»Sibylle.« Cora wollte es herausschreien, stattdessen brachte sie nur ein Flüstern zustande. Sie fühlte sich schwindelig und setzte sich auf den nassen Boden. Sie zwang ihren Blick weg von der Toten und richtete ihn bachabwärts.

Der Anblick lähmte sie: Wenige Meter unterhalb sah sie schemenhaft eine Gestalt im Nebel. Obwohl sie es auf die Entfernung nicht erkennen konnte, glaubte Cora, das Glimmen in ihren Augen zu spüren. Die Umrisse des breitkrempigen Hutes zeichneten sich gegen die helleren Nebelschwaden ab. Ihr Schwindelgefühl verstärkte sich. Sie blinzelte mehrmals hintereinander. Als sie die Augen schließlich wieder ganz öffnete, hatte der Nebel die Gestalt verschluckt.

SIBYLLE TÜSCHER – NOVEMBER 2017

Das junge Ding rutscht unruhig auf der Stuhlkante hin und her. Sibylle kann das Unbehagen in seinen Augen sehen. Um diese Uhrzeit an einem Werktagvormittag ist die »Suteria« am Kronenplatz gut besucht, jedoch keineswegs voll besetzt. Trotzdem sieht ihr Gegenüber um sich, als wolle es sich vergewissern, nicht gehört oder erkannt zu werden.

Sibylle nimmt einen Schluck von ihrem Cappuccino. Die junge Frau hat die Tasse Latte macchiato vor ihr nicht angerührt.

»Hör zu, Violeta.«

Die junge Frau runzelt bei der Nennung dieses Namens die Stirn. Sie schätzt es nicht, außerhalb der mit ihrem Pseudonym verbundenen Tätigkeit so angesprochen zu werden. Ihre amtlichen Ausweise lauten auf Helen Keller, geboren 1993, mit Heimatort Wolfwil, Kanton Solothurn. Für Sibylle ist Violeta das einträglichste Pferdchen in ihrem Stall – und das widerspenstigste. Violeta ist eine Dienstleisterin, einzig dazu da, die Bedürfnisse zu befriedigen, für die sie ihre Kunden nicht zu knapp bezahlen. Sie ist zu Sibylle gekommen, weil sie ihr Maschinenbaustudium an der ETH in Zürich finanzieren wollte, ohne ihren Eltern auf der Tasche zu liegen. Das könnte sie leichter haben als Kellnerin oder Aushilfsverkäuferin an Wochenenden in einem Bahnhofsupermarkt. Diese Jobs sind einiges weniger einträglich, dafür moralisch unbedenklicher. Die Frauen, die sich auf Sibylles Online-Plattform zur Verfügung stellen, wissen, worauf sie sich einlassen. Bei der Registrierung haben sie anzugeben, welche speziellen Bedürfnisse sie zu befriedigen vermögen sowie welche Praktiken für sie tabu sind. Was dazwischen liegt, ist Verhandlungssache. Die Informationen sind Bestandteil des Profils der Dienstleisterin und gelten als Leistungsgarantie. Sie ist das Alleinstellungsmerkmal, mit dem sich Sibylle mit ihrem »Forum«, wie sie es selbst bezeichnet, von der Konkurrenz abhebt. Wenn eine im Profil angebotene Dienstleistung verweigert wird, darf der Klient die Hälfte des »Honorars« zurückfordern. Das ist im Einzelfall kein Unglück. Die Frauen erhalten ebenfalls weniger Geld. Dennoch wirkt sich eine Häufung von »Mängelrügen« negativ auf den Ruf von Sibylles Plattform aus. Das will sie bei der herrschenden Konkurrenz nicht riskieren. Sibylle hat es sich in diesen Situationen zur Gewohnheit gemacht, mit der betreffenden Dienstleisterin ein klärendes Gespräch zu führen. Bei Violeta besteht häufig Gesprächsbedarf. Sibylle hätte sie schon lange rausgeschmissen, wenn sie nicht so viel eingebracht hätte.

Violeta ist groß gewachsen mit dunkelbraunem Haar und ausdrucksvollen dunkelgrünen Augen. Ihr Aussehen und Auftreten würden jeden angesagten Modeschöpfer in Ekstase versetzen. Keine Frage, warum sie in Sibylles Sortiment eine der Meistgefragten ist.

Sibylle setzt ihre Tasse ab. »Ich verstehe nicht, weshalb du dich gegen diese Buchung sträubst. Was ist denn dabei?«

»Ich mache weder Dreier noch Gangbangs.«

»Und warum nicht?« Sibylle bemüht sich, einen geduldigen und verständnisvollen Tonfall anzuschlagen.

»Weil ich die Typen nicht kenne.«

»Ich kenne ›MalcolmXXX‹, und das zählt.«

»So war es nicht vereinbart. Mit mehreren mache ich's nur, wenn ich Vertrauen zu den Kunden habe.«

»Das steht nicht in deinem Profil.«

»Weil es eben darauf ankommt, mit welchen Leuten ich es zu tun bekomme.«

»Schätzli, Malcolm ist einer meiner besten Kunden. Ich kenne ihn. Es ist nicht der erste Gangbang, den er mit seinen Freunden organisiert. Deine Kolleginnen haben sich kein einziges Mal darüber beschwert. Frag Lilith oder Raven. Die haben es schon mehrmals gemacht.«

Violeta lehnt sich zurück und verschränkt die Arme. »Mag sein. Ich will das nicht.«

Zeit, stärkeres Geschütz aufzufahren. Sibylle leert ihre Tasse und gibt mit einer ungehaltenen Geste der Kellnerin ein Zeichen, sie ist nicht länger bereit zu diskutieren.

»Der Fall ist glasklar, Violeta. In deinem Profil steht, was du kannst und was nicht. Gruppensex hast du nicht ausgeschlossen.«

»Weil du mir bei der Registrierung sagtest, es sei Verhandlungssache.«

Sibylle sieht sie böse an. Violeta hat nicht unrecht, aber sie ist diejenige, die bestimmt. »Glaubst du, ich gehe das Risiko ein, einen meiner besten Klienten zu verlieren, nur weil das Fräulein moralische Gewissensbisse hat?«

»Das entspricht nicht der Vereinbarung. Du hast gesagt, es ist meine Entscheidung, wenn –«

»Es ist mir scheißegal, was ich gesagt habe, du dummes Stück«, sagt Sibylle wütend. »Noch mal Klartext: Du gehst zu diesem Date mit den drei Herren und lässt ihre Schwänze bei dir rein, wo und wie sie es wollen, verstehen wir uns?«

»Und wenn nicht?«

Sibylle verzieht die Lippen zu einem Grinsen. »Kannst du dich bei mir abmelden.« Sie beugt sich über den Tisch. »Das ist nicht alles«, sagt sie leise. »Dein letzter Freier hat ein Filmchen gedreht, mit dir in der Hauptrolle, weißt du das?«

Violetas Augen weiten sich. »Das ist nicht wahr.«

»Er hat so einen Fetisch mit versteckten Kameras. Er hat mir das Video ausgehändigt. Du machst deine Sache wirklich gut.« Sibylle zieht einen Datenstick aus ihrer Handtasche. »Machen wir es kurz: Du weigerst dich weiterhin, und ich lade den Streifen auf ›Youporn‹ und ein paar andere Plattformen hoch, wo sich die Kerle umsonst an dir aufgeilen können. Was glaubst du, was deine Eltern dazu sagen werden, wenn sie es erfahren?«

»Das darfst du nicht.«

»Zeig mich an.« Sibylle lacht trocken. »Meinst du, so was kratzt irgendwen?« Sie steckt den Stick wieder ein. »Es liegt bei dir.«

Violeta beginnt, leise zu weinen. Sibylle rückt ihren Stuhl auf ihre Seite und reicht ihr ein Papiertaschentuch. »Was ist denn dabei, Violeta?«, sagt sie mit sanfter Stimme. »Es dauert eine Stunde, wenn's hochkommt. Dann ist es vorbei, und du hast dir eine Stange Geld verdient. Wie lange musst du für drei Tausender kellnern oder im Laden hinter der Kasse stehen?«

Violeta trocknet ihre Augen. »Lange.«

»Eben.« Sibylle umarmt sie und gibt ihr einen Kuss auf die Wange. »Ich sage dir was: Ich werde Malcolm anrufen und ihn bitten, sanft mit dir umzugehen. Ginge das in Ordnung für dich?«

»Würdest du das tun?«

»Klar. Keine Angst, es wird gut gehen. Vielleicht gefällt es dir sogar.« Sibylle wischt mit beiden Daumen die Tränenspur von Violetas Wangen.

Sie bestellt sich selbstzufrieden ein Cüpli. Bisher hat sie jedes ihrer Fohlen im Zaum halten können. Das Handy klingelt, als sie der Kellnerin winkt. Sie schmunzelt, als sie den Namen auf dem Display liest.

»Matteo, Schatz. Unverhofft kommt oft. Du hast dich seit bald einem Jahr nicht gemeldet.«

»Entschuldige, Sibylle, ich war viel unterwegs. Die liebe Familie, du weißt ja.«

Sie weiß es nicht. Ihre Familienbürde hat sie schon seit geraumer Zeit abgelegt. »Was kann ich für dich tun, bello?«

»Es gibt eine Sache, die wir mit dir besprechen wollen.«

Sibylle hatte inzwischen nebenbei gezahlt und steht vor dem Lokal auf der Hauptgasse. Sie steckt sich eine Zigarette in den Mund. »Worum geht's, und wer ist wir?«

Während sie Matteo zuhört, vergisst sie, sich Feuer zu geben.

SIEBEN

Gemeinsam schafften Gamper, Alexander und Schwizgebel Sibylles Leichnam die Böschung hinauf zum Pfad und dann zum Haus. Schwizgebel hatte einen langen Tisch im Vorraum des alten Kühlraumes aufgestellt, wo schon Rizzardi und Bloch aufgebahrt waren. Cora half Gamper, die Tote bis auf die Unterwäsche auszuziehen. Ludivine stand abseits und verfolgte die Leichenschau mit bleicher Miene. Magdalena war in ihrem Zimmer geblieben. Sie wusste noch nichts vom Tod ihrer Freundin.

Sibylles Gesicht wies Abschürfungen auf. An Armen, Beinen und Oberkörper hatte sie Blutergüsse. »Die hat sie sich vermutlich während dem Sturz zugezogen«, sagte Gamper. »Der Schlag auf den Kopf muss die Todesursache sein – ein Unfall.«

Cora sah ihn skeptisch an. Die »Unfälle« häuften sich in beängstigender Weise. »Wie kommst du darauf?«

»Du hast ja gesehen, wie glitschig der Pfad ist. Sibylle ist ausgerutscht und die Böschung hinuntergestürzt. Dabei hat sie sich den Kopf an einem Stein aufgeschlagen.«

»Und die Gestalt, die ich am Waldrand gesehen habe? Das kann nur Brand gewesen sein.«

»Bist du sicher, dass er es war, Cora?«, fragte Ludivine. »Du sagtest, jemand stand in einiger Entfernung vor dir. Im Nebel kann man sich leicht täuschen.«

»Möglicherweise war ich unter Schock und hatte im ersten Moment Panik. Aber ich weiß, was ich gesehen habe. Es war Brand, todsicher, also ich meine, es war derselbe Mann, dem ich am letzten Freitag begegnet bin.«

»Du denkst, er hat Sibylle getötet?«

»Das habe ich nicht gesagt.« Cora machte eine hilflose Geste. »Ich weiß es nicht. Er war dort und gleich wieder verschwunden.«

»Immerhin hat er vor fünfzig Jahren seine ganze Familie getötet, einfach so«, gab Alexander zu bedenken. Er war nicht von Coras Seite gewichen, seit sie außer Atem ins Haus gerannt kam, um Alarm zu schlagen. Er legte fürsorglich den Arm um ihre Schultern. »Willst du dich nicht etwas ausruhen? Du stehst sicher unter Schock.«

Obwohl sie seine Zuwendung auf eine gewisse Art genoss, löste sie sich behutsam von ihm, damit sie ihn nicht brüskierte. Die Berührung hinterließ ein Kribbeln. Die physische Aufmerksamkeit des hübschen jungen Mannes wurde ihr definitiv zu viel. »Danke, Alex, auch wenn der Eindruck täuschen mag, halte ich einiges aus.«

»Es liegen keine eindeutigen Hinweise auf Dritteinwirkung vor, wie es in der Rechtsmedizin heißt«, sagte Gamper. »Irgendwo müsste ein Stein oder Fels mit Blutflecken liegen – die Tatwaffe sozusagen. Ist dir etwas aufgefallen, Cora?«

»Eben nicht.«

»Was willst du damit sagen?«

»Ich habe keinen Stein oder so was Ähnliches gesehen. Wenn doch, hat ihn der Täter in den Bach geworfen. Und wenn Sibylle ausgerutscht wäre und den Kopf an einem Felsen aufgeschlagen hätte, müsste er entweder am Bach oder an der Böschung zu finden gewesen sein, mit Blutspuren. Ich bin sicher, Sibylle lag noch nicht da, als ich das erste Mal an der Stelle vorbeigegangen bin. Regen oder Schnee können das Blut nicht weggewaschen haben.«

»Damit fehlt uns der entscheidende Hinweis auf einen Mord.«

Cora schüttelte energisch den Kopf. »Denk mal nach, René: Durch den Schlag hat Sibylle viel Blut verloren. Wenn sie auf dem Pfad ausgerutscht wäre und den Kopf aufgeschlagen hätte, müssten dort Blutspuren zu finden sein.«

»Die gibt es nicht.«

»Genau das meine ich. Bei der Menge Blut, die sie verloren hat, müsste es welche geben. Das heißt, jemand hat sie niedergeschlagen und die Tatwaffe weggeworfen, vermutlich in den Bach.«

»Ist es nicht möglich, dass der Stein mit Sibylle die Böschung hinunter und ins Wasser gerollt ist, nachdem sie sich am Kopf verletzt hatte«, gab Alexander zu bedenken. »Es ist dort ziemlich steil.«

Cora überlegte. »Denkbar«, sagte sie schließlich.

Auch Gamper war nachdenklich geworden. »Wenn ich es mir richtig überlege, könnte Cora recht haben«, sagte er. »Aufgrund der Verletzung war es ein großer, schwerer Stein oder ein grobkantiger Gegenstand. Ich kann mir nicht vorstellen, dass Sibylle ihn beim Absturz mitgerissen hat.«

Ludivine sog scharf die Luft ein. »Ihr meint also, jemand hat der armen Sibylle aufgelauert, um sie zu erschlagen? Dann hat er den Stein oder was immer in den Bach geworfen?«

»Nicht jemand, dieser Brand, wer sonst?«, fragte Alexander.

»Das war mein erster Gedanke«, sagte Cora. »Ich frage mich, aus welchem Grund er das hätte tun sollen?«

»Weil er nicht ganz richtig ist im Kopf, ganz einfach.«

»Mag sein, aber Brand hatte bereits zweimal Gelegenheit, mich umzubringen. Das passt nicht zusammen. Wenn er planlos Menschen tötet, warum lässt er mich am Leben? Ich hätte mich nicht mal wehren können. Warum sollte er ausgerechnet Sibylle töten?«

»Du passt nicht in sein Opferschema, kann ja sein«, gab Gamper zu.

Cora konnte nicht erkennen, wie ernst er das gemeint hatte. »Ungemein beruhigend und im Moment gerade nicht sehr hilfreich, danke, René.«

Gamper deutete mit spitzem Lächeln eine Verbeugung an.

»Was ist mit Matteo und Richard? Soll Brand die ebenfalls umgebracht haben?«, konterte Cora.

»Die Kraft, Bloch ein Kissen in das Gesicht zu drücken, hätte er allemal. Matteos Tod könnte ein unglücklicher Zufall sein. Er ist vor unseren Augen gestorben. Hier kann Brand unmöglich seine Hände im Spiel gehabt haben, es sei denn, es ist ihm gelungen, vorher Gift in sein Wasserglas zu geben. Ich denke, das ist eher nicht sein Stil.«

»Wie soll er sich Zutritt zu Blochs Zimmer verschafft haben?«, fragte Cora.

Die Antwort darauf hatte Schwizgebel, der sich bisher nicht an der Diskussion beteiligt hatte. »Das ist nicht allzu schwer. Die Haustür bleibt bis spätabends unverschlossen. Normalerweise schließe ich ab, wenn sich niemand mehr in den Räumen im Erdgeschoss aufhält. Da es am Freitag spät wurde, habe ich das erst kurz nach Mitternacht gemacht.«

»Und die Tür war am anderen Morgen verschlossen?«, fragte Cora.

Schwizgebel nickte.

»Wann schließen Sie am Morgen jeweils auf?«

»Zwischen halb sieben und sieben. Am Samstag war es ziemlich genau Letzteres.«

»Brand hat sich hereingeschlichen, bevor Sie abgeschlossen haben, und sich nach vollbrachter Tat versteckt, bis am anderen Morgen aufgeschlossen wurde? Ist das denkbar?«

»Wenn der Schlüssel steckte, brauchte er nicht zu warten, bis Herr Schwizgebel aufschloss«, entgegnete Gamper.

»Die Tür war verriegelt, als Herr Schwizgebel sie öffnen wollte.« Cora wandte sich an den Hausmeister. »Ich nehme an, der Schlüssel steckte.«

»Alles wie immer«, bestätigte Schwizgebel.

»Wenn wir annehmen, Brand hatte keinen eigenen Schlüssel zum Haus, kann er nicht hier drin gewesen sein«, sagte Cora.

»Das wohl nicht, aber ich habe ihn letzte Woche ein paarmal in der Nähe des Hauses umherstreifen sehen«, fügte Schwizgebel an. »Normalerweise hält er sich fern von hier.«

»Brand war hier?«, rief Ludivine. »Warum haben Sie mir das nicht gesagt, Fredi?«

»Außer Chantal und mir war sonst niemand hier oben. Ich habe keine Angst vor Brand.« Er sah in die Runde. »Seit Sie und Ihre Freunde hier sind, habe ich ihn nicht mehr gesehen. Deshalb ist es mir erst jetzt eingefallen.«

»Ich glaube, die Zeit ist gekommen, mit diesem Herrn Brand ein Wörtchen zu reden«, sagte Gamper.

»Wie willst du das anstellen, René?«, fragte Ludivine. »Erst mal ist nicht gesagt, dass er sich in seiner Hütte aufhält. Möglicherweise treibt er sich am Tungelpass oder an der Stigellegi herum. Er könnte genauso gut am Gelten sein.«

»Was macht er dort?«, fragte Cora.

»Meistens wildert er in dieser Gegend.«

»Er wildert? Das heißt, er ist bewaffnet? Ich habe am Freitag kein Gewehr bei ihm gesehen.«

»Brand besitzt zwei Jagdgewehre«, sagte Schwizgebel. »Er ist ein guter Schütze.«

»Super!«, rief Alexander. »Er kann uns jederzeit abknallen, sobald wir uns draußen sehen lassen.«

»Das hat er bisher nicht getan, obwohl er dazu Gelegenheit gehabt hätte«, sagte Cora. »Ich bin dafür, zu versuchen, mit ihm zu reden. Hat er Telefon?« Sie biss sich auf die Lippen. Selbst wenn er eins hätte, würde es nichts nützen, solange keine Kommunikation möglich war.

»Wenn ihr etwas von Brand wollt, müsst ihr zu ihm hingehen«, sagte Ludivine. »Von sich aus kommt er nicht hierher.«

Außer er will uns tatsächlich allen den Hals umdrehen, dachte Cora.

»Ich gehe zu ihm«, sagte Gamper. »Er soll uns Rede und Antwort stehen.«

Ludivine sah Gamper besorgt an. »Du darfst ihm keinesfalls allein gegenübertreten, René.«

Cora überlegte nicht lange. »Ich komme mit. So wie er sich mir gegenüber verhalten hat, scheine ich keine Bedrohung für ihn zu sein.«

»Nehmt Fredi mit«, schlug Ludivine vor. »Wenn nötig, kann er ihn im Zaum halten.«

»Wir sollten Brand nicht von vornherein als Schwerverbrecher behandeln. Es ist nicht vertrauensbildend, mit einer ganzen Delegation aufzukreuzen«, wandte Cora ein. »Unter Umständen könnte es kontraproduktiv sein. Herr Schwizgebel soll uns den Weg zu seiner Hütte zeigen und sich dann im Hintergrund halten.«

Schwizgebel war einverstanden.

»Die Gewehre meines Vaters liegen im Waffenschrank«, sagte Ludivine. »Fredi hat sie instand gehalten. Munition sollte vorhanden sein. Nimm dir eines davon mit, René. Man weiß nie.«

Cora wusste nicht, ob das eine gute Idee war. Bei Brands angeblichen Schießkünsten und seiner Unberechenbarkeit hatte sie keine Lust, in ein Kreuzfeuer zu geraten. Ihr war eine Situation im Schwarzbubenland lebhaft in Erinnerung, als sie im Fadenkreuz eines Heckenschützen gestanden hatte. Trotzdem stellte sie sich Gampers Absicht, sich zu bewaffnen, nicht entgegen. Es konnte ebenso fahrlässig sein, Brand mit leeren Händen zu konfrontieren.

»Ihr solltet zuerst etwas essen«, sagte Ludivine. »Der Aufstieg zu Brands Hütte bei diesen Verhältnissen ist anstrengend. Chantal ist bald mit dem Mittagessen so weit.«

Cora verspürte trotz des Schocks über Sibylles Tod ein nagendes Hungergefühl. Ludivine hatte recht: Sie konnten es sich nicht leisten, schlappzumachen. »Wer verständigt Magdalena?«, fragte sie. Sie sah Ludivine an.

»Mir wäre es recht, wenn du das machen könntest, Cora«, erwiderte diese. »Du kannst diplomatischer mit ihr umgehen als ich. Die Nachricht wird ihr zusetzen.«

Cora war nicht klar, inwiefern sie das besser als Ludivine bewerkstelligen konnte. Magdalena nervte sie mit ihrer Art ebenso wie den Rest von ihnen. Jemand musste es tun. Sie ging nach oben, während Gamper und Schwizgebel Sibylles Leichnam in den Kühlraum neben die beiden anderen legten.

***

Cora klopfte dreimal an Magdalenas Tür, ohne eine Antwort zu erhalten. Sie drückte die Klinke hinunter. Die Tür war von innen verriegelt. Schließlich pochte sie mit der Faust gegen die Türfüllung.

»Wer ist da?«, vernahm sie eine dünne Stimme aus dem Zimmer.

»Ich bin's. Cora. Öffnest du mal bitte?«

Es dauerte geraume Zeit, bis der Schlüssel im Schloss gedreht und die Tür einen Spalt geöffnet wurde.

»Entschuldige.« Magdalena ließ Cora ins Zimmer treten. »Ich habe eine Schlaftablette eingeworfen und mir Ohrstöpsel reingesteckt. Ich hielt das Geheul des Windes und den Regen nicht mehr aus. Dafür habe ich tief geschlafen.«

»Hast du nichts mitgekriegt?«, fragte Cora.

»Was mitgekriegt?«

Cora brachte ihr den Tod von Sibylle so schonend wie möglich bei.

Magdalena sah sie mit glasigen Augen an. »Das ist nicht wahr«, hauchte sie. »Sibylle tot? Um Gottes willen, wie ist das passiert?«

Cora erläuterte es ihr, ohne die Möglichkeit zu erwähnen, ihre Freundin könnte einem Mord zum Opfer gefallen sein. Die erwartete hysterische Wein- und Schreiattacke blieb aus. Magdalena war benommen vom Schlafmittel. Lediglich die Tränen flossen in Strömen über ihre Wangen. »Wir werden alle sterben.« Es war eine nüchterne Feststellung, kein ängstlicher Aufschrei.

Cora umfasste ihre Schultern. »Wie kommst du auf so was?« Sie hoffte, beruhigend zu klingen. Der Gedanke, so absurd er sein mochte, war ihr auch schon durch den Kopf gegangen. Was, wenn Brand, oder wer auch immer der Mörder war, in einen Blutrausch verfallen war und sie alle umbringen wollte? Die Gelegenheit wäre günstig, nun, da sie von der Außenwelt abgeschnitten waren. Rationales Denken half Cora, die düsteren Grübeleien aus ihrem Kopf zu verbannen. Der Sturm, der aus dieser Bergidylle einen Hexenkessel machte, setzte allen zu.

Wenn Cora zuließ, sich von der Angst lähmen zu lassen wie die Maus vor der Schlange, war sie wirklich in Gefahr. Es war nicht die Zeit, dem Tod Raum zu geben, selbst wenn er vermeintlich vor der Tür lauerte.

Magdalena ließ sich nicht trösten, was Cora verstehen konnte. Im Gegensatz zu ihr hatte Magdalena die Freundschaft zu den Einzelnen der Clique nach deren Auflösung Ende der achtziger Jahre weiterhin gepflegt. War es der plötzliche Tod ihrer drei Freunde, der sie dermaßen verstörte, oder steckte mehr dahinter, eine Gemeinsamkeit, die den alten Freundeskreis über die Erinnerungen an frühere Zeiten hinaus und bis heute verband und aus deren Bann Cora damals getreten war?

»Er wird uns holen, alle«, flüsterte Magdalena.

»Wer?«

»Dieser Mörder – Brand.«

»Unsinn. Sibylle hatte einen Unfall.« Sie kreuzte in Gedanken die Finger. »Wir werden nach dem Mittagessen zu Brand gehen und ihn fragen, ob er was gesehen hat.«

Magdalenas Augen weiteten sich. »Zu dem Wahnsinnigen? Ihr seid ja nicht bei Trost.«

»Es wird schon gut gehen.« Cora hatte das Gefühl, sich selbst überzeugen zu müssen. »Kommst du, das Mittagessen müsste inzwischen so weit sein.«

»Ich habe keinen Hunger.«

Cora setzte sich neben Magdalena aufs Bett. »Du solltest etwas essen. Es macht das Ganze nicht besser, wenn du uns zusammenklappst.«

»Sie hatte Angst.«

Die Aussage überrumpelte Cora. »Wen meinst du mit ›sie‹? Sibylle?«

Magdalena nickte. »Sie hat es mir gestern gesagt.«

»Wovor hatte sie Angst?«

»Sie hat es mir nicht in allen Einzelheiten erzählt. Matteo und Richard waren an etwas dran – eine alte Sache, für die sich angeblich auch jemand anders interessierte.«

Cora schluckte leer. Sibylle war in diese Geschichte mit dem Gold eingeweiht gewesen? War es das verbindende Element zwischen den Todesfällen? Wer von den Freunden wusste sonst davon? Gamper und Ludivine? Wenn ja, waren sie auch in Gefahr? Konnte es sein, dass Brand ebenfalls hinter dem Geheimnis her war und sie alle aus dem Weg räumen wollte?

Magdalena hatte sich wieder hingelegt und die Augen geschlossen.

»Willst du wirklich nichts essen?«, fragte Cora. Magdalena presste die Lippen zusammen wie ein trotziges Kind. Cora ging zur Tür. »Ich bringe dir nachher etwas«, sagte sie. Bevor sie die Tür von außen zuzog, drehte sie sich noch mal zu Magdalena um. »Du schließt besser wieder ab. Bis später.«

***

Nachdem sie »Blutlauenen« hinter sich gelassen hatten, überquerten sie den Tungelbach und gelangten zum Endmast der Materialbahn. Sie würde bis auf Weiteres ihren Zweck nicht mehr erfüllen können. Die Transportgondel war demontiert worden und lag ohne Rollen am Boden.

»War das der Sturm?«, fragte Gamper an Schwizgebel gewandt.

Dieser inspizierte Gondel, Mast und Kabel eingehend. »Keinesfalls, das war mutwillig. Jemand hat die Rollen mit einer Axt oder einem Vorschlaghammer abgeschlagen. Die Gondel ist unbenutzbar.«

»Brand will eine Fluchtmöglichkeit eliminieren«, sagte Gamper.

»Kann man mit so was überhaupt Menschen transportieren?«, fragte Cora.

»Streng genommen ist es untersagt, aber …«, Schwizgebel musterte Cora, »jemand mit Ihrer Postur passt da schon rein. Gondel und Kabel halten die Belastung aus.«

Beruhigend zu wissen. Cora betrachtete die klapprige Holzkiste. Angesichts des Zustandes der Anlage war sie froh, diese Option nicht in Betracht ziehen zu müssen.

Bei trockenem Wetter und guter Sicht war der Aufstieg zum Stierentungel ein Spaziergang. An diesem Nachmittag erwies sich jeder Schritt als Mühsal. Der Schnee auf dem offenen Gelände reichte ihnen bei gewissen Passagen bis über die Knöchel. Sie waren froh, Gamaschen angelegt zu haben. Schwizgebel besaß ein zweites Paar, das er Gamper überlassen hatte. Cora trug welche, die Ludivine gehörten. Ohne die Überzüge hätten sie sich nach wenigen Metern klitschnasse Füße geholt. Der Pfad war nur schwer zu erkennen. Cora und Gamper waren auf Schwizgebels Ortskenntnis angewiesen. Brands Ablehnung gegenüber seinen Mitmenschen musste sehr groß sein, dass er sich freiwillig in der Einsamkeit dieser Alp verschanzte. Im Sommer und im Herbst vermochten die wildromantische Berglandschaft und der Lauenensee eine ganze Anzahl Wanderer anzuziehen, die auf ihrer Tour in die Lenk oder rund ums Wildhorn hier durchkamen. Cora vermutete eine explizite Absicht der Einheimischen und Promotoren der Region, das Gebiet nicht für den Massentourismus zu erschließen.

Nach etwas mehr als einer Stunde blieb Schwizgebel zur allgemeinen Erleichterung stehen. »Wir haben es fast geschafft. Da oben steht Brands Hütte. Hoffentlich …« Er kniff die Augen zusammen.

»Was ist?« Cora konnte die Konturen des im Nebel verschwimmenden Gebäudes kaum erkennen.

Schwizgebel zeigte zur Hütte. »Ich habe eine Bewegung gesehen. Da oben ist jemand.«

Cora blickte angestrengt in die Richtung, die Schwizgebels Hand wies. Sie erkannte schemenhaft den Umriss einer Person, die sich vom grauen Dunst abhob und sich von der Hütte entfernte. »Kann es Brand sein?«

»Wüsste nicht, wer sich sonst hier herumtreiben sollte.« Schwizgebel legte beide Hände trichterförmig um den Mund. »Ohe, Wernu! Warte mal, wir müssen mit dir reden.«

Die Person machte keine Anstalten anzuhalten. Im Gegenteil, sie beschleunigte ihre Schritte.

»Er geht Richtung Krete. Wahrscheinlich will er sich über die Stigellegi und den Tungelpass absetzen«, rief Schwizgebel. »Soll ich ihm nach?«

»Können Sie ihn einholen?«, fragte Gamper.

»Wenn ich allein losgehe, warum nicht.«

»Gehen Sie, Fredi, Frau Johannis und ich laufen zur Hütte. Wenn wir Glück haben, finden wir irgendwelche Hinweise darauf, was er getan hat oder vorhaben könnte.«

Cora fragte sich, was Gamper sich erhoffte. Brand würde kaum so dumm sein und den blutigen Stein in der Hütte aufbewahren, mit dem er Sibylle erschlagen hatte. Nach dem, was sie von Magdalena erfahren hatte, verstärkten sich ihre Zweifel an der Richtigkeit, Brand zum alleinigen Verdächtigen zu stempeln.

Die Hütte war solide gebaut und ganzjährig bewohnbar, sofern man damit klarkam, sich in schneereichen Wintern ständig selbst ausgraben zu müssen. Brand hielt offenbar kein Vieh. Der Stallteil war zugunsten des Wohntraktes umgebaut worden. Im Küchenbereich des Wohnraumes gab es eine offene Feuerstelle, die nicht mehr zum Kochen benutzt wurde. Der mit Holz befeuerte Küchenherd war warm. Auf dem Tisch stand ein Teller mit einem Rest Tomatensuppe aus der Dose, dazu ein angebissenes Stück Brot und eine volle Tasse Kaffee. Cora befühlte die Unterseite des Tellers und die Tasse. »Lauwarm. Brand war bis eben noch da.«

»Wie es aussieht, läuft er vor uns davon«, sagte Gamper. »Er muss uns gesehen haben.« Er legte sein Gewehr auf den Tisch.

»Dieses Ding ist ja wohl überflüssig«, sagte Cora.

»Wart's ab. Wir müssen wieder zurück. Ich fühle mich sicherer, wenn ich den Kerl auf Distanz halten kann.« Gamper griff hinter seinen Rücken, zog eine Pistole hervor und reichte sie Cora.

»Was soll ich damit?«, fragte sie erschrocken.

»Das ist meine Ordonnanzwaffe. Sie ist geladen, nimm sie.«

»Bist du wahnsinnig? Du hast eine scharfe Waffe mit auf die Alp genommen, an ein Treffen unter Freunden?«

»Nettes Treffen. Drei von uns sind tot.«

»Und du konntest das voraussehen, oder wie?« Coras Magen krampfte sich zusammen. Wie gut kannte sie Gamper? Die Tatsache, sich vor dreißig Jahren bedingt durch einen jugendlichen Hormonüberschuss mit ihm eingelassen zu haben, machte ihn nicht zwingend vertrauenswürdig, eher das Gegenteil. Sie bewegte sich langsam auf die Tür zu.

»Hast du Angst vor mir, Cora? Wollte ich dir etwas antun, würde ich dir nicht eine geladene Pistole in die Hand drücken.«

»Ich will das Ding nicht. An keinem Ort der Welt, wo mich die Arbeit je hin verschlagen hat, war ich gezwungen, eine Waffe zu tragen. Ich habe nicht die Absicht, jetzt damit anzufangen.«

»Es ist eine Sicherheitsmaßnahme, solange sich Brand da draußen herumtreibt.«

»Wie viele Gewehre besitzt er, hat Fredi gesagt?«

»Weiß nicht. Es müssten zwei sein.«

Cora zeigte auf die Wand neben der Tür. »Da hängen zwei Gewehre. Brand ist ohne Waffe weggelaufen.«

»Was, wenn es ein drittes Gewehr gibt?«

»Ich brauche die Pistole nicht. Und ich will nicht mit dir darüber diskutieren.« Cora verschränkte die Arme.

»Na schön, wie du willst.« Schulterzuckend legte Gamper die Pistole auf den Tisch. Er ging zum Herd und befühlte den italienischen Kaffeekocher. »Kaffee?«

Cora winkte ab. Es war ihr unangenehm, in einem fremden Haus herumzuschnüffeln. Streng genommen begingen sie Hausfriedensbruch. Außerdem fühlte sie sich nicht gut. Hier hatte Brand vor fünfzig Jahren seine Frau und sein Kind mit einer Axt erschlagen. Sie glaubte, wieder den eiskalten Hauch im Nacken zu spüren. Ihre Mutter hätte ihr erklärt, es wäre ein Zeichen.

»Gehen wir?«, fragte Gamper.

»Wir sollten warten, bis Schwizgebel kommt. Lass uns nach draußen gehen.«

»Warum?«

»Weil mir hier drinnen nicht wohl ist.«

Gamper lachte. »Du bist nicht oft in den Bergen, was?«

»Wie meinst du das?«

»Weil alpenländische Gastfreundschaft nicht zulässt, Besucher draußen im schlechten Wetter sitzen zu lassen. Reiner Lebenserhaltungstrieb. Wir stehlen ja nichts.«

Er setzte sich auf die Holzbank hinter dem Tisch und legte das Gewehr griffbereit neben sich. Die Pistole ließ er auf der Tischplatte liegen. »Setz dich wenigstens, während wir warten.«

Cora nahm ihm gegenüber auf einem Stuhl Platz. »Hast du mit Sibylle, Matteo oder Richard gesprochen, bevor du hierherkamst?«

»Warum fragst du?«

»Weil du eine Pistole mit dir herumträgst. Sag schon, haben sie mit dir über eine alte Geschichte gesprochen, aus dem Zweiten Weltkrieg?«

»Was soll meine Pistole damit zu tun haben?«

Cora zögerte. Sollte sie wirklich mit ihm darüber sprechen. Wem konnte sie sonst vertrauen? »Keine Ahnung, deshalb frage ich ja. Wieso dachtest du, es könnte hier oben gefährlich werden?«

»Woher glaubst du, es zu wissen?«

Sie erzählte ihm von Matteos Briefen, dem Gold und was sie von Magdalena über Sibylle, Bloch und Matteo erfahren hatte.

»Du meinst tatsächlich, sie mussten deswegen sterben?«, fragte Gamper.

»Es gab offenbar eine geheime Absprache zwischen Schweizer und deutschen Geheimdienstoffizieren. Das Gold sollte in einen Bunker der Festung gebracht werden. Sobald genug Gras über den Gräbern ihrer Opfer gewachsen war, wollten die alten Naziratten aus ihren Löchern hervorkriechen und es sich wiederholen. Möglicherweise gibt es noch heute einflussreiche Leute, die das Ganze nicht am Tageslicht sehen wollen.«

Gamper sah sie eindringlich an. »Und die sollen Matteo, Richi und Sibylle ausgerechnet auf dieser Alp aufgelauert haben, um sie um die Ecke zu bringen – mitten im Sturm? Das glaubst du selber nicht, Cora. Die Geschichte ist an den Haaren herbeigezogen wie ›Indiana Jones – Jäger des verlorenen Schatzes‹.«

Sie machte eine hilflose Geste. »Ich bin zu dieser Story gekommen wie die Jungfrau zum Kind. Je mehr ich darüber höre, desto größer ist meine Tendenz, sie zu glauben.«

Sie saßen eine Weile schweigend da. »Also gut«, sagte Gamper schließlich. »Karten auf den Tisch: Richi hat mich eingeweiht. Ich fand es so haarsträubend wie du. Spätestens seit gestern, nachdem ich ihn tot im Bett gefunden habe, bin ich mir nicht mehr sicher.«

»Weiß Ludivine von der Sache?«

»Ich glaube nicht, weshalb fragst du?«

»Du kennst sie besser als ich, schließlich wart ihr mal ein Paar und versteht euch heute noch – oder wieder.«

»Mit Unterbrüchen.« Gamper sah Cora vielsagend an.

»Das gehört nicht hierher.«

»Ich dachte, wir wollten dieser Tage alte Erinnerungen auffrischen.«

»Gewisse Dinge sollte man ruhen lassen. Weiß Ludivine von der Goldsache?«

»Ich habe nie mit ihr darüber gesprochen.«

»Vielleicht sollten wir das tun«, sagte Cora.

»Was willst du ihr denn erzählen und weshalb?«

»In Matteos Unterlagen bin ich auf Dokumente gestoßen, die ihm sein Großvater gegeben hat. Er spionierte im Krieg für die Amerikaner in der Schweiz. In den Papieren wird ein Major Spiegelberg erwähnt, ein Generalstäbler, der für den Militärischen Nachrichtendienst arbeitete.«

»Leopold Spiegelberg, Ludivines Vater? Er ist 1967 am Wildhorn umgekommen. Sein Leichnam wurde zehn Jahre später in einer Spalte des Tungelgletschers gefunden.«

»Er war Verbindungsoffizier zu den Deutschen gewesen und half mit, die geheimen Kontakte zur SS aufzubauen.«

Gamper nickte. »Ein unrühmliches Kapitel in unserer glorreichen Geschichte. Die Kontakte zu den Nazis wurden von General Guisan sanktioniert. Als der Krieg vorüber war, feierte man den General als Nationalhelden, während sein Geheimdienstchef Masson deswegen öffentlich verdammt wurde.«

»Ironie der Geschichte«, sagte Cora. »Es waren mitunter seine Verbindungen, die dafür sorgten, die Schweiz aus direkten Kriegshandlungen herauszuhalten.«

»Da magst du recht haben. In den Geschichtsbüchern macht sich so was eben nicht so gut. Schon eher die Heldengesänge über die unbesiegbare Schweizer Armee, die im Alpenréduit dem übermächtigen Feind trotzt und jeden Felsen und jedes Edelweiß bis zum letzten Blutstropfen verteidigt.«

Cora sah ihn belustigt an. »Ich wusste gar nicht, dass du der alten Schweizer Geschichte dermaßen zynisch gegenüberstehst. Die Geschichtsbücher wurden inzwischen revidiert.«

»Das ist genau mein Punkt. Was sollen die Dokumente des Amerikaners heute beweisen? Dass Spiegelberg von den Transporten wusste? Na und? Wen kratzt das noch? Er ist seit fünfzig Jahren tot.«

»Ich weiß es nicht. Ich mache mir Gedanken, wieso sein Name in den Papieren des OSS auftaucht.«

Gamper verzog skeptisch den Mund. »Damals wie heute haben die Amis und ihre alliierten Busenfreunde jeden verdächtigt und ausspioniert, der sich nicht eindeutig auf ihre Seite stellte. Die Schweiz galt als neutral.«

»Und hat damit einen guten Schnitt gemacht.«

»Das ändert nichts an der Tatsache.«

»Hat Ludivine dir nie von ihrem Vater erzählt?«

»Sie kannte ihn überhaupt nicht. Sie ist ein paar Monate nach seinem Tod auf die Welt gekommen. Zu diesem Zeitpunkt wohnte ihre Mutter Césarine bereits wieder in Solothurn. Sie könnte uns weiterhelfen. Aber sie lebt in Südafrika, in der Gegend von Kapstadt, und kehrt ziemlich sicher nicht mehr in die Schweiz zurück. Du musst schon dorthin reisen, wenn du was von ihr erfahren willst.«

Cora nahm sich vor, ernsthaft darüber nachzudenken. Bei dem, was sie über diese Sache wusste, konnte sie geradeso gut Wagner zusagen, sofern sie es jemals schaffen würde, hier wieder wegzukommen. »Ich werde –«

Beide fuhren herum, als die Tür krachend aufgestoßen wurde. Gamper hob das Gewehr und richtete es auf den Eingang. Cora hatte reflexartig die Pistole ergriffen. Sie atmeten auf, als Schwizgebels breite Gestalt aus dem Dämmerlicht in den erhellten Raum trat.

»Könnten Sie bitte weniger spektakulär auftreten, Fredi?«, rief Gamper. »Um ein Haar hätten wir Sie erschossen.«

»Entschuldigung, diese Tür war sonst immer härter zu öffnen.«

»So wie's aussieht, konnten Sie Brand nicht einholen«, sagte Cora.

»Leider nein. Sein Vorsprung war zu groß.« Schwizgebel zeigte mit dem Daumen hinter sich. »Wir sollten uns auf den Rückweg machen. Es dämmert schon. Ich will nicht, dass uns Brand im Dunkeln in den Rücken fällt.«

Schwizgebel ging mit seinem Gewehr im Anschlag voraus. Gamper bildete die Nachhut. Für Cora fühlte es sich an, als befänden sie sich in einem Krieg gegen einen unbekannten Feind.

***

Auf dem Rückweg frischte der Wind auf, es sah nach mehr Sturm, Regen oder Schnee aus. Sie würden weiterhin an diesem Ort festgenagelt bleiben.

Zurück in »Blutlauenen« sah Cora als Erstes nach Magdalena. Deren Stimmung hatte sich seit dem Mittag nicht gebessert.

Das Tablett mit dem Mittagessen war unberührt geblieben. Die inzwischen erkaltete Suppe war geronnen. Auf dem Seelein aus Bratensoße im Kartoffelstock schwamm ein weißliches Häutchen.

»Ich habe dir gesagt, ich kann nichts essen, solange ein Mörder frei in der Gegend herumläuft«, erwiderte Magdalena matt. »Habt ihr Brand gekriegt?«

Anstelle einer Antwort befühlte Cora Magdalenas Stirn. Sie hatte kein Fieber. »Komm wenigstens zum Nachtessen herunter. Es bringt nichts, dich zu vergraben. Wir müssen zusammenstehen, bis man uns von hier wegholt.«

Zu ihrer Erleichterung erklärte sich Magdalena einverstanden, das Abendessen gemeinsam mit den anderen einzunehmen.

Eine halbe Stunde später waren alle bei Tisch. Cora saß zwischen Ludivine und Alexander, der missmutig dreinblickte. Magdalena hatte neben ihm Platz genommen. Gamper schloss den Kreis der reduzierten Runde.

Chantal sah müde aus. Ihr Gesicht wirkte grau und eingefallen. Die Erschöpfung lag wie eine schwere Last auf ihren Schultern. In gebeugter Haltung ging sie zwischen Anrichte und Tisch hin und her. Dabei zog sie ein Bein leicht nach. Was konnte den Verfassungswechsel bei der resoluten Frau hervorgerufen haben?

Ludivine beobachtete ihre Haushälterin ebenfalls mit einem besorgten Ausdruck. »Was ist los mit Ihnen, Chantal? Sie hinken ja.«

Diese machte ein Gesicht wie eine Schülerin, die sich beim Rauchen auf dem Pausenhof hatte erwischen lassen. »Es ist nichts, ich bin vorhin auf der Kellertreppe gestolpert.«

Gamper bot an, sich das anzusehen. Chantal schüttelte energisch den Kopf. »Danke, das ist nicht nötig, Herr Doktor. Wahrscheinlich eine leichte Zerrung. Ich habe den Fuß mit dem Hausmittelchen meiner Mutter eingerieben. Bis morgen wird er wieder sein wie neu.«

»Falls nicht, kommen Sie zu mir, in Ordnung?«, sagte Gamper.

Chantal neigte dankbar lächelnd den Kopf und setzte den Service fort. Cora zweifelte, dass ihre Verletzung allein für ihren Zustand verantwortlich war.

Ludivine dachte wohl das Gleiche. »Legen Sie sich hin, Chantal. Sie brauchen Ruhe, damit Sie morgen wieder in Form sind.«

»Madame, ich –«

»Das ist keine Bitte, Chantal. Wir bedienen uns selber und räumen später ab, nicht wahr?« Ludivine blickte in die Runde. Alle stimmten zu.

Chantal fügte sich, lehnte jedoch entschieden ab, auf ihr Zimmer begleitet zu werden. »Je vous remercie, Madame, wenn Sie etwas brauchen …«

»Keine Sorge. Wir werden für einen Abend ohne Sie zurechtkommen.«

»Das Wetter verschlechtert sich wieder«, sagte Ludivine, als Chantal draußen war.

Cora durchschaute ihre Absicht, vom Unwohlsein der Haushälterin abzulenken. Sie war die geborene Gastgeberin, die sich keine Blöße geben wollte. Ein Charakterzug, den sie sich im jahrelangen Umgang mit exzentrischen Künstlern und anspruchsvoller Kundschaft angeeignet haben musste. Nicht umsonst war sie in der internationalen Kunstszene und der gehobenen Gesellschaft eine gern gesehene Persönlichkeit. Früher hatte Cora das gestelzte aristokratische Gehabe ihrer Freundin belächelt, die sie der konsequenten Erziehung ihrer Mutter verdankte. Heute zollte sie ihr Bewunderung für ihre sanfte Art, Zuversicht zu verbreiten.

Magdalena hatte ihren Appetit wiedergefunden, zumindest auf Alkohol. Als Schwizgebel, der sich anerboten hatte, für Chantal einzuspringen, die Suppenteller abräumte und den Hauptgang servierte, hatte sie bereits drei Gläser Wein intus und schenkte sich ein viertes ein. Ludivine sah ebenso großzügig darüber hinweg wie Cora. Beide waren stillschweigend übereingekommen, Magdalena ihre Weise, um Sibylle zu trauern, und die Pflege ihres Selbstmitleides für den Abend zu lassen.

Kaum hatte Cora ihr Stück Heidelbeerkuchen aufgegessen, wurde der Raum mit einem Schlag in Dunkelheit gehüllt. Nur der flackernde Schein der Kerzenhalter auf Tisch und Anrichte erleuchtete die Szenerie, die sie unter weniger dramatischen Umständen romantisch gefunden hätte.

»Was ist jetzt wieder los, verdammt noch mal!«, rief Gamper. Die Blicke aller richteten sich auf Schwizgebel, der im Begriff gewesen war, eine Flasche Wein zu entkorken, bevor das Licht weg war. Gampers Ausruf riss ihn aus der Starre. Er stellte die ungeöffnete Flasche auf die Anrichte. »Ich gehe nachsehen.«

Alexander schnupperte demonstrativ mit gereckter Nase. »Riecht ihr das?«, fragte er.

»Was?«

Cora roch es auch. »Das ist Rauch.«

»Hat Chantal in der Küche etwas anbrennen lassen?«, fragte Magdalena und sah mit glasigem Blick in die Runde.

»Nicht diese Art Rauch.« Gamper sprang auf. »Es brennt irgendwo – der Generator. Schnell, Fredi!« Beide rannten hinaus.

»Ist es wirklich nur der Generator?«, fragte Cora.

»Wenn nicht, hätten wir es bereits gemerkt, glaub mir«, sagte Ludivine. »Das Haus besteht zu einem großen Teil aus Holz. Wenn es anfängt zu brennen, steht in Windeseile alles in Flammen. Nicht umsonst hängen überall Feuerlöscher.«

Wenig später kam Gamper mit rußverschmiertem Gesicht und schwarzen Flecken am Hemd zurück. »Es ist tatsächlich der Generator.« Er ließ sich in einen Stuhl fallen.

»Kurzschluss?«, fragte Ludivine.

»Brandstiftung, würde ich sagen. Fredi meint, jemand hat Diesel über den laufenden Motor geleert.«

»Dieseltreibstoff ist schwer entzündbar«, sagte Cora. »Dafür braucht es mehr als ein Streichholz.«

»Er wurde über den heißen Motor gegossen«, sagte Gamper.

»Wie ist das Feuer dazugekommen?«, fragte Cora nach.

»Eine Wunderkerze, wie sie für Geburtstagsfeiern verwendet wird. Der abgebrannte Stiel lag am Boden.« Gamper nahm einen großen Schluck Wein aus seinem Glas. »Glück im Unglück. Das Feuer hatte sich nicht ausgebreitet und war rasch gelöscht. Der Generator hingegen ist wohl futsch. Alex und Schwizgebel versuchen, ihn zu reparieren. Sieht nicht gut aus.« Er trat an die Anrichte, um die Flasche zu öffnen, die Schwizgebel stehen gelassen hatte.

»Und inwiefern, meinst du, dürfen wir uns glücklich schätzen, für den Rest unseres Aufenthaltes ohne Strom und Warmwasser zu sein?«, fragte Magdalena spitz.

»Im Raum neben dem Generator lagert der Holzvorrat. Wenn das Feuer übergegriffen hätte, müssten wir heute Nacht draußen schlafen.«

»Das war Brand, ich bin mir sicher. Du hättest ihn erschießen sollen, René!«, rief Magdalena.

»Das hätte ich liebend gern für dich erledigt, Mägi. Leider hat er mir den Gefallen nicht getan, sich vor meinen Gewehrlauf zu stellen.«

»Erzähl keinen Blödsinn«, sagte Cora. »Das ist lächerlich. Woher wollen wir wissen, ob Brand das Feuer gelegt hat?«

»Wer soll es deiner Meinung nach gewesen sein, verehrteste Cora?« Magdalena starrte sie mit vom Alkohol benebelten Augen an. »Glaubst du, einer von uns hat den Generator angezündet, damit wir es schön dunkel und kalt haben?«

»Wir können es nicht beweisen, solange wir sein Motiv nicht kennen«, entgegnete Cora.

»Motiv, Motiv. Er ist ein brutaler Mörder, reicht dir das nicht?«, gab Magdalena heftig zurück. »Du und dein Glaube an das Gute. Dir kann einer den Hals umdrehen, und du bist immer noch von seiner Unschuld überzeugt.«

Cora sparte sich eine Erwiderung.

Alexander kam herein und setzte sich neben seinen Vater, der ihm einen fragenden Blick zuwarf. »Keine Chance, der Generator ist definitiv hin.«

»Also dann! Für den Rest unseres Aufenthaltes ist Kerzenlicht und Katzenwäsche angesagt«, sagte Gamper.

»Hat was Romantisches.« Alexander blinzelte Cora zu.

Ludivine gab die Dusche mit dem Gasboiler neben Chantals Quartier für alle frei.

»Ich bin wieder auf meinem Zimmer«, verkündete Magdalena. »Und damit ihr es wisst, wenn noch mal das Geringste passiert, gehe ich morgen zu Fuß ins Tal hinunter – gefährlich hin, Brand her. Der Idiot kann mich mal.« Magdalena stand auf, schwankte und setzte sich gleich wieder hin. »Hoppla!« Sie lachte kreischend.

Cora trat neben sie, um sie zu stützen. Alexander kam ihr zu Hilfe. Ihre Hände berührten sich. Cora zuckte zurück. Er sah sie breit lächelnd an. Früher oder später würde sie es ihm klarmachen müssen.

***

Den ganzen Tag über hatte Cora immer wieder auf ihrem Handy nachgesehen, ob die Netzdienste allenfalls zu neuem Leben erwacht waren – vergebens. Das Tiefdruckgebiet musste gewaltig sein, wenn es die öffentliche Infrastruktur dermaßen beeinträchtigen konnte.

Sie hielt es in ihrem Zimmer nicht mehr aus. Die Decke war nahe daran, ihr auf den Kopf zu fallen. Sie sammelte Wagners Papiere ein, die sie auf dem Bett ausgebreitet hatte, und legte sie zu Matteos Dokumenten in eine Aktenmappe.

Trotz der entfesselten Welt draußen war es im Korridor geradezu unheimlich still. Der Strahl ihrer Taschenlampe trieb bizarre Licht- und Schattenspiele mit den Jagdtrophäen an den Wänden. Cora war weder abergläubisch noch überaus schreckhaft. Trotzdem setzte ihr der ausgestopfte Kopf des Wildschweines zu, der sich vor ihren Augen in eine grinsende Fratze zu verwandeln schien.

Im Großen Salon fand sie einen fünfarmigen Kerzenständer.

Sie machte die Taschenlampe aus, um Batterie zu sparen. Cora versuchte, die toten Tiere an der Wand und den Tiger auf dem Fußboden zu ignorieren, die ihr im Kerzenlicht entgegenstarrten. Stattdessen konzentrierte sie sich auf die Bücherreihen in den Regalen. Die meisten Bücher waren alt und angestaubt. Sie ließ die Fachbücher und großen Fotobände über Wild und Jagd, welche drei Reihen eines Wandregals einnahmen, links liegen. Liebesklassiker aller Epochen beanspruchten ebenfalls einen ansehnlichen Anteil an der verfügbaren Regalfläche. »Madame Dubarry«, »Anna Karenina« oder die gesammelten Werke von Jane Austen war nicht die Literatur, die Cora zusagte. Sie mochte Liebesgeschichten mit einer gehörigen Portion Erotik. Diesbezüglich waren »Lady Chatterley's Lover« von D. H. Lawrence und Henry Millers »Wendekreis des Krebses« das höchste der Gefühle in dieser Sammlung. Ludivine hatte, zumindest nach außen, stets den Eindruck vermittelt, nichts von sinnlichen Ausschweifungen zu halten. Cora vermutete, dass Césarine Spiegelberg, im Gegensatz zu ihrer Tochter, eine Schwäche für frivolere Lektüre gehabt hatte.

Das Interesse ihres Ehemannes Leopold galt offenbar der Geschichte, was eine ganze Reihe Historienbücher bezeugte. Neben der Jagd hatte es ihm augenscheinlich vor allem die Militärgeschichte angetan. Cora zählte rund zwei Dutzend Bände, die sich mit dem Thema befassten. Nicht wenige Schweizer Armeeoffiziere jener Zeit, darunter offenbar Spiegelberg, waren Bewunderer der Kriegskunst deutscher Wehrmachtsgeneräle. Außer dem legendären Generalfeldmarschall Erwin Rommel, der als »Wüstenfuchs« auch bei den Alliierten größten Respekt genossen hatte, sagten die wenigsten der Namen Cora etwas. Sie fand eine Biografie seines Gegenspielers, des britischen Marschalls Montgomery, sowie die Lebensgeschichten von Winston Churchill und Charles de Gaulle. Das zerlesene Exemplar von »Mein Kampf« legte sie sofort zurück. Spiegelberg hatte sich im Lauf seines tragisch abgekürzten Lebens eine bemerkenswerte Mischung von Vorbildern zugelegt.

Coras Gedanken schweiften zu ihren Eltern ab, Siebenbürger Sachsen, die in den sechziger Jahren ihre transsilvanische Heimat in Rumänien verlassen mussten, weil sie vom Regime zunehmend diskriminiert und verfolgt wurden. Als der Diktator Ceaușescu und seine Frau 1989 von den eigenen Schergen vor den Augen der Weltöffentlichkeit und live am Fernsehen hingerichtet wurden, hatten Nicolas und Cosima Johannis vor Glück geweint. Doch nach über zwanzig Jahren in der Schweiz wollten sie die Familie nicht erneut entwurzeln. Die damals neunzehnjährige Cora war Schweizerin geworden und hatte keinen direkten Bezug zum Land ihrer Vorfahren. Diktatoren und Despoten kannte sie lediglich vom Geschichtsunterricht und den Erzählungen der Eltern. Sie hatte lange mit sich gekämpft, bevor sie sich eingestehen konnte, einer Flüchtlingsfamilie zu entstammen. Am Ende hatte genau das sie bewogen, investigative Journalistin zu werden. Sie wollte darüber berichten, wie moderne Despoten in den USA, Russland und der Türkei heutzutage gemeinsam mit ihren Mitläufern überall in der Welt Menschen ins Elend und in den Tod trieben. Auf ihren Reisen war ihr klar geworden, was für eine zarte und pflegebedürftige Pflanze die Demokratie war. Manche waren rasch dafür zu haben, politischen Marktschreiern und Rattenfängern zu folgen, die ihnen Sicherheit, Schutz und Wohlstand versprachen, nur um diese exklusiv für sich und ihre Schar von Günstlingen und Klienten zu beanspruchen. Cora war mit einer Spielart der Demokratie groß geworden, welche Außenstehende als kompliziert und umständlich bezeichneten. Im Gegensatz zu den parlamentarischen und zentralistischen Staatsformen der Nachbarn übernahm in ihrer Adoptivheimat jeder Einzelne mit seiner Stimme die Verantwortung, das Gemeinwesen mitzugestalten, egal, ob er von diesem Recht Gebrauch machte oder nicht.

Der Anblick eines mit einer Glastür verschlossenen Regalschranks brachte sie von ihren Gedankengängen ab. Das holzgerahmte plissierte Rauchglas hinderte sie daran, Titel und Beschriftungen zu erkennen.

Nachdem sie lange zwischen Buchdeckeln und in Schubladen nach einem Schlüssel gesucht hatte, wollte sie nicht mehr Zeit dafür verschwenden. Sie prüfte kurz das Schloss, bevor sie eine Haarnadel aus der Hosentasche zog. Nach ein paar Sekunden war der Schrank offen. Bücher über Waffen- und Kriegstechnik interessierten sie weniger als eine Reihe von Fotoalben. Von den Jahreszahlen auf den Etiketten erschien ihr der Zeitraum 1943 bis 1945 vielversprechend.

Cora blätterte im Fotobuch. Es enthielt größtenteils Gruppenfotos von Männern mit martialischen Mienen und gegelten Kurzhaarfrisuren in goldbestickten Uniformen. Ein junger Offizier mit hagerem, fein geschnittenem Gesicht und klaren blauen Augen war das häufigste Objekt der Kameras. Leopold Spiegelberg war ein schöner Mann gewesen. Ludivines Ähnlichkeit mit ihm war verblüffend. Auf beinahe allen Bildern trug er die feldgrüne Uniform der Schweizer Armee mit dem breiten schwarzen Ordonnanzstreifen an den Außennähten der Hosenbeine, dem Emblem eines Offiziers des Generalstabes.

Zwischen den Seiten stieß sie auf ein lose eingelegtes Bild, das zeitlich aus dem Rahmen fiel. Es war ein Hochzeitsfoto. Auf der Rückseite war die Jahreszahl »1960« vermerkt. Césarines Erscheinung kontrastierte mit dem blonden Recken in Galauniform an ihrer Seite. Auf dem Schwarz-Weiß-Bild war nicht zu erkennen, ob ihre Haare schwarz oder dunkelbraun waren. Die Bilder zeigten ein Paar, das Harmonie und Schönheit ausstrahlte.

Cora blätterte im Album chronologisch vorwärts, bis sie glaubte, die Periode um 1945 gefunden zu haben. Ein Gruppenbild erregte ihre Aufmerksamkeit: Es zeigte sechs Uniformierte, einer davon offenbar ein Offizier, die eindeutig nicht Angehörige der Schweizer Armee waren. Die Runen an ihren Kragenspiegeln und die Totenköpfe an den Mützen wiesen sie der SS zu. Sie standen, flankiert von zwei lachenden, mit Karabinern bewaffneten und Stahlhelm tragenden Schweizer Soldaten, vor einem geöffneten Schlagbaum. Im Hintergrund war deutlich ein Fahnenmast zu erkennen, an dem die hellgraue Flagge mit dem weißen Kreuz wehte. Coras Gehirn transformierte die graue Grundfarbe der Flagge auf dem Schwarz-Weiß-Foto in ein leuchtendes Rot.

Sie stutzte. Soldaten der neutralen Schweiz kameradschaftlich vereint mit Gehilfen der größten Massenmörder aller Zeiten? Wie würde die Öffentlichkeit heute reagieren, sollte das Bild den Weg in die Medien finden? Am linken Unterarm der Uniformjacke eines der deutschen Offiziere erkannte Cora einen schwarzen Rhombus, in dessen Zentrum die Buchstaben »SD« gestickt waren. Soviel Cora inzwischen darüber wusste, gehörten diese Männer zum »Sicherheitsdienst des Reichsführers SS«, Himmlers Geheimdienst, der für die Verfolgung und Vernichtung von Juden und anderen politischen Feinden des Reiches verantwortlich gewesen war.

Die Soldaten posierten vor einem Lastwagen, von dessen Kennzeichen Cora das Kürzel »SS« entziffern konnte. Cora wendete das Bild. Die schwarze geschwungene Tintenhandschrift war verblasst, aber leserlich: »Rendez-vous Grenzübertritt Au, Sankt Gallen – 25. April 1945«.

Cora blätterte hastig die Seiten um, fand jedoch keine weiteren Fotos. Sie betrachtete das eine Bild erneut. Sie hatte einen Beweis: Ein deutscher Militärlastwagen überquerte in den letzten Kriegstagen die schweizerisch-österreichische Grenze im Rheintal. War das der Goldtransport, der für sie immer noch eher Legende als Wirklichkeit war? Wer hatte das Bild gemacht? Spiegelberg selbst?

Der Leim, mit dem das Foto an der Seite haftete, war alt und spröde. Cora konnte es vom Papier lösen, ohne es zu beschädigen. Behutsam verstaute sie es in der Kartentasche ihrer Wanderhose, bevor sie das Album an seinen Platz zurückstellte.

Eine Metallkassette fiel ihr auf, als sie den Schrank schließen wollte. Sie war ganz hinten in einem unteren Regal verstaut. Sie öffnete den Deckel und stieß einen leisen Pfiff aus. Sie erriet sofort, worum es sich bei dem in ein weiches, öliges Tuch eingewickelten Gegenstand handelte. Es war eine blitzblank gereinigte und offensichtlich funktionsfähige automatische Pistole. Das musste Spiegelbergs Ordonnanzwaffe sein. Sie roch am Lauf. Die Waffe war kürzlich nicht verwendet worden.

Im Irak war Cora eingeladen worden, einer Übung britischer Sondereinheiten beizuwohnen, an der ein Enkel der Königin teilgenommen hatte. Sie hatten den Prinzen nicht zu Gesicht bekommen, dafür hatte einer der Soldaten ihr gezeigt, wie man eine automatische Pistole handhabte. Sie hatte ein paarmal damit geschossen und recht gut getroffen. Seit sie zu ihrer Betroffenheit feststellte, es könnte ihr gefallen, fasste sie keine Schusswaffe mehr an. Die Manipulationen hatten sich in ihrem Gedächtnis eingraviert. Sie löste die Magazinverriegelung. Das Magazin war mit acht Patronen voll geladen. Sie schob es zurück und verstaute die Pistole in der Kassette, die sie an ihren Platz legte.

Sie hatte keine Lust mehr, sich weiter mit den Papieren zu beschäftigen. Nachdem sie die Kerzen ausgeblasen und die glühenden Dochte ausgedrückt hatte, trat sie den Rückweg in ihr Zimmer an.

Der Wind heulte lauter als vorher um das Haus. Sie fühlte die Bewegung hinter sich eher, als sie sie hörte. Erschrocken fuhr sie herum.

Der Strahl der Taschenlampe traf Ludivine, die sich schützend eine Hand vor die geblendeten Augen hielt. Der Schreck war offenbar auch ihr in die Knochen gefahren. Hastig zog sie ihren Morgenmantel zusammen und den Kragen hoch. »Cora? Was machst du hier unten, um diese Zeit?«, fragte sie, nachdem sie sich gefasst hatte.

»Ich konnte nicht schlafen und wollte mir ein Buch holen.« Es war nicht der Zeitpunkt, mit Ludivine über ihre Entdeckungen in der Bibliothek zu reden. »Und was machst du hier?«

»Ich wollte nach Chantal sehen. Ich mache mir Sorgen um sie. Ich habe sie noch nie in einem solchen Zustand gesehen. René sollte sie am Morgen auf jeden Fall untersuchen.«

»Soll ich dich begleiten? Du hast keine Taschenlampe.«

»Gerne.«

»Spazierst du ständig ohne Licht im Dunkeln herum?«, fragte Cora auf dem Weg zu Chantals Kammer.

»Obwohl ich nicht so oft hier war, kenne ich dieses Haus wie meine Westentasche, jede Ecke, jede Ritze und jedes Geräusch. Manchmal habe ich das Gefühl, es spricht mit mir.«

»Bist du sicher, du willst es verkaufen?«

»Man muss Dinge loslassen können, erst recht, wenn man sie liebt.« Ludivine sah Cora von der Seite an. »Das gilt auch für Menschen.«

Cora erwiderte nichts. Sie hielt Ludivines Blick stand.

Chantal saß leise schnarchend in ihrem Fauteuil. In der Hand auf ihrem Schoß lag ein angefangenes Strickwerk.

»Ein Paar neue Socken für Fredi«, flüsterte Ludivine schmunzelnd. Sie nahm das Strickzeug und legte es auf den Beistelltisch. Die dicke Wolldecke, die Chantals Beine bedeckte, zog sie bis unter ihren Hals hoch.

Die Haushälterin rührte sich nicht. Die beiden verließen das Zimmer so lautlos, wie sie gekommen waren.

Auf der Treppe ging Cora mit der Taschenlampe voraus. Sie spürte Ludivines Blick im Rücken. Das schlechte Gewissen, heimlich in den privaten Dokumenten der Familie Spiegelberg geschnüffelt zu haben, nagte an ihr.

CHANTAL REYBAZ – MÄRZ 2018

Chantal freut sich wie ein kleines Kind. Sie wartet, bis der Tee lange genug gezogen hat. Ihr Gast ist in dieser Beziehung anspruchsvoll. Der Besuch war nicht angemeldet, sonst hätte sie einen Vrenelikuchen gebacken, obwohl sie den selbst nicht mag. Es ist Madames Lieblingskuchen, ein typisches Deutschschweizer Gebäck, langweilig und trocken. Chantal kann die Geschmacksmischung von Vanille mit Bittermandeln nicht ausstehen, geschweige denn das Zitronat, das sie Madame zuliebe auf die säuerlich-süße Glasur gestreut hätte. Das wäre immerhin besser, als die halb vertrockneten Stückchen vorsetzen zu müssen, die sie auf die Schnelle beim Bäcker im Dorf besorgt hat.

Ihr Gast ist lange fort gewesen, in all den fremden Ländern, von denen Chantal immer nur in der Zeitung liest. Wenn sie einen Artikel über einen der Orte findet, geht sie den Text besonders genau durch, in der Hoffnung, auf den Namen von Madame zu stoßen.

Sie hat sie vermisst seit jener Zeit, als sie vor ihrer Scheidung zuweilen mit ihrem Mann lange Wochenenden oder ein paar Tage Ferien im großen Haus oberhalb des Lauenensees verbrachte. Wenn die Herrschaften Lust verspürten, ließen sie sich mit einem Helikopter für den Nachmittagstee nach Gstaad ins »Palace« fliegen. Einige Male durfte Chantal mitgehen. »Damit du auch mal rauskommst«, sagte Madame zu ihr. Oft war es spät geworden, und man übernachtete im Hotel. Für das Abendessen im »Grand Restaurant«, wo formale Kleidung erwünscht war, hatte ihr Madame ein Kleid geliehen. Natürlich bezahlte sie Chantals Übernachtung, die ein königliches Frühstücksbuffet einschloss.

Das ist vorbei. Chantal hat sich mittlerweile damit abgefunden, in Rougemont zu versauern, das nur wenige Kilometer vom mondänen Gstaad mit all den schönen und reichen

Menschen entfernt liegt. Eine Zeit lang kochte und putzte sie bei einer reichen englischen Dame, die ihren Lebensabend an der Waadtländer Riviera in Montreux verbringt – dreimal in der Woche. Bald wurde es ihr zu anstrengend, für das bisschen Geld die gut stündige Bahnreise auf sich zu nehmen. Die Golden-Pass-Linie der Montreux-Berner-Oberland-Bahn vermag Touristen zu faszinieren. Chantal wäre lieber in ihrem geliebten »Blutlauenen« gewesen. Wenn sie auch die Ausflüge nach Gstaad oder einige Male sogar nach Bern genossen hatte, war sie gerne allein auf der Alp zurückgeblieben, vor allem seit jenem Tag, an dem ihr Liebster gekommen war.

Die gnädige Frau hat ihren Tee ausgetrunken und das Gebäck gelobt, als hätte Chantal es selbst gemacht. Sie erzählt ihr, was sie vorhat. Es soll eine besondere Gelegenheit werden, »Blutlauenen« ein letztes Mal in seiner Pracht glänzen zu lassen.

Chantal ist sogleich Feuer und Flamme. Sie erklärt sich auf der Stelle bereit, mit der gnädigen Frau nach Saanen zu fahren, wo ein Helikopter auf sie wartet. Sie wollen sich alles gemeinsam ansehen und festlegen, was es vorzubereiten gilt. Und dann, bevor Fredi Schwizgebel sie heim nach Rougemont fährt, will die gnädige Frau mit ihr im Palace zu Abend essen – wie früher.

Sie sieht ihr geliebtes »Blutlauenen« wieder. Chantal freut sich wie ein kleines Kind.

ACHT

Cora sah verwirrt auf ihre Uhr – kurz vor acht. Sie hatte knapp sechs Stunden ohne Unterbruch geschlafen, das erste Mal seit sie hier oben war.

Die Dusche konnte bis nach dem Frühstück warten, eine notdürftige Wäsche musste vorerst genügen. Sie war hungrig und freute sich auf Chantals exquisites Rührei. Beim Gedanken, es mit ein paar Tranchen frisch gebratenem Speck zu verspeisen, lief ihr das Wasser im Mund zusammen.

Die langen Gesichter der Schicksalsgefährten und Schwizgebels betretene Miene radierten ihre gute Laune aus, sobald sie in den Kleinen Salon kam. Gamper, Alexander und Magdalena saßen vor dem ungedeckten Tisch. Ein Blick zur leeren Anrichte rückte das Rührei in weite Ferne. »Was ist los?«, fragte Cora.

»Siehst du doch«, sagte Gamper. »Sieht aus, als müssten wir uns das Frühstück selber machen.«

»Ist Chantal krank?« Cora wandte sich an Schwizgebel, der ratlos die Schultern hob.

»Ludivine ist bei ihr«, sagte Magdalena. »Die arme Chantal, sie sah gestern schlecht aus. Kein Wunder, in ihrem Alter hätte mich diese Aufregung schon lange ins Grab gebracht.«

»Damit wäre dir ein besseres Schicksal beschieden als manch einem hier«, sagte Alexander trocken.

Magdalena schnaubte. »Wenn dir dein Vater nicht bald auf dein Schandmaul haut, tue ich's.«

Gamper machte eine einladende Handbewegung. »Tu dir keinen Zwang an, Mägi. Ihr seid beide alt genug und könnt das unter euch ausmachen.«

Magdalena verschränkte beleidigt die Arme und schaute nach draußen, wo sich die Schneeschicht über Nacht um ein paar Zentimeter erhöht hatte.

Alexander stand auf, kniete vor sie hin und legte bittend die Handflächen zusammen. »Entschuldige, Mägi, ich habe es nicht so gemeint. Du hast recht, mein Benehmen ist inakzeptabel.«

Selbst Cora wäre es schwergefallen, bei diesem Blick nicht weich zu werden. Magdalenas Widerstandskraft war eindeutig schwächer. Erst sah sie Alexander böse an, bevor sich ihr Mund zu einem Lächeln verzog. Mit einer zärtlichen Geste zupfte sie ihn an den Ohrläppchen. »Frecher Kerl! Man sollte dir die Ohren lang ziehen.«

»Bitte.« Grinsend hielt er ihr den Kopf seitlich hin. »Bedien dich.«

»So billig kommst du nicht weg, mein Lieber. Das kostet dich was.«

»Jederzeit und überall, wo und wie du befiehlst.«

Ludivine platzte in der allgemeinen Erheiterung herein. Cora hätte nicht gedacht, dass es bei einem Menschen mehrere Stufen von Blässe gab. Bei Ludivine war sie zur Vollendung ausgereift. Sie war jenseits von totenblass.

»Ihr müsst kommen. Chantal … sie … sie ist tot.« Sie sank in den Stuhl neben Cora, die sie festhielt, weil sie befürchtete, ihre Freundin würde gleich wieder vom Sitz rutschen.

***

Chantal saß in ihrem Sessel, genauso wie Ludivine und Cora sie letzte Nacht zurückgelassen hatten. Das Strickzeug lag dort, wo Ludivine es hingelegt hatte. Der Tod hatte die Haushälterin im Schlaf überrascht.

Gamper war über sie gebeugt. Schwizgebel weinte bittere Tränen um eine Freundin, die beste, wie er sagte. Jahrelang waren sie einander in »Blutlauenen« zur Hand gegangen. »Ihr Tod ist unrecht«, schluchzte er. »Hat sie gelitten?«

»Sieht nicht so aus«, sagte Gamper und richtete sich auf. »Ihr Herz hat wohl einfach aufgehört zu schlagen.«

»Das will nichts heißen«, erwiderte Cora, die ihm zusah. »Das hat es bei den anderen auch. Was ist die Ursache?«

Gamper sah zu ihr auf. »Willst du sie untersuchen?«

»Wenn es so weitergeht, braucht der Helikopter nur ein Mal zu fliegen«, sagte Cora.

»Ich wusste nicht, dass du sarkastisch sein kannst.«

Cora winkte ab. »Gibt es wirklich keine Anzeichen auf Fremdeinwirkung?«

»Keine, die man von einem Kerl wie Brand erwarten würde.« Cora presste die Lippen zusammen und verschränkte die Arme. »Chantal war eine alte Frau. Sie ging auf die achtzig zu. Dazu kommt die anstrengende Hausarbeit, die sie sich nicht nehmen lassen wollte. Nicht zu vergessen die Aufregung und dieses höllische Wetter. Ihr Herz hat nicht mehr mitgemacht. Im Grunde hatte sie einen schönen Tod. Sieh sie dir selber an.« Er machte eine einladende Handbewegung.

Cora trat einen Schritt zurück. Sie hatte nicht das Bedürfnis, eine weitere Tote aus der Nähe zu betrachten. Gamper hatte recht. Nichts sprach gegen eine natürliche Todesursache. Chantal gehörte nicht zur Clique und war nicht in die Kenntnisse eingeweiht, die ihren Freunden das Leben gekostet hatte. Zumindest ging Cora nicht davon aus. Welchen Grund sollte es geben, die gutmütige und treue Haushälterin umzubringen? Ihr Tod war bedauerlich und wohl ihrem hohen Alter zuzurechnen.

Und Brand? Wenn er Chantal getötet hätte, aus welchen Beweggründen auch immer, müssten Spuren zurückgeblieben sein. Da war nichts. Gamper rollte die Ärmel der Toten zurück, um die Arme auf Kampfspuren zu untersuchen. Er begutachtete die Beine, ebenfalls ohne Befund. Cora schaffte es diesmal nicht, sich zu überwinden, den kalten Körper zu berühren. Sie hatte genug Tod gesehen. Von ihr aus konnte Gamper Chantal zu den anderen in den zur Gruft umfunktionierten Kellerraum bringen.

Etwas Ungeheuerliches geschah hier. Bei Rizzardi und Sibylle konnte man sich um die Todesursache streiten. Bei Bloch musste nachgeholfen worden sein. Selbstmord schloss Cora zum Vorneherein aus. Jemand, der sich umbringen will, drückt sich kein Kissen auf das Gesicht.

»Im Keller entledige ich sie ihrer Kleider und inspiziere sie nochmals gründlich. Ich will das nicht hier tun«, sagte Gamper.

***

»Es ist mein Fehler«, schluchzte Ludivine. »Ich hätte sie nicht überreden dürfen, für dieses eine Mal von Rougemont hierherzukommen. Sie freute sich so, ein letztes Mal Herrschaften bedienen zu können. Jetzt ist sie tot. Das verzeihe ich mir nie.«

Cora umarmte sie. Zum ersten Mal seit ihrem Wiedersehen empfand sie Ludivines Gefühle als von Herzen kommend. Sie musste an der alten Haushälterin gehangen haben. »Chantal hätte sich gewünscht, auf diese Art zu gehen – und hier. Sie muss den Ort sehr geliebt haben.«

Ludivine löste sich von Cora und drückte ihr dankbar die Hand. »Das hat sie. Wir haben sie auch sehr gerngehabt. Mutter hat Chantal stets als Mitglied der Familie angesehen, mein Vater wohl ebenso. Für mich war es jedes Mal, als würde ich eine geliebte Tante wiedersehen.« Ein schmerzvolles Lächeln huschte über Ludivines Lippen. »Ihr Tod ist ein Zeichen. Mit ›Blutlauenen‹ geht es zu Ende. Nun bleibt mir nichts übrig, als es zu verkaufen.«

Cora drückte ihre Hand. »Wie geht es Magdalena?«

»Sie hat sich wieder in ihrem Zimmer eingeschlossen.«

Das war typisch, dachte Cora frustriert. Sie hätte sich auch am liebsten unter ihrer Bettdecke verkrochen. Augen schließen und an nichts mehr denken. Mitten in dieser Grübelei durchzuckte sie ein Gedanke wie ein Blitz aus heiterem Himmel.

Ludivine hatte denselben Einfall. »Findest du es nicht merkwürdig …«

»… dass immer dann etwas passiert, wenn Magdalena auf ihrem Zimmer ist?«

Die beiden sahen sich an. »Das ist absurd, oder?«, sagte Cora.

»Das Leben ist voller Absurditäten, das macht es deswegen nicht weniger real.«

»Ich meine … ich kann es mir einfach nicht vorstellen. Magdalena soll …? Undenkbar.«

Der Moment war gekommen, die Karten auf den Tisch zu legen. »Haben Matteo, Richard oder Sibylle in den letzten Wochen mit dir gesprochen?«, fragte Cora Ludivine.

»Gesprochen? Worüber?«

»Alte Geschichten über geheime Transporte von Gold im Zweiten Weltkrieg, welches deutsche Soldaten mit Hilfe deines Vaters in die Schweiz geschmuggelt haben sollen.«

Ludivine sah sie mit weit aufgerissenen Augen an. »Mein Vater und die Nazis? Das ist lächerlich. Wie kommen sie auf so was?«

»Magdalena hat dir nie was gesagt?«

»Magdalena? Warum sollte sie?«

Es war der Zeitpunkt, Ludivine mit dem zu konfrontieren, was Cora herausgefunden hatte. Sie beichtete, sich vergangene Nacht im privaten Bereich der Bibliothek umgesehen zu haben. Die Pistole verschwieg sie.

Ludivine nahm es gelassen. »Der alte Plunder? Den habe ich mir seit Ewigkeiten nicht mehr angeschaut. Das letzte Mal aus Langeweile. Da war ich fünfzehn oder sechzehn.«

»Du hast dich nie gefragt, was dein Vater mit den Nazis zu tun gehabt haben könnte?«

»Du glaubst nicht, wie egal mir das ist. Für mich war der ganze Kriegskult etwas für ewiggestrige Machos. Das Zeug wird sowieso bald verbrannt.«

Cora nahm sich vor, ihr in einem passenderen Moment nahezulegen, die Dokumente zuerst einem Historiker zu zeigen.

»Ich hatte von alldem keine Ahnung, Cora. Was haben Sibylle, Richard und Matteo denn geglaubt? Dass ich hier auf einem Berg Gold sitze?«

»Das Raubgold soll im Berner Oberland verschwunden sein.«

»Und sicher wurde es im Lauenensee versenkt«, sagte Ludivine mit einem für sie ungewohnten Sarkasmus. »Oder es liegt seit Jahrzehnten vergraben in einem alten Schober auf dem Ballenberg. Das ist lachhaft, also wirklich.«

»Matteo und Richard hatten vor etwas Angst, ebenso Sibylle. Vermutlich dreht auch Magdalena deswegen im Roten.«

»Womit wir wieder bei ihr wären.«

»Stimmt. Da ist noch was: Wie es scheint, war René eingeweiht.«

Ludivine lachte. »Das kannst du nicht bringen, Cora. René würde sich zuletzt auf diese Räuberpistole einlassen.«

Cora konnte dem wenig entgegensetzen. So nonchalant Gamper im Umgang mit seinen Mitmenschen sein konnte, so war er doch die Sachlichkeit selbst.

Sie stellte die Frage, ohne sich dabei groß etwas zu überlegen. »Bist du mir noch böse wegen ihm, damals?«, fragte sie Ludivine.

»Hast du mich das die Tage nicht schon mal gefragt?«

Cora verzog die Mundwinkel. »Ich weiß nicht. Es beschäftigt mich halt.«

»Vergiss es. Du konntest nichts dafür. Wir waren jung.« Ludivine rückte ihren verrutschten Schal zurecht. »Ich hätte dich nicht eingeladen, wenn ich auf dich wütend wäre. Lass uns die alte Geschichte endlich begraben.« Sie sah auf die Uhr. »Ich mache uns was zu essen.«

***

Während Cora und Ludivine im Salon redeten, hatten Gamper und Schwizgebel Chantal in den Keller gebracht.

Cora kam, wenn auch widerwillig, hinzu, nachdem Gamper die Leichenschau beendet hatte. Es ziemte sich nicht, die Nacktheit der Toten mehr Augenpaaren auszusetzen als unbedingt notwendig. Chantals Leichnam lag bedeckt mit einem weißen Tuch auf einer roh gezimmerten Bahre. Cora bewunderte das volle silberne Haar der Toten. »Es glänzt, als wäre sie noch am Leben«, sagte sie.

Gamper sah auf. »Wie meinst du das?«

»Ich dachte, das Haar wird nach dem Tod stumpf.«

Achselzuckend beugte sich Gamper wieder über den Leichnam.

Cora hatte Chantal stets mit einem straffen Knoten ihre Arbeit verrichten sehen. Die schulterlangen Strähnen waren nach hinten gezogen. Der Hals war freigelegt. Ein winziger rötlicher Punkt zwischen Halsarterie und Nacken ließ sie stutzen. »Hat einer von euch eine Lupe?«

»Hast du was gefunden?«, fragte Gamper.

»Mag sein.« Sie nahm dankend das Taschenmesser entgegen, das Schwizgebel aus seiner Hosentasche gezogen hatte. Es enthielt eine kleine Lupe. »Mal sehen.« Cora betrachtete den Punkt lange, bevor sie das Messer an Gamper weiterreichte. »Schau es dir an.«

Er benötigte weniger Zeit. »Du hast recht. Das ist tatsächlich ein Einstich.«

»Ein Insektenstich?«

»Ich muss es mir genauer ansehen«, sagte Gamper zögernd. »Dafür brauche ich besseres Licht. Ich hole meine Taschenlampe.« Er gab Schwizgebel das Messer zurück.

Cora erstaunte seine Reaktion. Wie konnte ein Insektenstich in Frage kommen? Um diese Jahreszeit gab es auf dieser Meereshöhe weder Mücken noch Bremsen. Es war nicht auszuschließen, dass Chantal vor Tagen bei dem warmen Wetter im Tal unten gestochen worden war. Trotzdem war sich Cora fast sicher, dass der Hals der Toten den Einstich einer Spritze aufwies.

NEUN

»Wir werden alle sterben«, sagte Alexander mit dumpfer Stimme.

»Das werden wir sicher«, erwiderte Cora und setzte sich mit einer Tasse Earl Grey neben ihn an den Tisch. »Irgendwann mal.« Beabsichtigte er, mit der aufgesetzten Trübsinnigkeit ihr Mitleid zu erregen? Seit sie hier waren, suchte Alexander Coras Nähe, wobei er die Absicht dahinter nur dürftig verhehlte. War es ihm ernst, oder wollte er seinem Vater, mit dem er anscheinend im Dauerkonflikt stand, eins auswischen? Wusste Alexander, was früher zwischen ihr und Gamper vorgefallen war? Oder bildete sie sich seine Avancen nur ein – Wunschdenken einer angehenden Fünfzigerin? Einerseits fand sie es schmeichelhaft, in diesem Alter von einem attraktiven jungen Mann hofiert zu werden. Andererseits war sie Mutter eines Sohnes, der nahezu so alt war wie Gamper junior. Cora hatte kein Interesse an jugendlichen Liebhabern mit Ödipuskomplex. Aber das Spiel war reizvoll. Es lenkte von der Auseinandersetzung mit dem allgegenwärtigen Tod ab.

»Ich meine es ernst«, erwiderte Alexander. »Wir werden alle hier sterben. Jemand macht Jagd auf uns – dieser Brand, ich bin mir sicher. Es ist wie in der Geschichte von Agatha Christie. ›Zehn kleine Negerlein‹ oder wie sie heißt.«

Cora lachte. »Wie kommst du auf so was?«

»Du kennst sie sicher auch«, beharrte er. »Zehn Menschen, sieben Männer und drei Frauen, treffen sich in einem Landhaus auf einer Insel, wo sie ein Wahnsinniger einen nach dem anderen abmurkst.«

»Ich habe das Buch gelesen. Erstens haben diese Leute alle Verbrechen begangen. Sie haben den Tod von Menschen verschuldet. Das ist bei uns nicht der Fall.«

»Bist du sicher?«

»Wieso? Hast du jemanden getötet?«

Er lächelte verkrampft.

Erwischt, dachte Cora. Der Grünschnabel wollte nichts anderes als sich bei ihr wichtigmachen.

»Und zweitens?«, fragte Alexander.

»Wie?«

»Du hast ›erstens‹ gesagt, also muss noch was kommen.«

Cora machte eine gleichgültige Geste. »Zweitens sind wir nicht im England von vor fast hundert Jahren, sondern in der Schweiz von heute und auch nicht auf einer einsamen Insel.«

»Dafür sitzen wir auf einem Berg in einem abgelegenen Haus ohne Verbindung zur Außenwelt.«

»Mit dem Unterschied, dass wir in keinem Krimi mitspielen, sondern im Leben.«

»Es könnte ein Wink des Schicksals sein«, sagte Alexander sanft. Er legte eine Hand auf ihren Oberschenkel.

Es war geraume Zeit her, seit ein Mann sie auf diese Art berührt hatte. Sie erwiderte seinen Blick lange. Sein Gesicht näherte sich dem ihren. Sie ließ es geschehen. Ihr Mund öffnete sich halb. »Das Schicksal, ja?«, flüsterte sie.

»Genau.«

Bevor sich ihre Lippen berührten, legte sie ihre Hand auf seine, die unablässig weiter hochrutschte. »Das Schicksal sorgt gleich dafür, dass du dir eine Ohrfeige einfängst, wenn du nicht sofort deine Hand von meinem Schoß nimmst.«

Seine Gesichtszüge froren ein. Er zog seine Hand zurück.

»Ich habe gedacht, du wolltest es.«

»Tue ich auch – gelegentlich – mit Männern, die meiner Altersklasse entsprechen und nicht mit halben Kindern.«

»Wie mein Vater, oder wie?« Er lachte abschätzig.

»Du bist zu jung, das zu verstehen – war ich auch mal. Nur bin ich nicht die werbeträchtige Luxusuhr, die vom Vater auf seinen Sohn übergeht.«

»War er gut?«

»Wer?«

»Mein Vater.«

»Wenn du mit ›gut‹ den Sex ansprichst, kriegst du von mir keine Antwort. Mach gefälligst deine eigenen Erfahrungen. Wie alt bist du?«

»Fünfundzwanzig.«

»Gerade mal drei Jahre älter als mein Sohn, und der hat eine um fünfzehn Jahre ältere Freundin. Was ist mit euch jungen Kerlen los? Sucht ihr euch eine Art Muttterersatz, oder was?«

Alexander lächelte schief. »Es gibt diesen Spruch: Auf alten Pfannen –«

Cora hob die Hand. »Bring den Satz zu Ende, und du kriegst eine gewaschen.«

»Okay, okay, entschuldige.«

»Schon gut.« Sie senkte die Hand wieder. »Du bist ein gut aussehender Junge. Die Frauen in deinem Alter müssten Schlange stehen bei dir.«

»Langweilig. Die wollen es nur nach Schema F.«

»Was heißt das?«

»Immer dasselbe: Vorspiel, bumsen, nachher kuscheln und reden – Blümchensex halt.«

»So was nennt sich auch Liebe und gegenseitige Zuneigung.« Cora machte eine Geste, als wollte sie diese Aussage von sich weisen. »Bitte, es kann auch sein, dass ich altmodisch bin.« Sie erwähnte nicht, ebenso wenig auf Blümchensex zu stehen.

»Ich will Abwechslung, den Kick. Es darf gerne mal schmutzig sein.«

Seine und ihre Auffassung von »schmutzig« in Bezug auf Sex waren ziemlich sicher nicht dieselben. Sie wollte nicht wissen, was Alexander darunter verstand. Gleichzeitig war sie die Letzte, die sich darüber ein Urteil erlauben wollte. Sex war für Cora eine willkommene Gelegenheit des Sichgehenlassens, bei der es durchaus temperamentvoll zur Sache gehen durfte. Es machte ihr nichts aus, sich beim Liebesspiel führen zu lassen, wenn sie im Gegenzug ebenfalls den die Gangart bestimmenden Part übernehmen durfte. Was für sie zählte, waren Vertrauen und Respekt für den Partner und dafür, wie weit er zu gehen bereit war. So schmeichelhaft Alexanders sexuelle Anziehung zu ihr war, sie hätte ihn überfordert und wäre sich später vorgekommen wie eine Missbrauchstäterin. Sie brachte es ihm diplomatisch bei.

»Das mit dem Vertrauen und dem Respekt habe ich mir nie überlegt«, sagte er nachdenklich.

Das genau war das Problem, dachte Cora, ohne es auszusprechen. Die Jungen wurden heute vom Babyalter an in Watte gepackt. Wo sie sich früher beim Spielen blaue Flecken, blutige Knie oder bei besonderen Gelegenheiten ein Augenveilchen holen durften, drohten heute überforderte und ängstliche Eltern mit Polizei und Anwälten. Im Gegenzug wurden sie in der Schule auf Wettbewerb und Hochleistung getrimmt, an denen manche schon im Teenageralter zerbrachen. Diejenigen, die es schaffen, sich in einer emotionsgeladenen und gleichzeitig gefühlstoten Hochleistungsgesellschaft emporzuboxen, sahen darin den Freipass, bis zum nächsten Burn-out auf Teufel komm raus und ohne Rücksicht auf Verluste zu konsumieren. Sie waren die neuen Libertären, die sich das Recht nahmen, nur das zu bezahlen, was sie konsumierten, und jede Verantwortung dafür ablehnten. Der Rest durfte sehen, wo er blieb. Die Konsequenzen waren psychische Störungen, Drogenmissbrauch, emotionale Armut und eine der höchsten Selbstmordraten von jungen Menschen in Industriestaaten. Wie zurechnungsfähig waren die Leute, welche behaupteten, die Schweiz wäre eine der glücklichsten Nationen der Welt, und es tatsächlich glaubten?

Sie tätschelte Alexanders Arm. »Ich unterhalte mich gerne wieder mit dir, aber ich denke, wir sollten deinem Vater und Ludivine helfen, hinter die Umstände von Chantals Tod zu kommen.«

Er lehnte sich zurück und wischte sich mit beiden Händen über das Gesicht. »Macht es dir etwas aus, wenn ich bleibe? Ich muss nachdenken.«

Auf der Treppe fragte sich Cora, ob sie nicht zu hart mit Alexander umgesprungen war. Sie hielt sich nicht lange damit auf. Reicher Sohnemann musste lernen, wie sich ein klares Nein anfühlte, erst recht von einer Frau.

Sie stand vor Ludivines Tür und wollte klopfen, als sie von innen Stimmen vernahm. Gampers Bariton und Ludivines Kichern waren deutlich zu hören. »Nicht, René, wenn uns jemand hört.« Darauf folgten Stille und leises Stöhnen.

Cora zog sich zurück.

Sie hatte sich in der Küche einen Krug Kaffee zubereitet und es sich im Großen Salon vor dem Cheminée bequem gemacht, wo Schwizgebel ein Feuer angezündet hatte.

Ludivine und Gamper kamen zusammen herein. »Frischer Kaffee, sehr schön«, sagte Ludivine. Sie schenkte sich eine Tasse ein.

Es fiel Cora schwer, den beiden unbefangen zu begegnen. »Ich glaube, ich brauche etwas Stärkeres.«

»Du hast recht, warum nicht?«, sagte Ludivine heiter. Das Schäferstündchen mit Gamper schien ihr gutgetan zu haben, wie Cora nicht ohne Neid feststellte. Sie entschieden sich alle für den Armagnac.

»Weißt du mehr zur Einstichstelle an Chantals Hals?«, fragte sie Gamper.

»Sie stammt tatsächlich von einer Injektion.«

»Ich frage mich, wo die Spritze herkommt«, sinnierte Ludivine. »Meines Wissens brauchte Chantal keine Injektionen. Sie hatte keinen Diabetes oder andere Leiden, die das erforderten. Sie war kerngesund.«

»Werden im Haus Spritzen aufbewahrt?«, fragte Cora.

»Wir haben die übliche Hausapotheke mit Pflastern, Wundsalben und Kopfwehtabletten, keine Spritzen«, antwortete Ludivine.

»Chantal hat sie nicht von hier«, sagte Gamper.

Die Köpfe der Frauen fuhren herum. »Wie meinst du das?«, fragte Cora.

»Mein Arztkoffer enthält Einwegspritzen. Ich hatte fünf Stück mit. Es sind nur vier drin. Außerdem fehlen drei Ampullen Diazepam, von denen ich ständig einige dabeihabe. Die

Tasche steht in meinem Zimmer. Die verriegelte Tür ist bekanntlich kein Hindernis. Jeder kann sich bedient haben.«

»Man hat Chantal mit einer deiner Spritzen und dem Beruhigungsmittel getötet?« Ludivine kämpfte mit ihrer Fassung.

»Oder sie hat sich selber damit umgebracht«, sagte Cora.

»Weshalb sollte sie das tun?«, fragte Ludivine.

»Warum nicht? Zuletzt machte sie einen deprimierten Eindruck. Dieses Haus und die Familie waren ihr Leben. Durch den Verkauf hätte sie ihren Lebenszweck verloren. Das muss ihr in diesen Tagen klar geworden sein«, antwortete Cora.

»Das ist pure Spekulation«, sagte Ludivine. »Chantal war traurig, aber niemals unglücklich, weil ich ›Blutlauenen‹ verkaufen wollte. Sie hätte sich so was nie angetan.«

Cora hatte dem nichts entgegenzusetzen. Es reizte sie, Ludivine zu widersprechen, und sie hasste sich in diesem Moment dafür.

»Wir drehen uns im Kreis«, sagte Gamper. »Ohne Hilfe der Rechtsmedizin können wir nicht mit letzter Sicherheit feststellen, wie Chantal umgekommen ist. Wenn es Mord war, sollten wir uns auf den naheliegendsten Täter konzentrieren.«

»Brand?«, fragte Ludivine.

Oder Magdalena, ergänzte Cora in Gedanken. Sie wollte es nicht aussprechen und damit noch mehr wilde Verdächtigungen streuen. Für einmal stellte Ludivine die kritische Frage. »Wie soll er letzte Nacht ins Haus gekommen sein? Alle Eingänge waren verriegelt. Nirgends wurde eingebrochen.«

»Ich glaube, es gibt eine Möglichkeit«, ließ sich Schwizgebel vernehmen. Er war hereingekommen, um im Cheminée Holz nachzulegen. Er war schweißnass, seine Arbeitsschürze war mit Sägemehl und Holzspänen bedeckt.

»Wie meinen Sie das, Fredi?«, fragte Ludivine.

»Kommen Sie mit, ich zeige es Ihnen.«

***

Cora hatte sich den Raum kleiner vorgestellt. An drei Wänden waren Holzscheite in Doppelreihen bis an die Decke gestapelt. Der Brennholzvorrat reichte für mindestens zwei Winter. Er bestand zum größten Teil aus Fichtenholz. Cora liebte den harzigen Geruch, den es im Kellerraum verströmte. Gott behüte, wenn hier ein Feuer ausbrach. Ihr dämmerte, was für ein Glück sie hatten, dass der Generatorenbrand im Nachbarraum rechtzeitig gelöscht werden konnte. Der Keller war in den felsigen Untergrund der Alp gebaut. Es musste eine enorme Anstrengung gewesen sein. Man konnte hier oben nicht tief graben, ohne auf Fels zu stoßen. Schwizgebel erzählte, wie man das Gewölbe freisprengen musste. Leopold Spiegelberg hatte keine Kosten gescheut, seinen Traum zu verwirklichen.

»Wie wird das Holz hier hereingeschafft?«, wandte sie sich an Schwizgebel. Sie hatte draußen, auf der Nordseite des Hauses, einen Holzspaltplatz und mehrere Stere Holz gesehen. Es wäre ein großer Aufwand, das zugeschnittene Kleinholz in Körben oder Kisten ums Haus herum, durch den Haupteingang und in den Keller zu schleppen.

»Das ist weniger kompliziert, als Sie vielleicht denken.« Schwizgebel zeigte nach oben zur äußeren Stirnwand des Kellerraumes. Dort waren unter der Decke drei Oberlichter eingelassen. Deren Zweck war nicht nur, den Raum zu erhellen, sondern ihn auch zu lüften. Die mittlere Öffnung war größer als die anderen beiden. Der Mauersims war zu einer Rampe abgeschrägt, das Holz darunter niedriger gestapelt. »Dort muss er ins Haus gekommen sein.«

»Wie bitte?«, fragte Gamper. »Durch dieses schmale Loch? Da komme nicht einmal ich durch, und ich bin einiges schlanker als Brand, wenn Coras Beschreibung von ihm stimmt.«

»Das mittlere Oberlicht dient gleichzeitig als Holzluke«, sagte Schwizgebel. »Das zugeschnittene Holz wird von draußen in den Keller geworfen. Der Stapel unter der Rutsche wird zuletzt geschichtet. Gleichzeitig verbarrikadiert man damit die Öffnung. Idealerweise ist der Holzvorrat vor Wintereinbruch aufgefüllt.«

Der vorhandenen Menge zufolge war das Haus im vergangenen Winter wenig bewohnt worden. Sollte ihr Zwangsaufenthalt länger als vorgesehen dauern, würde das große Frieren zuletzt kommen, dachte Cora nicht ohne Erleichterung. »Brand wusste von dieser Einrichtung?«

»Davon müssen wir ausgehen«, sagte Ludivine. »Ihre Existenz ist kein Staatsgeheimnis.«

Schwizgebel zeigte auf den Boden, auf dem Holzscheite verstreut waren. »Er hat von außen die Scheite weggestoßen und ist über den Stapel hinuntergeklettert.«

»Das heißt, egal, ob der Haupteingang abgeschlossen war oder nicht, Brand kann ins Haus kommen, wie und wann er will«, sagte Gamper. »Er könnte uns jederzeit abmurksen, verdammt noch mal!«

Schwizgebel senkte den Blick. »Es tut mir leid, dass ich nicht früher daran gedacht habe. Ich bin erst heute Morgen darauf gekommen, als wir darüber gesprochen haben, wie das mit Chantal passieren konnte.«

Cora wollte das Ganze nicht in den Kopf. Sie stand vor den gut über zwei Meter hohen Stapeln und sah nach oben. »Kommst du da rauf?«, fragte sie Gamper.

Er schüttelte den Kopf. »Keine Chance. Das ist mir zu unstabil. Wenn der Stapel einstürzt, kann man sich höllisch verletzen.« Er machte eine einladende Handbewegung. »Bitte, du kannst es ja mal versuchen.«

Cora sah sich um. Neben der Eingangstür hing ein solider Werkzeugschrank an der Wand. Darunter stand ein alter, verbeulter Ochsnerkübel, der ihr sofort auffiel, weil sie so ein Teil seit ihrer Kindheit nicht mehr gesehen hatte. Sie öffnete den Schrank und griff nach den Arbeitshandschuhen, die sie gesucht hatte. Sie wollte den Schrank schließen, als ihr zwei circa zwanzig Zentimeter lange, runde orange Stangen mit einem Durchmesser von ungefähr zwei Zentimetern ins Auge stachen. Sie nahm eine davon in die Hand und starrte auf das aufgedruckte Symbol, welches vor Explosionsgefahr warnte.

»Hier wird Sprengstoff aufbewahrt?«, fragte sie verdattert.

Schwizgebel nickte. »Wir haben früher damit oft Lawinen ausgelöst oder gefährliche Felsbrocken gesprengt.«

»Wer ist ›wir‹?«

»Oberst Spiegelberg und ich. Wir sind beide im militärischen Sprengdienst ausgebildet. Keine Angst, das Material ist stabil.«

»Wozu brauchen Sie es denn heute noch?«

»Es ist gut, es hierzuhaben, solange ›Blutlauenen‹ bewohnt wird. Ich wechsle den Sprengstoff regelmäßig aus, bevor das Verfallsdatum abgelaufen ist.«

Vorsichtig legte Cora die Stange zurück in den Schrank. »Ihr Wort in Gottes Gehörgang, Herr Schwizgebel.«

Nachdem sie die Handschuhe übergestreift hatte, rüttelte sie am Holzstapel.

»Sei vorsichtig, Cora«, sagte Gamper.

Sie wandte sich an Schwizgebel. »Kann ich Ihrer Stapelbaukunst vertrauen?«

»Sie können beruhigt sein, Frau Johannis«, sagte dieser gelassen. »Da klettert ein Rudel Gämsen drüber, ohne dass sich nur ein Scheit lockert.«

»Alles klar. Wenn's schiefgeht, liegt es daran, dass ich keine Gämse bin.« Cora atmete einmal tief durch und suchte am Stapel Halt für den ersten Tritt. Mit ein paar behänden Kletterzügen war sie oben bei der Öffnung und schlüpfte ins Freie. Der kühle Wind zerrte an ihren Kleidern. Sie hielt sich nicht lange im Freien auf und nahm den gleichen Weg zurück. Der Abstieg gestaltete sich technisch anspruchsvoller, doch der Stapel blieb stabil.

»Kompliment, Herr Schwizgebel. Ich bin kleiner als Brand, aber durch die Öffnung kommt auch jemand, der einiges größer ist.«

»Sie sind geschickt«, gab Schwizgebel die Anerkennung zurück.

»Fassen wir zusammen«, sagte Cora. »Der Verdacht erhärtet sich, dass Brand sich auf diesem Weg mindestens zweimal Zugang zum Haus verschafft hat. Bleibt eine Frage offen.«

Gamper wollte eine Erwiderung machen. Sie stoppte ihn. »Keine Angst, René, ich frage nicht wieder nach dem Motiv. Da ist was anderes, das mich beschäftigt.«

Ihre Freunde sahen sie erwartungsvoll an.

»Gehen wir davon aus, Brand hat Spritze und Beruhigungsmittel entwendet. Stellt sich die Frage, woher er wusste, dass du Arzt bist und eine Tasche mit dir herumträgst?«

»Ich bitte dich, Cora«, sagte Gamper. »Er kann uns beobachtet haben, als wir mit dem Helikopter gelandet sind. Ich hatte die Tasche in der Hand, als ich ausgestiegen bin. Während wir gegessen haben, ist Brand ins Haus eingedrungen. Zu diesem Zeitpunkt hatte ich ja nicht einmal mein Zimmer abgeschlossen. Die Tasche lag auf dem Bett.«

»Einverstanden. Nächste Frage: Brand hat Diazepam mitgehen lassen. Hätte er Chantal damit töten können?«

»Wohl kaum. Diazepam, also Valium, muss über längere Zeit in großen Mengen injiziert werden, wenn es tödlich wirken soll.«

»Und du hast kein weiteres Betäubungsmittel in deiner Tasche, Pentobarbital oder so was?«

»Bist du verrückt? Ich bin Arzt, kein Sterbehelfer.«

»Klar.« Cora legte ihre Stirn in Falten.

»Darf man erfahren, was in deinem Kopf vorgeht?« Gamper war gereizt.

»Was könnte Brand Chantal gespritzt haben? Und wie kommt ein grobschlächtiger Axtmörder dazu, weitere Opfer mit einer Giftspritze zu töten. Das passt nicht zusammen.«

»Sie irren sich, Frau Johannis«, sagte Schwizgebel. »Im Militär war Brand bei den Sanitätstruppen eingeteilt.«

Das änderte den Sachverhalt, auch wenn es schwerfiel, sich den axtschwingenden Mann als fürsorglichen Sanitäter vorzustellen, der Spritzen setzte. Was konnte er in diesem Fall Chantal verabreicht haben? Rein technisch war es möglich, Luft in die Vene zu spritzen. Sie erinnerte sich an eine Mordserie in Solothurn vor nicht allzu langer Zeit, bei der diese Methode angewendet worden war. Damit man bei einem Menschen eine Embolie hervorrufen konnte, brauchte es um einiges größere Spritzen. Die Luft musste mit hohem Druck in die Blutbahn gelangen.

Es gab eine weitere Möglichkeit. »Litt Chantal unter einer Allergie?«

»Sie hatte eine Insektenallergie«, sagte Ludivine. »Bienen, glaube ich. Das hat mir Mutter mal erzählt. Chantal war deshalb über Sommer und Herbst hier oben.«

»Das könnte es gewesen sein.«

»Brand soll ihr Bienengift gespritzt haben?«, fragte Gamper. »Wie soll er das bewerkstelligt haben? Hat er im Tal ein paar Bienen zerquetscht und sie in die Spritze gestopft und sie Chantal in den Hals gerammt?«

»Sag du uns, wie es gewesen sein könnte. Schließlich bist du der Arzt.«

»Bienengift wird tatsächlich für medizinische Zwecke verwendet. Im Rahmen der Apitherapie hilft es unter anderem gegen Rheuma, Ischias und Sportverletzungen. Es kommt in der Homöopathie und als Alternative zu Botox in der Kosmetikindustrie zur Anwendung.«

Schwizgebel intervenierte erneut. »Brand hat es mit dem Rücken, seit er vom Thorberg zurückkam. Möglich, dass er sich das Zeug selber spritzt.«

»Nehmen wir an, es sei so gewesen«, sagte Gamper. »Brand hat Chantal irgendwie Bienengift gespritzt, und sie starb an einem anaphylaktischen Schock. Wie stellt ihr euch das vor? Dabei kommt es zu einem Multiorganversagen. Vermutlich wäre die Arme qualvoll erstickt. Ich kann euch versichern, sie würde in diesem Fall nicht wie eine Schlafende aussehen. Und außerdem: Wie sollte Brand an das Gift gekommen sein?«

Das war einzusehen. »Wir haben gestern seine Hütte durchsucht«, sagte Cora. »Und nichts gefunden.«

»Wir haben nicht spezifisch danach gesucht«, gestand Gamper ihr zu. »Wir sollten noch mal zu ihm hin, nur um sicherzugehen.«.

»Was, um diese Zeit?« Ludivine sah auf ihre Uhr. »In spätestens drei Stunden bricht die Dämmerung an. Bei diesem Wetter eher früher.«

»Wir beeilen uns«, sagte Gamper. »Wir kennen den Weg. Kommen Sie trotzdem mit, Fredi?«

»Mache ich gerne. Aber was ist, wenn er diesmal zu Hause ist und uns nicht hereinlässt?«

»In diesem Fall überzeugen wir ihn mit unserer Feuerkraft.«

***

Dieses Mal protestierte Cora nicht, als Gamper ihr seine Faustfeuerwaffe in die Hand drückte. Er selbst schulterte ein Jagdgewehr aus dem Waffenschrank. Ludivine und Magdalena blieben in »Blutlauenen« zurück, wo sie alle Zugänge einschließlich der Holzluke verbarrikadiert hatten. Das zweite Jagdgewehr hatten sie für alle Fälle zurückgelassen, nachdem Ludivine ihnen glaubhaft versichert hatte, über genügend Schießkenntnisse zu verfügen, um Brand nötigenfalls fernzuhalten.

Alexander hatte sich ihnen angeschlossen. Er ging direkt hinter Cora. Der Nebel lag höher als am Vortag, dafür regnete es Bindfäden. Cora machte es nichts aus. Ihre Kleidung hielt sie trocken. Alexander hatte nur einen leichten Anorak über seinen Pullover gezogen. Er fluchte vor sich hin.

Cora drehte sich zu ihm um und deutete auf das Gewehr. »Kannst du damit umgehen?«, fragte sie in der Absicht, seine Gedanken von den unwirtlichen Elementen abzulenken.

»Zweiter Rang in meiner Alterskategorie am letzten Feldschießen.«

»Okay.« Cora machte eine anerkennende Miene und setzte ihren Weg fort.

»Ich kann dir meine Schützenabzeichen vom Militär zeigen.«

»Danke, nicht nötig. Ich fühle mich schon sicherer.«

»Außerdem bin ich Zugführer in einer Grenadierkompanie.«

Cora drehte sich erneut um. »Lass gut sein, Alexander. Ich

habe manches von Soldaten verursachtes Leid gesehen – von freundlichen und feindlichen. Es reicht, wenn wir herumlaufen, als wären wir im Krieg.«

Sie setzten eine Weile schweigend ihren Weg fort, damit der Abstand zu den beiden anderen nicht zu groß wurde.

»Cora?«, fragte Alexander.

Sie rollte mit den Augen. »Ja?«

»Können wir noch mal reden?«

»Worüber?«

»Was wir heute Vormittag gesprochen haben.«

»Weshalb? Ich wüsste nicht, was ich dir noch sagen könnte.«

»Ich schon. Es gibt da etwas, worüber ich bisher mit niemandem sprechen konnte.«

Cora seufzte still. Wenn ich zurück bin, lasse ich mich von der Kirche als Beichtmutter anheuern, dachte sie. Sie hatte keine Lust, Balsam auf den Herzschmerz eines erwachsenen Kerls zu schmieren, der in der Pubertät stecken geblieben war.

Sie kamen zur beschädigten Seilbahn. Cora blieb stehen und lehnte sich an eine Hausecke. »Worum geht es?«

»Es ist wegen einem Mädchen, das ich –«

Alexander brach abrupt ab und sah an ihr vorbei. Cora wollte nachhaken. Sie kam nicht dazu, weil er sich auf sie stürzte und zu Boden riss. Sie schrie vor Schreck auf. Der Schuss war erst zu hören, als sie am Boden lagen. Die Kugel schlug genau an jener Stelle auf Brusthöhe ein, wo Cora gestanden hatte.

Sie verschanzten sich hinter einem flachen Felsblock, der gerade genügend Deckung bot. Alexander richtete sein Gewehr auf einen Punkt westlich von ihnen in Richtung Tal. »Bist du in Ordnung?«

»Mir fehlt nichts.« Sie wollte den Kopf heben. Er drückte sie hinunter. »Unten bleiben! Er muss da drüben sein, circa achtzig bis hundert Meter vor uns.«

»Brand?«

»Wer sonst?«

Hinter sich hörten sie Schritte. Cora drehte vorsichtig den

Kopf. Es waren Gamper und Schwizgebel, die zurückkamen. Sie bedeutete ihnen, in Deckung zu bleiben.

»Was ist passiert?«, rief Gamper.

»Auf uns wurde geschossen«, antwortete Cora. »Vermutlich Brand. Er hat sich irgendwo dahinten verschanzt.«

»Bist du verletzt, Cora?«, fragte Gamper.

»Nein, alles in Ordnung. Ich habe vor Schreck geschrien«, antwortete sie.

Sie zuckte zusammen, als Alexander einen Schuss abfeuerte und sofort nachlud. »Er hat die Stellung gewechselt. Bleibt ja in Deckung!« Er feuerte erneut und fluchte, als er wieder eine Ladebewegung machen musste. »Verfluchte Karabiner. Mit meinem Sturmgewehr hätte ich den Kerl schon lange erwischt.«

»Ruhig Blut, Alex«, sagte Gamper. »Du hast ihn festgenagelt. Er entwischt uns nicht.«

»Soll ich versuchen, mit ihm zu reden«, bot Schwizgebel an.

»Wenn Sie meinen, es nützt was«, sagte Gamper. »Aber bleiben Sie in Deckung, Fredi.«

Schwizgebel robbte zur Stelle, wo Cora und Alexander im nassen Gras lagen. Dort, wo sie den Schützen vermuteten, bewegte sich nichts, wobei der erstarkende Regen die Sicht zunehmend einschränkte.

»Wernu!«, rief Schwizgebel, so laut er es vermochte. »Ich bin's, der Fredi. Wir sind in der Überzahl. Gib auf. Wir wollen nur mit dir reden.«

Keine Antwort. Das Gelände war offen. Brand konnte nicht entwischen, ohne sich zu exponieren.

»Wernu! Komm schon heraus. Dir passiert nichts.«

Keine Reaktion.

Cora bewunderte Alexanders Ruhe, während er sein Gewehr im Anschlag hielt. Zum ersten Mal empfand sie ihn als erwachsenen Mann. Sie hob vorsichtig den Kopf und versuchte durch den grauen Vorhang hindurch eine Bewegung auszumachen.

»Ich sehe nichts mehr. Vielleicht ist er weg.«

»Hätte ich gemerkt. Er ist dort drüben. Haltet bloß eure Köpfe unten«, sagte Alexander.

Kaum hatte er es ausgesprochen, sah Cora vor ihnen einen Schatten hochschnellen. »Vorsicht!« Sie sah das Mündungsfeuer. Die Kugel drang weniger als einen halben Meter vor ihnen in den Boden.

Alexander feuerte zurück. Der Schütze taumelte und verschwand aus ihrem Blickfeld. »Ich habe ihn erwischt!« Er stand auf.

»Vorsicht, Alex!«, rief Gamper von hinten. »Es kann eine Finte sein.«

»Ich sehe nach. Gebt mir Feuerschutz.« Er sah Cora an und lächelte. Sie erwiderte es mechanisch, bevor sie realisierte, dass sie ihre Pistole gezogen hatte. »Schieß nicht auf den Falschen«, sagte er. Sie schüttelte stumm den Kopf.

Gamper war inzwischen bei ihnen angelangt. Zusammen mit Schwizgebel deckten sie Alexanders Vorstoß.

Der war dort angekommen, wo sie den Schützen vermuteten. Nach ein paar Sekunden ließ er sein Gewehr sinken. Er winkte sie zu sich und ging in die Hocke.

Gebeugt rannten Cora und die beiden Männer zu der Stelle, in der Erwartung, einen Schwerverletzten am Boden liegen zu sehen. Sie waren überrascht, niemanden vorzufinden. Cora atmete auf.

»Er hat sich davongemacht«, sagte Alexander. »Ich habe ihn ganz sicher getroffen.« Die Stelle war schneefrei. Blutstropfen schimmerten im winterlich braunen Gras. Sie vermischten sich mit den fallenden Regentropfen. »Es ist nicht viel Blut. Er kann nicht schwer verletzt sein, war wohl nur ein Streifschuss.«

Ein paar Meter entfernt suchte Schwizgebel den Boden ab. »Da ist mehr Blut. Er ist Richtung Tal geflüchtet.«

»Er rechnet damit, dass wir ihm in der Hütte auflauern«, sagte Gamper. »Wir könnten der Spur nachgehen.«

»Das hat keinen Zweck. Wir kommen nicht so rasch vorwärts, wie der Regen die Spuren wegwäscht. Das Gelände im

Wald ist steil und unwegsam, außerdem wird es bald dunkel.« Er sah zum schwärzer werdenden Himmel. »Es ist sicherer, zurückzukehren.«

»Wir wollten in seiner Hütte nachsehen und nach dem Bienengift suchen«, wandte Cora ein. »Jetzt hätten wir Gelegenheit, er wird nicht so bald dorthin zurückkommen.«

»Trotzdem, es ist zu riskant«, sagte Gamper. »Die Dunkelheit wird uns einholen. Wir sind zu viert und in diesem Gelände eine ideale Zielscheibe. Wie es aussieht, ist Brand nur leicht verletzt. Er kann uns überall auflauern.« Er schulterte sein Gewehr. »Zudem haben wir genügend Beweise für seine Schuld, denke ich.«

***

Zurück in der relativen Sicherheit des Jagdhauses, nahm Cora Alexander zur Seite. »Danke.«

»Wofür?«

»Du hast mir das Leben gerettet. Das hat mich echt beeindruckt.« Sie hakte sich bei ihm unter.

»Da seid ihr endlich«, sagte Ludivine. »Wir haben uns Sorgen gemacht.« Sie und Magdalena saßen vor dem prasselnden Kaminfeuer und tranken Wein. Ihr Blick fiel auf die verschmutzte und nasse Kleidung der Ankömmlinge. »Was ist passiert?«

Gamper schilderte die Schießerei, worauf Ludivine ihn umarmte und lange festhielt. Das räumte Coras letzten Zweifel aus. Zwischen den beiden hatte es erneut gefunkt. »Ich brauche was zu trinken«, sagte sie und ließ sich in einen Ledersessel fallen.

Ludivine holte Gläser und schenkte allen ein. Cora erstarrte, als Magdalena den Arm hob, weil sie keinen Wein mehr wollte. An ihrem Oberarm leuchtete ein frisch angelegter Verband. Alexander hatte es ebenfalls bemerkt. Er packte Magdalenas verbundenen Arm und zerrte sie aus dem Sessel. Sie schrie auf. »Du tust mir weh! Bist du verrückt?«

»Alexander!«, rief Ludivine. »Was soll das?«

Er deutete auf den Verband. »Woher hast du das?«

»Ich habe mich verletzt.«

»Abnehmen.«

»Wie bitte?«

»Nimm den Verband ab. Ich will die Wunde sehen.«

»Weshalb? Glaubst du etwa, ich hätte auf euch geschossen? Das ist verrückt. Ich war die ganze Zeit im Haus.«

»Stimmt das?« Alle Blicke richteten sich auf Ludivine.

»Wir sitzen seit zehn Minuten hier.«

»Wo warst du vorher?« Alexander sah Magdalena scharf an.

Ludivine antwortete an ihrer Stelle. »Auf ihrem Zimmer, nehme ich an.« Sie sah Magdalena an. »Als du runterkamst, war ich schon hier.«

»Ich war auf meinem Zimmer«, sagte Magdalena energisch. »Bis auf die fünfzehn Minuten, die ich brauchte, nach unten zu gehen und zu duschen. In der Wand im Korridor stand ein Nagel hervor. Ich bin mit dem Arm daran hängen geblieben.«

Cora kauerte neben Magdalena nieder. »Lass mal sehen.«

»Ihr spinnt alle zusammen.« Sie zeigte auf ihre füllige Figur. »Seht mich mal an. Wenn ich es möglicherweise geschafft hätte, in dieser kurzen Zeit hierher zurückzukommen, zu duschen und die Wunde zu verbinden, wäre ich an einem Herzinfarkt gestorben.« Sie hielt Cora den verbundenen Arm hin. »Bitte, wenn es euch beruhigt.«

Cora nahm ihr den Verband ab. Es war ein Schnitt mit ausgefransten Rändern. Gamper sah sich die Wunde genau an. »Eindeutig keine Schusswunde«, sagte er. Die Erleichterung in der kleinen Runde war spürbar. »Hast du das desinfiziert?«, fragte er Magdalena.

»Ich habe etwas Jod draufgetan.«

»Ich will sie gründlich reinigen, um eine Blutvergiftung zu vermeiden. Wann hattest du die letzte Starrkrampfimpfung?«

ALFRED SCHWIZGEBEL – AUGUST 1967

Der Aufstieg über den Grat kostet Kraft. Er hält sich für einen guten Berggänger. Trotzdem ist die Gangart des Obersts eine Herausforderung. Dabei hat der Alte fast dreißig Jahre mehr auf dem Buckel als er.

Es war noch dunkel, als sie von der Wildhornhütte aufbrachen. Der Morgen dämmerte auf halbem Weg zur Felskrete, die zum Chilchligletscher führt. Der Oberst will zurück sein, bevor es zu warm wird. Fredi ist es recht. Sie wird bei der Wildhornhütte auf ihn warten. Und dann wird er sie nie mehr loslassen, sie wird ihm gehören.

Ein strahlender, klarer Tag liegt vor ihnen. Er will es möglichst schnell hinter sich bringen. Ihm steht der Sinn nicht nach dem grandiosen Rundpanorama von dem höchsten Gipfel der westlichen Berner Alpen. Der Ausblick auf die Walliser und Waadtländer Alpen sowie über die Fribourger Gipfel bis zum fernen Jura lockt ihn nicht. Heute wird er eine Mission erfüllen, die seinem Leben einen neuen Weg geben wird.

Vor dem Einstieg zum Chilchligletscher machen sie eine kurze Rast. Obwohl die Durchquerung technisch nicht allzu anspruchsvoll sein wird, ist es sicherer, sich anzuseilen. Der Gletscher ist ein Lebewesen, ein räuberisches Monstrum, das sich vorwärts, rückwärts und seitwärts bewegt. Spalten und Schründe öffnen sich, andere fallen in sich zusammen. Dem arglosen Alpinisten bleiben sie unter einer trügerischen Schneedecke verborgen, bis das Biest zuschlägt und sich seine eisigen Eingeweide ein neues Opfer einverleiben. Der Gletscher behält sein Geheimnis. Er wacht eifersüchtig darüber, Jahrzehnte, Jahrhunderte. Er gibt seine Beute erst frei, wenn die Ewigkeit seines Eises zu Ende geht.

Der Oberst prüft den korrekten Sitz der Seile, bevor sie über die breite Gletscherzunge steigen. Bald passieren sie die massive

Felswand des Chilchli, wo sie auf den Tungelgletscher treffen. Ab hier ist Vorsicht geboten.

»Achte darauf, das Seil locker zu halten«, mahnt der Oberst. Fredi nickt. Der Alte sagt es jedes Mal, sobald sie an diesem Punkt vorbeikommen. Der Anstieg wird steiler, der Gletscher zerklüfteter. Fredis Herz klopft bis zum Hals. Bald ist es so weit. All die Tage der Vorbereitung hat er auf diesen Moment hingelebt. Panik steigt in ihm auf. Er möchte am liebsten umkehren. Sie sagte es ihm voraus. Es sei der Augenblick der Wahrheit. Sie hatte seine Unruhe bemerkt und ihn getröstet. Er durfte seinen Kopf an ihre Brust legen. Er spürte den Stoff des Sommerkleides, roch ihren Duft nach Heu und Sommerblumen, fühlte die Weichheit ihres Körpers, die ihn um den Verstand brachte. Sie flüsterte ihm ins Ohr, ihn immer zu lieben.

Heute wird er nicht auf dem Wildhorn stehen, sondern einen anderen, höheren Gipfel erklimmen. Er schaut auf den Pfad, der vor ihnen liegt. Sie nähern sich der Stelle. Im Gehen löst er den Knoten seines Seiles und hält es mit beiden Händen fest. Der Oberst bemerkt es nicht.

Dieser verlangsamt seine Schritte und blickt zurück. Fredi schließt zu ihm auf und stellt sich neben ihn. Er lässt das Seil los und ergreift den Eispickel. Er fühlt sich heute schwerer an als sonst.

Der Oberst dreht seinen Kopf zu ihm und will etwas sagen. Er sieht das lose Seil in Fredis Hand und schaut ihn fragend an. Es bleibt ihm keine Zeit, die Frage nach dem Warum zu stellen. Der Eispickel trifft den Oberst mit voller Wucht an der Schläfe. Blut spritzt aus der Wunde. Fredi weicht zurück. Seine Kleidung darf keine Blutspritzer abbekommen. Der Oberst bricht zusammen. Fredi schlägt ein zweites und ein drittes Mal zu. Der Oberst hat einen harten Schädel. Fredi weiß nicht, ob er tot ist. Das spielt keine Rolle. Er stößt den Bewusstlosen in die Spalte und sieht sich um. Niemand ist zu sehen. Es ist gut, einen Wochentag außerhalb der Ferienzeit für die Tour gewählt zu haben. Am Wochenende wird es von Berggängern wimmeln, welche die mehr als dreitausend Meter des Wildhorns besteigen wollen.

Sein Atem und der Puls haben sich beruhigt. Mit den Füßen schiebt er blutbefleckten Schnee und Geröll in die Spalte. Dann macht er sich auf den Rückweg.

ZEHN

Cora war im Schutz der Dunkelheit aufgebrochen. Sie hatte die Taschenlampe nicht angemacht. Allfällige weitere Nachteulen im Haus sollten nicht mitbekommen, dass sie das Haus verließ. Bei den Hütten neben der Materialbahn wartete sie, bis es hell genug war, weiterzugehen.

Sie hatte Angst, was sie nicht von ihrem Unterfangen abhalten konnte. Es konnte nicht gefährlicher sein als im vergangenen Jahr im Schwarzbubenland. Dieses Mal war sie auf sich allein gestellt.

Sie langte in die Tasche ihres Anoraks. Bevor sie aufgebrochen war, hatte sie sich Leopolds geladene Ordonnanzwaffe aus dem Bücherschrank im Großen Salon genommen. Angesichts der Lage und ihres Vorhabens hatte sie beschlossen, ihre instinktive Abneigung gegenüber Schusswaffen vorübergehend auf die Seite zu schieben. Das kühle Metall der Pistole verlieh ihr ein Gefühl von Sicherheit, wenn auch ein trügerisches. Sie brauchte die Lebensversicherung. Werner Brand unbewaffnet zu konfrontieren war keine geeignete Alternative.

Sie musste mit ihm sprechen, allein, ohne eine Begleitung, die bereit war, bei jedem falschen Augenaufschlag abzudrücken. Gamper hätte sie mit Gewalt daran gehindert. Verständlich, in Anbetracht der Schießerei vom Vortag. Cora fand selbst keine plausible Erklärung dafür, warum sie tun wollte, was sie vorhatte. Sie konnte nicht glauben, dass Brand gezielt auf sie geschossen hatte. Auf die Distanz hatte er sie im regentrüben Dämmerlicht möglicherweise nicht einmal erkannt, als er sie ins Visier genommen hatte. Cora war sich der Gefahr bewusst, in die sie sich begab. Brand war verletzt. Sie konnte nicht abschätzen, wie er sich in seinem Zustand verhalten würde. Aus diesem Grund hatte sie die Pistole dabei.

In der Nacht war erneut Schnee gefallen. Das Wetter hatte

sich jedoch beruhigt, dafür war es kühler geworden. Dicker Nebel hüllte die Tungelalp ein. Die Luft roch nach mehr Schnee. Cora fragte sich, ob der für heute geplante Rückflug per Helikopter überhaupt stattfinden konnte. Die Sichtweite betrug kaum zwei Meter. Cora hatte sich den Weg zur Hütte beim ersten Aufstieg am Sonntag eingeprägt. Sie kam rascher voran.

Je mehr sie sich dem Ziel näherte, desto stärker nagten die Zweifel an ihr, genährt von ihrer Angst. Was, wenn Brand sie gleichwohl angriff und versuchte, sie zu töten? Könnte sie ihn mit der Waffe auf Distanz halten? War sie imstande zu schießen, sollte er sich auf sie stürzen? Alles in Cora schrie sie an umzukehren. Einzig ihr professioneller Kompass, der Drang nach Klarheit und Wahrheit, trieb sie voran. Sie wusste nicht, ob Brand die Toten von »Blutlauenen« zu verantworten hatte. Solange sie nicht seine Sicht des Sachverhaltes erfuhr, würde sie nicht aufhören, daran zu zweifeln.

Sie stand vor der Hütte. Die von der Dunkelheit geschwärzten Fenster links und rechts der Tür starrten sie an wie ein böses Augenpaar. Cora atmete einmal tief durch, bevor sie die Pistole zog und mit der Faust heftig an die Tür pochte. »Herr Brand, mein Name ist Cora Johannis. Ich komme von ›Blutlauenen‹. Wir sind uns am letzten Freitag im Wald begegnet. Ich will mit Ihnen reden.«

Nichts regte sich im Innern. Sie legte ein Ohr an die Tür. Kein Geräusch drang heraus. Sie drückte den Sperrriegel hinunter. Mit einem Quietschen schwang die schwere Pforte auf. Die Waffe zweihändig im Anschlag trat sie über die hohe Schwelle. »Herr Brand?«

Der Wohnraum war verlassen. Brand musste inzwischen hier gewesen sein. Der Esstisch war leer, das Geschirr gewaschen und weggeräumt. Die Feuerstelle war kalt. Sie betätigte den Lichtschalter. Es hätte sie erstaunt, wenn es hier Strom gehabt hätte.

Sie leuchtete mit der Taschenlampe nach oben, wo sie die Schlafkammer vermutete. Dort waren sie und Gamper bei ihrem ersten Besuch nicht gewesen. Die Decke des Wohnraumes war gleichzeitig der Fußboden des oberen Geschosses. Sie bestand aus roh gezimmerten Balken, die man über den Querstützen verlegt hatte. Wenn sich jemand im Obergeschoss bewegte, war es im darunterliegenden Raum unweigerlich zu hören. Kein Geräusch drang zu Cora herunter. Sie stieg die Treppe hoch, die eher die Bezeichnung Leiter verdiente und die durch eine Falltür nach oben führte. Sie streckte vorsichtig den Kopf durch die Luke und leuchtete den Raum aus. Ein uraltes Holzbett und ein lädierter Kleiderschrank mit Bauernmalerei, deren Farbe abblätterte, waren die einzigen Möbelstücke. Der Raum wie die ganze Hütte verbreiteten eine Aura von Verlassenheit und Traurigkeit.

Cora steckte die Pistole zurück in die Tasche ihres Anoraks. Als Erstes durchsuchte sie das Bett. Die Matratze war schwer und vermutlich dreimal so alt, wie das Pferd geworden war, mit dessen Haar man sie gefüllt hatte. Unter dem Bett war außer einer flächendeckenden Anhäufung von Staubmäusen nichts Nennenswertes zu finden: keine Ampullen, Spritzen oder Pillenschachteln. Cora öffnete behutsam die Schranktür, um sie nicht versehentlich aus den Angeln zu heben. Nachlässig zusammengefaltete Laken, Bett- und Kissenüberzüge in verblichenen Farben und ein paar löchrige Wolldecken waren alles, was das Möbelstück auf den ersten Blick hergab. Cora räumte es aus. Unter den Wolldecken wurde sie fündig: ein Sammelsurium von Fotos und Zeitungsausschnitten in einer Schuhschachtel. Sie trug die Schachtel nach unten und setzte sich an den Tisch.

Eine Anzahl Bilder zeigten eine ausnehmend hübsche brünette Frau von etwa zwanzig Jahren, vermutlich Anna-Lisa Brand. Es waren Impressionen aus glücklichen Zeiten ihrer Ehe mit Brand. Er hatte seine Frau vor allen möglichen Motiven abgelichtet, meistens mit einzelnen Berggipfeln oder Gipfelgruppen im Hintergrund. Auf einer Aufnahme war die Eiger-Nordwand zu erkennen. Ein paar Fotos zeigten Anna-Lisa als strahlende Mutter im zweiteiligen Badeanzug mit einem Säugling in den Armen vor einem Bergsee, vermutlich der Lauenensee, mit Badesteg. Der Säugling musste Vreneli sein. Cora schluckte leer. Das scheinbare Familienglück machte den grauenhaften Tod von Mutter und Tochter noch unfassbarer.

Weshalb hatte Brand ausgerechnet diese Bilder aufbewahrt? Wollte er sich das Unbeschreibliche stets vor Augen halten? War er ein kaltblütiger Psychopath, der die Grausamkeit seines Tuns nicht erkannte und die Verantwortung den Opfern zuwies, wie es solche Täter virtuos verstanden? Oder sträubte er sich gegen die Realität und wiegte sich im Glauben, seine Familie bei einem Unfall verloren zu haben?

Cora stöberte weiter. Weitere Aufnahmen, vermutlich aus der Zeit nach seiner Entlassung aus dem Thorberg, zeigten einen gealterten und verbitterten Brand, zusammen mit einer ungefähr gleichaltrigen Frau. Sie posierten vor dem Hotel »Gstaad Palace«. Ihren Ausdruck glücklich zu nennen wäre übertrieben gewesen. Sie waren einander augenscheinlich zugetan. Auf der Rückseite stand in ungelenker Handschrift die Jahreszahl »1989« neben »Palace, Gstaad«. Hatte Brand, wieder in Freiheit, ein neues Liebesglück gefunden? Ob der Frau klar gewesen war, auf wen sie sich eingelassen hatte? Was war aus ihr geworden?

Etwas an ihr war Cora vertraut. Sie hielt das Bild näher ans Licht. Schwizgebels Taschenmesserlupe wäre nützlich gewesen. Die Gesichtszüge der Frau hatten Ähnlichkeit mit denen von Chantal Reybaz. Konnte das sein? Die Statur war gedrungener und fülliger, als Cora die Haushälterin in Erinnerung hatte. Die Optik von Fotografien täuschte oft. Cora hatte jedes Mal Horror, wenn sie sich alte Fotos von sich selbst ansehen musste. Die Kinder, vor allem Mila, hatten sich einen Spaß daraus gemacht, sie damit aufzuziehen.

Sollte es sich bei Brands Partnerin tatsächlich um Chantal handeln? Was war aus der Beziehung geworden? Chantal hatte ihn ihr gegenüber als Mörder bezeichnet. Waren die beiden im Streit auseinandergegangen? Hatte Brand sie getötet? Wenn ja, weshalb? Hatte sie ihn verlassen oder verraten?

Cora steckte einige der Fotos ein und legte den Rest zurück in die Schachtel. Sie warf einen Blick auf die Zeitungsausschnitte. Die meisten datierten von 1967 und befassten sich mit Brands Tat – bis auf einen: eine Notiz im »Journal Neuf«, dem französischsprachigen Schwesterblatt vom »Neuen Tag«, Coras Nemesis im ausgedünnten Schweizer Blätterwald. Es war eine Seite aus dem Lokalteil, der unter anderem das benachbarte Waadtländische Pays d'Enhaut abdeckte. Er war recht aktuell. Das Datum am oberen Seitenrand lag in diesem März. Mit einem Kugelschreiber hatte Brand eine Notiz über einen schweren Autounfall angestrichen. Eine betagte Fahrerin war am Col du Pillon mit ihrem Wagen von der Straße abgekommen und einen Abhang hinuntergestürzt. Der Wagen war vollständig ausgebrannt. Die Frau konnte nicht mehr befreit werden. Sie stammte aus Rougemont, Chantals letztem Wohnort. Im Bericht wurden keine Namen genannt. War das Opfer eine Verwandte, vielleicht eine Schwester oder eine Cousine der Haushälterin gewesen? Weshalb sonst sollte Brand den Artikel aufbewahrt haben? Cora nahm sich vor, Ludivine zu fragen. Im Bericht wurden defekte Bremsen als mögliche Unfallursache erwähnt.

Cora ging die übrigen Ausschnitte durch. Darunter war ein Artikel in einer Ausgabe eines deutschsprachigen Lokalblattes von 1977, der von einem Fund am Tungelgletscher berichtete, welcher eines seiner Opfer freigegeben hatte – Leopold Spiegelberg. Cora steckte die beiden Zeitungsausschnitte zu den Fotos in die Innentasche ihres Anoraks. Es wurde Zeit für den Rückweg. Sie wollte zurück in »Blutlauenen« sein, bevor man ihre Abwesenheit bemerkte.

Sie verstaute die Schachtel wieder unter den Wolldecken im Schrank und verließ die Hütte.

Sie schaffte nur wenige Meter, bevor sie zur Salzsäule erstarrte. Der hünenhafte Umriss von Werner Brand kam ihr aus dem Nebel entgegen.

Die breite Hutkrempe lag tief im Gesicht und verdeckte seine Gesichtszüge. Coras Herz schlug Purzelbäume, ihr Magen begab sich in einen Zustand der Dauerrotation. Sie warf verstohlene Blicke nach links und rechts, doch kein Wegkommen in diese Richtungen. Ihr blieb die Möglichkeit eines Rückzugs zur Hütte oder die Flucht nach vorne.

Wenige Meter vor ihr stoppte die Gestalt. Die Gesichtszüge blieben verborgen. Trotzdem glaubte Cora, das Glitzern in seinen Augen unter der Hutkrempe zu sehen.

»Guten Morgen, Herr Brand«, sagte sie, um eine klare Stimme bemüht. »Ich bin Cora Johannis. Wir sind uns am letzten Freitag begegnet. Ich muss Sie sprechen.« Während sie redete, ließ sie ihre rechte Hand langsam in die Außentasche des Anoraks gleiten und befühlte die Pistole. Sie hatte bisher nie auf einen Menschen geschossen. Wenn Brand schnell genug war, würde sie kaum dazu kommen, die Waffe zu verwenden, bevor seine Körpermasse sie überrannte.

Er rührte sich nicht von der Stelle. Sie sah nicht, aber spürte, wie er sie unter dem Hut anstarrte. Was ging in ihm vor?

»Herr Brand?« Coras Hand umklammerte den Pistolengriff fester. »Verstehen Sie, was ich sage?«

Ohne ein Wort trat er einen Schritt zurück. Dann hob er eine Hand wie zum Abschied, wandte sich um und ging davon. Innert Sekunden hatte ihn der Nebel verschluckt.

»Warten Sie!« Coras Stimme verfing sich in den Wolkenschwaden. Es herrschte absolute Stille. Brand war ein lautloser Läufer. Sie hörte nichts, weder seine Schritte noch Steine oder Geröll, das sich unter seinen Füßen lockerte.

Sie sah sich um. Hatte ihn etwas verscheucht? War sonst jemand hier, den sie nicht bemerkt hatte?

Cora rannte den Pfad hinunter, so schnell es das Gelände erlaubte. Sie wollte Distanz zwischen sich und der unheimlichen Hütte schaffen. Immer wieder sah sie über die Schulter zurück. Bei jedem Felsen und jeder Böschung fürchtete sie, jemand könnte sich hinterrücks auf sie stürzen. Damit sie rascher reagieren konnte, hatte sie die Pistole gezogen. Sie steckte sie erst wieder ein, als sie vor dem Portal von »Blutlauenen« stand.

Ihr Puls beruhigte sich nur langsam. Ihre Arme und Beine zitterten. »Das hätte schiefgehen können, meine Liebe«, murmelte sie, bevor sie die Tür öffnete.

***

Sie lief direkt in Ludivines offene Arme, als sie den Kleinen Salon betrat.

»Wo warst du?« Die Erleichterung war Ludivine ins Gesicht geschrieben. »Wir haben auf dich gewartet. Ich wollte gerade nach dir sehen.«

»Ich konnte nicht schlafen. Weil es nicht mehr schneite, ging ich raus an die frische Luft.«

Gamper setzte seine Kaffeetasse klirrend ab. »Bist du vollkommen übergeschnappt, Cora? Gestern hat dieser Psychopath auf uns geschossen, und du spazierst heute seelenruhig im dicksten Nebel und in der Dunkelheit in der Gegend herum. Du magst es ja gewohnt sein, gefährlich zu leben, aber wenn du so unverantwortlich handelst, bringst du uns alle in Gefahr.«

»Mach mal halblang, René.« Cora war müde, und sie hatte keine Lust auf Moralpredigten. »Wie du richtig feststellst, weiß ich sehr wohl, welche Risiken ich eingehen kann und welche nicht.« Das war vollkommener Blödsinn, doch genau das wollte sie sich von ihm nicht vorhalten lassen. »Sprich gefälligst nicht mit mir wie mit einer deiner Trophäenbräute, die sich von dir bevormunden lassen.«

Gamper und Alexander starrten sie mit offenen Mündern an. Ludivine beschäftigte sich eingehend mit dem Essen auf ihrem Teller.

»Gibt's Kaffee?« Cora ging zur Anrichte.

Cora und Ludivine waren die Letzten am Tisch. Gamper und Alexander hatten sich in den Großen Salon zurückgezogen. Draußen waren dunkle Wolken aufgezogen. Eine Mischung von Schnee und Regen prasselte schwer auf die Landschaft nieder.

Magdalena hatte sich in ihrem Zimmer verschanzt, nachdem klar geworden war, dass der Helikopter bei diesen Bedingungen nicht fliegen würde. Ludivines Versicherung, dass mit Air-Glaciers unter diesen Umständen vereinbart war, den Flug jeweils um vierundzwanzig Stunden zu verschieben, bis dass das Wetter aufklarte, hatte sie nicht zu trösten vermocht.

Sobald sie ihren Teller mit einer Portion Rührei und Specktranchen mit Appetit verputzt hatte, fiel Cora auf, dass noch jemand fehlte. »Wo ist Schwizgebel?«

»Im Holzkeller, Kleinholz hacken. Warum fragst du?«, erkundigte sich Ludivine.

Cora biss in eine dick mit Butter und Honig bestrichene Scheibe Brot. »Ich muss ein paar Dinge wissen, wegen gestern.«

»Fredi ist wortkarg, wenn es um Persönliches geht. Er redet nicht mit Leuten darüber, die er nicht kennt. Versuch es mit mir. Ich weiß einiges über ihn.«

Cora überlegte. Ludivine mochte vielleicht Schwizgebel kennen, es fragte sich lediglich, ob sie Einzelheiten über ihn wusste. Cora hatte offenbar keine andere Wahl, als sich an sie zu halten. Sie gestand Ludivine den eigentlichen Zweck ihres frühmorgendlichen Spazierganges, ohne die Begegnung mit Brand zu erwähnen.

Ludivine hörte ihr aufmerksam bis zum Schluss zu. »Auf die Gefahr hin, mich, wie René vorhin, deinem heiligen Zorn auszusetzen, lass mich dir sagen, dass du wirklich verrückt bist. Was, wenn Brand aus dem Nichts über dich hergefallen wäre oder wieder auf dich geschossen hätte?«

»Hat er nicht, und ich will nicht mehr darüber sprechen. Wusstest du von einer Beziehung zwischen Brand und Chantal?«

Ludivine sah sie verblüfft an. »Du meinst unsere Chantal und Brand, sie haben … waren …?«

Cora zeigte ihr das Foto aus der Hütte. »Sie mussten kurz nach seiner Entlassung aus dem Gefängnis zusammengekommen sein.«

Ludivine betrachtete das Bild. »Die Frau ist jedenfalls Chantal. Ich hätte nie gedacht, sie würde sich mit einem Mann einlassen, geschweige mit so einem wie Brand.« Sie gab das Foto Cora zurück. »Ich kenne sie nicht so gut, um über ihr Intimleben Bescheid zu wissen. Meine Mutter hatte regelmäßig brieflichen Kontakt mit Chantal. Sie hätte wohl eher mitbekommen, wenn etwas zwischen den beiden lief. Sie hat mir nie davon erzählt.«

»Chantal sieht auf dem Bild etwas anders aus als heute, findest du nicht?«, fragte Cora.

»Die Aufnahme ist alt. Stell dir vor, wie wir in dreißig Jahren aussehen werden.«

Cora lachte. »Besser nicht. Du solltest sehen, was passiert, wenn ich mit meiner Tochter ausgehe. Sie kriegt die ganze Aufmerksamkeit, und ich stehe unsichtbar daneben.«

Ludivine zupfte an ihrem obligaten Seidenfoulard. »Ich will dich nicht demoralisieren, aber auf die Dauer wird das nicht besser.«

Cora durchschaute das Kokettieren. Ludivine war nach wie vor imstande, die Aufmerksamkeit der Menschen in einem Raum auf sich zu ziehen, wenn sie ihn betrat. Das war nicht das Thema. »Gehen wir hypothetisch davon aus, Brand hat Chantal getötet.«

»Wäre das Naheliegendste, oder nicht?«

»Mag sein, das Warum ist mir nicht klar. Was hat die beiden auseinandergebracht?«

»Vielleicht ist Chantal erst hinter Brands Vergangenheit gekommen, nachdem sie schon zusammen waren. Oder er hat es ihr gestanden. Sie wollte nichts mehr von ihm wissen, und sein jähzorniges Naturell hat es nicht verkraftet.«

»Glaube ich nicht. Sie sagte mir, dass sie im Dienst deiner Familie stand, seit sie neunzehn war. Zum Zeitpunkt des Massakers war sie etwa sieben Jahre hier. Es kann nicht sein, dass sie die Familie Brand damals nicht gekannt hatte.«

Ludivine machte eine skeptische Miene. »Da bin ich überfragt, wirklich. Sie hat mir mal erzählt, dass sie kurz vor meiner Geburt für ein paar Wochen nach Hause musste, weil ihre Mutter schwer krank wurde. Das würde zeitlich mit dem Mord an der Familie passen. Vergiss nicht, Chantal war eine Welsche. Sie gab sich mit den Leuten unten in Lauenen nicht mehr ab als nötig. Außerdem konnte sie damals kaum Deutsch. Meine Eltern sprachen französisch mit ihr.«

»Mag ja sein«, sagte Cora wenig überzeugt. »Sie muss doch etwas mitbekommen haben, sprachliche Barrieren hin oder her.«

»Du musst bedenken, dass der Röstigraben vor fünfzig Jahren tiefer war als heute. Informationen, die hier Wellen schlugen, wurden fünf Autominuten westlich der Kantonsgrenze als Pressenotiz kaum zur Kenntnis genommen. Was interessierte es die Romands, wenn ein wild gewordener ›toto‹ seine Familie abschlachtete?«

»Ist mir etwas zu dünn als Erklärung«, sagte Cora.

»Vielleicht suchen wir auch zu weit. Chantal war eine eigenwillige Person. Wie willst du wissen, was zwischen Liebenden vorgeht, Cora?« Ludivines Worte trafen mitten in ihr schlechtes Gewissen. Ein verwundetes Herz konnte verdrängen, sogar verzeihen. Vergessen konnte es nicht.

Ludivine stellte ihre Tasse zurück auf die Anrichte. »Ich glaube, es ist doch besser, wenn du direkt mit Fredi darüber sprichst. Wenn's für dich okay ist, komme ich mit. Er dürfte gesprächiger sein, wenn ich dabei bin.«

»Gute Idee«, meinte Cora erleichtert.

Ratlos standen sie vor der verriegelten Tür zum Holzkeller.

»Ist hier immer abgeschlossen?«, fragte Cora.

»Offen gestanden wusste ich nicht, dass überhaupt ein Schlüssel für diese Tür existiert.«

Cora linste durch das Schlüsselloch. »Er steckt nicht von innen. Ein neuer Fall für meine Haarnadel.«

»Machst du so was öfter?«, fragte Ludivine verdutzt, als kurz darauf das Schloss klickte und Cora die Nadel wieder einsteckte.

»Lediglich im Rahmen meiner Berufsausübung, wenn es das öffentliche Interesse rechtfertigt«, antwortete Cora mit aufgesetzter Unschuldsmiene. »Und bei Gefahr im Verzug.«

»Ich dachte, das gilt nur für die Polizei.«

»Wo kein Kläger …« Cora drückte die Klinke hinunter. Die Tür gab kein Jota nach. »Sie ist von innen verbarrikadiert.«

»Das ist Unsinn.« Ludivine pochte an die Tür. »Fredi, sind Sie da drin?«

Keine Antwort. Cora warf erneut einen Blick durch das Schlüsselloch. Sie versuchte, Einzelheiten zu erkennen. Der Spaltblock war zu sehen, darauf lag ein Scheit, bereit für die Axt. Nichts Außergewöhnliches, abgesehen von der roten Flüssigkeit, die in einem langen, dünnen Faden dem Bock entlang zu Boden rann.

»Da stimmt was nicht. Wir brauchen grobes Geschütz – Arbeit für die Männer«, rief Cora.

Anstatt die Kellertür aufzubrechen, lief Alexander um das Haus und stieg durch die Holzluke in den Keller. Kurz darauf rumorte es an der Tür. »Sie ist verbarrikadiert worden«, tönte es von innen. Wenig später öffnete sie sich.

Der Schock stand Alexander ins Gesicht geschrieben. Er hatte Mühe zu sprechen. »Sieht nicht schön aus«, brachte er hervor, bevor Cora und Gamper an ihm vorbei in den Keller stürzten.

Ihnen bot sich ein grausames Bild. Cora drehte sich sofort zu Ludivine um und bedeutete ihr, draußen zu bleiben. »Besser, du siehst dir das nicht an.«

Ludivine hielt sich betroffen die Hand vor den Mund. »Fredi, ist er …?«

Cora nickte.

»Ich will ihn sehen.« Ludivine schob Cora beiseite und blieb nach einem Schritt wie angewurzelt stehen. Cora stützte sie sicherheitshalber.

Schwizgebel lag auf dem Bauch im eigenen Blut. Sein Kopf war zur Seite gedreht, die Augen starrten weit aufgerissen ins Leere. An seinem Hinterkopf klaffte ein hässlicher Spalt. Die Axt lag mit von Blut und Gehirnmasse verschmierter Klinge neben ihm.

Gamper sprach aus, was Cora dachte. »Armer Fredi, über seine Todesursache brauchen wir nicht zu spekulieren.«

»Wer tut so was?«, fragte Ludivine, die eine Hand fest auf ihr Foulard gepresst hatte, so als müsste sie um Luft ringen.

»Ein Wahnsinniger«, erwiderte Alexander. »Ich fange an zu bereuen, gestern nicht besser gezielt zu haben.«

»Wir sollten das nachholen«, meinte Gamper grimmig. »Ich hätte größte Lust, gleich noch mal zu diesem Teufel hochzugehen und ihm sein Hirn aus dem Schädel zu schießen.«

»Hört auf, Mist zu verzapfen«, sagte Cora.

»Zweifelst du noch ernsthaft daran, dass der Verrückte hinter den Morden steckt?«, fuhr Gamper sie an.

»Morde? Sieh an, auf einmal bist du der Meinung, es waren keine Unfälle«, sagte Cora.

»Das hier ist jedenfalls keiner. Wer sonst soll dem armen Kerl den Schädel gespalten haben?«, fragte Gamper.

»Keine Ahnung. Ich bin einfach nicht überzeugt. Nenne es Bauchgefühl, wenn du willst«, antwortete Cora.

»Aha? Und wegen dem Bauchgefühl der großen Cora Johannis darf es nicht Brand gewesen sein, oder wie?«, fragte Gamper laut.

»Das ist völliger Quatsch, René.« Cora zögerte, bevor sie fortfuhr. »Ich bin Brand heute Morgen draußen begegnet. Warum hat er mir nichts getan und stattdessen kurz darauf Schwizgebel umgebracht?«

Gamper starrte sie an. Ludivine packte Cora am Arm. »Du hast was? Wo bist du ihm begegnet? Warum hast du uns nichts gesagt?«

Cora berichtete von ihrer frühmorgendlichen Begegnung. Gamper schüttelte verständnislos den Kopf. »Du bist komplett verrückt, Cora. Brand hätte dich in Stücke reißen können. Gestern hat er auf dich geschossen, schon vergessen?«

»Ich weiß, und doch hat er es vorhin nicht getan. Keine Ahnung, weshalb er den Rückzug angetreten hat.« Sie hielt einen Moment inne, bevor sie weiterfuhr. »Und übrigens: Ich habe in Brands Hütte weder Spritzen noch Bienengift oder andere Medikamente entdeckt.«

»Das heißt trotz allem nicht, dass er Fredi nicht erschlagen hat«, entgegnete Gamper.

Dass Brand für die Bluttat in Frage kam, war Cora klar. Der Zusammenhang passte aber nicht – oder nicht mehr.

Ein Aufschrei ließ alle herumfahren.

Magdalena stand in der Tür.

Die hatte Cora völlig vergessen. Sie trat zu Magdalena, die sich schwankend mit beiden Händen an den Türrahmen klammerte. »Komm nicht herein, Mägi.« Sie fasste sie bei den Schultern.

»Das … das … war das … er?«

»Wir wissen es nicht.«

»Cora, verdammt!«, rief Gamper. Sie drehte sich zu ihm um und bedachte ihn mit einem wütenden Blick. Ludivine kam ihr zu Hilfe. »Ich gehe mit Magdalena rauf«, sagte sie.

»Bist du so naiv, oder glaubst du echt an Brands Unschuld?«, zischte Gamper, nachdem Ludivine und Magdalena außer Hörweite waren.

»Die Indizienlage spricht gegen Brand, das ist mir klar. Wenn er es war, bringt es nichts, Kriegstänze aufzuführen. Draußen haben wir keine Chance gegen ihn. Er kennt das Gelände. Sollte er es wirklich darauf anlegen, kann er uns einen nach dem anderen beseitigen. Das ist dir hoffentlich seit gestern klar.«

»Mir schon. Wie steht's mit dir?«, fragte Gamper.

Cora wedelte unwirsch mit den Händen. »Lass uns besser überlegen, wie der Tathergang sein könnte.«

»Brand hat ihm den Schädel gespalten. Dann hat er die Tür von innen verstellt und ist auf demselben Weg abgehauen, den er gekommen ist.«

»Und wie ist er hereingekommen? Schwizgebel hat die Luke gestern verbarrikadiert.«

»Da war keine Barrikade«, warf Alexander ein. »Er muss sie vorher entfernt haben. Ich bin ohne Weiteres durch die Luke gekommen.«

»Vielleicht hat Schwizgebel sie entfernt«, sagte Cora. »Er hat den Schlüssel umgedreht.«.

»Was meinst du?«, fragte Gamper irritiert.

»Als ich mit Ludivine kam, war die Tür verriegelt. Der Schlüssel steckte nicht. Ich musste das Schloss knacken. Lasst uns nach dem Schlüssel suchen.«

Gamper machte eine mürrische Grimasse, während er mit Cora und Alexander jeden möglichen Winkel im Keller absuchte. Eine Viertelstunde später gaben sie auf. »Er hat ihn eingesteckt«, sagte Gamper.

»Oder draußen weggeworfen, und wir suchen die Nadel im Heuhaufen.«

»Es gibt eine weitere Möglichkeit«, sagte Cora. »Nicht einmal Ludivine wusste, dass für den Kellerraum ein Schlüssel existiert. Er wurde nie gebraucht. Wer schließt schon Holzstapel ein? Im Wirtschaftsraum neben der Küche hängt ein Schlüsselkästchen, lasst uns dort nachsehen.«

Nebst Reservesicherungen und Batterien für Taschenlampen fanden sie zwei Schachteln randvoll mit verschiedenen Schlüsseln. Es dauerte eine Weile, bis Cora einen verrosteten Bartschlüssel herauszog, an dem eine angerissene Papieretikette hing. Die vergilbte Schrift war knapp als »HK« zu entziffern. »Versuchen wir es mal mit dem.«

Es war der richtige Schlüssel.

»Okay, Brand hat die Tür abgeschlossen und verbarrikadiert«, fasste Gamper zusammen. »Warum das Theater?«

»Angenommen, er war es«, nahm Cora den Faden wieder auf. »Er dringt von außen durch die Luke in den Keller ein. Besorgt sich den Schlüssel, von dem nicht mal die Hausherrin etwas weiß. Danach kehrt er in den Keller zurück, wartet auf Schwizgebel und erschlägt ihn. Er schließt die Tür ab, verbarrikadiert sie und verschwindet durch die Luke. Später kommt er durch die Eingangstür ins Haus, um den Schlüssel dorthin zu legen, wo er ihn gefunden hat?«

Beide Gampers nickten.

Cora seufzte. »Ernsthaft? Rein aus praktischen Erwägungen: Wozu der Aufwand mit dem Schlüssel, wenn er zum Ziel hatte, Schwizgebel umzubringen und sich so rasch wie möglich zu verdrücken?«

»Ablenkungsmanöver«, sagte Alexander. »Um den Verdacht von sich abzulenken. Wir sollen glauben, dass einer von uns Fredi getötet hat.«

»Oder es lief umgekehrt. Nehmen wir an, der Mörder will uns glauben machen, er sei durch die Luke hereingekommen, weil er den Verdacht auf Brand lenken will. Dabei macht er den Fehler, die Tür abzuschließen.«

»Es soll einer von uns gewesen sein?«, fragte Gamper. »Das ist absurd, Cora.«

»Aber eine Möglichkeit, die wir nicht ausschließen können, so wie die Dinge liegen.« Cora deutete auf die blutige Axt, die für Kleinholz verwendet wurde. »Damit ist auch eine Frau in der Lage, einen ausgewachsenen Mann zu erschlagen, von hinten allemal.«

Die beiden Männer machten nachdenkliche Gesichter.

»Nächster Punkt: Todeszeit«, fuhr Cora fort. »Was kannst du dazu sagen, René?«

»Der Körper ist nicht erkaltet. Bei der herrschenden Raumtemperatur tippe ich auf eine Stunde plus/minus.«

»Wo waren wir vor einer guten Stunde? Ludivine und ich haben miteinander im Kleinen Salon geredet.«

»Alexander und ich saßen im Großen Salon und haben gelesen. Ihr seid an uns vorbeigegangen, als ihr zum Keller gingt.«

»Bleibt eine übrig«, sagte Cora.

Sie sahen sich lange an.

»Du meinst … Magdalena?«

»Seht mal, was ich gefunden habe.« Während Cora mit Gamper diskutierte, hatte Alexander ein weiteres Mal den Boden abgesucht.

Cora nahm den Gegenstand in die Hand. »Eine Haarspange. Sie gehört Magdalena. Ich erkenne sie an den falschen grünen Brillanten. Ich habe sie dieser Tage an ihr gesehen. Woher hast du sie?«

»Sie lag halb verdeckt unter einem Stapel.«

»Magdalena war hier«, sagte Cora. »Jetzt ist Ludivine mit ihr allein.«

***

Während sie die Treppe hocheilten, hörten sie Schreie.

»Ludivine!« Gamper stürmte an Cora vorbei in Magdalenas Zimmer.

Ludivine lag auf dem Rücken am Boden. Sie verteidigte sich gegen Magdalena, die auf ihrem Bauch saß und sie würgte. Ludivine versuchte, sich von den Händen zu befreien, die sich um ihren Hals gelegt hatten. Gamper legte seinen Arm um Magdalenas Nacken und zerrte sie fort.

Cora half Ludivine auf die Beine. Magdalena war wie von Sinnen. Sie schrie und kratzte um sich. Alexander eilte seinem Vater zu Hilfe. Gemeinsam gelang es ihnen, die Furie auf den Bauch zu zwingen und ihre Arme nach hinten zu biegen. Magdalena kreischte vor Schmerzen, bis Gamper ihr einen seitlichen Schlag an den Kopf versetzte.

Ludivines korrekter Chignon hatte sich gelöst. Ihr Gesicht war rot angelaufen. Sie rang keuchend nach Luft. »Sie … sie hat mich angegriffen«, brachte sie zwischen zwei Hustenanfällen mühsam hervor, »aus heiterem Himmel.«

»Beruhig dich erst mal und versuch, normal zu atmen«, sagte Cora.

Sie nestelte an Ludivines Foulard, um es zu lösen. Ludivine wehrte ihre Hand ab. »Es geht schon, danke.«

Magdalena hatte aufgehört zu schreien und sich der Übermacht der beiden Männer ergeben. Heftig atmend und mit verzerrtem Gesicht lag sie am Boden.

»Lasst sie los«, sagte Cora. »Sie hat sich beruhigt.«

»Ich denke nicht daran.« Gamper presste sein Knie auf Magdalenas Schlüsselbein, bis sie stöhnte. »Sie hätte Ludivine umgebracht, wenn wir nicht gekommen wären.«

»René!«, rief Cora. »Es ist vorbei. Helft ihr hoch und setzt sie in einen Sessel.«

Die Männer hievten Magdalena in einen Ohrensessel. Sie stellten sich dahinter, bereit, jederzeit einzuschreiten. Ludivine saß aufrecht im Bett, den Rücken an die Wand am Kopfende gelehnt und gestützt von zwei Kissen. Sie rieb sich den Hals. »Geht es dir wirklich gut, Lüdi?«, fragte Cora. »Dein Hals, lass mich …«

Ludivine lächelte sie beruhigend an. Sie hatte ihre Fassung zurückgewonnen. »Es fehlt mir nichts, wirklich, Cora, danke.«

Cora setzte sich auf die Bettkante am Fußende. So konnte sie beide Frauen im Auge behalten. »Was ist passiert?«

Ludivines Stimme klang rau. »Ich wollte Mägi nicht allein lassen. Wir haben geredet, bis sie plötzlich auf mich losging.«

»Magdalena?«, fragte Cora.

Diese brauchte Zeit, um Worte zu finden. »Ich … ja, wir haben geredet. Und dann sah ich rot.«

»Worüber habt ihr gesprochen?«

»Über Schwizgebel. Ich war bei ihm, bevor … also bevor das mit ihm passierte.«

»Das wissen wir«, sagte Cora.

»Woher wollt ihr das wissen?«, fragte Magdalena.

Cora zeigte ihr die Haarspange. »Die gehört dir, nicht wahr? Was wolltest du von Schwizgebel?«

Magdalena nahm die Spange in die Hand. »Die habe ich überall gesucht, wo habt ihr sie gefunden?«

»Hör mit dem Theater auf!«, rief Gamper. »Du warst im Holzkeller und hast Schwizgebel mit der Axt erschlagen. Dabei hast du die Spange verloren.«

»Ich habe Schwizgebel nichts getan, ich schwöre es. Ja, ich war unten bei ihm. Wir haben nur geredet. Die Spange habe ich nicht getragen. Ich vermisse sie seit Sonntag. Ich dachte, ich hätte sie irgendwo draußen verloren.«

Gamper war drauf und dran, Magdalena ins Gesicht zu schlagen. Cora kostete es Mühe, ihn zu beruhigen. »Halt dich zurück, René. Es bringt nichts, wenn wir uns gegenseitig an die Gurgel gehen.«

Magdalena rollte sich im Sessel zusammen, um sich vor dem Angriff zu schützen.

»Ich habe die verdammte Lügerei von dieser Schlange satt. Sie soll endlich die Wahrheit sagen«, rief Gamper.

»Wird sie nicht, wenn du sie bedrohst«, sagte Cora.

Sie stellte sich zwischen Gamper und Magdalena. Sie fixierte ihn. Ihr Sohn Julian nannte es ihren Flammenblick, bei dem der Empfänger gut beraten war, den Rückzug anzutreten oder klein beizugeben. »Du und Alexander, ihr wartet draußen. Ich spreche allein mit Magdalena und Ludivine, okay?«

Gamper schnaubte. »Was gibt dir das Recht, dich hier aufzuspielen?«

»Der fehlende testosterongesteuerte Denkapparat.« Sie zeigte zur Tür. »Bitte, und schließt die Tür von außen, wenn ihr so gut sein wollt.«

Alexander nahm seinen Vater beim Arm. »Komm, Dad. Gegen Cora kommst du im Moment nicht an. – Wir warten gleich hinter der Tür, falls was ist.«

Cora nahm einen Stuhl und setzte sich vor Magdalena hin. »Sag uns endlich, was du von Schwizgebel wolltest.«

»Ich doch nichts. Er war es, der mich sprechen wollte.«

Mit dieser Antwort hatte Cora nicht gerechnet. Magdalena hatte in Gegenwart Dritter in den letzten Tagen nie ein Wort mit Schwizgebel gewechselt.

»Worüber habt ihr gesprochen?«

»Über Matteo und Richard.«

»Wie kommt ihr dazu?«

»Es ging darum, was dir Matteo in seinem Brief geschrieben hat.«

Schon wieder die Räubergeschichte. »Woher weißt du davon?«, fragte Cora.

»Matteo, Richard und ich haben darüber geredet, bevor du angekommen bist«, sagte Magdalena. »Schwizgebel muss einen Teil des Gespräches aufgeschnappt haben. Er wollte mit mir reden, weil ich die Einzige von uns dreien bin, die überlebt hat.« Magdalena wollte aufstehen und auf Ludivine zugehen. Cora hielt sie zurück. »Lüdi, es tut mir leid, ich weiß nicht, was über mich gekommen ist. Plötzlich hatte ich Panik.«

Ludivine winkte ab. »Schon gut, Mägi. Wir sind alle am Anschlag.«

Cora wollte beim Thema bleiben. »Warum interessierte sich Schwizgebel für die alte Geschichte? Gegen Ende des Krieges war der höchstens – wie alt?« Sie sah Ludivine an.

»Fredi hat Jahrgang einundvierzig, er ist gleich alt wie Chantal. Er wäre dieses Jahr siebenundsiebzig geworden.«

»Folglich war er 1945 gerade mal vier Jahre alt. Was soll's?«

»Er hat gesagt, es gehe um seinen Vater, Gottfried Schwizgebel«, sagte Magdalena.

»Was war mit dem?«, fragte Cora.

»Ich habe das ehrlich gesagt nicht ganz verstanden. Gottfried hat für Ludivines Vater gearbeitet. Schwizgebel sprach von einer alten Familienschuld.«

»Ich verstehe gerade nur Bahnhof«, sagte Cora.

Ludivine klärte sie auf. »Gottfried Schwizgebel war der erste Hausmeister von ›Blutlauenen‹. Er half meinem Vater, das Haus zu bauen. 1947 fand die Aufrichte statt. Vater bezog es ein Jahr später. Gottfried war der gute Geist von ›Blutlauenen‹. Er war zweihundert Prozent loyal, wie Mutter mir erzählte. Bei ihr schwang da wohl auch etwas Eifersucht mit. Vater soll Gottfried mehr vertraut haben als ihr. Dieser ist Anfang der sechziger Jahre, kurz nach der Hochzeit meiner Eltern, gestorben, ein Schlaganfall, glaube ich. Sein Sohn Fredi war gerade zwanzig geworden. Er trat in die Fußstapfen von Gottfried. Vater sah in ihm den Sohn, den er nie hatte.«

»Ich verstehe trotzdem nicht, was das mit dem Gold zu tun hat«, sagte Cora. »Was hat Fredi dir darüber erzählt, Magdalena?«

»Sein Vater sei dabei gewesen, mehr nicht.«

»Wo dabei? Meinte er den legendären Goldtransport?«, bohrte Cora weiter.

»Was heißt ›legendär‹?«, sagte Magdalena. »Hast du Matteos Unterlagen nicht gelesen?«

Cora hatte die Papiere überflogen. Bloch und Rizzardi hatten einiges an Indizien zusammengetragen, die sich, zusammen mit den Berichten von Rizzardis Großvater, schlüssig aneinanderreihen ließen. Alles klang glaubwürdig, trotzdem fehlte ihr der entscheidende Beweis. »Schwizgebel hat dir erzählt, sein Vater Gottfried wäre am angeblichen Diebstahl einer Ladung Nazigold beteiligt gewesen?«

Magdalena hob beide Hände. »Von Gold hat Schwizgebel nicht explizit gesprochen. Gottfried habe ›geholfen‹, etwas auf die Seite zu schaffen, und damit große Schuld auf sich geladen.«

Cora lehnte sich in ihrem Stuhl zurück. Die Aufzeichnungen von Rizzardis Nonno Giuseppe sprachen von einem geheimen Transport, der Ende April 1945 in der Schweiz verschwunden sein sollte. Rizzardi selbst hatte sich bedroht gefühlt, nachdem er begonnen hatte, Nachforschungen anzustellen. Er war tot, wie auch Richard und Sibylle, die beide davon gewusst hatten. Schwizgebel starb, nachdem er mit Magdalena darüber gesprochen hatte. Waren die Toten von heute einem Geheimnis auf der Spur, welches im Jahr 1945 seinen Ursprung hatte? Wollte der Mörder verhindern, dass andere dahinterkamen. Welche Rolle spielte Werner Brand in der Geschichte? Und wo war das Gold heute, wenn es wirklich existierte?

Sie beugte sich vor zu Magdalena. »Was hat Schwizgebel sonst gesagt?«

Magdalena überlegte lange, bevor sie antwortete. »Er hat von einer Art Testament gesprochen. Eine Art Beichte, in der er die Schuld seines Vaters und seine eigene aufgeschrieben hat.« Sie sah Ludivine an. »Er wollte dich um Verzeihung bitten, Lüdi, für das, was er dir angetan hat.«

»Was?« Ludivine sah Magdalena mit großen Augen an. »Fredi hat mir nie etwas angetan. Er war der liebste Mensch, den ich kenne, wie ein Ersatzvater.« Sie schüttelte den Kopf. »Ich kapiere das nicht.«

Cora war mit Magdalena noch nicht fertig. »Hat Schwizgebel erwähnt, wo er dieses Testament mit den angeblichen Schuldeingeständnissen aufbewahrt?«

»Keine Ahnung, wahrscheinlich in seiner Kammer«, antwortete Magdalena.

Cora packte Magdalena an den Schultern. »Sag mir die Wahrheit. Als du den Holzkeller verlassen hast, lebte Schwizgebel noch?«

Magdalena hielt Coras Blick stand. »Ich schwöre es bei allem, was mir heilig ist.«

»Wie erklärst du dir deine Spange unter den Holzstapeln?«

»Ich habe nicht die geringste Ahnung. Wie gesagt, ich suche sie seit Sonntag. Jemand muss sie aus meinem Zimmer gestohlen und im Keller versteckt haben.«

Cora glaubte ihr. Die Geschichte klang realistischer als die Vorstellung einer blutrünstigen Magdalena Sprenger. Was immer sie in der Clique erlebt hatten, keinem ihrer Freunde traute sie zu, ein kaltblütiger Mörder zu sein. Sie wurden von einem Unbekannten gejagt. Es war hart für Cora, es sich einzugestehen. Hatte der Mörder nicht bereits einen Namen: Werner Brand?

Magdalena wartete mit Gamper und Alexander im Großen Salon, während Cora mit Ludivine in Schwizgebels Kammer das Testament suchen wollten.

Die Durchsuchung dauerte nicht lange. Jemand hatte das vor ihnen erledigt. Das Zimmer war auf den Kopf gestellt worden.

»Der Mörder muss es durchstöbert haben, kurz nachdem er Schwizgebel getötet hatte«, meinte Ludivine. »Fragt sich, ob er das Testament gefunden hat.«

»Das heißt, er ist nicht sofort nach der Tat verschwunden, das ist ein kaltblütiger Hund.« Cora sah sich im Raum um. »Er hat zu Recht darauf spekuliert, dass uns Fredis Tod ablenkt. Dass wir uns so intensiv mit dem Schlüssel zum Holzkeller befasst haben, hat ihm wohl noch mehr Zeit verschafft.«

Die Hoffnung auf Erfolg schwand zusehends, je länger sie sich im kleinen Zimmer umsahen. Die Person vor ihnen hatte gründliche Arbeit geleistet.

»Was weißt du noch über Gottfried?«, fragte Cora, nachdem sie die Kammer abgeschlossen hatte.

»Herzlich wenig. Ich glaube, Vater hat ihn im Krieg kennengelernt, während er als zugeteilter Stabsoffizier im Infanterieregiment 11 in Spiez stationiert war.«

»War er nicht beim Militärischen Nachrichtendienst?«

»Das war er als Berufsoffizier, wenn er nicht im aktiven Dienst war. Im Lauf der Kriegsjahre wurde er regelmäßig für längere oder kürzere Geheimeinsätze von der Truppe freigestellt.«

»Und Gottfried?«

»Der war Festungswächter im Abschnitt Krattigen. Dort haben sich die beiden kennengelernt. Sie sollen sofort Gefallen aneinander gefunden haben. Gottfried stammte aus dem Lauenental. Deshalb engagierte ihn Vater. Nach dem Krieg überwachte Gottfried den Bau von ›Blutlauenen‹, wenn Vater nicht vor Ort sein konnte.«

Cora hatte gezögert, die Frage zu stellen. Jetzt musste sie raus. »Sei mir nicht böse, wenn ich das frage: Ist es denkbar, dass dein Vater und Gottfried den deutschen Goldtransport überfallen haben könnten?«

Ludivine sah sie mit einem ironischen Lächeln an. »Hat lange gedauert, bis du mich danach fragst.«

Cora antwortete nicht darauf.

»Als gute Tochter müsste ich empört sein und dir sagen, mein Vater sei ein integrer Mann und nie zu so was fähig gewesen.«

»Bist du empört?«

Ludivine ließ ein kurzes schnaubendes Lachen vernehmen. »Was ich von Leopold Spiegelberg kenne, weiß ich von meiner Mutter. Sie erzählte mir von seinen Werten oder wie er andere Menschen behandelte. Er muss eitel gewesen sein, außerdem hat er Mutter gelegentlich betrogen. Kurz: Wenn du mich fragst, ob er so etwas getan haben könnte, muss ich dir sagen: Ich weiß es nicht.«

Cora war erleichtert über Ludivines Offenheit. »Glaubst du, Gottfried Schwizgebel hätte den Coup allein durchziehen können?«

Ludivine zuckte mit den Achseln. »Leopold soll ihn wie einen geliebten Bruder behandelt haben. Er war ein naturverbundener, fleißiger Bergbauer und Vater treu ergeben. Ich glaube, er war nicht dumm, aber sicher verfügte er weder über die Intelligenz noch die Ressourcen, einen von SS-Elitesoldaten eskortierten Transport zu kapern.«

Ludivine war Cora die direkte Antwort auf ihre ursprüngliche Frage schuldig geblieben. »Somit hat dein Vater den Überfall geplant und durchgeführt?«

Ludivine schürzte die Lippen. »Die Frage habe ich soeben beantwortet, denke ich.«

ELF

Nach einem frühen Abendessen verbarrikadierte sich jede und jeder in seinem Zimmer. Innerhalb des Hauses bewegte man sich fortan zu zweit oder zu mehreren. In Situationen wie dieser und bedroht von einem unsichtbaren Feind blieb nichts anderes übrig, als sich gegenseitig zu vertrauen.

Cora saß auf ihrem Bett. Sie hatte die Kerzen nicht angezündet. Die Dunkelheit half ihr, die Gedanken zu ordnen.

Die anderen anerkannten mittlerweile ihre Führungsrolle. Sogar Gamper ließ sich gefallen, dass sie sich durchsetzte. Die wiederbelebte Romanze mit Ludivine weichte seine raue Schale auf. Alexander hatte sein Verhalten gegenüber Cora verändert. Er hatte den Gockel abgelegt. Die gemeinsame Bedrohung hatte den schwelenden Konflikt zwischen Vater und Sohn verdrängt und die beiden wieder zueinandergeführt.

Sobald Cora an ihre Kinder dachte, schnürte sich ihre Brust zusammen. Es war die Angst, Julian und Mila nicht mehr wiederzusehen. Nicht einmal während ihrer gefährlichsten Einsätze in anderen Erdteilen war sie ohne regelmäßigen Kontakt mit Julian geblieben; sie wusste immer, wo er war und wie es ihm ging. Julian hatte seinen Erzeuger, ein Maghrebiner, dem Cora auf einer ihrer Reisen begegnet war, nie gekannt. Er sollte wissen, dass seine Mutter ständig für ihn erreichbar war. Bei Mila lag der Fall anders. Cora brauchte ihre Tochter, mehr als diese ahnen konnte und sie sich bisher zugeben wollte. Nachdem Cora sich von Matthias getrennt hatte, war Mila bei ihm geblieben. Sie wurde ein regelrechtes Vaterkind, das seine Mutter als lästiges Anhängsel wahrgenommen hatte. Das Verhältnis zwischen Mutter und Tochter hatte einem stetigen Kriegszustand mit Waffenruhe geglichen, solange sie genügend Distanz zueinander hatten. Der Konflikt eskalierte, sobald Matthias nach Argentinien und Mila zu ihr nach Nennigkofen gezogen war. Mila verstand es,

Coras wunde Punkte offenzulegen und sie bis zur Weißglut zu provozieren. Dabei hatte sie mit dem schlechten Gewissen ihrer Mutter gespielt und ihr ständig den Spiegel vorgehalten. In Wirklichkeit hatte sie nach ihrer Zuneigung gelechzt, was Cora erst später klar geworden war, beinahe zu spät.

Die gegenseitige Zuneigung war noch jung und zerbrechlich. Sie verlangte Nähe. Die Furcht, Mila könnte die gegenwärtige Funkstille falsch interpretieren, löste bei Cora nahezu panische Gefühle aus. Neben der Angst trieb der Keim der Eifersucht in ihren Gedärmen aus, wenn sie nur daran dachte, Mila könnte es bei Matthias und seiner zweiten Frau Grazyna in Patagonien besser gefallen als bei ihr.

Cora verscheuchte die trübseligen Gedanken. Sie durfte es nicht so weit kommen lassen. Es lag an ihr, heil von diesem Berg runterzukommen. Das Wetter musste sich zwangsläufig bessern, mittlerweile waren Anzeichen dafür erkennbar. Sie wunderte sich ohnehin, weshalb trotz der misslichen Umstände noch niemand im Tal versucht hatte, mit ihnen in Kontakt zu treten. Seit vier Tagen harrten sie an diesem Ort aus. Jemand musste sich Sorgen machen. Warum wurde keine Fußpatrouille in Marsch gesetzt, um nachzusehen? Hatte der Sturm der Infrastruktur im Tal dermaßen zugesetzt?

Was würde geschehen, wenn sie einmal von hier fortkämen? War die Gefahr gebannt, nach allem, was sie hier oben in Erfahrung gebracht hatte? Wer auch immer hinter den Morden steckte, musste mit Coras Hartnäckigkeit rechnen, damit, dass sie weiterrecherchierte. Wenn wirklich etwas dahintersteckte, stand mit dem verschwundenen Nazigold einiges auf dem Spiel. Die unbequeme Journalistin konnte den Interessen von wem auch immer schaden. Was, wenn man Cora bis nach Hause verfolgte und sogar ihre Familie bedrohte?

Sie würde auf keinen Fall zulassen, Julian und Mila erneut einer tödlichen Gefahr auszusetzen, auch wenn sie das mit ihrem Leben bezahlte. Was immer der Grund für den Tod ihrer Freunde war und wer immer für die Morde verantwortlich war, musste hier oben bleiben – für immer, und wenn sie selbst dafür sorgen müsste.

Auf ihrem Bett hatte sie eine Auslegeordnung ihrer Papiere und Notizen gemacht. Sie hatte Magdalenas und Ludivines Informationen so weit es ging mit Matteos Angaben abgestimmt. Einiges stimmte überein, trotzdem gab es Lücken. Der Raub des Nazigoldes, so real er inzwischen schien, blieb Spekulation. Das ominöse Testament von Fredi Schwizgebel könnte Aufschluss geben, so sie es denn finden würde.

Den Zusammenhang zwischen den Todesfällen von Chantal Reybaz und Schwizgebel herzustellen bereitete ihr Mühe. Wie waren die beiden involviert, und vor allem: Was wussten sie, das wichtig genug war, um sie zu beseitigen?

Und Brand? War er wirklich hinter dem Gold her und weshalb ausgerechnet jetzt, nachdem er all die Jahre Gelegenheit gehabt hätte, in aller Ruhe danach zu suchen? Hatte es mit Ludivines Absicht zu tun, das Anwesen zu verkaufen? War die Partygesellschaft von »Blutlauenen« zum falschen Zeitpunkt am falschen Ort? Mussten Coras Freunde deshalb sterben? Oder waren sie der Auslöser der Tragödie?

Cora prüfte doppelt und dreifach alle Indizien, damit sie sie später ausschließen konnte. Wenn sie ihre Kinder wiedersehen wollte, musste sie auf jedes Detail achten und jeden Stein zweimal umdrehen.

Wo konnte sie noch ansetzen? Schwizgebel war tot. Von Magdalena war nichts mehr zu erwarten. Sie hatte verkündet, sich in ihrem Zimmer einzuschließen und erst wieder hervorzukommen, wenn sie die Rotoren eines anfliegenden Helikopters hörte.

Cora musste Schwizgebels Testament finden. Sie ging im Kopf die Plätze durch, wo er es außerhalb seines Zimmers versteckt haben könnte. Ludivine meinte, er hätte Privates nicht an Orten im Haus deponiert, die seinen Herrschaften vorbehalten waren. Das schloss schon mal die Gästezimmer und Gemeinschaftsräume aus. Die Küche war Chantals Reich gewesen.

Cora zuckte zusammen, als es ihr wie Schuppen von den Augen fiel. Sie ärgerte sich, nicht früher darauf gekommen zu sein. Im Haus gab es einen einzigen Platz außer Schwizgebels Schlafkammer, der in Frage kam.

Sie war froh, den Holzkeller abgeschlossen und den Schlüssel eingesteckt zu haben. Der Strahl ihrer Stablampe glitt den Holzstapeln entlang. Wenn sie sich durch das ganze Brennholz wühlen musste, würde sie bis zur Ankunft des Helikopters nicht fertig damit. Dass Schwizgebel das Papier irgendwo zwischen die Scheite geklemmt hatte, schloss sie aus. Er musste es an einem Ort platziert haben, wo es ein Außenstehender nicht vermutete, sollte dieser auf die Idee kommen, hier danach zu suchen.

Cora schritt den Fußboden Zentimeter für Zentimeter ab. Es war nackter Fels unter einer dünnen Schicht platt gewalzter Erde, ohne Löcher oder Falltüren, Nischen oder Spalten. Musste sie sich wirklich durch das aufgeschichtete Brennholz wühlen?

Sie kippte den Spaltblock und sah auf der Unterseite nach. Sie öffnete den Deckel des Ochsnerkübels. Schwizgebel musste ihn vor Kurzem geleert haben. Er war mit einem neuen Kehrichtsack ausgelegt. Ordentliche Abfallwirtschaft musste sein, auch auf der Alp. Mit einem frustrierten Seufzer machte sich Cora daran, die Holzstapel sorgfältig zu durchleuchten.

In einem intuitiven Reflex richtete sie die Lampe erneut auf den Abfallkübel. Sie klappte den Deckel auf und nahm den Kehrichtsack heraus. Es war ein offizieller, mit Gebühren belegter Sack der AG für Abfallverwertung, welche für die Entsorgungs- und Recyclingorganisation im ganzen Berner Oberland zuständig war.

Cora konnte sich beim besten Willen nicht denken, was außer Holz in diesem Raum als Abfall anfallen könnte. Zweifellos waren die Oberländer disziplinierte und umweltbewusste Bürger. Doch sie hatten mit allen Bergvölkern der Welt eines gemeinsam: Sie waren sparsam. Kein vernünftiger ressourcenschonender Bergler entsorgte naturbelassenen Holzabfall gebührenpflichtig, wenn er ihn umsonst zum Heizen verwenden konnte, am wenigsten Fredi Schwizgebel.

Cora leuchtete das Innere des feuerverzinkten Blecheimers aus. Das Teil sah aus, als hätte es bereits den Zweiten Weltkrieg in diesem Keller überdauert. Der Boden war im Innern schwarz angelaufen. Bevor sich die Müllentsorgung mit Kehrichtsäcken durchsetzte, hatte man die Abfalleimer zwecks Vermeidung des Festklebens von Feuchtabfällen mit Zeitungspapier ausgelegt.

Cora suchte sich ein schmales Holzscheit, womit sie den Boden freikratzen konnte. Die Schmutzschicht war dünn, als hätte man den Boden absichtlich damit eingeschmiert. Darunter kam eine Plastikeinlage zum Vorschein, die nicht zur ursprünglichen Ausstattung des Kübels gehören konnte. Cora bekam sie am erhöhten Rand zu greifen und hob sie an. Ein triumphierendes Schnauben entfuhr ihr. Der Eimer hatte einen doppelten Boden. Darunter lag in einem durchsichtigen Plastikbeutel ein Briefumschlag mit der Aufschrift »Meine Beichte und Testament – A. Schwizgebel«.

Nach einem kurzen stillen Freudentanz trat Cora den Rückzug an. Der Wind draußen hatte nachgelassen. Umso lauter knackte das Holz an den Wänden. Der unverwandte Blick der erlegten Tiere von den Wänden wirkte bedrohlicher denn je, wie eine düstere Ankündigung dessen, was noch kommen sollte.

In ihrem Zimmer goss sie sich zuerst zwei Fingerbreit vom Armagnac ein, den sie im Großen Salon gemaust hatte. Sie öffnete den Umschlag. Er enthielt zehn doppelseitige mit Schwizgebels krakeliger, aber gut leserlicher Handschrift beschriebene Seiten. Sie trank einen Schluck, bevor sie zu lesen begann, was Schwizgebel über seinen Vater Gottfried zu berichten hatte.

GOTTFRIED SCHWIZGEBEL – APRIL 1945

Er schaut auf die Armbanduhr, die ihm der Major gegeben hat. Die Geste hat er in den letzten fünf Minuten mindestens zehn Mal wiederholt. Jeden Moment wird es so weit sein.

Er stellt sich vor die Absperrung und späht Richtung Abländschen, wo das diffuse Licht der Tarnscheinwerfer des Lastwagens jeden Moment aufleuchten müsste. Drei seiner vier Kameraden, alles Grenadiere, liegen links und rechts des improvisierten Schlagbaumes im Unterholz. Der vierte steht unmittelbar neben der Sperre. Die Soldaten sind wie Gottfried vom Major handverlesen. Damit ihre Abwesenheit von der Truppe nicht sofort auffällt, hat er dafür gesorgt, dass die Männer für mehrere Tage vom Dienst beurlaubt wurden.

Gottfried befühlt seine Waffe, eine MP41-Maschinenpistole. Er hat bis vor einigen Tagen nie damit geschossen. Seine Ordonnanzwaffe ist der Karabiner 31, ein holzverkleidetes Repetiergewehr, dessen Magazin lediglich sechs Patronen fasst. Gottfried ist ein begnadeter Schütze, und der Major hat ihm gesagt, er brauche für das Vorhaben eine wirksamere Waffe. Er arrangierte für ihn eine Unterweisung in der Handhabung der Schnellfeuerwaffe bei einem Waffeninstruktor.

»Gödu, wann geht's endlich los? Es wird langsam ungemütlich«, tönt es aus dem Unterholz links von ihm.

Gottfried wirft erneut einen Blick auf die Uhr. »Ein paar Minuten noch. Haltet die Klappe, ich will keinen Mucks hören.«

Er muss sich auf die Aktion konzentrieren. Er tut es für die Familie. Alfred, sein Vierjähriger, soll es mal besser haben als er. Der Major hat ihm ein schönes Leben versprochen, in dem er sich um nichts mehr Sorgen zu machen braucht.

Nach all den Jahren des Verzichts und des Verdrusses, die der großmäulige Gröfaz mit dem lächerlichen Schnauzer aus dem großen Kanton über die Welt gebracht hat, tut es gut, diesen arroganten Schwaben eins auszuwischen. Denen etwas wegzunehmen kann in den Augen des Herrn nichts anderes als eine gute Tat sein.

Der Major hat den Ort gut gewählt. Das abgelegene, enge Tal des Jaunbaches oder La Jogne, wie ihn die Welschen nennen, im Grenzgebiet der Kantone Bern, Fribourg und Waadt ist ideal. Nach der Aktion ist es eine kurze Strecke bis Saanen und weiter ins Lauenental. Der Major hat den Deutschen vorgegaukelt, es sei sicherer, diesen Umweg zur Festung zu fahren.

Es ist ein Monat her, seit der Major zu Gottfried gekommen war und ihm den Plan erklärte. Der Major selbst war dabei gewesen, als sich die hohen Nazis mit dem Oberst, dem Vorgesetzten des Majors im Geheimdienst, trafen und den Transport planten. Der Major kennt jede Minute des Ablaufes. Er hat die Aktion ausgedacht und minutiös vorbereitet. Gottfrieds Mission ist es, später aufzuräumen und die Spuren zu verwischen.

Danach wird er ein gemachter Mann sein. Alfred kann nach der obligatorischen Schule eine Ausbildung machen, eine richtige, als Schreiner oder Fuhrmann. Er wird nicht als armer Bergbauer den kargen Boden bewirtschaften müssen wie seine Vorfahren.

Der Major ist ein guter Mensch. Er gibt einem die Sicherheit, zu wissen, wo man hingehört. Die Familie wird versorgt sein, wenn dieser lange, verfluchte Krieg vorbei ist. Vielleicht erlaubt ihm Trudi, ihr ein zweites Kind zu machen. Es ist nicht gut, Alfred allein aufwachsen zu lassen. In den Bergen soll man nicht allein sein. Er braucht ein Brüderchen. Von Gottfried aus darf es auch ein Schwesterchen sein. Er ist da nicht eigen.

»Gödu, verdammt. Kommen die oder nicht? Ich muss austreten.«

»Verklemm's dir bis nachher.«

»Geht nicht.«

»Denk an was anderes, an die Stine zum Beispiel.«

»Welche Stine?«

»Die Serviertochter vom ›Löwen‹, die du gestern genagelt hast.«

»Die heißt Stine?«

»Wer sich die Namen seiner Weiber nicht merken kann, sollte auch für ein paar Minuten das Pissen verklemmen können.«

»Ihr Name hat mich nicht interessiert, aber einen Hintern hat die, sag ich dir, da –«

»Still!«, schneidet ihm Gottfried das Wort ab. In der Ferne werden die Bäume schwach von einem Lichtkegel erleuchtet. Wenig später bewegen sie sich direkt auf die Sperre zu. Gottfried stellt sich vor den Schlagbaum. Er greift die MP mit der Rechten und hält die linke Hand in die Höhe. »Macht euch bereit«, weist er die Männer im Unterholz an.

Das Fahrzeug macht zunächst keine Anstalten anzuhalten. Gottfried steht vor dem heruntergelassenen Schlagbaum und rührt sich nicht von der Stelle. Er hebt die MP. Der Lastwagen hält zwei Handbreit vor seiner Brust. Es ist ein Opel. Er erkennt ihn am stilisierten Blitz auf dem oberen Teil der Kühlerhaube.

Die Beifahrertür wird aufgestoßen. Zum ersten Mal in seinem Leben sieht Gottfried einen deutschen Soldaten. Am Schnitt der blitzsauberen grauen Uniform, deren Stoff den Schein der Taschenlampe reflektiert, erkennt er den Offizier. So einen prächtigen Stoff trug nicht einmal der Oberstdivisionär, der letzthin seiner Einheit einen Truppenbesuch abstattete. Den Totenschädel am Mützenband des Deutschen erkennt Gottfried sofort. Er ist erleichtert, den Major ebenfalls aussteigen und sich neben den SS-Offizier stellen zu sehen.

»Was soll das, Spiegelberg?«, schnarrt der Deutsche. »Weshalb werden wir aufgehalten? Sie haben uns versichert, dass es auf dieser Route keine Behinderung gibt.«

»Das haben wir gleich, Sturmbannführer Kessler.« Der Major wendet sich an Gottfried. »Was ist los, Wachtmeister?«, fragt er mit scharfer Stimme. »Warum ist die Straße gesperrt?«

Gottfried grüßt ihn militärisch. »Eine Übung, Herr Major. Wir haben Befehl, niemanden passieren zu lassen.«

»Wie lange dauert das Ganze?« Er reicht Gottfried ein offiziell aussehendes Papier. »Das ist ein allgemeiner Passierschein, unterzeichnet vom Chef des Generalstabes.«

Gottfried sieht sich das Papier bewusst lange an.

»Falls Sie nicht lesen können, Wachtmeister: Ich übersetze es Ihnen gerne.«

Der deutsche Offizier beobachtet den Wortwechsel mit verschränkten Armen.

Gottfried faltet das Papier zusammen und gibt es dem Major zurück. »Tut mir leid, Herr Major, ich muss das meinem Kommandanten melden.«

»Tun Sie das, Wachtmeister, schnell.«

Gottfried salutiert und geht zum Schlagbaum.

»Dauert nur ein paar Minuten, Sturmbannführer, dann können wir weiterfahren«, hört er den Major sagen. »Lassen Sie Ihre Leute kurz absitzen, damit sie sich die Füße vertreten können.«

Beim Schlagbaum greift Gottfried zum Hörer des Feldtelefons, dessen Leitung nirgends hinführt. Es ist das Signal für seine Kameraden, sich angriffsbereit zu machen. Die Besatzung des Lastwagens springt von der Ladefläche. Der Fahrer steht bei ihnen und verteilt Zigaretten. Die Soldaten unterhalten sich entspannt und angeheitert. Sie sind froh, wenigstens für ein paar Stunden nicht dem Beschuss amerikanischer Panzer oder sowjetischer Stalinorgeln ausgesetzt zu sein.

Der Major zieht ein Päckchen aus der Brusttasche und hält es dem Sturmbannführer hin. Der lässt sich Feuer geben und macht einen tiefen Zug.

Der Major steckt die Zigaretten seelenruhig zurück in die Brusttasche. Dann zieht er seine Pistole und schießt dem SS-Offizier in den Kopf – das vereinbarte Zeichen zum Angriff.

Die Soldaten hinter dem Lastwagen haben keine Zeit, sich von der Überraschung zu erholen. Sie werden von zwei Seiten vom Kugelhagel aus Maschinenpistolen niedergestreckt.

Dreißig Sekunden später ist der Spuk vorüber. Sechs deutsche Soldaten sind tot. Der Major zieht ein letztes Mal an seiner Zi-

garette und lässt sie fallen. Sie landet wenige Zentimeter neben dem Kopf des Sturmbannführers, dessen Augen in den leeren Nachthimmel starren, in einer Blutlache.

Der Major ist zufrieden. Morgen wird Gottfried Trudi wegen des zweiten Kindes fragen.

ZWÖLF

Cora zwang sich, den Abschnitt, in dem Schwizgebel den Überfall und den Mord an den SS-Soldaten schilderte, an denen sein Vater beteiligt war, ein weiteres Mal zu lesen. Sie verspürte wenig Mitgefühl für Menschen, die in der SS gedient hatten. Es waren verblendete Killer, Schergen von Massenmördern. Aber es waren auch Menschen gewesen, Väter und Söhne von Familien, die zu Hause auf sie gewartet hatten. Krieg oder nicht, sie sah keine Rechtfertigung für heimtückischen Mord.

Auf den folgenden Seiten gab Schwizgebel wieder, wie sein Vater mit seinen Kameraden den Lastwagen mit dem Gold fortschaffte. Er verriet nicht, wohin, auch nicht, wo man die Leichen der getöteten SS-Soldaten hingebracht hatte. In einem späteren Abschnitt erwähnte er, der Lastwagen sei Jahre nach dem Krieg ohne Nummernschilder bei Iseltwald aus dem Brienzersee geborgen worden. Das Gold blieb verschwunden.

Cora ging ihre Notizen durch, die sie vor ihrer Abreise aufgrund von Archiv-Recherchen über die Spiegelbergs gemacht und mit Ludivines Informationen ergänzt hatte. Vor dem Krieg galt die Familie als wohlhabend, ohne zu den Superreichen des Landes in der damaligen Zeit zu gehören. In der zweiten Hälfte der vierziger bis Mitte der fünfziger Jahre vergrößerte Leopold Spiegelberg sein Vermögen mit geschickten Investitionen in Rohstoffe und mit Beteiligungen an Industriebetrieben. Gleichzeitig erwarb er Ländereien und Immobilien. Diese Geschäfte kamen größtenteils über Beziehungen zustande, die Spiegelberg während seiner Tätigkeit bei der Armee und dem Militärischen Nachrichtendienst geknüpft hatte. Cora rätselte nicht lange, woher das Anfangskapital kam, welches diese Expansion erlaubt hatte.

Die Schilderung Fredi Schwizgebels, wie er Leopold aus Liebe zu einer Frau im August 1967 während einer Bergtour in eine Spalte des Tungelgletschers gestoßen hatte, jagten Cora eiskalte Schauer über den Rücken. Er erwähnte den Namen der Frau nicht. Handelte es sich um Chantal? Oder Anna-Lisa Brand? Hielten sich der alte Spiegelberg und Schwizgebel beide oder eine von ihnen als Geliebte? Hatte Anna-Lisa mit diesen Affären den tödlichen Zorn ihres Ehemannes auf sich und ihr Kind gezogen?

Die mörderische Kälte, die Cora aus den Zeilen entgegenströmte, ließ sie nicht aufhören zu frösteln. Hatte Leopold Spiegelberg »Blutlauenen« und sein Vermögen auf Habgier, Hass und Mord gegründet? War der Name eine Weissagung und dieses Haus auf Blut und Mord gebaut? Wenn ja, hatte es in all den Jahren mehr davon gefordert und verlangte noch heute den Tribut. Verständlich, dass Ludivine es verkaufen wollte. Würde es genügen, um den Fluch abzuwenden, der auf der Familie und auf diesem Ort lastete?

Cora war jetzt überzeugt, den Schlüssel zur Aufklärung der Tragödie in der Hand zu halten, deren Zeuge und Opfer die Gesellschaft von »Blutlauenen« geworden war. Was konnte sie damit anfangen? Er lieferte ihr keinen direkten Hinweis darauf, wer die jüngsten Morde begangen hatte. Sie musste mit Ludivine sprechen. Sie sollte ihr den Zugang zu den Unterlagen gestatten, die im Großen Salon aufbewahrt wurden. Außerdem wollte Cora noch mal versuchen, Magdalena weiter auszupressen.

Sobald sie zurück in Solothurn war, würde sie Wagner so lange Honig um den Mund schmieren, bis er ein Flugticket nach Kapstadt springen ließ, damit sie dort Césarine Spiegelberg interviewen konnte.

Es war zu früh, sich darüber Gedanken zu machen. Es hatte keinen Zweck, die Haut des Bären zu Markte zu tragen, solange er nicht erlegt war. Erst recht nicht, wenn es draußen einen Jäger gab, der es auf ihre eigene abgesehen hatte.

***

Sie wollte gerade ins Bett, als es klopfte.

»Wer ist da?«

»Alex. Ich muss mit dir reden.«

»Um diese Zeit? Ich bin müde, kann das nicht bis morgen warten?«

»Ja … nein, was du mir gesagt hast – es lässt mir keine Ruhe mehr.«

Cora seufzte. »Warte einen Moment.« Sie schlüpfte in ihre Wanderhose und streifte die Fleecejacke über ihr T-Shirt. Bevor sie die Tür öffnete, zündete sie ein paar Tischkerzen an und legte Leopold Spiegelbergs Ordonnanzwaffe unter das Kopfkissen.

Alexander hatte den Sonnyboy endgültig abgelegt. Das gepflegte mittellange Haar war zerzaust und stand in alle Richtungen ab. Trotz des diffusen Lichts hoben sich die tiefen Ringe unter seinen geröteten Augen hervor.

»Was ist mit dir passiert? Du siehst aus wie frisch durch die Mangel gedreht.«

»Habe ich dir zu verdanken. Du musst mir zuhören.«

Cora nahm die Schuldzuweisung nicht persönlich. Es passte zum Charakter von René Gamper, seinem Sprössling die erste Grundregel des Machismo mitzugeben: Die Misere des Mannes geht grundsätzlich immer auf das Konto einer Frau. Was Cora schlimm fand, waren die Frauen, die den Blödsinn tatsächlich glaubten und sich gewohnheitsmäßig die Schuld für die Verfehlungen ihrer Männer gaben. Sie zeigte auf den Sessel. »Setz dich und schieß los.«

»Hast du was zu trinken?«

»Glaubst du, du brauchst das?«

Er sah sie bittend an.

»Na gut.« Sie nahm die Flasche Armagnac aus der Reisetasche und reichte ihm ein mit knapp zwei Schlucken gefülltes Wasserglas. In sicherer Distanz zu ihm und in Griffweite zum Kissen setzte sie sich auf die Bettkante.

»Trinkst du nichts?«, fragte er.

»Besser nicht.«

Er leerte das Glas in einem Zug. »Schmeckt gut. »Ludivine hat einen guten Geschmack.« Mit einem auffordernden Blick hielt er es Cora hin.

Sie steckte demonstrativ den Korken in die Flasche und legte sie zurück in die Tasche. »Du wolltest reden.« Sie zeigte zur Tür. »Wenn du dich betrinken willst: Unten in der Hausbar findest du eine große Auswahl, und ich kann mich meinem Schönheitsschlaf widmen.«

»Den hast du doch nicht nötig«, sagte er mit einem merkwürdigen Lächeln.

Cora stand auf. »Hör zu, Alex. Wir haben das Thema zur Genüge besprochen. Du bist ein hübscher Kerl, und nein, ich will nichts von dir. Also, entweder packst du aus oder du gehst.«

Grinsend hob er beide Hände. »Ich wollte bloß ein Kompliment machen.«

»Zur Kenntnis genommen.« Sie sah ihn abwartend an.

Für einen Augenblick gab er den Anschein, als würde er im Sessel in sich zusammensinken. Sein Gesichtsausdruck verdüsterte sich. Cora hatte ihn in all den Tagen nie so niedergeschlagen gesehen.

Langsam, wie nach jedem Wort suchend, fing er an zu reden. »Gestern hast du mir gesagt, Sex hätte mit Liebe und Zuneigung zu tun. Ich habe darüber nachgedacht.«

Cora wartete, bis er weiterfuhr.

»Ich habe es nie erfahren.«

»Was?«

»Liebe und Zuneigung im Sex. Ich sah es als Spiel.«

Sollte sie ihm sagen, dass es das in gewissem Sinn auch war? Sie genoss es, heute mehr als früher, vielleicht weil die Gelegenheiten, es zu spielen, für sie rarer geworden waren. Ihr war nicht klar, worauf er hinauswollte. »Das ist es auch, Alex, ein Spiel, dessen Regeln auf Gegenseitigkeit und Achtung beruhen.«

»Mein Vater meint, wenn's um Sex geht, soll der Mann der Frau den Tarif durchgeben. Sie will das.«

Typisch René. Cora fragte sich, was Ludivine dazu gebracht

hatte, sich wieder auf ihn einzulassen. »Es ist schmeichelhaft, begehrt zu werden. Das hat nichts mit ›Tarif durchgeben‹ zu tun und heißt keineswegs, dass wir Frauen das ›immer‹ wollen, zumindest nicht dann, wenn Männer so was denken. Jeder Mensch hat seine Grenzen.«

»Die habe ich nicht so gesehen, und ich habe … Ich wollte dich nicht …«

»Ich verstehe, was du wolltest, und habe dir klargemacht, wie ich es sehe. Darüber brauchen wir kein Wort mehr zu verlieren.« Hoffentlich war das Thema damit erledigt.

»Ich habe nachgedacht, wie ich …« Seine Stimme versagte. Tränen liefen über seine Wangen.

»Wie du was?«, fragte Cora sanft.

»Wie ich mit den Frauen … also, wie ich mit ihnen umgegangen bin, wenn … du weißt schon.«

»Unser Gespräch gestern hat dich zum Nachdenken angeregt. Das ist gut. Ich denke, es ist besser, wenn du offen heraus sagst, was dich bedrückt.«

»Es ist nicht so einfach, weißt du. Ich habe Riesenscheiße gebaut. Du wirst mich sicher verachten. Das würde ich nicht überleben.«

»Mach dir darüber keine Sorgen. Ich habe dir gesagt, wie ich zu dir stehe und was ich von dir halte. Das Gewicht, das du mit dir herumträgst, wird nur schwerer. Eines Tages reißt es dich in die Tiefe. Werde es los!«

Alexander schluckte heftig. Er konnte den Fluss seiner Tränen nicht mehr stoppen. Er wischte sich mit der Hand über die Augen. »Es geht um eine Frau, in die ich mich als Teenager verliebt hatte. Ich wollte sie und habe sie an einer Party geküsst. Sie hat mich zurückgestoßen.«

»Du konntest das nicht auf dir sitzen lassen.« Cora wusste, wie sein Vater früher in diesen Situationen reagierte.

»Nein, das konnte ich nicht. Ich habe ihr nach der Party aufgelauert und sie in ein Gebüsch gezerrt.«

Oh Mann.

»Sie hat sich gewehrt und es geschafft, mir einen Tritt ins Glockenspiel zu versetzen.« Er lachte trocken.

»Was hast du dann gemacht?«

»Nichts, an jenem Abend. Ich habe ihr gesagt, dass ich sie ein anderes Mal drankriegen werde.«

Alexander blickte an Cora vorbei in die Dunkelheit hinter dem Fenster. »Ich habe sie Jahre danach wiedergetroffen. Als wir uns wiedersahen, nannte sie sich Violeta.«

ALEXANDER GAMPER – NOVEMBER 2017

Sie hat ihn wiedererkannt. Jetzt will sie gehen. Er hält sie zurück. »Ich habe bezahlt. Du hast deinen Teil des Deals zu erfüllen.«

»Wenn ich geahnt hätte, dass du hinter ›MalcolmXXX‹ steckst, wäre die Buchung nie zustande gekommen.«

»Leni, Leni.«

»Nenn mich nicht so.«

»Entschuldige, du willst ja unter deinem Künstlernamen angesprochen werden.« Er lehnt sich auf der Couch zurück. Sein Morgenmantel klafft auseinander und gewährt ihr den Anblick seiner Satinshorts. Sie wendet sich ab.

»Was ist Violeta, Schatz? Du hast garantiert hässlichere Typen gesehen als mich.«

»Das ist nicht das Gleiche.«

»Verstehe. Alte Knacker mit Bierbäuchen und schlaffen Schläuchen machen dich mehr an, stimmt's?«

Violeta starrt krampfhaft auf den Fußboden.

»Richtig, ich habe was vergessen«, ruft er und springt mit einem Satz von der Couch. »'tschuldige, blöd von mir.« Er geht zur Kommode neben der Eingangstür seines Studios. Er greift in eine Schublade und zieht ein dickes Geldbündel mit Hunderternoten heraus. Er zählt zehn ab und hält sie Violeta hin. »Kleiner Zustupf, und bei mir kriegst du ein zusätzliches Extra, nämlich den Spaß.«

Sie macht keine Anstalten, das Geld zu nehmen. Er lässt es achselzuckend vor ihre Füße fallen. »Bitte, wenn's dir so lieber ist.«

»Das ist es nicht, Alex. Es ist, weil …« Ohne den Satz zu beenden, hebt sie das Geld auf und legt es auf die Kommode. »Ich mache das nicht zum Vergnügen. Das Studium und das Leben in Zürich sind teuer.«

»Warum jobbst du nicht wie andere Leute. Kellnern zum Beispiel.«

»Weil ich zwei linke Hände habe.«

»Und deine Eltern? Die sind doch nicht von der Sozialhilfe abhängig.«

»Ich will ihnen nicht auf der Tasche liegen. Meine Gotte hat mir etwas gegeben. Ich traue mich nicht, sie um mehr zu bitten.«

»Wenn ich deinen Eltern sage, dass du –«

Sie geht mit ausgestrecktem Zeigefinger auf ihn zu. »Wenn du das tust, bringe ich dich um.«

Er weicht demonstrativ zurück. »Wow, wow, ist ja gut, ich sage nichts.« Er nimmt das Geld und steckt es in ihre Handtasche, die sie auf dem Beistelltisch neben dem Sofa abgelegt hat.

»Du hast mich schon bezahlt.« Sie will das Geld aus der Tasche nehmen. »Deine Kreditkarte wurde belastet. Die Plattform hat mir das Geld überwiesen.«

»Sieh es als Bonus. Mir spielt es keine Rolle.«

»Alex, bitte, lass mich gehen. Ich verspreche dir, du kriegst den vollen Betrag zurückerstattet. Du wolltest einen Gangbang, und so was mache ich nicht.«

»Warum nicht? Sibylle hat mir versichert, dass –«

»Das hätte sie nicht tun dürfen. Ich entscheide, was ich wie tun will und mit wem. Außerdem bist du allein, wo sind die zwei Kumpel, die dabei sein wollten?«

»Unterwegs. Sie müssen sich Mut antrinken.« Er grinst. »Wenn du willst, sage ich ihnen ab.«

»Würdest du das wirklich tun?«

»Ich will dich nicht zu etwas zwingen, was du nicht willst.«

»Das wäre echt lieb von dir.«

»Unter einer Bedingung.«

»Welche?«

»Dass du mit mir …« Er macht eine eindeutige Handbewegung, die sein Bedürfnis ausdrückt.

»Ehrlich, Alex, ich würde es vorziehen, wenn –«

»Komm schon, Violeta. Du steckst den Tausender ein. Wir haben Spaß und gehen unserer Wege – no strings attached.«

Sie kämpft mit sich. Er lacht innerlich, von wegen keine Verpflichtungen. Endlich ist sein Moment gekommen, die Kuh so richtig durchzunudeln, nachdem sie ihn damals so eiskalt abserviert hat. Sie wird den Abend nie vergessen. »Also gut«, sagt sie schließlich. »Weil du fair zu mir bist. Nur wir zwei, du sagst deinen Kumpels ab, ja?«

Er greift zum Telefon. »Mache ich gleich, geh schon mal ins Bad.«

Als sie herauskommt, sitzt er auf dem Sofa. Violetas Anblick raubt ihm beinahe den Atem. Ihre Figur unter dem halbtransparenten Mieder hat sich seit ihren gemeinsamen Jahren an der Kantonsschule in Solothurn vervollkommnet. Die Reizwäsche ist mit aufwendigen, mit roten Faden durchwirkten Spitzenbordüren besetzt, ergänzt mit einem passenden Höschen und ebenfalls spitzenbesetzten Seidenstrümpfen. Das Teil sieht teuer aus. Er betrachtet eingehend ihre Brüste, die sich durch den beinahe durchsichtigen Stoff abzeichnen. »Sind die Schoppen echt oder hast du nachhelfen lassen?«

»Bei mir ist alles echt. Was hast du für Wünsche?«

Er spreizt die Beine und nickt in Richtung seines Schritts. Seine Erregung ist unübersehbar. »Bedien dich.«

Sie kniet sich vor ihm hin und macht sich an seinen Shorts zu schaffen. Bevor sie anfängt, blickt sie zu ihm hoch. »Deine Freunde, sie kommen nicht?«

»Die vergnügen sich anderweitig. Fang an.«

Violeta ist jeden Rappen wert, den er zusätzlich für sie ausgegeben hat. Er lehnt sich im Sofa zurück und schließt die Augen.

Nach ein paar Minuten beugt er sich zu ihr hinunter und hebt ihren Kopf an.

»Was ist los? Ist es nicht gut für dich?«, fragt sie.

Er küsst sie auf den Mund. »Du bist himmlisch, Violeta.« Er wendet den Kopf nach hinten. »Sie ist so weit, Jungs.«

Die Schlafzimmertür öffnet sich. Zwei Männer in Alexanders Alter betreten das Wohnzimmer. Sie sind nackt bis auf ihre Unterhosen.

Violeta springt auf und bedeckt mit den Händen notdürftig ihre Blöße. »Was soll das, Alex. Du hast gesagt, wir sind allein.«

»Komm schon, Violeta. Das sind Claudio und Steff. Glaubst du im Ernst, ich lasse sie im Stich?«

Violeta weicht zurück Richtung Bad. »Ich habe gesagt, ich mache das nicht. Ich gehe jetzt.«

»Das wirst du nicht, Schätzli.« Steff hält sie am Arm fest. »Wir lassen uns eine geile Tussi wie dich nicht durch die Lappen gehen.« Er zieht sie an sich.

Violeta versucht sich loszureißen. Steffs Ohrfeige schleudert sie auf die Couch. Sie schreit auf.

»Nicht so grob!«, ruft Alexander. »Keine Schläge, haben wir ausgemacht.«

»Komm runter, Mann«, sagt Steff. »Ist ja nur ein kleiner Motivationsschub. Das macht sie garantiert an, nicht wahr, du Nutte?« Claudio packt Violeta von hinten an den Armen. Steff reißt ihr den Slip herunter.

Violeta schreit und windet sich. Alexander presst die Hand auf ihren Mund. »Sei still, bitte«, flüstert er ihr ins Ohr. »Das ist die natürlichste Sache der Welt.«

»Genau!«, ruft Steff grinsend. »Gott versah die Frau mit drei Löchern, wofür?«

»Auf dass sie ein ausgefülltes Leben habe«, rufen er und Claudio im Chor, bevor sie über Violeta herfallen.

Sie hat aufgehört, sich zu wehren, und lässt es über sich ergehen – bis sie Claudios Faustschlag ins Gesicht trifft. »He, du Fotze, wenn du meinst, du kannst mit uns toter Fisch spielen, während wir uns abmühen, hast du dich geschnitten.«

»Hör auf, Steff!«, ruft Alexander.

»Glaubst du, ich bezahle einen Tausender für das Miststück, damit es den Eisblock mimt?«

Er tritt Violeta heftig in die Seite. »Stöhne uns was vor, du miese Nutte.« Er dringt brutal in sie ein und würgt sie. Die Vergewaltigung dauert eine halbe Stunde. Claudio und Steff schlagen Violeta abwechselnd ins Gesicht und in den Leib. Alex gibt schließlich auf, sie abzuhalten. Irgendwann übergibt er sich mitten im Zimmer auf den Teppichboden.

DREIZEHN

Alexander schluchzte hemmungslos. Cora wusste nicht, was sie sagen sollte. Das Gefühl der Empörung und Ohnmacht, das sie hatte, als der Fall durch die Presse und die sozialen Medien ging, kam erneut in ihr hoch. Es war weniger die gewohnheitsmäßige Brutalität der Tat als der Grundtenor in den bürgerlich-konservativ orientierten Foren, der ihr zugesetzt hatte. »Eine Prostituierte ist von ihren Freiern zusammengeschlagen worden, na und? Selbst schuld und Augen auf bei der Berufswahl.« Zu dieser Aussage hatte sich eine bekannte katholisch-konservative Bundesparlamentarierin bei einem Interview verleiten lassen. Der darauffolgende Shitstorm hatte der Frau leider nur beinahe ihren Sitz gekostet.

Als Passanten sie in einer Seitengasse in der Zürcher Altstadt fanden, hatte Helen Keller nebst Rippenbrüchen eine Nasenfraktur, mehrere ausgeschlagene Zähne, Riss- und Schürfverletzungen an Anus und Vagina sowie eine Milzruptur. Das Organ musste entfernt werden. Sie hatte Anzeige gegen die drei Männer erstattet. Der Fall wurde zur Farce, weil die Anwälte der Angeklagten Zeugen beibrachten, die dem Staatsanwalt versicherten, ihre Mandanten wären zum Zeitpunkt der Tat nicht in Zürich gewesen. Die Ermittlungen wurden schließlich eingestellt.

Die Eltern von Helen Keller hatten sich aus Scham von ihrer Tochter abgewandt. Lediglich ihre Patin hatte sie unterstützt. Drei Monate nach dem Vorfall war Helen körperlich einigermaßen wiederhergestellt. Nach vier Monaten ließ sie sich vom Dach des Gebäudes fallen, in dem sich die Praxis ihrer Psychotherapeutin befand. Diese Nachricht war den Medien eine Kurznotiz wert gewesen. Die um die sich stetig verkürzende Aufmerksamkeitsspanne der Öffentlichkeit buhlenden sozialen Medien hatten sich zu dem Zeitpunkt mit interessanteren Themen abgegeben.

Cora nahm den Armagnac aus der Tasche und goss Alexander eine dreifache Portion ins Glas, die er zwischen zwei Schluchzern in einem Zug in sich hineinschüttete. Sie wartete auf der Bettkante sitzend, bis er sich beruhigt hatte.

Schließlich wischte er sich die Tränen aus dem Gesicht und hielt sein Glas erneut hin. Sie verweigerte ihm den Alkohol nicht. Alexander konnte ihr nicht mehr gefährlich werden. Er hatte sich, im übertragenen Sinn, nackt vor ihr ausgezogen.

»Wie geht es dir?«, fragte sie, nachdem er sein Glas erneut in einem Zug geleert hatte.

»Beschissen und gleichwohl besser, soweit ich überhaupt das Recht habe, mich so zu fühlen.«

Cora legte die Flasche weg. »Was erwartest du von mir?«

»Ich weiß nicht«, murmelte er mit schwerer Zunge. »Dass du mich verstehst.«

»Was soll ich verstehen? Dass du diesem Mädchen eine Falle gestellt hast oder dass du und deine sogenannten Freunde sie brutal zusammengeschlagen und vergewaltigt habt?«

»Wir haben sie nicht vergewaltigt, sie war …«

»Sie war was? Eine Prostituierte?« Cora musste sich beherrschen, diesem Großbürgerschnösel nicht ins Gesicht zu schlagen. »Was war sie? Eine Nutte, Abschaum, gut genug, um sie richtig hart ranzunehmen und zusammenzuschlagen, solange man dafür bezahlte? Weil sie es so wollte?«

Alexander saß mit angezogenen Beinen im Sessel und hielt sich die Ohren zu.

Cora beugte sich zu ihm vor und schnippte mehrmals mit den Fingern. »Sag schon. War sie so eine?« Er sah sie mit großen Augen an. »Was willst du von mir, Alex? Soll ich dir verzeihen und die Absolution geben? Das kann nur eine Einzige: Violeta selber.«

»Sie ist tot – und ich bin schuld.«

Genau das bist du, du kleiner Hosenscheißer, dachte Cora. »Finde einen Weg, wie du es ihr sagen kannst und sie dir vergeben kann – wenn sie es nicht schon getan hat.«

Er sah sie verdutzt an. »Wie meinst du das?«

»Das darfst du schön selber herausfinden. Helen ist tot, daran kannst du nichts ändern.«

»Was kann ich denn tun?«, jammerte er.

Es war spät. Cora war zu müde für diese Art Gespräch. »Mach eine Pilgerreise, rutsche auf den Knien über die ganze Strecke des Jakobsweges, was weiß ich? Geh ins Kloster oder arbeite unentgeltlich in einem Kinderheim.« Sie setzte sich vor ihm rittlings auf einen Stuhl. »Einen Schritt auf dem steinigen Weg zur Sühne hast du hinter dir.«

»Welchen?«

»Du hast mit mir darüber geredet. Das braucht Mut. Weiß dein Vater, was gelaufen ist?«

Er schüttelte den Kopf.

Cora fasste ihn an beiden Schultern. »Etwas kannst du sofort tun, ich meine, sobald wir von hier weg sind.«

»Was?« In seinem Blick lag die Hoffnung eines kleinen Jungen, dem man eine Riesenschachtel Süßigkeiten in Aussicht stellte.

»Stell dich, zeig dich selber an und lege eine öffentliche Beichte ab.«

»Das … Dad würde mich -«

»Dad, Dad. Du bist Mitte zwanzig und solltest langsam lernen, dein Schicksal in die eigene Hand zu nehmen.«

»Aber unser Ruf, die Familie.«

»Scheiß auf den Ruf. Es geht um dich, dein Leben und was du daraus machst. Helen hat dir vertraut. Du und deine Freunde habt es ausgenutzt und sie in den Tod getrieben. Das lässt sich nicht rückgängig machen. Geh zur Polizei und stell dich. Sag deinen Kumpels, sie sollen dasselbe tun. Wenn nicht, tust du es für sie.«

»Es sind meine Freunde.«

»Schöne Freunde«, schnaubte Cora. »Sie haben dich verschaukelt wie du Helen. Nimm nur das auf dich, was du getan hast. Das wiegt schwer genug.«

»Die bringen mich um.«

»Das musst du in Kauf nehmen. Ich wäre lieber tot, als so weiterzuleben.« Cora schloss für ein paar Sekunden die Augen und dachte an Yasemin, ein kurdisches Mädchen, und seine Familie, die von irakischen Soldaten verschleppt und ermordet worden waren, weil sie sich auf Cora eingelassen hatten. Sie hatte Jahre gebraucht, bis sie sich von den Selbstvorwürfen befreien konnte, weil sie für eine kurze Zeit ihre gewohnte professionelle Distanz verloren hatte.

Alexander vergrub sein Gesicht in den Armen. »Ich kann mir genauso gut die Kugel geben.«

Auf dieses Spiel ließ sich Cora nicht ein. »Wenn du dich dann besser fühlst.«

Er hob sein Gesicht.

»Manchmal muss man sterben, um leben zu können«, sagte sie.

Er schluckte leer.

Sie strich mit der Hand über sein Haar. »Das heißt nicht, dass du dich umbringen sollst, du Dummkopf. Spar dir die Munition. Leg dein altes Leben ab. Mach reinen Tisch, zieh die Konsequenzen und fang von vorne an.«

Er rieb sich mit beiden Händen das Gesicht, stand auf und verließ wortlos das Zimmer.

***

Cora öffnete ihr Fenster. Der neue Tag kündigte eine Veränderung an. Die kleine Welt, die vier Tage ihr Gefängnis gewesen war, fing an, sich ihrer zu erbarmen. Der Nebel lag tief über der Alp. Am Himmel drückte ein lichter Schimmer durch die Wolken. Es war bitterkalt. Bis am Nachmittag würde die Sonne die Bewölkung hoffentlich auflösen und die Atmosphäre wärmen. Jedenfalls sah es so aus, dass sie diesen Ort heute verlassen konnten. Sie prüfte das Display ihres Handys. Es war immer noch kein Netz verfügbar. Wenn alles gut ging, spielte das bald keine Rolle mehr.

Als Cora aus ihrem Zimmer trat, öffnete sich die Tür zu Ludivines Räumen. Ludivine und Gamper kamen heraus und gingen eng umschlungen zur Treppe. Sie hatten Cora nicht gesehen, die einen Schritt zurück in die Türnische machte. Sie wollte die Intimität der beiden nicht stören.

Warum benahmen sie sich so diskret? Sie waren keine Teenager mehr, die verschämt in verborgenen Winkeln knutschten. Was hatte Ludivine zum Sinneswandel gegenüber Gamper bewogen? Zu Beginn des Aufenthaltes hatte Cora den Eindruck, Ludivine zeige ihrem einstigen Verlobten die kalte Schulter. Hatten die gemeinsam durchgestandenen Gefahren sie wieder zusammengeführt?

Im Nachhinein tat es Cora leid, Alexander in der Nacht grob angepackt zu haben. Aber sie konnte damit leben. Es war Zeit, aufzuhören, die verwöhnten Mutter- oder Vatersöhnchen mit Samthandschuhen anzufassen, wenn mal wieder einer ihrer Streiche böse in die Hosen gegangen war. Es brachte nichts, den Früchtchen aus einem falsch verstandenen Bärenmutterreflex alles durchgehen zu lassen, egal, ob sie als Kleinkinder ein Tier quälten oder als Erwachsene bei einem Raserexzess Menschen auf der Straße töteten.

Die Stimmung bei Tisch war aufgeräumt. Sogar Magdalena hatte sich aus ihrem Zimmer gewagt. Sie machte ihrer Erleichterung über die Aussicht der baldigen Abreise Luft, indem sie über dieses und jenes plapperte. Alexander fehlte. Auf Coras besorgte Nachfrage sagte Gamper, er hätte eine halbe Stunde zuvor an seine Tür geklopft, und Alexander habe gesagt, dass er ausschlafen wolle. Alle verdrängten den Gedanken, dass sie vor gut vier Tagen zu zehnt hier zusammen waren. Fünf von ihnen lagen kalt und starr im Keller.

Eine Reminiszenz des Aberglaubens ihrer Vorfahren ergriff von Cora Besitz. Sie kreuzte heimlich die Finger. Noch waren sie nicht weg von hier. Ihr Blick wanderte reflexartig zur Glasglocke mit dem Rubinstein. War es der Lichteinfall von draußen, der das leuchtende Rot stumpf scheinen ließ?

Gamper unterbrach Coras Grübeleien. »Wenn das Wetter weiter aufklart, mach ich mich noch mal auf die Suche nach Brand.« Er sah Cora auffordernd an.

An ihrer Stelle reagierte Ludivine. »Ist das klug, René? Wo willst du ihn suchen?«

»Ich fange in seiner Hütte an.«

»Und wenn er dir unterwegs auflauert? Er kennt die Gegend besser als du. Ein geladenes Gewehr nützt dir nichts, wenn er es ist, der dir in den Rücken schießt. Er hat letzthin gezeigt, wie gut er es kann.«

Cora pflichtete ihr bei. »Lass Brand in Ruhe. Hast du eine persönliche Vendetta mit ihm auszufechten, oder was?«

Gamper lachte hart. »Du hast wirklich einen Narren an ihm gefressen.«

»Ich denke immer noch, er hat Anspruch auf die Unschuldsvermutung, bis man ihm das Gegenteil beweist. Ich bin ihm zweimal auf kürzeste Distanz begegnet, ohne dass er mir auch nur ein Haar gekrümmt hat.«

»Du hast ihn sicher verhext. Erinnerst du dich, wie wir dich früher genannt haben?«

Obwohl sie wütend auf ihn war, musste Cora grinsen. »Die Vampirprinzessin. Ihr habt euch über meine transsilvanischen Wurzeln lustig gemacht.«

»Das war nicht böse gemeint«, sagte Ludivine. »Deine Augen sind eben speziell.«

Das hörte Cora nicht zum ersten Mal. Ihre bernsteinfarbene Iris mit einem Grünschimmer hatte früher ständig zu reden gegeben. Im Kindergarten hatten ihre Kameraden sich vor ihr gefürchtet und sich geweigert, mit ihr zu spielen. Es hatte lange gedauert, bis sie ihr Zutrauen gewonnen hatte. Cosima, ihre Mutter, war stolz auf ihre Tochter gewesen. Cora hatte offenbar die Augen von ihrer Großmutter Felicia. Als kleines Mädchen fand Cora Mutmaßungen über ihre übersinnlichen Fähigkeiten noch lustig. Während der Pubertät lief sie türknallend davon, sobald das Thema angeschnitten wurde.

Gamper trieb den Spott weiter. »Vielleicht hast du Brand mit einem Bann belegt. Jedes Mal ist er wie gelähmt, sobald er vor dir steht.«

»Hör auf mit dem Quatsch. Hätte ich mein Schicksal voraussehen können, säße ich nicht hier oben. Und wenn ich die Kunst der Hexerei beherrschte, wären wir schon lange runter von diesem Berg.« Sie biss sich auf die Lippen und warf einen Blick zu Ludivine. »Entschuldige, Lüdi. Das ging nicht gegen dich.«

Ludivine lächelte mild. »Schon gut, Cora, ich weiß, was du meinst.«

»Es ist wirklich keine gute Idee, wenn du allein in der Gegend herumspazierst, René«, wiederholte Cora versöhnlicher. »Sobald wir unten sind, informieren wir die Polizei. Sollen die sich um Brand kümmern.«

»Cora hat recht«, sagte Ludivine. »Es ist vernünftiger, zusammen im Haus zu bleiben, bis wir abgeholt werden.«

»Bist du sicher, dass der Helikopter heute kommt?«, fragte Gamper.

»Es war im Vornherein so vereinbart worden. Ich zähle darauf. Wir haben keine Möglichkeit, die Heli-Basis in Saanen anzurufen. Wenn wir uns nicht melden, werden sie bestimmt eine Maschine zur vereinbarten Zeit in Marsch setzen, um nachzusehen. Ich wüsste nicht, was schiefgehen sollte, sofern wir keine unnötigen Risiken eingehen.«

Gamper stand auf und streckte sich. »Wie auch immer. Ich kann nicht die ganze Zeit hier sitzen und warten. Ich gehe frische Luft schnappen. Nachher wecke ich Alexander.«

»Bleib ums Haus, René.« In Ludivines Stimme lag aufrichtige Sorge.

»Keine Angst. Das Gewehr ist mein ständiger Gefährte.«

Ludivine stellte eine Flasche Baileys auf den Tisch.

»Dafür könnte ich sterben«, rief die überdrehte Magdalena.

»Leider gibt's kein Eis – außer wir holen es uns vom Gletscher«, sagte Ludivine.

Magdalena fand den Witz so lustig, dass sie sich beim Austrinken ihres großzügig eingeschenkten Glases beinahe verschluckte. Cora wäre es lieber gewesen, sie würde nicht so viel trinken. Sie verzichtete, als ihr Ludivine ebenfalls ein Glas anbot. Der Whiskylikör war ihr zu süß. Ein mindestens zwölfjähriger schottischer Malzwhisky mit etwas Wasser hätte ihr eher zugesagt. Den sparte sie sich für zu Hause auf. Bis dahin wollte sie einen klaren Kopf behalten.

Vorläufig war sie nicht bereit, die Freude über eine baldige Evakuation so euphorisch mit den anderen zu teilen. Die Frage, wie es danach weitergehen sollte, beschäftigte sie. Polizei und Staatsanwaltschaft würden die Gesellschaft eingehend befragen, Spurensicherung und Rechtsmedizin keinen Stein auf dem anderen lassen und jedes Detail prüfen. Der Sturm der letzten Tage war nichts gegen das, was über sie hereinbrechen würde, sobald der Helikopter in Saanen aufsetzte.

Sie hatten die Leichen von ihren jeweiligen Fundorten weggeschafft und im Keller aufgebahrt. Dabei waren Spuren zerstört und Tatorte kontaminiert worden. Das würde Folgen haben. Cora war froh, im Notfall auf Daniel vom Staal zurückgreifen zu können. Er war zwar kein Spezialist für Strafrecht, aber er hatte ausgezeichnete Kontakte und war in der Lage, ihnen erstklassigen Rechtsbeistand zukommen zu lassen, falls sich dafür eine Notwendigkeit ergeben würde.

Cora hatte ihr Vorgehen und ihre Erkenntnisse der letzten Tage minutiös aufgeschrieben. Die Notizen waren die Grundlage für eine spätere Reportage und eine Art Rückversicherung. Ansonsten musste sie auf ihre Glaubwürdigkeit und ihren Ruf vertrauen, die sie bei Kollegen und in der Öffentlichkeit genoss. Wie viel beides wert war, würde sich in den nächsten Tagen zeigen. Vorläufig saßen sie für weitere Stunden hier oben fest, und draußen lauerte ein Mörder. Würde er sie ohne Weiteres ziehen lassen?

Ein anderer Gedanke ließ sie nicht los. Sie hatte mehrere Male versucht, den Zweifel zu verdrängen, aber er tauchte hartnäckig stets aufs Neue an die Oberfläche ihres Bewusstseins: Was, wenn der Mörder einer von ihnen war? Sie kannte diese Menschen von Jugendbeinen an. Während Jahren waren sie gemeinsam durch dick und dünn gegangen. Sie hatten zusammen gelacht, gefeiert und gelitten. War einer oder eine von ihnen dazu übergegangen, sie alle skrupellos zu ermorden? Die gemeinsame Vergangenheit lag mehr als drei Jahrzehnte zurück. Welchen Sinn sollte das Morden heute machen?

»Cora?« Ludivines Stimme riss sie aus ihren Gedanken.

»Ja?«

»Ich habe gefragt, ob du etwas anderes trinken willst.«

»Danke, ich brauche nichts. Ich muss dich sprechen.« Cora sah Magdalena vielsagend an.

»Wollt ihr allein sein?«, fragte diese. »Bitte, kein Problem, wenn ich den Kameraden Baileys mitnehmen darf.« Ludivine machte eine einladende Handbewegung. Magdalena warf beiden eine Kusshand zu und stelzte eine Melodie summend und die Flasche in den Armen wiegend zum Raum hinaus.

»Es ist gut, wenn sie bald von hier fortkommt«, sagte Ludivine. »Wenn ihre Ratskollegen sie so sehen könnten, würden sie sie kaum wiedererkennen.«

»Bemerkenswert, wie sich Menschen in außergewöhnlichen Situationen verhalten.«

»Mägi ist in Ordnung. Ich kann sie verstehen irgendwie.« Ludivine nickte Cora auffordernd zu. »Was willst du mir sagen?«

»Ich habe Schwizgebels Testament gefunden.« Cora erzählte der verdutzten Ludivine, wie sie an das Papier gekommen war. »Inzwischen bin auch ich davon überzeugt, dass der Goldraub keine bloße Legende ist. Er muss tatsächlich in den letzten Kriegstagen im April 1945 in der Region des Jaunpasses über die Bühne gegangen sein. Schwizgebel nennt auch den Drahtzieher.«

Ludivine sah sie erwartungsvoll an.

»Major Leopold Spiegelberg, dein Vater.«

Es entsprach Ludivines Wesen, in jeder Situation die Fassung zu bewahren. Als Cora den Namen ihres Vaters nannte, blinzelte sie zweimal kurz. Im Übrigen hielt sie den direkten Augenkontakt aufrecht. »Das zu glauben fällt mir schwer. Nach all dem, was mir meine Mutter von ihm erzählte, war er ein aufrichtiger und ehrlicher Mensch. Er war kein kaltblütiger Mörder, der deutsche Soldaten ermordete und ermorden ließ, auch wenn sie zur SS gehörten.«

Cora zog den Teil des Testaments, der sich auf den Überfall bezog, aus der Kartentasche ihrer Wanderhose und gab ihn Ludivine. »Das kommt nicht von mir. Schwizgebel beteuert, es so aufgeschrieben zu haben, wie es ihm sein Vater schilderte. Es steht beinahe jedes Detail drin. Es ist sein Letzter Wille beziehungsweise seine Beichte. Warum sollte er lügen?«

Ludivine las das Dokument aufmerksam durch. Cora wartete, bis sie es vor sich auf den Tisch legte. Ihre Augen waren feucht. »Das ist ungeheuerlich. Mein Vater soll das alles geplant und ausgeführt haben?« Sie bedeckte ihr Gesicht mit beiden Händen. »Wenn ich das Mutter erzähle – das überlebt sie nicht.« Ihr Körper bebte. Cora legte ihr tröstend eine Hand auf die Schulter. Ludivine hob den Kopf. »Könnte es sein, dass der Tod dieser Soldaten nicht geplant war – ein Unfall?«

»Es war geplant«, erwiderte Cora. »Wir haben es schwarz auf weiß. Die Schweiz befand sich nie im Krieg gegen Deutschland. Es gab keinen legitimen Grund, die deutschen Soldaten zu erschießen. Die Besatzung des Lastwagens ließ ihre Waffen beim Absitzen im Wagen. Der SS-Offizier hatte seine Pistole geholstert. Bevor er realisierte, was los war, hatte dein Vater ihm in den Kopf geschossen.«

»Weshalb sollte er das tun?«

»Was sollte er sonst mit ihnen anfangen? Er konnte sie nicht gefangen nehmen. Sie zur Grenze zurückzueskortieren war vermutlich zu riskant. Sie waren lästige Zeugen.«

»Ihre Leichen wurden nicht im Wrack des Lastwagens gefunden, das man aus dem Brienzersee gezogen hatte. Das ist doch merkwürdig.«

»Ist mir auch ein Rätsel«, sagte Cora. »Schwizgebel sagt nichts darüber.«

»Niemand reagierte, wie kann es sein?«, sinnierte Ludivine. »Als die Deutschen das Verschwinden des Goldes bemerkten, müssen sie Alarm geschlagen haben. Die hätten so was doch nie auf sich sitzen lassen.«

»Wir können nur spekulieren. Es war April 1945. Das Deutsche Reich befand sich in Auflösung. Was von der Wehrmacht übrig blieb, wurde an allen Fronten überrollt. Im Westen rückten die Alliierten vor. Im Osten zermürbte der sowjetische Belagerungsring Berlin. Politische Strukturen und die Verwaltung brachen zusammen. Am 8. Mai 1945 kapitulierte Deutschland. Der Krieg war zu Ende und damit auch die Herrschaft der Nazis. Bei dem Transport handelte es sich nicht um eine offizielle Transaktion der Deutschen Reichsbank mit der Schweizer Nationalbank. Ich kann mir denken, keiner der vermeintlichen Besitzer hielt es nach der Kapitulation für opportun, sich nach dem Verbleib seines Raubgutes zu erkundigen. Hitler, Himmler, Goebbels und weitere Oberschurken entzogen sich dem Zugriff der Justiz mit Selbstmord. Anderen wurde in Nürnberg der Prozess gemacht. Diejenigen, die durchs Netz schlüpften, werden sich unmittelbar nach dem Krieg gehütet haben, lautstark auf eine Untersuchung des Vorfalls zu pochen. Die meisten von ihnen dürften inzwischen verstorben sein. Das Gold wurde in den Jahren nach dem Krieg größtenteils herrenlos. Außer den Notizen von Matteos Großvater gibt es weder offizielle Dokumente noch Nachweise über seine tatsächliche Existenz. Auf Schweizer Seite wusste vermutlich nur Leopolds Vorgesetzter Bescheid, dieser nicht näher genannte Oberst. Soweit aus den Unterlagen ersichtlich ist, stürzte er kurz nach dem Krieg mit einem Militärflieger ab. Zufall oder nicht? Keine Ahnung. Dein Vater hat seinen Coup zum richtigen Zeitpunkt geplant und ausgeführt.«

Ludivine starrte grübelnd auf die Tischplatte. Es tat Cora leid, das Andenken ihres Vaters mit Schlamm zu bewerfen.

Die Seiten, auf denen Schwizgebel den Mord an ihrem Vater gestand, wollte Cora Ludivine übergeben, sobald sie in Saanen ankamen. »Wusste deine Mutter von der Geschichte mit dem Gold?«

»Sie hat nach ihrer Rückkehr nach Solothurn ihre frühere Tätigkeit als Schauspielerin wiederaufgenommen. Bevor sie Vater kennenlernte, gehörte sie zum Ensemble des Solothurner Stadttheaters.«

»Ach? Das wusste ich nicht.«

»Sie war in ihrer Jugend sehr erfolgreich. 1958 bekam sie ihre erste und einzige Filmrolle. Es war so eine deutsche Nachkriegsschnulze, die in den Fünfzigern und Sechzigern zu Dutzenden produziert wurden – ›Die böhmische Braut‹ oder so ähnlich war der Titel. Mutter spielte die Titelrolle. Der Schinken wurde zum Kinohit. Ein Produzent aus Hollywood wollte ihr einen Vertrag anbieten. Stell dir vor: Césarine Rettenmund aus Solothurn wäre fast ein Weltstar geworden.« Ludivine kicherte. »Sie erzählte mir, die Amis hätten sich sogar einen Künstlernamen für sie ausgedacht, der dort drüben flüssiger über die Lippen gehen sollte: Rina Redmont.«

Cora schmunzelte. »Daraus wurde wohl nichts?«

»Sie fand es verlockender, eine Familie zu gründen. Vater und sie haben 1960 geheiratet. Beide wollten Kinder. Sie haben bis zu Vaters Verschwinden den größten Teil ihrer Zeit hier oben verbracht. Nachdem sie sich später in Solothurn wieder einigermaßen eingelebt hatte, bewarb sie sich beim Stadttheater. Obwohl der Intendant inzwischen gewechselt hatte und sie auch sonst niemand mehr kannte, wurde ihr nach einem Vorsprechen ein Engagement angeboten.«

»Deine Eltern hatten sich bei Kriegsende noch nicht gekannt?«

Ludivine lachte. »Eher nicht, 1945 war Mutter sieben Jahre alt.«

»Ihr beide könnt weder gesetzlich oder moralisch wegen der Verbrechen deines Vaters belangt werden«, stellte Cora fest.

»Wahrscheinlich sind sie eh verjährt. Es wäre trotzdem gut, sich Gedanken zu machen, wohin er und Gottfried Schwizgebel das Gold geschafft haben.«

»Vielleicht haben sie es tatsächlich im Lauenensee versenkt.«

»Glaube ich weniger. Ich habe nachgeschaut. Er ist nicht tief genug. Ich sehe nur eine Möglichkeit, wo das Gold stecken könnte«, sagte Cora.

»Wo?«

Anstelle einer Antwort sah Cora ihr Gegenüber bedeutungsvoll an.

»Du meinst ... das Gold ist hier ... auf ›Blutlauenen‹?«

»Ich wüsste nicht, wo ich sonst suchen sollte.«

»Wie wollen sie es nach ›Blutlauenen‹ gebracht haben? Wenn das stimmt, was du sagst, waren es an die tausend Goldbarren zu je einem Kilo. Es führt keine Straße hierher. Und damals gab es auch keine Materialbahn.«

»Wozu, wenn man Leute mit Rucksäcken hat, die sie tragen?«, fragte Cora. »Hundert Mann mit je zehn Barren genügen, um die Tonne zu Fuß zu transportieren. Aber das hieße, es gab eine Menge Mitwisser, was Leopold Spiegelberg höchstwahrscheinlich vermeiden wollte.«

»Wie sonst soll der Transport deiner Meinung nach vonstattengegangen sein?«, fragte Ludivine.

Cora überlegte kurz. »Wann wurde ›Blutlauenen‹ gebaut?«

»Die Bauarbeiten begannen recht früh nach Kriegsende. 1947 waren sie abgeschlossen.«

»Wie wurde das Baumaterial hierhergeschafft?«

»Vater hatte mit Beziehungen und für relativ wenig Geld den Traindienst der Armee dafür eingesetzt. Es gab regelmäßig Einheiten, die in dieser Gegend ihren WK absolvierten.«

»Militärische Transportkolonnen mit Lastpferden, die heute noch im Gebirge eingesetzt werden«, sagte Cora. »Das beantwortet die Frage. Die Goldbarren wurden in den Kisten und Körben mit dem Baumaterial versteckt und hierher geschmuggelt. Sobald die Pferde abgeladen waren, schafften Schwizgebel und dein Vater die Beute zur Seite.«

»Aber wohin?«, fragte Ludivine. »Du kennst das Haus mittlerweile. Ich wüsste nicht, wo ich an diesem Ort eine Tonne Gold verstecken sollte. Wenn es hier wäre, hätten wir es schon lange gefunden.«

Das war es, worüber Cora sich den Kopf zerbrach. »Blutlauenen« war großzügig angelegt, im Grunde jedoch ein übersichtlicher Bau. Sofern es nicht überall doppelte Böden und Wände gab, konnten die Goldbarren weder in den Wohn- noch in den Gemeinschaftsräumen versteckt worden sein. Cora zweifelte, dass Spiegelberg und sein Komplize den Schatz irgendwo draußen auf der Alp vergraben hatten. Die dünne Humusschicht auf dieser Höhe erlaubte es nicht, tief zu graben. Sofern es in der Nähe keine Höhlen oder Grotten gab, kam nur ein Ort in Frage. »Gibt es im Kellergeschoss irgendwelche geheimen Gänge oder Räume?«

»Du weißt, wie es dort unten aussieht. Außer den beiden Kühlräumen, dem Gemüse- und Kartoffelkeller, dem Vorrats- und Weinkeller und der Waschstube eignet sich kein Raum so richtig als Versteck.«

»Und der Holzkeller«, sagte Cora.

»Den hatte ich vergessen, sorry.«

»Wie wurde das Kellergeschoss ausgehoben?«

»Wie meinst du das?«

»Wenn man hier oben anfängt zu graben, stößt man bald auf blanken Felsen, oder nicht?«

»Weiß nicht, vermutlich haben sie gesprengt.«

»Das denke ich auch«, sagte Cora.

»Du glaubst, es gibt einen geheimen Raum?«

»Schon möglich.«

»Wo soll der sein? Und vor allem, wie kommt man dahin? Ich habe nie eine verschlossene Tür oder einen Durchgang gesehen.«

»Dein Vater wird den Zugang wohl kaum mit einer Kellertür und einem Schild versehen haben, worauf steht ›Vorsicht, Goldkeller – Kein Zutritt für Unbefugte‹«, sagte Cora trocken.

»Ich habe jedenfalls nie so was in der Art gesehen«, erwiderte Ludivine im gleichen Tonfall.

Cora legte die Stirn in Falten. »War dein Vater ein verschwenderischer Mensch?«

»Ich glaube eher nicht. Obwohl er es später nicht mehr nötig hatte, drehte er stets jeden Franken zweimal um, bevor er ihn ausgab – so hat es mir Mutter geschildert.«

Cora stand auf und ging im Raum hin und her. »Nehmen wir an, es war so. Dein Vater hat sich vom Gold nur genommen, was er für den Aufbau von ›Blutlauenen‹ brauchte. Seine Unternehmungen liefen bald so gut, dass er nicht auf die Beute zurückzugreifen brauchte.«

»Und der Rest?«

»Versteckte er hier, möglicherweise als Altersvorsorge, und zwar so, dass ihn niemand findet, beispielsweise in einem Gewölbe oder in einer Höhle.«

»Höhlen gibt's hier oben keine. Und im Keller befinden sich keine anderen Räume. Über den Grundriss des bestehenden Gebäudes hinaus ist nichts als blanker Fels.«

»Haben wir etwas übersehen? Gibt es Baupläne von diesem Haus?«

»Keine Ahnung«, sagte Ludivine. »Wenn was vorhanden ist, müsste es in der Bibliothek im Großen Salon zu finden sein.«

»Lass uns nachsehen.«

Beide nahmen sich eine Sektion in der Bibliothek vor, deren Regale und Schubladen sie durchsuchten.

Cora wurde im zweiten Schrank fündig. Sie stieß auf zwei große Röhren mit Blaupausen, die ursprünglichen Grundrisspläne des Hauses. Um die Bögen besser betrachten zu können, breitete sie sie neben dem Fenster auf dem Boden aus. Pro Geschoss war ein Blatt angefertigt worden. Die blauen Linien waren mit der Zeit verblichen, aber noch gut sichtbar.

Cora konnte die einzelnen Räume klar wiedererkennen. Sie entsprachen der Realität – bis auf ein Detail, das sie stutzig machte. Sie wollte Ludivine nach einer Lupe fragen. In diesem Moment peitschte ein scharfer Knall durch das Haus.

Ludivine ließ vor Schreck den alten Aktenordner fallen, in dem sie geblättert hatte. »Was war das?«

»Das hörte sich an wie ein Schuss.«

Ein markerschütternder Schrei ertönte. Es war eine männliche Stimme.

»Das kam von oben«, sagte Cora.

»René!«, rief Ludivine. Sie rannte hinaus.

***

Ludivine steuerte geradewegs auf Renés Zimmer zu. Es war leer.

Eine dunkle Ahnung überfiel Cora. »Zu Alexander!«

Sie stürmten zum Nebenzimmer.

Ludivine betrat es zuerst. Cora prallte in sie hinein, als diese wie vom Schlag getroffen zurückwich. »Er … er hat sich erschossen.«

Cora führte sie zu einem Lehnstuhl neben einem Fenster im Korridor. Sie bat Magdalena, die herbeigerannt kam, sich um sie zu kümmern. Sie selbst musste sich ebenfalls erst fassen. Das durfte nicht sein, schoss es ihr durch den Kopf, bevor sie ihren Mut zusammennahm und wieder hineinging.

René Gamper kauerte am Boden neben dem leblosen Körper seines Sohnes. Die Wand hinter dem Bett war mit Blut und weißlichen Partikeln von Knochensplittern und Gehirnmasse bespritzt. Cora wandte den Blick von dem von einem brutalen und plötzlichen Tod geschaffenen Gemälde ab und trat behutsam zu Gamper. Alexander lag auf dem Rücken, sein Kopf war seitwärts von ihnen weggedreht.

Sie berührte Gamper an den Schultern. »René?«

Er sah mit tränenüberströmtem Gesicht zu ihr auf. »Warum hat er das getan, warum jetzt?«

Etwas an der Frage irritierte Cora. Sie schob den Gedanken vorerst beiseite. Der Anblick des toten jungen Mannes vor ihr am Boden zog sie in seinen Bann. Sie schritt vorsichtig um den Leichnam herum und ging gegenüber von Gamper in die Hocke. Sie sah sich vor, nicht mit der Blutlache in Berührung zu kommen, die den Läufer rot gefärbt hatte. Die innere Abscheu überwindend, fasste sie mit den Händen Alexanders Kopf und drehte ihn behutsam. Seine leeren Augen starrten an die Decke. Ein kreisrundes Loch klaffte an der rechten Schläfe. Die Haut um die Einschussstelle war angesengt. Das Blut an der Austrittswunde war noch nicht geronnen.

Sie schaute über den Leichnam hinweg zum hemmungslos schluchzenden Gamper, der in sich zusammengesunken halb am Boden lag. Cora kämpfte ebenfalls mit den Tränen. War das schlechte Gewissen um Violetas Tod der Grund für Alexanders Selbstmord? Oder war ihre unnachgiebige Haltung in der vergangenen Nacht der Auslöser für die Verzweiflungstat? Hatte sie den Hilferuf des verunsicherten jungen Mannes falsch gedeutet? Hätte sie ihn sich an ihrer Schulter ausweinen lassen sollen? So wie sie es früher mit Julian getan hatte, als der damals Vierzehnjährige das erste Mal mit gebrochenem Herzen nach Hause kam, weil ihm seine erste Freundin den Laufpass gegeben hatte. Hätte sie ahnen müssen, was in Alexander vorging?

Sie schüttelte die Gedanken ab. Ihre rationale Seite übernahm wieder. Alexander hatte Schuld auf sich geladen. Es war leicht, die Last des eigenen Tuns auf andere abzuwälzen. Noch einfacher war es, davonzurennen und sich der Verantwortung zu entziehen. Alexander hatte diesen Weg gewählt. Cora musste damit fertigwerden, aber es war nicht an ihr, diese Last auf sich zu nehmen.

Gamper war übermannt von seiner Trauer. Sein Sohn musste ihm mehr bedeutet haben, als er während der ganzen Zeit den Anschein gegeben hatte.

»René?«, fragte Cora leise.

Er sah sie stumpf an.

»Was ist passiert?«

Mit einer verzweifelten Geste deutete er zur Tür. »Ich kam zurück von meinem Spaziergang und bin gleich nach oben gegangen. Ich wollte sehen, ob Alex wach ist. Auf der Treppe hörte ich den Schuss.« Seine Stimme versagte, er räusperte sich.

Cora zeigte zur Tür. »War sie offen oder geschlossen?«

»Sie war offen.«

»Bist du sicher?«

»Ja, warum fragst du?«

»Ich weiß nicht, nur so ein Gedanke.« Weshalb hat Alexander die Tür geöffnet, bevor er sich erschossen hat? Machte diese Frage überhaupt Sinn? Sie suchte mit den Augen den Boden ab. »Wo ist die Waffe?«

»Wie?«

»Die Waffe, mit der er sich erschossen hat, ich sehe sie nirgends.«

»Schau unter dem Bett nach.«

Sie lag dort. Es war Gampers Pistole.

»Er hat sich mit deiner Pistole erschossen? Wie ist er an sie gekommen?«

»Ich habe sie ihm gegeben – zum Selbstschutz. Hätte ich ahnen können, dass …«

Cora fiel ein, was sie vorher an seiner Frage irritiert hatte. »Wieso ›warum jetzt‹?«

Gamper sah sie verständnislos an.

»Du hast vorhin gefragt, weshalb Alexander sich jetzt erschossen hat. Wie kommst du auf diese Frage?«

Gamper kämpfte einen Moment mit sich, bevor er sich zu einer Antwort durchringen konnte. »Im letzten Herbst ging es ihm nicht gut. Er verfiel in eine Depression. Ich machte mir Sorgen, er würde sich was antun.«

»Wann war das?«

»Das muss so fünf, sechs Monate her sein.«

»Habt ihr darüber gesprochen? Hat er gesagt, was ihn damals heruntergezogen hatte?«

»Keine Ahnung, ich dachte, es wäre eine Verflossene, die ihm zu schaffen gemacht hatte. Ich fand es merkwürdig.«

»Weshalb?«

»Weil er sonst recht nonchalant mit seinen Freundinnen umsprang. In der Regel war er es gewesen, der ihnen das Herz brach.« Gamper sagte das nicht ohne einen Anflug väterlicher Genugtuung.

Cora ignorierte seinen Chauvinismus. »Du hast nie mit ihm darüber geredet?«

»Warum sollte ich?« Gamper zuckte mit den Achseln.

Cora stand auf und durchsuchte den Raum. Sie kehrte die Kissen um und schaute unter die Matratze. Der Arbeitstisch war leer. Auch in den Schränken fand sich nicht das, was sie interessierte.

»Kannst du mir verraten, was du suchst?«, fragte Gamper.

»Einen Abschiedsbrief. Wenn Alexander seit Monaten etwas derart beschäftigte, dass er sich das Leben nahm, müsste er es sich in einem Brief von der Seele geschrieben haben.«

»Ich habe nichts gesehen.« Gampers Blick starrte leer auf den Leichnam seines Sohnes. »Ich habe auch nicht danach gesucht.«

Cora hatte Alexanders Zimmer abgeschlossen und den Schlüssel eingesteckt. Sobald »Blutlauenen« wieder an die Zivilisation angeschlossen war, wollte sie den Untersuchungsbehörden einen weitgehend unberührten Tatort übergeben. Sicherheitshalber hatte sie mit ihrem Handy ein Foto von Alexanders Leichnam und dem Zimmer gemacht. Auch die Pistole hatte sie fotografiert, ohne sie anzurühren. Bei der Überprüfung störte sie etwas an den Bildern, aber sie wusste nicht, was es war.

Magdalena hatte sich erneut in ihrem Zimmer verschanzt. Ludivine, Gamper und Cora saßen im Großen Salon. Gamper trank Whisky, Ludivine Kräutertee. Cora begnügte sich mit Kaffee, von dem sie einen trinkbaren Rest in einer der Thermoskannen gefunden hatte.

Gamper hatte seine Fassung einigermaßen wiedergewonnen.

Cora wollte ihm nicht vorenthalten, was Alexander ihr in der Nacht gebeichtet hatte. »Alexander ist zu mir gekommen«, begann sie. Sie bemerkte die fassungslosen Blicke der anderen. »Er wollte mit mir reden.«

»Was in aller Welt hatte Alex mitten in der Nacht mit dir zu besprechen?«, fragte Gamper.

Der anklagende Ton in der Frage war nicht zu überhören. Cora hielt seinem inquisitiven Blick stand. »Hat Alexander dir gegenüber je eine Violeta erwähnt?«

»Violeta?« Gamper dachte nicht lange nach. »Sagt mir nichts. Alex hat wenig über seine Liebschaften gesprochen.«

»Weshalb fragst du das, Cora?«, wollte Ludivine wissen.

»Alexander hat mir von dieser Frau erzählt. Ihr richtiger Name war Helen Keller. Sie studierte Maschinenbau an der ETH in Zürich. Die Ausbildung finanzierte sie, indem sie nebenbei als Escort unter dem Künstlernamen Violeta arbeitete.« Sie sah Gamper an. »Bist du sicher, nie von ihr gehört zu haben?«

»Wenn ich es dir sage. Ich kenne sie nicht.«

»Merkwürdig. Helen bot ihre Dienstleistungen für gehobene und zahlungskräftige Herren ausschließlich über eine Kontakt-Online-Plattform an, die einer gemeinsamen Bekannten von uns gehörte.«

»Du meinst …?«

»Sibylle, ja. Klingelt's noch immer nicht? Sie hat durchblicken lassen, du hättest öfter ihre *Dienste* beansprucht.« Cora zeichnete Anführungszeichen in die Luft. Für diese Unterstellung hatte sie keine Beweise, doch ein wenig Provokation konnte nicht schaden.

Gampers unsicherer Seitenblick zu Ludivine erfüllte sie mit einem Gefühl kindischer Genugtuung. Diese legte kurz die Stirn in Falten, bevor sie ihre Gesichtszüge erneut unter Kontrolle hatte.

»Was soll das, Cora?«, fragte Gamper wütend. »Macht es dir Spaß, meine alten Geschichten vor Lüdi auszubreiten? Passt es dir nicht, dass wir wieder zusammen sind?«

Diesmal sog Ludivine kurz scharf die Luft ein.

»Entschuldige, Lüdi.« Gamper nahm ihre Hand. »Es hat unter diesen Umständen keinen Zweck, es weiter zu verheimlichen.«

Cora spürte einen Stich. Sie warf Ludivine einen fragenden Blick zu.

»Es stimmt, Cora, wir geben uns beiden eine neue Chance«, sagte sie mit einem verlegenen Lächeln.

Gamper küsste ihre Hand. »Wir wollten dieses Wochenende unsere Verlobung bekannt geben und alle zur Hochzeit einladen. Angesichts der Umstände müssen wir wohl umdisponieren.«

Die Ankündigung überrumpelte Cora. Mehr als ein kurzes »Herzliche Gratulation« brachte sie nicht heraus.

Ludivine stieß Gamper mit dem Ellbogen leicht an. »René, ich glaube, das ist nicht der Moment.«

»Doch, Liebling. Es ist präzis der Moment, bevor sich unsere Freundin hier in ihrem Journalistenhirn etwas zusammendichtet, was man später nicht mehr aus ihr herausbringt.«

»Ich bin sicher, Cora kann das richtig interpretieren«, sagte Ludivine. »Schließlich kennen wir uns seit einem halben Leben. Wir haben vieles gemeinsam durchgestanden, nicht wahr?«

Ihr eigentümlicher Blick hinterließ ein bedrückendes Gefühl bei Cora. »Es geht mir nicht darum, dich hinzuhängen, René.«

»Das kannst du gar nicht, Cora«, sagte Ludivine. »Ich wusste von Renés amourösen Eskapaden, bevor wir wieder zusammenkamen.«

»Wirklich?« Cora konnte die Überraschung schlecht verbergen. Ihre Befangenheit den beiden gegenüber ärgerte sie.

»Ja, wirklich«, sagte Gamper mit unverhohlener Genugtuung. »Haben wir dich aus dem Konzept gebracht? Noch mal fürs Protokoll: Ich kenne diese Violeta nicht, Punkt.«

»Darum geht es nicht. Ich will verstehen, warum Alexander sich das angetan hat.«

»Das wollen wir alle«, sagte Ludivine versöhnlich. »Weshalb fragst du nach dieser Violeta oder Helen Keller?«

»Weil mir Alexander gestern gebeichtet hat, er habe sie letzten Herbst zusammen mit zwei Freunden in seinem Apartment in Zürich brutal vergewaltigt und zusammengeschlagen. Sie versuchte, Anzeige zu erstatten. Das Verfahren wurde aufgrund von vermutlich gekauften Zeugenaussagen und der Tatsache, dass sie eine Prostituierte war, eingestellt. Monate später brachte sie sich aus Scham und Verzweiflung um. Ihre eigene Familie hatte sie verstoßen. Außer einer entfernten Verwandten soll sich niemand um sie gekümmert haben.«

Gamper hatte der Schilderung mit gesenktem Kopf zugehört. Ludivine machte ein betroffenes Gesicht.

»Bestehst du darauf, nichts davon gewusst zu haben, René?«, hakte Cora nach.

»Was willst du von mir?«, fuhr er sie an. »Alex führte sein eigenes Leben. Er war selten zu Hause und lebte die meiste Zeit in Zürich. Ich wusste, da war etwas. Er hat nie Einzelheiten erzählt. Irgendwann fragte er mich nach der Telefonnummer meines Anwalts. Er wollte mir nicht sagen, warum. Der Anwalt durfte es mir nicht verraten, weil ihn Alex zur Verschwiegenheit mir gegenüber verpflichtet hatte. Was soll's?« Ein schwerer Seufzer entfuhr Gamper. »Das Schicksal dieser Frau hatte ihn mitgenommen. Wenn ich darüber nachdenke, ist es gut möglich, dass diese Helen, Violeta oder wie auch immer sie hieß, der Grund für seine Depression war.«

»Ich habe Alexander geraten, sich zu stellen, sich öffentlich zu entschuldigen und die strafrechtlichen Konsequenzen zu tragen.«

Gamper fuhr hoch. »Bist du wahnsinnig? Damit wäre er für alle Zeiten erledigt gewesen.«

»Das war er so oder so.« Cora fixierte ihn eindringlich. »Alexander konnte nicht mehr.«

»Die Familie hätte er damit ebenfalls in den Abgrund gezogen. In der Klinik wäre ich untendurch gewesen.« Ludivine hielt ihn am Arm fest, weil sie wohl fürchtete, er würde auf Cora losgehen.

»Dein Name und dein Ruf waren es also«, sagte Cora. »Deswegen hast du ihn bekniet, die Vergewaltigung abzustreiten. Hast du auch die falschen Zeugen für ihn gekauft?«

»Hör auf mit dem alten Scheiß! Die Sache ist längstens gestorben. Sie war eine Nutte – Berufsrisiko.«

»Für Alexander war sie mehr als eine Prostituierte«, erwiderte Cora. Der Zeitpunkt war gekommen, einen höheren Gang einzulegen. »Weißt du, was ich mir überlegt habe?« Sie wartete seine Antwort nicht ab. »Alexander wollte sich nach dem Gespräch mit mir outen. Er wollte mit dir darüber reden. Das hat er heute Morgen getan. Du wolltest davon nichts hören. Ihr habt euch gestritten, und du hast ihn fertiggemacht – verbal, meine ich.«

Gamper lachte auf. »Deshalb soll er sich erschossen haben? Du spinnst ja, Cora. Wenn du wüsstest, wie oft Alex und ich uns um alles Mögliche gestritten haben.« Er drückte Ludivines Hand, die sich beruhigend auf seine gelegt hatte. »Ich kann austeilen, ich geb's zu. Alex steht ... stand mir da in nichts nach, das darfst du mir glauben.«

»Alexander hätte sich wegen eines Streits mit René nicht umgebracht«, sagte Ludivine. »Das Gespräch mit dir muss alles wieder in ihm hervorgebracht haben, Cora.« Sie hob beide Hände. »Das sollte kein Vorwurf sein. Du hast sicher dein Bestes getan.«

Cora bedeutete ihr, dass sie die Aussage auch nicht so verstanden hatte. Ludivine sprach ihr aus der Seele. Die Frage aller Fragen war die: Wenn man sich darauf einigte, dass Violetas Vergewaltigung nicht der Grund für Alexanders Selbstmord war, was war es dann?

Cora rief sich die Auffindesituation im Zimmer des Toten in Erinnerung. Etwas hatte sie die ganze Zeit daran gestört. Jetzt fiel ihr ein, was es war. »War Alexander Links- oder Rechtshänder?«

Gamper schnitt eine gleichgültige Grimasse. »Soweit ich weiß, machte Alex alles mit der rechten Hand. Ich habe nie darauf geachtet, weil er seit der Scheidung die meiste Zeit bei seiner Mutter lebte. Weshalb soll das wichtig sein?«

»Hast du gesehen, wie Alexander am Freitag das Gewehr manipulierte, als wir beschossen wurden?«, fragte Cora.

»Entschuldige, nein. Zu diesem Zeitpunkt war ich gerade damit beschäftigt, mich nicht über den Haufen schießen zu lassen.«

»Ich habe gesehen, wie er sein Gewehr an die linke Schulter gedrückt und mit der linken Hand abgedrückt hat«, sagte Cora.

»Und ich könnte schwören, dass er jeweils mit der rechten Hand etwas aufgeschrieben hat«, sagte Ludivine.

Cora nickte. »Könnte Alexander Ambidextriker gewesen sein, also Beidhänder? Ich habe mal einen Artikel eines Kollegen gelesen, der darüber recherchiert hatte. Ambidextrie ist äußerst selten und soll auf etwa ein Prozent der Weltbevölkerung zutreffen. Normalerweise bestimmt eine Gehirnhälfte die dominierende Hand. Bei Beidhändern ist das nicht ausgeprägt. Deshalb üben sie gewisse Tätigkeiten mit der linken Hand aus, während sie für andere die Rechte benutzen. Alexander hat linkshändig geschossen. Das Einschussloch ist aber in seiner rechten Schläfe.«

»Das heißt ja …«, sagte Gamper.

»… dass er sich in die linke Schläfe hätte schießen müssen, wenn er selber die Waffe auf sich gerichtet hätte.«

»Du meinst, es war kein Selbstmord?«, fragte Ludivine.

»Ja, ich glaube, Alexander wurde erschossen«, antwortete Cora.

Gamper schüttelte heftig den Kopf. »Das kann ich nicht glauben. Alex lässt sich nicht mir nichts, dir nichts in den Kopf schießen – nicht kampflos. Ich habe keine Abwehrverletzungen an ihm festgestellt.«

»Im Zimmer gab es auch keine Kampfspuren«, sagte Cora. »Das heißt, er hat seinen Mörder gekannt, oder er wurde betäubt. Hast du ihn daraufhin untersucht?«

Gamper schüttelte wieder den Kopf. »Nein, aber ich hole das gleich nach.«

»Warte. Wo warst du, als du den Schuss gehört hast?«, fragte Cora.

»Ich habe es vorhin gesagt: auf der Treppe, genauer auf den untersten Stufen.«

»Ludivine und ich waren hier«, sagte Cora.

»Bleibt Magdalena«, fügte Ludivine bei.

»Kann nicht sein«, sagte Gamper bestimmt. »Ich habe sie in die Küche gehen sehen, bevor ich die Treppe hochging. Als der Schuss fiel, war sie noch dort.«

Sie sahen sich an. Es bestand kein Zweifel mehr: Eine fünfte Person befand sich mit ihnen im Haus – Alexanders Mörder.

Zu dritt stiegen sie die Stufen hoch. Cora sah die Gefahr in jedem Winkel und jeder Ecke lauern. Die ausgestopften Tierköpfe an der Wand starrten sie böse an. Das kleinste Knarren der Holztritte verhallte im stillen Haus.

Im ersten Stock holte Cora ihren Anorak aus ihrem Zimmer. Sie befühlte die Außentasche, in der Spiegelbergs Armeepistole steckte. Cora war erleichtert, sie behalten zu haben. Sie würde die Waffe an ihren Platz im Großen Salon zurücklegen, sobald der rettende Helikopter in Sicht war.

Die nächste Station ihrer Expedition war Magdalenas Zimmer.

Cora klopfte. »Magdalena?«

Keine Antwort.

Cora pochte mit der Faust gegen die Tür. »Magdalena, bist du da?«

Es blieb still. Sie drückte die Klinke hinunter und stutzte. »Nicht abgeschlossen. Das würde sie nicht tun.« Gamper hob das Gewehr. Cora öffnete die Tür.

Das Zimmer war leer.

***

Cora rannte vor das Haus. Welchen Weg konnte Magdalena genommen haben? Sie verwarf den Pfad Richtung Tungelpass. Der Nebel war gestiegen und hüllte die umliegenden Gipfel von Follhorn und Niesehorn mit einer kompakten Wolkendecke ein. Obwohl die Sicht besser war als am Vortag und der letzte Sturmregen die Schneedecke dezimiert hatte, dürfte der Fußmarsch über den Pass in die Lenk vier bis fünf Stunden in Anspruch nehmen. Bei der Kälte und ohne Ortskenntnisse war das ein äußerst riskantes Unterfangen. Eine Alternative war die Traversierung zur Geltenhütte und von dort ins Tal zum Lauenensee. Die Strecke war in der Hälfte der Zeit zu machen. Laut Ludivine querte ein glitschiger Pfad die steil abfallende Wand des Geltentritts. Der Zugang konnte nur über eine im Felsen eingelassene Leiter und mit Hilfe fix angebrachter Drahtseile überwunden werden. Magdalena hätte es nicht gewagt, diesen Weg einzuschlagen.

Blieb einzig der direkte Abstieg über die Bergflanke des Tungelbaches hinunter zum See.

Gamper hatte darauf bestanden, Magdalena gemeinsam zu suchen. Cora wollte Ludivine nicht allein in »Blutlauenen« zurücklassen und hatte ihn gebeten, bei ihr zu bleiben. Cora vertraute nach wie vor darauf, Brand würde ihr nichts tun. Vermutlich fühlte sich der Eigenbrötler nur bedroht, wenn ihn mehrere Personen verfolgten. Cora verdrängte den Gedanken an einen möglichen Dritten, den sie bisher nicht auf dem Radar gehabt hatten. In diesem Fall wäre ihre Theorie dahin, und sie war auf dem besten Weg, sich einer unberechenbaren Gefahr auszusetzen. Cora gehörte nicht zu den Menschen, die blind tödliche Risiken eingingen. Im Lauf ihrer Karriere hatte sie gelernt, sich von ihren Ängsten abzuschotten, sich auf die Sache zu konzentrieren und zu handeln. Sich von einer möglichen Bedrohung und der eigenen Furcht lähmen zu lassen war gefährlicher, als die Flucht nach vorn zu wagen. Ihre angelsächsischen Kollegen bezeichneten dieses Verhalten als »Compartmentalization«, die Eigenschaft, komplexe Situationen in einzelne übersichtliche Elemente aufzuspalten, mit denen man umgehen konnte. In diesem Moment wollte Cora nichts anderes als Magdalena finden und in Sicherheit bringen.

Tatsächlich stieß sie nach wenigen Metern auf frische Fußspuren auf dem Pfad Richtung Tal. Sie hatte keine Ahnung, wie groß Magdalenas Vorsprung war. So schnell es der steinige und rutschige Pfad zuließ, rannte sie dem Tungelbach entlang bis zu der Stelle, wo der Weg mit der Materialbahn zusammentraf und die Serpentinen begannen. Weiter vorne sah sie eine Bewegung, eine Person, die sich talwärts tastete. Cora erkannte Magdalenas blauen Anorak. Sie trug einen kleinen Rucksack. Den Rest des Gepäcks hatte sie im Zimmer zurückgelassen.

»Magdalena!«

Die Angerufene blieb stehen und wandte sich zu Cora um, die sie bis auf wenige Meter eingeholt hatte. Magdalena drehte sich wieder, setzte sich in Bewegung und versuchte, schneller vorwärtszukommen.

»Bleib stehen, das hat keinen Zweck«, rief Cora.

Nach einigen Metern erstarrte Magdalena zur Salzsäule und starrte auf den Hang vor sich. Bei ihr angekommen, sah Cora den Grund dafür: Der Sturm und die starken Niederschläge der letzten Tage hatten den Hang in Bewegung gebracht. Der Weg war mit schneebedecktem Geröll, Felsbrocken und umgestürzten Bäumen verschüttet und der direkte Fluchtweg ins Tal abgeschnitten. Nackte Angst lag in Magdalenas Augen. Mit einer fahrigen Geste fuhr sie sich über die Stirn. »Ich gehe nicht in dieses Haus zurück und lasse mich dort abmurksen.«

»Hier gibt es kein Durchkommen mehr, Magdalena. Du kannst dir dabei höchstens alle Knochen brechen. In ›Blutlauenen‹ ist es sicherer. Hier kann dir der Mörder überall auflauern.«

»Sicherer?« Magdalena lachte hysterisch. »Sicherer? Klar, wenn die Heldin Cora Johannis bei mir ist, fühle ich mich wie in Abrahams Schoß.« Sie machte einen hastigen Schritt auf Cora zu, die im ersten Moment befürchtete, sie würde sie angreifen. »Wir waren zehn, als wir dort oben ankamen, Cora.« Sie zeigte in die Richtung des Jagdhauses. »Wir sind die ganzen verdammten letzten fünf Tage zusammengeblieben, jetzt sind sechs von uns tot. Und du willst mich beschützen können – ausgerechnet du? Wo warst du denn, als Matteo und Richard starben oder Sibylle?«

»Magdalena, ich konnte nicht –«

»Natürlich konntest du nicht. Was konntest du überhaupt, außer dich die ganze Zeit über wichtigmachen?«

Cora sah sie konsterniert an. Was konnte der Grund für diese Aggressivität sein? Sie ergriff Magdalenas Arm. Diese riss sich los. »Fass mich nicht an, du Miststück.«

Da halfen nur rigorose Maßnahmen. Cora packte erneut ihren Arm. »Du weißt nicht, was du sagst. Wir müssen zusehen, schleunigst von hier zu verschwinden. Du kommst mit mir zurück, und wenn ich dich diesen Berg hinaufschleifen muss.«

Magdalena leistete erbitterten Widerstand. »Für wen hältst du dich eigentlich? Wenn du dort oben verrecken willst, bitte. So bleibst du wenigstens in der Nähe deines Jugendschatzes.«

Cora ließ sie los. »Was willst du damit sagen?«

»Na, was wohl?« Magdalenas vor Wut rot geränderte Augen schrien sie förmlich an. »Warum um alles in der Welt musstest du auftauchen? Du warst nicht auf Ludivines Einladungsliste. Weshalb bist du gekommen?«

»Ludivine hat mich erst letzte Woche eingeladen – spontan.«

Magdalena schnaubte verächtlich. »Ich habe nie begriffen, warum sie so naiv sein konnte. Dir ist es immer nur um eins gegangen: möglichst viele Kerle in dein Bett zu kriegen, ohne Rücksicht auf den Schaden, den du damit anrichtest.«

Cora starrte Magdalena verblüfft an. Waren es der Alkohol und die Verwirrung, die sie solchen Unsinn von sich geben ließen?

Für Magdalena war Coras Schweigen ein Eingeständnis. »Du willst dir und allen beweisen, dass dein Hintern noch immer knackig genug ist, um dir René zu angeln. Die anderen Männer stehen nun ja leider nicht mehr zur Verfügung.«

»Was redest du für einen Stuss zusammen? Ich habe nie –«

»Erzähl mir nichts. Ich habe dich durchschaut, Cora. Weißt du was? Es ist mir so was von egal. Mach dort oben, was du willst. Ich verschwinde von hier.«

»Das bringt doch nichts.« Cora hielt sie zurück. »Siehst du denn nicht, wie schnell sich das Wetter bessert? Bald kommt der Helikopter.«

»Das wird nicht passieren«, rief Magdalena hysterisch und versuchte, nach Cora zu treten. »Dort oben werden wir krepieren.«

Cora hatte genug. Sie holte aus und verpasste Magdalena eine kräftige Ohrfeige, die sie rückwärts in die bergseitige Böschung straucheln ließ. »Weißt du was, das ist mir zu blöd. Ich gehe zurück. Mach, was du willst, komm mit oder lass es bleiben.«

Cora war keine zehn Meter gegangen, als sie Schritte hinter sich hörte. Bevor sie sich umdrehen konnte, traf sie ein dumpfer Schlag seitlich am Kopf.

MAGDALENA SPRENGER – MÄRZ 2018

Sie liest die Liste der Eingeladenen mit gemischten Gefühlen durch. Damals war die Clique ihr Leben gewesen. Matteo und Richard werden dort sein. Sie schmunzelt über die aufkommende Erinnerung: der scheue Matteo, der mal gefragt hatte, ob sie mit ihm gehen will. Sie sagte beinahe Ja, aus Mitleid. Das wäre nicht fair gewesen. Sie liebt ja IHN, den anderen, den sie nicht haben kann. Es schmeichelte ihr, Matteo zu gefallen. Er ist ein sensibler, einfühlsamer Mann, etwas zu einfühlsam für ihren Geschmack. In einer Beziehung mit ihm wäre es ihr bald langweilig geworden. Das hätte nicht nur die Liebe, sondern auch die Freundschaft zerstört. Matteo hatte sich danach kurz mit Sibylle eingelassen – armer Kerl.

Mit Richard war es etwas anderes. Zuerst glaubte sie, er interessiere sich gar nicht für Frauen. Sie fragte sich sogar, ob er schwul sei, bis sie ihn eines Abends in Bern mit einer Blondine mit Modelmaßen sah. Sie war erleichtert. Magdalena hat kein Problem mit Homosexualität, erst recht nicht als grüne Kantonsrätin. Sie hätte es nur schade gefunden, wenn Richard für die Frauenwelt verloren gewesen wäre.

Matteo und Richard haben sie in dieser mysteriösen Sache mit dem deutschen Gold um Hilfe gebeten. Sie sieht das als Vertrauensbeweis. Ihre eigenen ersten Nachforschungen sind so weit gediehen, die Vermutung zu bestätigen, dass der alte Spiegelberg in die Sache verwickelt war. Nach der Kapitulation Deutschlands im Mai 1945 wollte niemand in der offiziellen Schweiz, schon gar nicht die Armee oder der Geheimdienst, von inoffiziellen Transporten mit Flucht- oder Raubgold der Nazis gewusst haben. Hitler und seine Komplizen waren unschädlich gemacht worden. Die Schweiz hatte die dunkle Zeit größtenteils unbeschadet überstanden. Der Mythos der wehrhaften Eidgenossen war intakt geblieben und strahlte stärker denn je. Das war damals lebenswichtig für die kleine Föderation, deren Zusammenhalt auch knapp hundert Jahre nach ihrer Staatsgründung immer wieder durch politische, konfessionelle und kulturelle Konflikten auf die Probe gestellt wurde. Niemand interessierte sich für lusche Geschichten um geheime Vereinbarungen über Waffen- und Technologielieferungen gegen Bezahlung in Gold. Die Behörden der humanitären Schweiz waren es auch gewesen, die den Deutschen vorschlugen, die Pässe von Juden mit einem »J« zu versehen. Das wollte nach dem Krieg keiner wissen, erst recht nicht, dass deswegen ab 1942 an der Grenze Tausende von Flüchtlingen von der Schweizer Polizei zurück nach Deutschland und in den sicheren Tod geschickt wurden. Das Ende jener traurigen Epoche war der ideale Zeitpunkt, eine Wagenladung Gold verschwinden zu lassen.

Richard und Matteo bedankten sich bei ihr mit einem feudalen Abendessen in Richards Restaurant. Sie sprachen darüber, die Unterlagen der Presse zuzuspielen. Magdalena hat gute Kontakte zum Chefredaktor des »Solothurner Tagblattes«.

Richard meinte, es seinen jüdischen Vorfahren und Verwandten schuldig zu sein, von denen die meisten dem Naziterror zum Opfer fielen. Die drei Freunde verspürten eine spitzbübische Freude bei der Vorstellung, den selbst ernannten Patrioten, die sich auf allen Plattformen als die einzig echten Eidgenossen produzierten, eins auszuwischen. Zugegeben, der Alkoholkonsum hatte einen hohen Pegel erreicht, als Magdalena verkündete, die Ratskollegen der rechtsradikalen Fortschrittspartei schäumen zu sehen sei so schön wie ein Orgasmus. Es war ein lustiger Abend gewesen.

Sie überfliegt die Liste ein weiteres Mal. Sibylle würde dabei sein. Das macht ihr nichts aus. Sie war stets gut mit ihr ausgekommen. Immerhin macht Sibylle keinen Hehl aus ihrer Vorliebe für Geld und Glamour. Sie weiß, wie beides bei den Männern zu holen ist, indem man sie an der richtigen Stelle krault. Sibylle ist in Ordnung, im Gegensatz zu Cora. Ihr Name steht glücklicherweise nicht auf der Liste. Magdalena will mit dieser Schlange nichts mehr zu tun haben. Heute mimt Cora die großartige Journalistin, die Moral und Gerechtigkeit für alle mit dem Löffel gefressen haben will. Dabei war sie seit jeher nur auf ihren Vorteil bedacht – und das auf eine hinterhältige Art und Weise. Sie ist es wohl heute noch. Früher spielte sie vordergründig »Blümchen, rühr mich nicht an«, doch wenn es darauf ankam, wusste sie genau, wie sie ihren Hintern und ihre Titten zur Geltung zu bringen hatte, damit den Kerlen das Hirn mitsamt Augen aus dem Kopf fiel. Auf ein Wochenende in einem abgelegenen Berghaus mit dieser nuttigen Kuh ist Magdalena ganz und gar nicht scharf.

ER wird ebenfalls dort sein. Hätte er sie damals gefragt, sie hätte keine Sekunde gezögert. Wie oft hatte sie ihn angehimmelt und sich in schlaflosen Nächten vorgestellt, wie er sie in den Arm nimmt. Sie war zu schüchtern gewesen, den ersten Schritt zu machen. Außerdem war er mit Ludivine zusammen, der Lichtgestalt in der Clique. Sogar Cora hatte Respekt vor ihr gehabt. Wenn Ludivine den Raum betrat, war es, als ob das Licht heller leuchtete. Das lag an der Erziehung ihrer Mutter, deren Familie zu den oberen Zehntausend gehört hatte, bevor sie Spiegelberg heiratete, der ebenfalls einen edlen Stammbaum im Rücken hatte. Magdalena sah einmal ein Foto von ihm. Er war ein Adonis gewesen. Césarine, Ludivines Mutter, war auch eine bildschöne Frau. Sie erinnerte Magdalena an die verstorbene Fürstin Gracia Patricia von Monaco. Ludivine war ihr Abbild. Magdalena hatte neidlos akzeptiert, dass ER sie ihr vorgezogen hatte. Lange war die Hochzeit zwischen Ludivine und Gamper eine sichere Sache. Der Schock der Trennung saß tief. Damals hatte er lediglich erzählt, Césarine hätte von einem Tag auf den anderen darauf bestanden, Ludivine an einer der Elite-Unis an der Ostküste der Staaten studieren zu lassen.

ER wäre wieder zu haben gewesen, das interessierte sie allerdings nicht mehr. Sie hatte in der Zwischenzeit einen guten Partner gefunden, mit dem sie immerhin zwanzig Jahre ver-

heiratet war, bis er sich einer Jüngeren widmete. Magdalena hatte es philosophisch genommen.

Umso mehr hat sie die Nachricht auf WhatsApp glücklich gemacht, die sie vor einem Tag erhielt. Sie zieht ihr Handy hervor und liest sie erneut.

»Liebe Mägi, habe gehört, du hast auch eine Einladung von Lüdi. Gehe stark davon aus, dass du kommst. Müssen reden. René«

Ein seliges Lächeln fliegt über ihre Lippen. Es könnte werden wie früher.

VIERZEHN

Cora öffnete die Augen behutsam. Ein stechender Schmerz fuhr wie ein Blitz durch Schläfe und Nacken, sie stöhnte. Ihre Hände tasteten den Waldboden ab, auf dem sie bäuchlings lag. Die Kälte drang in ihre Glieder. Im Gegenzug lüftete sich der Grauschleier in ihrem Kopf langsam. Die Erinnerung setzte ein. Sobald die Nebennieren das Adrenalin in ihren Organismus pumpten, war sie hellwach. Sie ignorierte die Nadelstiche in ihrer linken Stirnseite. Ächzend drehte sie sich auf den Rücken. Magdalena war verschwunden. War sie weiter Richtung Tal gegangen, oder hatte sie sich doch entschieden, zum Haus zurückzukehren?

Cora tastete die Stelle an ihrem Kopf ab, wo sie der Schlag getroffen hatte. Magdalena musste mit einem Ast oder sonstigen Knüppel zugeschlagen haben. Allmählich verwandelte sich das Stechen in ein dumpfes Pochen. Der Haaransatz hinter der Schläfe fühlte sich feucht und klebrig an. Cora betrachtete ihre blutbeschmierten Finger. Sie setzte sich auf. Während sie langsam rückwärts von zehn bis null zählte, bewegte sie ihre Glieder. Sie stand auf und ging ein paar Schritte den Weg hoch. Nach wenigen Metern atmete sie erleichtert auf. Die Selbstdiagnose verhieß höchstens eine leichte Gehirnerschütterung.

Behutsam einen Fuß vor den anderen setzend, ging sie auf dem Weg zurück, den sie gekommen war. Was war bloß mit Magdalena los? Hatte sie aus einem Angstreflex heraus zugeschlagen wie am Vortag bei Ludivine? Cora war wütend auf sie. Von ihr aus durfte sie bleiben, wo der Pfeffer wuchs. Magdalena war eine erwachsene Frau. Cora hoffte, sie würde Alarm schlagen, falls sie es ins Tal schaffte.

Mit jedem Meter fiel ihr der Aufstieg leichter. Der pochende Schmerz war beinahe vollständig abgeklungen. Ein Gedankenblitz veranlasste sie, abrupt stehen zu bleiben und in die Tasche ihres Anoraks zu greifen. Sie fühlte die harten Konturen der Pistole und atmete auf.

Die kühle, nach modrigem Holz und Harz duftende Luft machte ihren Kopf klar. Cora schwor sich, eine Zeit lang nichts von Schnee und Bergen hören oder sehen zu wollen. Die vergangenen Tage hatten sie in ihrer Abneigung gegenüber der typisch schweizerischen Bergliebhaberei bestätigt. Die überdimensionierten, oft verschneiten Steinhaufen hatten sie nie zu begeistern vermocht. Die Faszination ließ sich genauso gut aus sicherer Entfernung, mit Hilfe eines Buches oder im Internet erleben. Sie nahm sich vor, im kommenden Sommer mit ihrer besten Freundin Patty für drei Wochen irgendwohin zu fahren, wo es flach war, egal wo, solange der Ort über einen Sandstrand und viel Sonne verfügte.

Bei der Kehre an der Seilbahn ergriff eine innere Unruhe von ihr Besitz. Sie hatte keine Ahnung, wie lange sie bewusstlos gewesen war. Ludivine und Gamper mussten in Sorge um sie sein. Sie beschleunigte ihre Schritte im flacheren Gelände.

»Blutlauenen« war fast in Sichtweite, als ein schriller Schrei das Rauschen des Baches übertönte. Er kam aus der Richtung hinter ihr. Cora fuhr herum und lauschte. Hatte sie sich getäuscht? Es hatte geklungen wie eine Frau. Vielleicht war es auch nur ein Vogel gewesen, der durch etwas aufgescheucht worden war.

Der zweite Schrei war kürzer und beseitigte ihre Zweifel. Es war ein menschlicher Laut, eine Frau.

Cora rannte auf dem Pfad zurück. Bei der Spitzkehre blieb sie stehen und spähte hinüber zum anderen Ufer des Tungelbaches.

Sie wusste, dass es einen Pfad gab, der unmittelbar neben dem Bach hinunterführte. Weil er unsicher war, wurde er auf den Karten nicht als Wanderweg geführt. Magdalena war dabei gewesen, als sie darüber gesprochen hatten. Hatte sie es gewagt, diesen Weg zu nehmen?

Das Rauschen des Baches wuchs zu einem ohrenbetäubenden Tosen an. Magdalena konnte ihn unmöglich überquert haben.

So gut es ging, stieg Cora dem diesseitigen Bachlauf entlang abwärts. Durch das Toben der Elemente hindurch glaubte sie, erneut einen Schrei zu hören. Cora war so weit gegangen, wie sie dachte, sich gefahrlos zumuten zu können. Bis zur Kante des Wasserfalls blieben wenige Meter.

Das Rauschen und die Gischt des Baches in Verbindung mit der Anspannung und ihrer Kopfverletzung machten sie schwindlig. Sie versuchte, ruhiger zu atmen.

Vor ihr, auf einem Felsvorsprung über dem Wasser, leuchtete der blaue Anorak. Magdalena wehrte sich verzweifelt gegen eine Person in einem schwarzen Mantel und mit einem breitkrempigen Hut. Kein Zweifel, es war Brand. Magdalena versuchte mit allen Kräften, seine Angriffe abzuwehren. Sie stand gefährlich nahe am Abgrund. Ein Ausrutscher, ein Schritt zu weit würde sie in die Tiefe stürzen lassen. Cora konnte sich nicht erklären, wie Magdalena dorthin gelangen konnte. In diesem Gelände kam sie nicht rasch genug voran, um ihr beizustehen, ohne sich selbst in Gefahr zu bringen. Hier warten, bis es zu spät war, konnte sie nicht. Sie musste etwas tun.

»Magdalena!«, schrie sie so laut, wie sie konnte, um den Lärm zu übertönen. »Halt durch, ich komme.«

Die Kämpfenden konnten sie nicht hören. Cora wollte erneut rufen, als ihr die Pistole in den Sinn kam. Sie zog sie hervor. Die Gischt beeinträchtigte das Zielen auf Brand. Die beiden standen zu nahe beisammen. Cora fürchtete, anstelle von Brand Magdalena zu treffen. Sie versuchte, einen Warnschuss abzugeben. Der erste Versuch misslang. Sie hatte vergessen, die Waffe zu entsichern. Hastig legte sie den Hebel um.

Die Kämpfenden ließen voneinander ab, sobald der Knall den Lärm der Natur übertönte. Magdalena starrte zu Cora herauf. Brand wandte seinen Kopf halb ab. Cora konnte nichts als den struppigen Vollbart sehen.

Magdalena nutzte die Ablenkung. Sie versetzte Brand einen Stoß, der ihn ins Taumeln brachte. Aber sie hatte ihren Tritt nicht genügend abgesichert und geriet ebenfalls ins Rutschen.

Cora sah in ihrem Gesicht eher Erstaunen als Schrecken. Kein Schrei war zu hören, als Magdalena von einer Sekunde auf die andere vom Abgrund verschluckt wurde.

Cora wusste nicht, wie lange sie regungs- und fassungslos auf die Stelle gestarrt hatte, wo ihre Freundin eben noch gestanden hatte. Eine Bewegung ließ sie wieder zu Sinnen kommen. Brand stand nicht mehr auf dem Felsvorsprung. Er kam direkt auf sie zu.

Cora war zu langsam, um vor ihm den relativen Schutz von »Blutlauenen« zu erreichen. Sie hatte nur eine Chance. Sie durfte keine weitere Kugel für einen Warnschuss verschwenden. Sie glaubte auch nicht, Brand würde ihrer Aufforderung, stehen zu bleiben, Beachtung schenken.

Cora legte an und zielte, so gut es ihre zitternden Hände zuließen. Der Schuss lag zu kurz. Das Projektil prallte einen Meter vor Brand an einem großen Stein ab. Immerhin stoppte ihn das. Er sah kurz zu ihr hoch und senkte den Blick gleich wieder. Das unsichere Terrain erforderte seine volle Konzentration.

Cora zielte erneut. Brand sah anscheinend ein, dass es auf längere Sicht ein Fehler war, ihre Schießkünste zu unterschätzen. Anstatt weiter in ihre Richtung zu klettern, bewegte er sich vom Bach weg zum Pfad. Er flüchtete talwärts. Cora behielt ihn im Visier, bis er hinter einer Biegung verschwand. Nachdem sie eine weitere Minute gewartet hatte, trat sie den Rückzug an. Dabei überwand sie den Impuls, an der Stelle nachzusehen, wo Magdalena in die Tiefe gestürzt war. Sie war verloren.

Sobald sie das Jagdhaus sah, legte sie die letzten Meter rennend zurück.

Erst als sie die schwere Eingangstür hinter sich geschlossen und verriegelt hatte, verspürte sie etwas wie Erleichterung. Gleichzeitig wurde sie von ihren Gefühlen überwältigt. Schmerz, Trauer und Todesangst suchten ein Ventil.

Ludivine und Gamper befanden sich nicht im Großen Salon. Wahrscheinlich hatten sie sich in Ludivines Räume zurückgezogen. Sie betrat den Kleinen Salon. Die Glasglocke mit dem

Rubinstein lag zerbrochen am Boden. Cora versuchte sich zu erinnern, wann sie ihn zuletzt gesehen hatte. Hatte Ludivine sie weggenommen – oder der Mörder? War es das Omen? Das Ende von »Blutlauenen«?

Zurück im Großen Salon suchte sie die Baupläne, die sie vor dem fatalen Schuss auf Alexander auf dem Boden ausgebreitet hatte. Es waren vier Bögen gewesen. Deren drei lagen auf dem Parkett. Der Grundriss des Kellergeschosses fehlte. Sie war nicht dazu gekommen, die merkwürdigen Ausradierungen zu prüfen, die ihr aufgefallen waren. Sie versuchte, sich zu erinnern. Auf der Zeichnung hatte es den Anschein, als wäre eine Mauerlinie mit einem Messer oder einer Rasierklinge weggekratzt worden. Bevor sie sich eingehendere Gedanken darüber machen konnte, erschütterte ein grollender Knall von einer Explosion das Gebäude. Das Fensterglas im Salon klirrte, die Mauern zitterten.

Cora glaubte erst an einen Erdstoß, bis ein kürzerer, schärferer Knall die Stille durchbrach. Es klang eindeutig wie ein Schuss.

***

Hustend kämpfte sich Cora durch eine beißende Rauch- und Staubwolke in den Keller. Waren die Gasflaschen in der Waschküche explodiert? Die Frage wurde beantwortet, als sie die Flaschen unversehrt an ihrem Platz vorfand. Die Quelle der Rauchentwicklung befand sich im Holzkeller. Der Qualm verflüchtigte sich zusehends. Das Atmen fiel ihr leichter. Die Explosion oder was immer es gewesen war, hatte den Holzvorrat nicht in Brand gesetzt.

In welche Situation stolperte sie gerade hinein? Sie näherte sich dem Eingang zum Kellerraum seitlich mit dem Rücken zur Wand. »Ludivine, René?«

»Wir sind hier!«, ertönte Gampers Stimme aus dem Gewölbe.

Cora löste sich von der Mauer und trat in den Türrahmen.

Das Bild, das sich ihr bot, ließ sie für einen kurzen Moment an ihrem Verstand zweifeln. Ludivine saß mit schmerzverzerrtem Gesicht an einen Holzstapel gelehnt auf dem Boden. Gamper stand mit dem Rücken zu Cora breitbeinig über ihr. Der Lauf seines Gewehrs war auf Ludivine gerichtet. In der gegenüberliegenden Wand, an der sich bis vor Kurzem das Brennholz stapelte, klaffte ein fast manngroßes Loch. Der Boden davor war mit Holzscheiten übersät.

Ludivine presste die Hände an ihre Seite. Zwischen den Fingern quoll Blut hervor.

»Du bist verletzt!« Cora trat zu ihr. Gamper richtete sofort das Gewehr auf sie. »Keinen Schritt näher, Cora. Wo steckt Magdalena?«

»Sie ist tot. Jemand hat sie in den ›Tungelschutz‹ gestoßen.«

»Was? Wie? Brand?«

Cora zuckte mit den Achseln. »Ich habe ihn nicht erkannt«, log sie. Verstohlen befühlte sie die Tasche ihres Anoraks.

Gampers Gewehr fuhr herum. »Hände nach oben, Cora!«

Sie tat unverzüglich wie geheißen. »Was soll das, René?« Sie nickte Ludivine zu, in deren Gesicht der Schock zu lesen war. »Sie ist verletzt. Wie ist das passiert?«

»Sie hat sich das selber zuzuschreiben. Sag es ihr«, herrschte Gamper Ludivine an.

Diese schüttelte den Kopf und presste vor Schmerz die Lippen zusammen. Ihre Wangen waren mit einem Gemisch von Ruß, Tränen und Blut verschmiert.

»Lass mich nach ihr sehen«, sagte Cora zu Gamper. »Geh zur Seite und erzähl mir endlich, was los ist.«

»Es ist nicht mein Fehler, Ludivine … sie wollte –«

Ludivine schrie vor Schmerzen auf. Das auf sie gerichtete Gewehr ignorierend, zwängte sich Cora an Gamper vorbei und kauerte neben der Verletzten nieder. Behutsam fasste sie Ludivine an den Schultern und half ihr, sich flach auf den Rücken zu legen. Sie öffnete ihre Jacke, hob Pullover und die Bluse darunter an. Sie erkannte die Ursache der Verletzung sofort. »Das ist eine Schusswunde.« Cora blickte fassungslos zu Gamper auf. »Du hast auf sie geschossen? Warum?«

»Ich kann nichts dafür, ehrlich. Es war ein … ein Unfall. Sie wollte …«

Ludivine stöhnte erneut auf. Mit Hilfe des Lichtes ihrer Stablampe untersuchte Cora sie. Sie drehte sie behutsam auf die unverletzte Seite und betrachtete die Austrittswunde. »Scheint nur eine Fleischwunde zu sein«, sagte sie erleichtert. »Sie muss desinfiziert und verbunden werden.«

»Er hat auf mich geschossen«, flüsterte Ludivine mit erstickter Stimme.

Gamper hatte sein Gewehr immer noch auf sie gerichtet. Es war ein Widerspruch zu der Verzweiflung, die in seinen Augen lag.

»Erst mal versorgen wir dich«, sagte Cora zu Ludivine. »Gibt es hier einen Verbandskasten?«

Gamper nickte zur Tür hinüber. Neben dem Holzschrank über dem Abfallkübel hing eine Erste-Hilfe-Box. Darin fand Cora Desinfektionsmittel und Verbandszeug. Sie enthielt sogar ein Röhrchen mit Schmerztabletten, deren Verfalldatum nicht überschritten war. Cora steckte sie ein. Bevor sie sich um Ludivine kümmerte, öffnete sie kurz den Wandschrank und sah nach den Dynamitstangen. Es war noch eine da. Dann versorgte sie Ludivine. Die Blutung war weniger stark, als sie angenommen hatte. Ein Druckverband war nicht nötig. Es war genug Verbandszeug vorhanden, damit sie ihn satt anlegen konnte.

Gamper sah dem Prozedere wortlos zu. Sobald Cora aufstand, richtete er das Gewehr erneut auf sie.

»Was soll der Blödsinn, René? Leg endlich dieses Ding weg. Ich tue dir nichts.«

»Weiß ich denn, ob du mit ihr unter einer Decke steckst?« Er schwenkte den Gewehrlauf zu Ludivine.

Cora war für einen Moment sprachlos. »Ich? Mit Ludivine?«, sagte sie schließlich. »Wie kommst du darauf, ihr beide seid die ganze Zeit zusammen –«

»Das glaubte ich auch. Bis sie mich töten wollte.«

Coras Augen wanderten bestürzt zwischen Gamper und Ludivine hin und her. Diese hatte sich auf den Ellbogen aufgestützt. »Das ist nicht wahr. Er hat auf mich geschossen.« Sie zeigte zum Loch in der Wand. »Er wollte alles für sich haben.«

Cora war mit Ludivines Erstversorgung beschäftigt gewesen. Der beschädigten Wand hatte sie vorerst keine weitere Beachtung geschenkt.

»War das die Explosion, die ich vorhin gehört habe?«

»Er hat die Pläne gesehen, die du im Großen Salon gefunden hast«, sagte Ludivine.

Natürlich, die ausradierte Stelle des Kellergrundrisses. »Das ist das geheime Gewölbe?«

»Er hat mich gezwungen, mit ihm hierherzukommen und ihm zu helfen, die Wand vom Holz frei zu machen, bevor er sie freisprengte.«

Gamper stand stumm da, als wäre er in einer Art Trance. Er ließ Ludivine reden.

Cora nickte zum Wandschrank mit dem Sprengstoff. »Du kannst mit dem Zeug umgehen?«, fragte sie Gamper.

»Ich war im Militär ebenfalls bei den Grenadieren, wie Alexander. Dort lernt man so was.«

»Bist du wahnsinnig? Du hättest uns alle in die Luft jagen können.«

»Ich habe dir gesagt, ich kenne mich damit aus. Es ist stabiler Gelatinesprengstoff, der nur mit Zünder detonieren kann. Schwizgebel hat mir gezeigt, wie es geht.«

»Hast du dem armen alten Kerl mit der Axt den Schädel gespalten?«

Gamper schüttelte vehement den Kopf. »Ich habe mit Fredis Tod nichts zu tun, das schwöre ich.«

»Warum sollte ich dir glauben? Du hast auf Ludivine geschossen.«

»Das ist nicht wahr. Es war –«

»Du hast Richard ermordet«, rief Ludivine.

Gamper wollte etwas entgegnen, stattdessen ließ er den Kopf sinken.

»René.« Cora sah ihn eindringlich an. »Stimmt das, hast du Richard umgebracht?«

Er nickte fast unmerklich.

RENÉ GAMPER – OKTOBER 2017

Die Hostess im Paillettenkleid mit einem Saum, der ein paar Zentimeter über dem Knie liegt, bringt die Getränke. Sie beugt sich vor und stellt den Whisky Sour vor Richard hin. Dieser ignoriert ihr aufforderndes Lächeln und die vollen feuerroten Lippen, die es formen. Seine Augen fixieren ihr Dekolleté, dessen üppige Auslage sich knapp eine Handbreit von seiner Nase entfernt präsentiert.

»Danke, Evi«, sagt René, nachdem sie ihm seinen Bourbon hingestellt hat.

»De rien, René, toujours un plaisir!«

René grinst. Richards Augen starren der Rundung ihres verlängerten Rückens nach, der sich unter dem glitzernden Stoff des Kleides abzeichnet. René hebt sein Glas. »Santé, Richard.«

Dieser, wie aus einem Traum erwachend, stößt mit ihm an.

»Gefällt sie dir?«, fragt René.

»Wer?«

»Na!« René deutet mit dem Glas in der Hand zur Bar, wo Evi vor dem Tresen eine neue Getränkelieferung für weitere Gäste des an diesem Abend spärlich besetzten Nachtclubs entgegennimmt.

»Sie ist wunderschön«, sagt Richard.

»Sie heißt Evi, also eigentlich Evelyne, und kommt aus Tavannes. Mit den Deutschschweizer Gästen spricht sie grundsätzlich nur französisch, obwohl sie Goethes Sprache besser beherrscht als du und ich – sie soll Germanistik studiert haben.«

»Woher kennst du sie so gut? Hast du etwa schon mit ihr …?«

René lacht. »Was denkst du eigentlich? Das ›Xanadu‹ ist der seriöseste Club in Biel. Evi ist eine der Barhostessen. Die lassen sich für gewöhnlich nicht abschleppen. Falls du was in dieser Richtung suchst, kann ich dir andere Damen empfehlen, meist auswärtige Freischaffende. Mitten in der Woche, wie heute, ist eher tote Hose. Am Wochenende kommen die Aargauer und Zürcher hierher. Dann geht's richtig ab, und die Auswahl ist spitzenklasse. Du darfst nicht lange zögern, wenn du ein zartes Stück für dich ergattern willst.«

Blochs Blick gleitet zu einer blonden Frau im weißen Minikleid, die ein paar Meter entfernt angeregt mit einem Glatzkopf diskutiert, dem man den in die Jahre gekommenen Playboy von Weitem ansehen kann. »Und die, auch eine auswärtige Freischaffende?«

»Das ist Jackie, gute Freunde dürfen Sie Jacqueline nennen, eine Neuenburgerin, aus Couvet im Val de Travers, glaube ich. Sie leistet den Gästen Gesellschaft und lässt sich von ihnen die Drinks bezahlen, vorzugsweise Champagner. Wenn du ihr gefällst, begleitet sie dich, gegen einen zuvor vereinbarten Unkostenbeitrag, versteht sich.«

»Du kennst dich aus«, sagt Richard.

René lehnt sich in seinem Sessel zurück. »Ich bin seit Jahren glücklich geschiedener Single. Denkst du, ich habe es nötig, wie ein Mönch zu leben?«

Richard macht ein säuerliches Gesicht. René hat ihn nie zusammen mit einer Frau gesehen. Sein Freund ist ein eingefleischter Junggeselle. In der Clique glaubten alle erst, er sei schwul. Richard scheint sich ebenso wenig zu Männern hingezogen zu fühlen wie zum weiblichen Geschlecht. So ist man übereingekommen, er müsse auf eine Art asexuell sein. Hormonexzesse lassen ihn kalt, obwohl er für optische Reize gleichwohl empfänglich zu sein scheint. René löst sich von der komfortablen Rücklehne des Loungesessels und beugt sich vor. »Wie ich dich kenne, wolltest du dich nicht mit mir treffen, um über die holde Weiblichkeit zu sprechen. Was kann ich dir Gutes tun?«

»Hast du diesen Ort ausgesucht, weil ich sagte, es sollte diskret sein?«, fragt Richard.

»Unter der Woche ist das ›Xanadu‹ der beste Ort dafür – wenig Gäste, genug Platz. Zudem sind sie hier sehr um Diskretion bemüht. Schieß los.«

»Es ist wegen dem Thema, worüber Matteo und ich bereits mit dir geredet haben.«

»Diese Goldaffäre?« René macht eine gelangweilte Miene. »Ich habe euch gesagt, dass es Schnee von gestern ist, für den sich kein Schwein mehr interessiert. Und dann diese Räubergeschichte: Schweizer Soldaten, die einen von der SS eskortierten Goldtransport ausgeraubt haben sollen. Absurd. Das kaufen dir die kleinen Kinder nicht mal mehr als Gute-Nacht-Geschichte ab.«

»Und wenn ich dir sage, wir haben Beweise?«

»Was für Beweise?«

»Matteo hat Dokumente, die ihm sein Großvater gegeben hat. Der hat im Krieg für den amerikanischen Geheimdienst in der Schweiz gearbeitet. Die haben alle Lieferungen minutiös dokumentiert.«

»Ich dachte, dieser legendäre Transport sei im Untergrund abgelaufen.«

»In der Schweiz sind sich alliierte Spitzel und diejenigen der Achsenmächte gegenseitig auf die Zehen getreten. Da sickert immer etwas durch.«

»Hast du die Papiere bei dir?« Renés Grad an Aufmerksamkeit hat eine höhere Stufe erklommen.

»Nicht hier. Ich trage solche Dokumente nicht mit mir rum. Das meiste ist bei Matteo.«

»Und weshalb ist er heute nicht dabei?«

»Weil ich nicht mit ihm darüber gesprochen habe.«

»Willst du dir das Gold allein unter den Nagel reißen? So kenne ich dich gar nicht, Richi.«

»Sicher nicht«, erwidert Richard empört. »Ich würde das Zeug nie im Leben anrühren. Daran klebt jüdisches Blut. Du weißt, dass meine Mutter Jüdin war.«

»Na bitte, das tönt eher nach dem alten Bloch. Sag mir, was du davon weißt.«

Richard blickt unsicher um sich. »Sag du mir zuerst, ob du wieder mit Ludivine Spiegelberg zusammen bist.«

»Lüdi?«, fragt René verdutzt. »Seit der Affäre damals sind wir auseinander. Das ist gut und gerne dreißig Jahre her. Das solltest du wissen. Außerdem heißt sie nicht mehr Spiegelberg, seit sie diesen Walliser Geldsack geheiratet hat, von dem sie inzwischen geschieden sein soll. Was hat Lüdi mit deiner Goldgeschichte zu tun?«

»Sie nichts, ihr Vater umso mehr.«

»Der alte Spiegelberg? Wie das?«

»Vermutlich hat er das Ganze geplant. Er war während des Krieges Verbindungsoffizier des Militärischen Nachrichtendienstes und hatte Kontakte zum Sicherheitsdienst der SS.«

»Spiegelberg plante den Überfall und führte ihn durch? Wie will er das angestellt haben?«

Richard erzählt ihm, was er aufgrund der Papiere und von eigenen Quellen in Erfahrung gebracht hat.

Renés anfängliche Skepsis verwandelt sich derweil in vorsichtigen Enthusiasmus. »Und wo hat Spiegelberg deiner Meinung nach die Tonne Gold hingeschafft? So wie ich Ludivines Familie kenne, wird er nicht alles auf einmal ausgegeben haben.«

»Einen Teil der Beute hat er nach dem Krieg in den Bau seines überkandidelten Jagdschlosses im Berner Oberland gesteckt. Etwas davon investierte er wohl in seine Unternehmen, bis sie von selber Riesengewinne abwarfen. Ich würde sagen, der größte Teil des Schatzes liegt noch irgendwo.«

»Wo denn, deiner Meinung nach?«

»Ich kann mir nur einen Platz denken.«

René setzt sich auf. »Du glaubst, er hortet das Zeug auf dieser lächerlichen Alp?«

»Wo sonst?«

Das Jagdfieber erwacht in René. »Du willst den Schatz heben, oder wie?«

»Nicht für mich. Ich will den Fall aufrollen, wenn nötig mit Hilfe der Öffentlichkeit. Das Gold soll den Opfern der Nazis zurückgegeben werden, respektive deren Angehörigen und Nachkommen.«

Typisch Richard, Idealist durch und durch. René überlegt. Eine Tonne Gold entspricht einem schönen zweistelligen Millionenbetrag, nur einen Bruchteil davon könnte er gut für den Aufbau seiner eigenen Klinik gebrauchen.

»Wie wollt ihr das anstellen, du und Matteo?«

»Mit deiner Hilfe. Das ist der Grund, weshalb ich dich nach Ludivine frage.«

René winkt ab. »Ludivine weiß nichts von dem Gold. Sie kannte ihren Vater nicht einmal. Wir müssen uns an Césarine halten, die Mutter.«

»Sie lebt nicht mehr in der Schweiz.«

»Richtig, soviel ich weiß, wohnt sie in Südafrika. Sie ist nicht gut zu Fuß und reist sicher nicht mehr in die Schweiz. Außerdem wird sie euch dazu nicht viel sagen können. Sie war einiges jünger als Spiegelberg. Die beiden haben 1960 geheiratet. Der Alte war kein Kostverächter.«

»Das ist der Grund, weshalb wir uns an Ludivine halten sollten. Du könntest uns dabei helfen.«

René weiß nicht sofort, was Richard damit meint. Als er es begreift, lacht er laut auf und hebt beide Hände. »Moment, willst du mir nahelegen, ich soll mich wieder an Ludivine ranmachen. Schlag dir das aus dem Kopf.«

Richard lächelt. »Hab mir gedacht, du würdest das sagen.« Er beugt sich ebenfalls vor. Sie unterhalten sich fast im Flüsterton. »Wenn du uns hilfst, das Gold ausfindig zu machen, und es uns gelingt, es den rechtmäßigen Besitzern zurückzugeben, soll es dein Schaden nicht sein.«

Das gefällt René schon besser. »Von wie viel sprechen wir?«

Richard fischt einen goldenen Kugelschreiber aus der Innentasche seines Jacketts und schreibt eine Zahl auf eine der Papierservietten, welche Evi mit einer Auswahl an Apéro-Gebäck und gesalzenen Nüssen auf den Tisch gelegt hat. Er faltet sie zusammen und schiebt sie ihm zu.

René blinzelt nervös, als er die Zahl sieht. Er steckt die Serviette ein. »Was muss ich tun?«

»Ludivine dazu bringen, dass wir uns in ihrem Jagdhaus umsehen können.«

Renés Miene verdüstert sich. »Wir sollten uns beeilen. Ich habe läuten gehört, sie will das alte Gemäuer verkaufen, weil es im Unterhalt zu teuer wird.«

»Wann?« Richard macht ein sorgenvolles Gesicht.

»Keine Angst. Ich habe schon eine Idee.« Er winkt Evi zu, die ihn vom Bartresen aus erwartungsvoll ansieht. »Bringst du uns eine Flasche Dom Pérignon, Evi? Und drei Gläser. Du trinkst doch einen Schluck mit uns?«

Ein strahlenderes Lächeln hat sie ihm bisher nie geschenkt.

FÜNFZEHN

»Deswegen hast du Richard umgebracht? Du wolltest das Gold für dich allein haben?« Cora fixierte Gamper. Sie hatte ihn nie als uneigennützigen Menschen gekannt. Er war sicher nicht aus altruistischen Motiven Arzt geworden. Sein Ziel war es, jedem zu beweisen, was für ein genialer Kerl er war, der mit spektakulären Operationen Menschenleben retten konnte. In seinem Leben zählte nichts als Ruhm, Macht und Frauen. Dass Gamper so skrupellos sein sollte, zu morden, überstieg dennoch Coras Vorstellungsvermögen.

»Es war nicht das …«, entgegnete er.

»Was war es dann?«

»Diese Idioten Matteo und Richard bekamen im letzten Moment kalte Füße. Sie wollten nichts mehr davon wissen, das Gold zu bergen. Sie hatten einen anderen Plan entwickelt.«

»Nämlich?«

»Die Informationen der Presse zuzuspielen. Das Ziel war, mit dem öffentlichen Druck die Regierung zu veranlassen, eine Untersuchung in die Wege zu leiten, wie damals, im Fall der namenlosen Bankkonten. Das Gold wäre für uns futsch gewesen.«

»Vor allem dein Millionenanteil für den Aufbau deiner Klinik.«

Gampers Blick suchte in Coras Augen Verständnis. »Ich habe schon ein Grundstück am Neuenburgersee gekauft. Dafür habe ich eine Hypothek aufgenommen. Ohne das Gold bin ich am Ende.«

»Dafür musste Richard sterben«, sagte Cora. »Und Matteo ebenfalls, nicht wahr?«

Gamper hob resigniert die Schultern. »Die beiden waren selber schuld. Wegen dieser zwei Idioten habe ich mich ruiniert. Ich habe es ihnen gesagt, aber sie wollten nichts hören.«

»Ich glaubte, du liebst mich aufrichtig, du Schwein!«, stieß Ludivine hervor, bei der die Schmerztablette zu wirken begann. »Du wolltest mich kaltblütig erschießen.«

Gamper sah sie wütend an und hob das Gewehr. Cora stellte sich vor Ludivine. »Es hat keinen Zweck mehr, René.« Sie streckte die Hand nach der Waffe aus. »Gib es mir.«

»Ich denke nicht daran. Sie hat mich reingelegt und in diese Falle gelockt.«

Ludivine stieß scharf die Luft aus. »Ich habe dir vertraut, du hast mir versprochen, wir würden wieder zusammenkommen. Dabei wolltest du nur an das verfluchte Gold und mich dann aus dem Weg räumen.«

»Das ist nicht wahr, ich liebe dich, Ludivine.«

»Du hast eine eigenartige Art, deine Liebe unter Beweis zu stellen«, sagte Cora. »Hast du das Gold wenigstens gefunden oder nicht?«

René nickte in Richtung des Lochs. »Schau mal dort rein.«

Cora spähte durch die freigesprengte Lücke in der Mauer. Im dahinterliegenden Dunkel konnte sie nichts erkennen.

»Nimm deine Taschenlampe. Keine Sorge, ich schieße dir nicht in den Rücken.«

Im Strahl ihrer LED-Lampe sah sie das Ausmaß des obskuren Raumes. Das Gewölbe war nur wenig kleiner als der Holzkeller. Acht massive grau lackierte Holzkisten standen in der Mitte. Auf jeder war eine Markierung mit schwarzer Farbe angebracht. Cora hatte dieses Symbol bisher lediglich auf Bildern oder in Filmen gesehen. Im blutigsten Jahrzehnt der modernen Menschheitsgeschichte gehörte es zu den meistgefürchteten Emblemen einer Macht, die sich in ihrer größten Ausdehnung über ganz Europa und Nordafrika bis in die Steppen Russlands erstreckte: der nationalsozialistische Reichsadler mit ausgebreiteten Schwingen. Seine Krallen umklammerten einen stilisierten Ehrenkranz, in dessen Mitte das Hakenkreuz prangte. Das Symbol des Dritten Reiches, welches in den Köpfen seiner Erschaffer tausend Jahre bestehen sollte und bereits nach deren zwölf in Trümmern lag. Daneben war ein weiteres Zeichen in den Lack gebrannt, welches Millionen in Angst und Schrecken versetzt hatte: Es war ein Totenkopf, der Cora böse angrinste. Darunter war die SS-Rune deutlich zu erkennen. Die Male des Bösen, zu dem Menschen fähig waren, leuchteten ihr im Licht der Lampe entgegen. Um Coras Herz legte sich eine kalte Klammer, die sich langsam zusammenzog.

Sie stieg durch die Öffnung in das Gewölbe. Die Kisten übten eine unheimliche Anziehungskraft auf sie aus. Wie in Trance ging sie darauf zu. Bei einer war der Deckel aufgebrochen worden. Sie leuchtete hinein. Für eine Sekunde dachte sie, der gleißende gelbe Glanz des Metalls würde sie blenden. Das konnte nicht sein. Sie befand sich in einem Alptraum, aus dem sie jeden Moment erwachen musste. Sie streckte die Hand nach einem der Goldbarren aus und zog sie rasch zurück. Sie fürchtete, sich mit dem Blut der Millionen Opfer zu besudeln, die dafür ihr Leben lassen mussten. Auf den Barren waren Reichsadler und Hakenkreuze über dem Schriftzug »Deutsche Reichsbank« mit dem Hinweis »1 Kilo Feingold – 999.9« eingraviert. Jeder Barren war mit einer Seriennummer versehen.

Cora wollte etwas sagen, aber die Worte blieben ihr im Hals stecken, denn der Strahl der Taschenlampe hatte für den Bruchteil einer Sekunde etwas erfasst, was sie zutiefst erschütterte. Sie richtete die Lampe zurück an die Stelle.

Der Schädel sah sie mit demselben makabren Grinsen an wie die stilisierte Version auf der Holzkiste. Einen erstickten Laut von sich gebend wich sie zurück. Dabei strauchelte sie hinterrücks über ein Hindernis und taumelte gegen die Wand. Sie erkannte, was sie zum Stolpern gebracht hatte, und diesmal entfuhr ihr ein schriller Aufschrei, als sich das mumifizierte Skelett wie ein müdes Kind an sie lehnte. Sie rappelte sich auf und eilte zurück zur Öffnung.

Sie drehte sich um und leuchtete den Raum erneut aus. Ihr Blut gefror. Zehn Gerippe lehnten sitzend oder seitlich am Boden liegend an der Wand. An vier von ihnen hingen Fetzen einer feldgrünen Uniform, wie sie die Angehörigen der Schweizer Armee im Zweiten Weltkrieg getragen hatten. Die sechs anderen trugen Reste eines grauen Waffengewandes. An einem erhaltenen Kragenspiegel waren die SS-Runen erkennbar. Die Offiziersmütze mit dem Totenkopf auf dem Schädel verlieh dem Bild eine makabre Dualität. Das Loch im Schädelknochen war deutlich zu sehen. Es waren die Überreste des Offiziers, dem Leopold Spiegelberg in den Kopf geschossen hatte. Cora fühlte sich in einen schlechten Horrorfilm der sechziger Jahre versetzt: Die Toten bewachten den verfluchten Schatz. Das hier war kein Keller mehr, es war eine Gruft, eine Grabstätte des Bösen.

Die Vorstellung, die letzten Tage und Nächte über diesem Ort verbracht zu haben, versetzte Coras Magensäfte in Wallung. »Was ist hier passiert?«, fragte sie, um dem aufsteigenden Brechreiz entgegenzuwirken.

»Sie haben die Leichen der Begleitmannschaft hierhergebracht«, sagte Gamper lapidar.

»Und … die Soldaten in den feldgrünen Uniformen … die Schweizer?«

»Überflüssige Mitwisser. Sie haben geholfen, das Gold herzuschaffen, bevor sie von Spiegelberg oder von Gottfried Schwizgebel liquidiert wurden.«

»Niemand hat sie vermisst?«, fragte Cora. »Vier Schweizer Soldaten sterben, ohne dass dieses Land in kriegerische Handlungen verwickelt war?«

»Schweizer Soldaten kamen auch im friedlichen Aktivdienst ums Leben. Es gab immer wieder Unfälle bei Übungen im Gebirge. Spiegelberg wird das entsprechend eingefädelt haben.«

»Ich muss hier raus, sonst wird mir schlecht.« Cora stieg durch das Loch in den Keller. Sie fixierte Gamper scharf. Es behagte ihm augenscheinlich nicht. Ihr Flammenblick erfüllte seinen Zweck.

»Was starrst du mich so an?«, fragte er.

»Was hast du vor, René?«, sagte sie mit eisiger Stimme.

»Willst du Ludivine und mich erschießen und die Tonne Gold in deinen Rucksack packen. Danach lässt du dich seelenruhig mit dem Helikopter ausfliegen?«

Er starrte sie mit offenem Mund an. Dann fing er an, schrill zu lachen.

»Sag schon. Wie hast du dir das vorgestellt? Wie erklärst du es den Behörden? Die werden sicher die eine oder andere Frage zu Matteos und Richards Tod haben und zu all den anderen.«

Gampers Lachen erstarb. »Schau mal in die Kisten.«

Cora sah ihn verblüfft an.

»Na los, mach schon. Schau in die Kisten. Du brauchst nur die Deckel abzuheben.«

Sie folgte seiner Aufforderung. Sie entfernte den Deckel einer der Kisten und leuchtete hinein – gähnende Leere. Sie wiederholte den Vorgang bei den übrigen Kisten mit dem gleichen Ergebnis. »Wo ist das Gold?«

Gamper lachte noch einmal kurz auf. »Das ist im wahrsten Sinne des Wortes die Millionenfrage, Cora.«

Er breitete die Arme aus. »Du kannst mich durchsuchen, ich hab's nicht. Die paar Barren in der einen Kiste sind alles, was noch hier ist.«

»Spiegelberg hat alles für sich gebraucht?«, fragte sie ungläubig.

»Sieht so aus.«

»Und dafür hast du unsere Freunde umgebracht: Matteo, Richi und Sibylle, Chantal und Schwizgebel.«

»Mit dem Tod von Sibylle, Chantal und Fredi habe ich nichts zu tun«, rief Gamper. »Matteo habe ich die Überdosis Herztropfen in sein Wasserglas gegeben, während ihr durch seinen ersten Hustenanfall abgelenkt wart. Richard konnte ich im Schlaf mit dem Kissen ersticken. Die beiden wollten nicht mehr mitmachen. Damit wurden sie lästig. Die anderen gehen nicht auf mein Konto. Die kannst du mir nicht anhängen.«

»Stimmt, das war ja Brand.«

»Wer denn sonst?«

Cora überlegte. Jedenfalls konnte es nicht Gamper gewesen sein, der Magdalena in den Abgrund gestoßen hatte. Der Einzige, der für diese Tat in Frage kam, war tatsächlich Brand.

Sie streckte erneut die Hand nach Gampers Gewehr aus. »Damit kommst du nicht davon. Gib auf und wir warten zusammen auf den Helikopter.«

Ludivine hatte die Auseinandersetzung der beiden stumm beobachtet. Ihre Züge waren weniger verzerrt. Das Schmerzmittel hatte seine volle Wirkung entfaltet.

Gamper schüttelte hastig den Kopf. In seinen Augen lag ein fiebriger Glanz. »Das würde dir so passen, was, Cora? Du willst dir den restlichen Schatz selber unter den Nagel reißen. Wer sagt denn, dass nicht du es gewesen bist, die die anderen um die Ecke gebracht hat?« Er lachte meckernd. »Gib es zu, du hast Magdalena den Wasserfall hinuntergestoßen.«

»Das ist Unsinn. Ich käme damit genau so wenig davon wie du.« Sie trat zwei Schritte auf ihn zu.

»Bleib zurück oder ich knalle dich ab, Cora, ich schwöre es.«

Die Farce musste ein Ende haben. Sie machte einen weiteren Schritt auf Gamper zu. »Du gibst mir das Gewehr. Jetzt!«

In Bekräftigung der Aufforderung zog sie die Pistole aus der Tasche. Gamper reagierte nicht wie erwartet. Anstatt zu zögern, hob er das Gewehr, zielte auf Cora und drückte ab.

Ludivine schrie auf.

Die Kugel ging haarscharf an Coras Kopf vorbei und schlug hinter ihr in die Wand neben dem Türbalken ein. Cora war benommen vom Schock. Sie hatte ihre Pistole fallen lassen. War das ein gezielter Warnschuss gewesen, oder hatte Gamper in der Erregung danebengeschossen?

Mit einem lauten Fluch lud er das Gewehr durch und trat einen Schritt auf Cora zu. Dabei achtete er nicht mehr auf Ludivine, zu der er einen Sicherheitsabstand bewahrt hatte. Sie stellte ihm ein Bein, was ihn zu Fall brachte.

Gamper rappelte sich blitzschnell auf. »Du verfluchte Hure, das wirst du bezahlen.« Er richtete das Gewehr auf Ludivine.

»René, nicht!«, rief Cora. Das lenkte dessen Aufmerksamkeit zurück auf sie. Ludivine nutzte den unbeobachteten Moment. Sie ergriff die am Boden liegende Pistole. »René!«

Kaum hatte er sich zu ihr umgedreht, zog sie den Abzug dreimal durch.

Gamper hatte keine Chance. Zwei Kugeln trafen ihn in die Brust, ein abgerissener Zufallstreffer zerfetzte seine Halsschlagader. Ludivine ließ die Waffe fallen, während Cora wie in Trance auf den Sterbenden starrte. Gamper hätte sie zweifellos getötet, wenn Ludivine nicht geschossen hätte.

»René!« Ihre Verletzung ignorierend kroch Ludivine auf allen vieren zu Gamper. Mit bloßen Händen versuchte sie die Blutfontäne zu stoppen, die stoßweise aus seinem Hals spritzte und das herumliegende Brennholz rot färbte.

Gamper blickte mit aufgerissenen Augen um sich. Er wollte sprechen. Anstelle von Worten schäumte Blut aus seinem Mund. Cora streifte Jacke und Pullover ab. Darunter trug sie ein Thermoshirt aus Merinowolle. Sie zog es aus und presste es auf die Wunde, obwohl für Gamper jede Hilfe zu spät kam. Allein die beiden Projektile, die in seine Brust eingedrungen waren, waren tödlich. Am Oberkörper nur mit ihrem Büstenhalter bekleidet, kauerte sie über Gamper, ohne die Kälte zu spüren, die sich langsam in ihre Glieder fraß.

»Cora.« Mit seiner blutbesudelten Hand packte Gamper unvermittelt ihren Arm.

»Nicht sprechen, René. Bleib ruhig.«

Der Druck auf ihren Arm verstärkte sich. »Cora … ich habe … nicht … pass auf, du weißt …«

Die Hand erschlaffte. Sie hinterließ eine blutige Spur auf Coras Arm. Es war vorbei. Seine Augen blickten durch Cora hindurch in die Unendlichkeit. »Es tut mir leid, René.« Sie drückte seine Lider zu. Bleischwere Müdigkeit ergriff von ihr Besitz. Acht Menschen waren tot. Die Clique, ihre Jugendfreunde, mit denen sie über Jahre durch dick und dünn gegangen war. Welchem Schicksal hatten sie und Ludivine es zu verdanken, bisher verschont geblieben zu sein? Hätte Cora in diesem Moment nicht Mila und Julian vor Augen gehabt, wäre sie am liebsten in diesem Keller geblieben und hätte gewartet, bis entweder der Helikopter kam oder der Tod seine Hand auch nach ihr ausstreckte.

»Cora.« Ludivines Stimme holte sie aus den Grübeleien. Sie stand hinter ihr und legte ihr die Windjacke über die Schultern.

»Du solltest nicht stehen, Ludivine. Setz dich wieder hin.«

»Und du solltest dich wieder anziehen. Hier unten ist es kühl.« Sie reichte Cora den Pullover, den sie achtlos zu Boden geworfen hatte.

Sie standen vor Gampers Leichnam. Ludivine schluchzte. »Ich wollte ihn nicht töten. Ich habe ihn geliebt, aber –«

Cora umfasste ihre Schulter. »Er hätte mich erschossen. Du hast in Notwehr gehandelt.« Sie drückte Ludivine an sich. »Wie ist das überhaupt passiert? Ich dachte, ihr hättet euer Glück wiedergefunden.«

»Das dachte ich auch«, erwiderte Ludivine mit einem traurigen Lächeln. »René und ich hatten uns seit der Trennung damals nie aus den Augen verloren. Wir waren Freunde geblieben.«

Cora hatte das nicht mitbekommen. Sie war die Erste gewesen, die sich von der Clique getrennt hatte, weil sie ihren eigenen Weg gehen wollte.

»Das Zusammentreffen in ›Blutlauenen‹ war seine Idee. Er meinte, wir alle sollten ein letztes Mal zusammen feiern, bevor ich das Haus verkaufe. Bei den Vorbereitungen sind wir uns wieder nähergekommen. Es war schön, erneut von ihm umschwärmt zu werden – wie früher.«

»Ihr wart damals das Liebespaar par excellence.«

»Ich träumte davon, es könnte wieder so sein.« Ludivine machte eine Grimasse, als wollte sie den Toten bespucken. »Er hat mich benutzt. Er fing an, von diesem Gold zu reden, und fragte mich darüber aus. Ich hatte von all dem keine Ahnung. Meine Mutter hat nie mit mir darüber geredet. Ich bin überzeugt, sie weiß selber nichts davon.« Ludivine deutete in Richtung der makabren Schatzkammer. »Sie erzählte mir, Vater hätte nie vom Krieg gesprochen, erst recht nicht darüber, was er in dieser Zeit getan hatte. Wenn ich gewusst hätte, was sich hier unten befindet …« Sie machte eine umfassende Geste. »Das alles hier ist auf dem Blut unschuldiger Menschen gebaut. ›Blutlauenen‹ – ich hätte nie gedacht, was der Name wirklich bedeutet.«

»Warum, meinst du, hat René auf dich geschossen?«

»Er hat die Grundrisse entdeckt, die du im Großen Salon ausgebreitet hattest. Er wollte den Keller unbedingt finden. Ich war wie vor den Kopf gestoßen. Er meinte, es wäre Blochs Letzter Wille gewesen, mit dem Gold die Hinterbliebenen der Opfer der Schoah zu entschädigen.«

»Wollte er das wirklich?«

»Erst glaubte ich es, und ich denke auch, dass es ursprünglich seine Absicht war. Dann habe ich seine Augen gesehen. Ich weigerte mich. Er wurde wütend und hat mich angegriffen. Ich flüchtete in den Kleinen Salon. Wir haben gerungen. Dabei ist die Glashaube mit dem Rubinstein zu Bruch gegangen.«

»Und der Stein?«

»Ich weiß nicht, er muss irgendwo liegen, unter einem Sessel oder einem Schrank. Als René vor der Mauer stand und realisierte, welcher Schatz sich dahinter verbarg, drehte er endgültig durch. Er fing an, wie wahnsinnig zu lachen, und sagte, wir wären steinreich. Schließlich hat er gemerkt, dass die Wand hinter dem Holzstapel hohl ist und aufgesprengt werden konnte.«

»Du hast mir nicht gesagt, warum er auf dich geschossen hat.«

»Sobald das Gewölbe offengelegt war, hat er die Kontrolle über sich verloren. Er hat die Kisten aufgebrochen. Ich wollte ihn zurückhalten. Er stieß mich weg. Als er sah, dass alle bis auf eine Kiste leer waren, fing er an, wie ein Wahnsinniger zu toben. Ich habe es mit der Angst zu tun gekriegt. Das Gewehr lag neben ihm am Boden. Ich wollte es an mich nehmen. René merkte es. Er war schneller.« Tränen schossen in Ludivines Augen. »Er hat sofort geschossen.«

Cora hatte nie aufgehört, sich zu wundern, wie sich vernünftige und rational denkende Menschen beim Anblick von unermesslichen Schätzen in gierige Raubtiere verwandelten. Für einen Augenblick hatte sie ebenfalls die verderbende Anziehungskraft der Goldbarren gespürt. Vor Jahren hatte Cora die Uhren- und Schmuckmesse in Basel besucht. Der Anblick edler, mit Diamanten und Brillanten besetzter Schmuckstücke aus Gold, Silber und Platin hatte sie damals kaltgelassen. Lag es daran, dass an dem Gold in der Gruft ein millionenfacher Fluch klebte? War es die Faszination für eine dunkle Macht, die sie, wenn auch nur ganz kurz, in ihren teuflischen Bann gezogen hatte?

»Und jetzt? Wie weiter?«, fragte Ludivine.

Die Frage riss Cora aus ihren Gedanken. »Wann kommt der Helikopter?«

»Vielleicht in zwei oder drei Stunden.«

»Wir warten, was sollen wir sonst tun?«

»Gehen wir nach oben? Ich halte es hier unten nicht mehr aus.«

Cora schnupperte. Ein Geruch, den sie vor ein paar Minuten vage wahrgenommen hatte, stach ihr penetranter in die Nase.

»Was hast du?«, fragte Ludivine.

»Riechst du das nicht?«

Ludivine schnüffelte vernehmlich. »Riecht wie Rauch.«

»Denke ich auch. Im Haus brennt es.«

Sie stießen die Kellertür auf. Beißender Qualm kam ihnen entgegen. Sofort übermannte sie ein quälender Hustenreiz. Sie versuchten, durch den Korridor Richtung Treppenhaus vorzudringen. Neben der Rauchentwicklung verstärkte sich die Hitze, je weiter sie vorwärtskamen. Bei der Treppe gab es kein Durchkommen, ohne ihr Leben aufs Spiel zu setzen. Glimmende Trümmerteile regneten von oben herab. Über ihnen stand das Haus in Flammen.

»Zurück, schnell!«, brachte Cora zwischen zwei Hustenanfällen heraus.

Auf dem Weg zum Holzkeller bemerkte Cora die offen stehende Tür zum Kühlraum mit den Leichnamen. Sie hatte den Raum nie betreten. Sie warf einen Blick auf die sechs aufgebahrten und mit alten Betttüchern verhüllten Körper, bevor sie die Tür verriegelte. Das massive Holz würde das Feuer hoffentlich eine Weile zurückhalten. »Wir könnten hier warten. Die Tür hält den Flammen sicher einige Zeit stand.«

Ludivine schüttelte vehement den Kopf. »Ich bleibe auf keinen Fall hier.«

Cora diskutierte nicht. Sie gingen weiter. Bei der Waschküche hieß sie Ludivine, umherliegende Kleider und Tücher einzusammeln, während sie Wasser in den Waschtrog laufen ließ. Nachdem sie die Textilien im Wasser getränkt und einen herumstehenden Eimer gefüllt hatten, traten sie weiter ihren Rückzug zum Holzkeller an. Mit dem Wasser hatten sie vielleicht eine Überlebenschance. Ihr Blick fiel auf die Gasflaschen, die in einer Ecke standen. Dann fiel ihr der Sprengstoff im Werkzeugschrank des Holzkellers ein.

Sie saßen in der Falle.

Sie hatten die Lücke zwischen Tür und Boden so gut es ging mit Textilien abgedichtet. Das hielt den dichter werdenden Qualm nicht ab, der durch die Ritzen und Spalten der Tür ins Innere des Raumes drang.

»Wie lange kann die Tür den Flammen standhalten?«, fragte Cora.

»Sie ist alt und war nicht als Brandschutztür gedacht. Sie hält das Feuer vielleicht maximal eine halbe Stunde fern.«

»Also sollten wir zusehen, wie wir hier rauskommen. Wenn die Flammen bis hierher durchbrechen, haben wir keine Chance. Sofern wir nicht an einer Rauchvergiftung eingehen, fliegt uns der Sprengstoff um die Ohren oder die Gasflaschen, sobald das Feuer sie erreicht.«

»Das wird in ein paar Minuten so weit sein, wenn wir uns nicht beeilen. Die Flammen sind bald bei der Waschküche.«

Ludivine hatte recht.

»Wir müssen weg, sofort.«

»Wie? Der einzige Weg führt über den Korridor ins Treppenhaus«, brach es aus Ludivine zwischen zwei Hustenanfällen hervor.

»Nicht ganz.« Cora deutete zur Luke mit der Holzrutsche. Ludivine hatte vorhin beim Kühlraum instinktiv richtig reagiert. Dort gab es keinen Ausstieg.

Ludivine starrte sie entgeistert an. »Da komme ich mit meiner Verletzung nie hoch.«

»Doch, das kommst du.« Cora half ihr aufzustehen. »Oder wir haben die Wahl zwischen ersticken, verbrennen und in die Luft fliegen. Das wünsche ich uns beiden nicht.«

»Ich schaffe es nicht, ich werde abstürzen.«

»Ich helfe dir.« Cora reichte ihr die Arbeitshandschuhe. »Ich habe es letzthin geschafft, dabei bin ich sicherlich die weniger Sportliche von uns beiden. Du kletterst zuerst. Ich sage dir, wo du den Fuß hinsetzen musst, damit der Stapel nicht einstürzt.«

Innerlich war Cora bei Weitem nicht so zuversichtlich, wie sie den Anschein gab. Sie hatte keine Ahnung, wie viel Zeit ihnen blieb, bis die Flammen die Gasflaschen in der Waschküche erreichten. Grundsätzlich waren moderne Behälter explosionssicher. Auf Cora hatten sie einen recht abgenutzten Eindruck gemacht. Wenn die Flaschen nicht komplett dicht waren und auch nur kleine Mengen von Gas austraten, würde es für beide fatal enden.

Ludivines Besteigung des Holzstapels verlangte Cora einiges an Geduld ab. Ludivine zögerte lange, bevor sie den nächsten Tritt machte. Cora drängte sie nicht und redete ihr zu. Wenn der Stapel einstürzte, blieb ihnen keine Zeit mehr, ihn wiederherzurichten. Eine Leiter, die man an die Wand stellen konnte, war im Raum nicht vorhanden. Minuten später, von denen Cora jede einzelne wie eine Ewigkeit vorkam, war Ludivine oben angelangt. Sie warf Cora die Handschuhe hinunter, bevor sie durch die Rutsche kletterte.

Sobald Cora das erlösende »Ich hab's geschafft!« hörte, fing sie an zu klettern. Im Vergleich zu Ludivine war sie in Nullkommanichts oben, und das keinen Augenblick zu früh. Kaum hatten sie sich draußen ein paar Meter von der Luke entfernt, vernahmen sie aus dem Innern des Gebäudes ein lautes Zischen. Durch die Hitze des Brandes musste sich bei den Flaschen ein Überdruck entwickelt haben, der das Gas entweichen und entzünden ließ. Sie explodierten Sekunden später in einzelner Abfolge. Stichflammen schossen aus der Luke, aus der sie gerade gestiegen waren, gefolgt von einer weiteren heftigen Detonation. Vermutlich der restliche Sprengstoff im Werkzeugschrank. Der Teil des Gebäudes, der direkt über dem Keller lag, stürzte teilweise ein und gab dem Feuer neue Nahrung. Die beiden Frauen flüchteten vor der sich ausbreitenden Hitze. Cora wünschte innigst, das restliche verfluchte Gold würde in diesem Keller verdampfen.

Das Haus »Blutlauenen« stand vom Erdgeschoss bis zum Dachstock in Vollbrand. Sie wichen weiter zurück, um den Abstand zum Hitzeausfall zu vergrößern. Cora gingen die Toten im Kühlraum durch den Kopf. Das Feuer wurde zu ihrem Grab.

Sie prüfte Ludivines Verband. Er hatte gehalten, kein Blut sickerte durch. »Hast du Schmerzen?«

»Es geht schon. Wir sollten schnell weg von hier.«

»Wohin? Der Weg ins Tal ist verschüttet. Der Geltentritt ist zu gefährlich. Besser, wir bleiben hier, bis der Helikopter kommt. Wenn sie im Tal unten das Feuer sehen, alarmieren sie die Alpine Rettung.«

»Und wenn der Mörder uns in den Rücken fällt?«

»Der ist vermutlich über alle Berge, nachdem er das Haus angezündet hat. Er denkt, wir sind im Feuer umgekommen«, sagte Cora.

»Und wenn nicht?« Ludivine schlug den Weg Richtung Gelten ein.

»Du willst wirklich über den Geltentritt?«, fragte Cora. Sie sah in den Himmel. Sie hatte noch gar nicht bemerkt, dass der Nebel sich komplett aufgelöst hatte. Hohe Wolken zogen, umgeben von einem tiefen Blau, dahin. Die Felswände und die mit Neuschnee bedeckten Gipfel des Niesehorns und des Follhorns zeichneten sich messerscharf von der Atmosphäre ab. Die Ebene der Tungelalp lag sonndurchflutet und in Frieden vor ihnen, getrübt allein von der Feuersbrunst, die sich durch »Blutlauenen« fraß.

»Es wird wärmer«, sagte Ludivine. »Wenn wir Glück haben, ist der Pfad weniger vereist. Bitte, Cora, ich will nicht hierbleiben. Jemand hat dieses Feuer gelegt. Es kann nur Brand gewesen sein. Er ist der Einzige außer uns, der hier oben herumlungert. Es ist besser, in Bewegung zu bleiben.«

Cora überlegte. Ihre Zweifel, Brand könnte der Täter sein, waren nicht ausgeräumt. Für sie waren es lediglich Indizien, die gegen ihn sprachen.

Berthes Sohn war auf der Geltenhütte, um das Haus für die Saison vorzubereiten. Dort gab es vielleicht ein funktionierendes Telefon.

»Lass uns gehen«, sagte sie.

Ludivine umarmte sie.

»Wofür war das?«, fragte Cora überrascht.

»Ohne dich wäre ich tot. Ich danke dir.«

»Schon gut«, antwortete Cora verlegen. Sie wagte es nicht, Ludivine in die Augen zu sehen.

CORA JOHANNIS, LUDIVINE SPIEGELBERG – AUGUST 1988

Cora streift das T-Shirt über ihren nackten Oberkörper und steigt in ihre knappen Shorts. René räkelt sich im Heu und beobachtet sie dabei.

»Was ist?«, fragt sie. »Beeil dich mit Anziehen, bevor die anderen nach uns suchen.« Mit einem Schminkspiegel, den sie aus ihrer Gesäßtasche zieht, prüft sie den Sitz ihrer Frisur.

»Ich will es noch mal machen«, fordert René.

Sie zupft einen dürren Grashalm aus ihren Locken. »Sicher nicht jetzt. Lüdi könnte Verdacht schöpfen.«

»Das ist mir egal. Du bist die Einzige, die für mich zählt, Cora.«

»Ist das so? Oder ist es dir erst in den Sinn gekommen, nachdem du meine Hupen und den ganzen Rest gesehen hast.«

Er grinst frech. »Du weißt ja, ich will Geschäftsmann werden. Da gehört es sich, die Ware vorher zu betrachten.«

»Ach ja?« Sie wirft ihm einen spöttischen Blick zu.

»Deine Augen, Cora. Hat man dir eigentlich schon gesagt, dass du damit einen Mann in Brand setzen könntest?«

Sie klappt den Taschenspiegel zu. »Nein.« Dann kauert sie sich ins Heu und bewegt sich auf allen vieren auf ihn zu. Sie fixiert ihn, während sie seine Stirn antippt. »Ich versuche es vielleicht mal bei dir, dafür, dass du mich als Ware bezeichnest. Sonst geht's dir gut, oder wie?«

»Ich hab's nicht so gemeint. Ich brenne ja schon für dich.«

»Will ich dir geraten haben. Mach endlich vorwärts.«

Sie will aufstehen. Er ist schneller und packt sie von hinten. Sie will sich ihm entziehen. Er wirft sich mit einer geschickten Drehung auf sie. »Ich habe gesagt, ich will dich noch mal. Du hast mich angemacht, nutze es wenigstens aus.« Seine Hand wandert unter ihr T-Shirt. Mit einem Knie zwingt er ihre Schen-

kel auseinander. Cora schließt die Augen. Er ist gut in dem, was er gerade tut. Sie mag es verwegen, und das weiß er. Deshalb klammert sich die kühle Ludivine an ihn wie eine Klette. Cora wundert sich, dass Renés Ding bei Ludivine nicht schon eingefroren ist, wenn er sie … Sie wischt den Gedanken beiseite. Sie genießt diese Momente mit René. Er ist beinahe so gut wie der blutjunge hübsche Aushilfslehrer, der für ein paar Wochen eine Vertretung in ihrer Schule machte. Erst hatte er sich geziert, dann konnte sie ihn von ihren Vorzügen überzeugen.

Der Lehrer ist fort. René wird sie sich warmhalten. Es fühlt sich gut an, der schönen Ludivine den Lover ausgespannt zu haben.

Mit einem kräftigen Schwung wirft sie ihn ab. »Es geht nicht, habe ich gesagt. Wenn Lüdi dahinterkommt, sind wir beide tot.«

»Wenn schon, wenigstens hat es sich gelohnt.«

Sie überlegt kurz. »Samstagnachmittag könnte klappen.«

»Wann?«

»Ich ruf dich an. Sind deine Eltern noch verreist?«

»Ich habe sturmfreie Bude bis Sonntagabend.«

»Gut, los jetzt!«

Cora öffnet das Tor des Heuschobers einen Spaltbreit. Sie schließt es sofort wieder.

»Scheiße, Ludivine, sie kommt hierher.«

»Was? Meinst du, sie hat was gemerkt?«

»Das weiß ich doch nicht, verdammt. Ich habe dir gesagt, wir sind zu lange weggeblieben.« Cora schubst René vor zum Tor. »Geh raus zu ihr. Sie darf auf keinen Fall reinkommen.«

»Was soll ich ihr sagen?«

»Was weiß ich – irgendwas. Schaff sie weg von hier.«

René tut wie geheißen. Cora zieht sich sicherheitshalber ganz nach hinten in die Scheune zurück. Von dort hört sie zu, wie die beiden draußen streiten.

»Wo warst du?« Ludivines Stimme überschlägt sich beinahe. »Ich habe dich überall gesucht.«

»Entschuldige. Ich habe etwas verloren.«

»Da drin? Was zum Teufel kann dir in dieser Bruchbude abhandengekommen sein?«

»Mein Sackmesser. Ich war vor einiger Zeit mal in der Gegend. Ich habe den Schober vorhin gesehen, und da ist mir in den Sinn gekommen, ich könnte es hier verloren haben.«

»Und um diese Hütte zu durchsuchen, brauchst du fast eine Stunde? Hast du dein Messer wenigstens gefunden?«

»Leider nein. Das ist viel Heu drin, weißt du.«

»Soll ich dir suchen helfen?«

»Ach lass es, ist ja egal. Das Ding ist schon alt.«

»Trotzdem hast du fast eine Stunde danach gesucht?«

»Ja, ist ja gut. Ich hab's halt nicht gefunden, lass uns zu den anderen zurückgehen.«

Die nächste Frage lässt Coras Herz gefrieren. »Hast du Cora gesehen? Die ist etwa so lange überfällig wie du.«

»Keine Ahnung.« Renés Stimme tönt gleichgültig. »Möglich, dass sie hier vorbeigekommen ist, als ich drinnen war. Sie ist sicher schon zurück bei den anderen.«

Die Stimmen der beiden entfernen sich. Cora wischt sich erleichtert den Schweiß von der Stirn. Sie wartet ein paar Minuten, bevor sie ins Freie tritt. Auf dem Weg zur Stelle am Waldrand, wo die Clique ihren Lagerplatz für den Abend hatte, kommen die Gewissensbisse. Trotz ihres unnahbaren Wesens ist Ludivine stets loyal und fair zu ihr gewesen.

Die anderen halten aufgespießte Würste ins Feuer.

»Wo warst du vorhin so lange?«, fragt Bloch.

»Spazieren, habe ich doch gesagt«, erwidert Cora.

»Hast du den Wald der Länge und der Breite nach durchquert, oder was?«

»Ja, und? Ich habe mich verlaufen, weil ich einem Reh und seinem Kitz gefolgt bin. Der Scheißdschungel hier ist ja unendlich. Auf einmal stand ich auf der anderen Seite des Waldes vor einem Kaff, das ich nie gesehen habe – Küterlofen oder wie das heißt.«

»Lüterkofen«, korrigiert sie Matteo lachend. »Und der Scheißdschungel heißt Grimpbachhubelwald.«

»Whatever.« Cora trinkt einen Schluck Bier aus ihrer Flasche. Die Käffer können ihr gestohlen bleiben. In zwei Jahren fängt sie ihr Studium an der Uni Basel an. Später will sie Journalistin werden, und ab dann gibt es für sie nur die große, weite Welt.

Sie setzt sich neben Ludivine ins Gras und stützt sich mit den Ellbogen auf dem Waldboden ab. Vor ihnen liegt das Aaretal in der Abendsonne, dahinter erhebt sich der Jura vom Balmfluechöpfli über den Weissenstein und die Hasenmatt bis zum Grenchenberg. So viel kennt sie, der Rest hat sie nie wirklich interessiert. Auch den Namen des Dorfes zu ihren Füßen hat sie vergessen, irgendwas mit »Nenni«. Aus dem Hügel-und-Wald-Labyrinth, das sich Bucheggberg nennt, wird sie ohnehin nie im Leben schlau.

Sie fährt zusammen, als Ludivine ihren Arm berührt.

Diese zieht ihre Hand schnell zurück. »Entschuldige, ich wollte dich nicht erschrecken. Alles in Ordnung mit dir?«

Cora muss sich räuspern. »Ja, ja klar. Ich bin ein wenig gestresst, weil ich mich vorhin verirrt habe. Außerdem habe ich einen Bärenhunger.«

»Willst du ein Sojaplätzli?«

Cora kann das vegetarische Zeug nicht ausstehen, im Moment scheint es ihr aber klüger, das Angebot anzunehmen.

Das Plätzli rutscht ihr beinahe vom Teller, als Ludivine sie unvermittelt auf die Wangen küsst. René sieht es. Ihm fallen fast die Augen aus dem Kopf.

»Wofür war das denn?«, fragt Cora.

»Nur so, dafür, dass du da bist.« Ludivine zwinkert ihr zu. Ihr Blick gleitet zu Coras Oberschenkel. »Du hast da was.« Unter dem Saum der ultrakurzen Shorts zieht Ludivine einen dürren Grashalm hervor. »Hat der dich nicht gezwickt?«

Cora sieht sie unverwandt an. Ludivine lacht. »Mach nicht so ein langes Gesicht wegen ein bisschen Heu.«

René lacht am lautesten mit. »Unsere Cora und das Heu, eine natürliche Verbindung.«

So ein Arschloch.

Während des ganzen Abends wird Cora das Gefühl nicht los, von Ludivine beobachtet zu werden.

SECHZEHN

Cora ließ die langsamere Ludivine vorausgehen. Hin und wieder warf sie einen Blick zurück nach »Blutlauenen«. Die schwarzen Rauchwolken in der azurblauen Unendlichkeit waren ohne Zweifel kilometerweit zu sehen. Im Tal mussten sie darauf aufmerksam werden.

Ihre Augen suchten immer wieder die Umgebung ab. Bisher war ihr nichts Verdächtiges aufgefallen – keine Spur von Brand. Vielleicht hatte er sich aus dem Staub gemacht, in der Gewissheit, dass Ludivine und sie zusammen mit Gamper in den Flammen umgekommen waren. Schlimmer war ihre Befürchtung, er könnte ihnen irgendwo auf dem Weg auflauern. Coras Feldstecher war mit ihren Sachen im Haus verbrannt. Das gleiche Schicksal musste ihr Notebook und die Unterlagen ereilt haben. Zum Glück hatte sie vor ihrer Abreise Sicherungskopien der Festplatte gemacht, von denen sie eine zu Hause und eine weitere in einem Bankschließfach aufbewahrte. Ihr Handy, Haus- und Autoschlüssel sowie etwas Geld trug sie auf sich. Das Wichtigste waren die Notizen und die Aufzeichnungen über die letzten Tage, die sie auf einem Datenstick bei sich hatte. Der Rest war ersetzbar.

Die Pistole war im Keller geblieben. Cora hatte es erst bemerkt, als sie draußen waren.

Der Pfad führte über ein teilweise verschneites Geröllfeld. Der schmale Weg selbst war mit Schneeresten und gefrorener Nässe bedeckt.

Sie näherten sich der Felswand, welche die westliche Flanke des Follhorns bildete. Sie fiel steil in das enge Tal ab, wo der Geltenbach seinen Lauf Richtung Lauenensee suchte. Cora schickte Stoßgebet um Stoßgebet zum Himmel, der felsige Pfad entlang der Wand möge begehbar sein. Sie wollte um keinen Preis auf diese verfluchte Alp zurückkehren.

An der Stelle, wo die Geröllhalde in die Felswand überging, waren Drahtseile im Felsen verankert, um die prekäre Passage für Wanderer zu sichern. Rechts war der Abgrund. Weiter vorne war die Metallleiter in eine Felsnase eingelassen worden. Cora schluckte leer. Die Hälfte des untersten Tritts der Leiter ragte ins Leere.

»Kommst du damit klar?«, fragte sie Ludivine.

Diese war vor dem schmalen Steg stehen geblieben und betrachtete die Vorrichtung unsicher.

»Gehst du voraus, bitte?«

»Okay, bleib dicht hinter mir, ja?«

Ludivine nickte verzagt.

»Halt dich am Drahtseil fest.«

Der Aufstieg auf der Leiter war trotz Glätte technisch keine Schwierigkeit, wenn man schwindelfrei war und nicht unter Höhenangst litt. Er verlief reibungsloser als die Überwindung des Holzstapels vorhin. Glücklicherweise trugen beide griffige Bergschuhe.

Cora konnte nicht erkennen, ob Ludivines Verletzung dieser zu schaffen machte. »Geht's?«, fragte sie. Sie reichte Ludivine die Hand, um ihr über den letzten Tritt hochzuhelfen. »Gratuliere, du hast es geschafft.«

Ludivine lächelte verbissen. Die Schmerzen waren ihr anzusehen.

»Willst du eine Schmerztablette?«, fragte Cora.

Ludivine winkte ab und zeigte voraus. »Geht schon. Lass uns weitergehen.«

Sie waren nicht aus dem Schneider. Die Leiter war eher spektakulär als schwierig zu überwinden. Der Weg dahinter hatte es in sich. Der Pfad verlief eng an die Felswand geschmiegt. Rechts drohte nach wie vor der Abgrund. Sie mussten jeden Schritt absichern. Voraus war ein lautes Rauschen zu vernehmen. Das musste die Kaskade des »Geltenschutzes« sein. Die Vibration der ungeheuren Energie der angeschwollenen Wassermassen drang durch die klare Luft bis zu ihnen.

Wie Cora es gehofft hatte, begann die wärmende Sonne den Pfad aufzuweichen. Am Vortag wäre der Durchgang unpassierbar gewesen. Cora wägte jeden Schritt ab, vor allem auf einer Passage mit einigen kurz aufeinanderfolgenden steilen Zickzackkurven. Ein Blick voraus entlockte ihr einen Seufzer der Erleichterung. Nach diesem Abschnitt würden sie aus dem Schlimmsten raus sein.

Der Pfad wurde etwas breiter und verflachte sich. Sie wandte sich erneut zu Ludivine um, die ein paar Meter hinter ihr ging. Als sich ihre Blicke begegneten, lächelte diese beruhigend. »Ich bin okay.«

Cora setzte ihren Weg mit voller Konzentration fort. Eine Bewegung ließ ihren Kopf nach oben schnellen. Knapp zehn Meter vor ihr stand die Gestalt, die sie während der vergangenen Tage in ihren Alpträumen verfolgt hatte. Die hünenhafte Erscheinung ragte wie ein Turm über ihr auf.

Sie wollte sich umdrehen und Ludivine warnen. Ihre Bewegung wurde im Ansatz vom Lauf einer Pistole in ihrem Rücken gestoppt. Sie hob reflexartig beide Hände.

»Endstation für dich, Cora«, sagte Ludivine ihr ins Ohr. »Knie dich hin. Die Hände schön oben lassen.«

Spitze Steine bohrten sich in Coras Knie. Ludivine stellte sich vor Cora hin. Sie hielt Spiegelbergs Ordonnanzwaffe in der Hand. Sie musste sie in einem unbeobachteten Moment eingesteckt haben, bevor sie den Stapel im Holzkeller hochgeklettert war.

»Du stecktest die ganze Zeit dahinter?«, fragte Cora.

»Du hast es erraten, und ihr alle habt mitgespielt, wie wir es vorausgesehen hatten.« Sie schubste Cora, sodass sie auf dem Rücken zu liegen kam.

Wenigstens schmerzten ihre Knie nicht mehr. »Wir?«, fragte Cora. »Du und Gamper, ihr beide habt das geplant?«

»Nicht ganz. René sollte glauben, er sei Teil des Plans. Ich hatte Hilfe von anderer Seite.« Ludivine drehte ihren Kopf. »Alles in Ordnung bei dir?«, fragte sie die Gestalt. Diese nickte.

Cora konnte das Gesicht unter der Hutkrempe nicht erkennen. Lediglich die weißen Bartsträhnen leuchteten im Licht der Sonne.

»Brand? Hat er die Drecksarbeit für dich gemacht?«

Ludivine lachte. »Der Schein trügt. Sieh genau hin.«

Die andere Person war fast bei ihnen. Sie nahm den breiten Hut ab. Cora stockte der Atem. Sie war nicht so groß, wie sie von ferne betrachtet den Eindruck machte.

»Das ist nicht Brand.«

»Scharf beobachtet, Cora. Langsam kommst du dahinter.«

Die Person löste den falschen Bart ab und klaubte Kontaktlinsen aus den Augen. Zum ersten Mal im Leben hatte Cora wirklich das Gefühl, ein Gespenst zu sehen. »Chantal?«, fragte sie fassungslos. »Das kann nicht sein, Sie sind ... Ich habe Sie vorhin im Keller bei den Toten gesehen.«

»Wieder ein Irrtum, Frau Johannis.« Die Frau hatte Chantals Stimme minus den französischen Zungenschlag. Sie sprach die gleiche solothurnisch gefärbte Mundart wie Cora. »Chantal ist tot. Sie wurde vor ein paar Wochen Opfer eines bedauerlichen Verkehrsunfalls.«

Cora fiel der Zeitungssauschnitt ein, den sie in Brands Hütte gefunden hatte. »Das waren Sie?«

»Nein, das war Schwizgebel. Die gute Chantal ist etwas zu neugierig geworden. Sie hätte unsere Pläne mit dem Gold durchkreuzt.«

»Ich habe Sie gesehen, in Ihrem Zimmer. Sie waren tot.«

»Haben Sie sich selbst davon überzeugt?«

Cora dachte nach. Sie hatte es vermieden, sie zu berühren. »Ich habe René vertraut.«

»Hätten Sie nicht dürfen. Er hat mir ein Barbiturat in kontrollierter Dosis verabreicht, welches meinen Herzschlag reduzierte und die Körpertemperatur zurückgehen ließ.« Sie lachte. »Sogar Ludivine hat sich erschrocken, nicht wahr, Liebes?«

Diese war nicht amüsiert. »Das hätte ins Auge gehen können, in deinem Alter.«

Eine andere Frage brannte auf Coras Lippen. »Wessen Leiche liegt an Ihrer Stelle im alten Kühlkeller?«

»Spielt das wirklich noch eine Rolle?«, fragte Ludivine, bevor die andere Frau antwortete. »Wir haben Ersatz gefunden. Das ist alles, was du wissen musst.« Sie umarmte die Frau. »Geht's dir gut? Du hast eine gehörige Feuersbrunst angezettelt dahinten.«

»Einen Moment lang befürchtete ich, du würdest es nicht schaffen, rechtzeitig herauszukommen«, antwortete die Alte.

»Dank dir habe ich bis jetzt alles geschafft, das weißt du, Mutter.«

»Mutter?«, fragte Cora.

Anstatt auf Cora einzugehen, legte die Frau den Mantel ab. Darunter trug sie eine Daunenjacke, die sie ebenfalls auszog und Ludivine reichte, die sie sich sofort überstreifte. Danach wandte sie sich Cora zu. »Sie sagten?«

»Sie sind nicht Chantal. Sie sind Césarine Spiegelberg?« Cora hätte sie nicht wiedererkannt. Es war fast dreißig Jahre her, seit sie Ludivines Mutter zuletzt gesehen hatte. Davor hatte sie sie nur sehr selten und jeweils nur kurz zu Gesicht bekommen.

»Gut erfasst«, sagte Ludivine spöttisch. »Ich habe darauf spekuliert, sogar du als Journalistin würdest nicht gleich Recherchen über meine Mutter anstellen, nur weil ich dich für ein Wochenende nach ›Blutlauenen‹ einlade. Außerdem hat sie sich äußerlich ein wenig verändert, damit sie als Chantal Reybaz durchgeht.«

»Ein paar kleinere chirurgische Eingriffe«, ergänzte Césarine. »In meinem Alter spielen ein paar Falten mehr oder weniger im Gesicht keine Rolle. Schließlich musste ich mich während eures Aufenthaltes in ›Blutlauenen‹ frei bewegen können. Noch besser funktionierte es als Tote.«

»Ich nehme an, es war kein Zufall, dass wir uns vor einer Woche in Bern über den Weg gelaufen sind«, sagte Cora zu Ludivine. »Wie hast du mich gefunden?«

»Mit einem guten Privatdetektiv und etwas Geld ein Kinderspiel, auch wenn du deine Kontaktdaten wie ein Staatsgeheimnis behandelst.«

Cora starrte auf den abgelegten Mantel von Césarine, den falschen Bart und den Hut. Ihr Blick heftete sich an ihren rechten Oberarm. Unter dem Stoff der Fleecejacke drückte etwas durch, ein Verband. »Sie wurden verletzt, etwa eine Schusswunde?«

»Kleines Malheur«, meinte Césarine achselzuckend. »In meinem Alter sind die Reflexe langsamer.«

»Mutter ist eine ausgezeichnete Jägerin. Hatte ich dir das nie erzählt?«, fragte Ludivine.

»Scheint, sie hat am Montag ihren Meister gefunden.« Cora schluckte die Bitterkeit über Alexanders Tod hinunter. »Vor zwei Tagen, am Stierentungel, nicht wahr? Sie waren es, die auf uns geschossen hat.«

»Dieser kleine Idiot.« Césarine spuckte die Worte aus. »Wie sein Vater. Und? Was hat es ihm genützt?«

»Haben Sie Alexander erschossen?«

Césarine nickte. »Leider habe ich mich von seiner Beidhändigkeit verwirren lassen und ihm von der falschen Seite in den Kopf geschossen. Sie sind sehr scharfsinnig, Frau Johannis.«

»Wie und warum haben Sie das getan?«

»Zum Warum kommen wir später. Das Wie war nicht das Problem. Ich kenne das Haus gut genug, um mich stets dort aufzuhalten, wo grad keiner ist.«

»Wer wurde an Ihrer Stelle im Keller von ›Blutlauenen‹ aufgebahrt?«

»Ist das für Sie noch von Bedeutung, Frau Johannis?« Die Alte zog ein Kletterseil aus ihrem Rucksack, den sie mit dem Mantel abgelegt hatte. »Zeit, es zu beenden, bevor uns jemand im Tal wegen der Feuersbrunst die Bergrettung auf den Hals hetzt.« Sie händigte Ludivine das Seil aus. »Leg es ihr um.« Césarine nahm Ludivine die Pistole ab. »Ich halte sie in Schach. Mir wäre es lieber, du würdest sie auch fesseln.«

»Geht nicht, wenn es wie ein Selbstmord aussehen soll.« Ludivine wickelte das eine Ende des Bergseils fest um einen knorrigen, zäh aussehenden Baumstrunk. Das andere verknotete sie geschickt zu einer Schlinge, die sie Cora um den Hals legte. »Die bekannte Journalistin Cora Johannis hat sich aus Verzweiflung über ihre Bluttaten mit einer Schlinge um den Hals in die Tiefe gestürzt. Sie war sofort tot – Genickbruch. Schnell und schmerzlos, besser als ein langer, tiefer Fall.«

»Ihr wollt mir die Toten alle in die Schuhe schieben? Das macht keinen Sinn. Weshalb sollte ich das tun?«

»Wegen des Goldes. Du bist bei deinen Recherchen darauf gestoßen und wolltest es für dich haben. Im Wahn der Gier bist du Amok gelaufen«, erklärte Ludivine.

»Das glaubt euch kein Mensch.«

»Wenn schon, das spielt im Grunde keine Rolle mehr. ›Blutlauenen‹ gibt es nicht mehr. Der Brand hat unsere Spuren verwischt. Mutter und ich sitzen heute Abend im Flieger nach Südafrika.«

»Und das Gold?«

Ludivine winkte mit einer verächtlichen Geste ab. »Mutter und ich haben, was wir brauchen, längst auf die Seite geschafft. In der einen Kiste liegen nur ein paar Barren. Auf die können wir verzichten.«

Cora musste die Verblüffung überdeutlich ins Gesicht geschrieben sein, was Césarine offensichtlich Vergnügen bereitete. »Die Gute fragt sich gerade, was denn das alles sollte. Sag es ihr, Ludivine. Frau Johannis soll nicht unwissend von dieser Welt gehen.«

»Wozu acht Menschen töten, wenn ihr das Gold bereits beiseitegeschafft habt?«, fragte Cora.

»Die gehen nicht alle auf unser Konto, das weißt du ja. Matteo und Richard hat Gamper auf dem Gewissen«, sagte Ludivine leichthin.

»In deinem Auftrag, oder nicht?«

»Nun ja, die Aussicht auf den Goldsegen hat ihn sicher motiviert, spätestens als der gute Richard die Idee hatte, die ganze Beute den rechtmäßigen Besitzern beziehungsweise deren Nachkommen zukommen zu lassen.«

»Und die anderen? Sibylle, Magdalena, Schwizgebel und Alexander. Es war nicht Brand, der sie umgebracht hat?«

»Der hat damit nichts zu tun.« Ludivine deutete auf Césarine. »Mutter hat das für mich erledigt.«

»Für dich?«

»Was würde eine liebende Mutter nicht alles für ihr Kind tun«, sagte diese. »Sie gibt ihm zu essen, zieht es auf, und sie schützt es vor falschen Freunden, die ihm Böses wollen.«

»Was soll das heißen? Es waren deine besten Freunde, Ludivine. Wir waren deine besten Freunde.«

Ludivine lachte schrill. »Beste Freunde, ja genau. Vor allem du, nicht wahr? Die wunderbare, schöne und im wahrsten Sinne des Wortes offenherzige Cora, die keinen ausließ, wenn sie ihn haben wollte. Egal, wen sie damit verletzte oder wessen Leben sie damit zerstörte. Erinnerst du dich an den Sommerabend vor dreißig Jahren im Bucheggberg?«

»Wir hatten viele gemeinsame Sommerabende.«

»Aber nur den einen, an dem du dir in den Kopf gesetzt hattest, dir René zu krallen und es quasi unter meinen Augen in diesem schäbigen Heuschober mit ihm zu treiben. Glaubst du wirklich, ich hätte eure kleine Komödie nicht durchschaut – deine rührselige Geschichte von der Ricke und ihrem Kitz, wegen denen du dich verlaufen haben wolltest?«

Cora hatte sich immer wieder gefragt, ob Ludivine je hinter ihre Affäre mit Gamper gekommen war. Sie hatte ihn verführt, weil sie wissen wollte, ob es ihr gelänge, der Prinzessin den Prinzen auszuspannen. Wenige Wochen später war Ludivine für ein paar Monate wie vom Erdboden verschluckt, bis es hieß, sie wäre in die Staaten gegangen. Cora und Gamper waren daraufhin für kurze Zeit ein Paar. Ludivine musste das erfahren haben. Das schlechte Gewissen ihr gegenüber hatte Cora bis heute nicht losgelassen. »Wir waren jung, und ich war eine Idiotin. Es tut mir leid, Ludivine.«

Diese schnaubte kurz. »Du bist tatsächlich eine Idiotin, Cora. Du demütigst mich, zerstörst mein Leben und glaubst, mit einer simplen Entschuldigung sei es erledigt und vergessen?« Ihr Gesicht verfinsterte sich. »Für dich war immer alles nur ein Spiel. Was du wolltest, nahmst du dir, und dann lachtest du darüber, ohne dir die Konsequenzen zu überlegen.«

»Was meinst du damit?«

Ludivine löste den Knoten ihres Foulards. »Als sich herumsprach, du hättest René rumgekriegt, machte sich die ganze Welt über mich lustig.«

»Das stimmt doch nicht, deswegen hat es nie Tratsch gegeben.«

»Stimmt, niemand hat je ein Wort darüber verloren. Getuschelt und gelacht wurde im Hintergrund. Ich sah die Blicke, die aufgesetzte Nettigkeit mir gegenüber. Die transsilvanische Hexe hatte die puritanische Prinzessin ausgestochen.«

»Es war ein dummes Spiel, es ist wahr. Heute bereue ich es zutiefst, Ludivine. Ich habe selber eine Tochter, und ich versuche alles, damit –«

»Du hättest mich ebenso gut umbringen können, Cora.« Ludivine nahm ihr Foulard ab. »Sieh dir dein Werk an.«

Cora erschrak. Eine dicke, wulstige Narbe zog sich wie ein Band um Ludivines Hals.

»Ich versuchte, mich an einer Eisenkette aufzuhängen. Mutter hat mich im letzten Augenblick gefunden. Die Narbe blieb. Sie sollte mich stets an meine loyalen Freunde und an ihren Verrat erinnern.«

»Ludivine, das … ich hatte keine Ahnung.«

»Klar hattest du das nicht. Nach dem Selbstmordversuch verschwand ich nach Harvard. Bis heute verging kein Tag und vor allem keine Nacht, in der ich nicht an dich und an meine sogenannten Freunde dachte.«

»Warum jetzt?«, fragte Cora. »Warum hast du so lange für deine Rache an uns gewartet?«

»Alte Sünden werfen lange Schatten, Cora. Außerdem: Fünfzig Jahre ist ein schönes Alter, einen Meilenstein zu setzen. Ein guter Moment, sein Leben neu zu ordnen. Ich habe beschlossen, das zu tun. Ich verkaufte alle meine Galerien bis auf die in London und New York. In Singapur und Shanghai bin ich in Gesprächen für Neueröffnungen. Asien ist die Zukunft. Die gestalte ich von Südafrika aus, zusammen mit Mutter.«

»Du tötest uns, um ein neues Leben zu beginnen?«

»Tabula rasa nennt man das, Cora. Ballast abwerfen.«

»Gamper hat dir dabei geholfen?«

Ein mitleidiges Lächeln umspielte Ludivines Lippen. »Der gute René hat nie mitbekommen, was ich wirklich wollte. Eines Tages fragte er, was an den Geschichten mit dem deutschen Raubgold dran war. Ich hatte keinen Schimmer und musste mich von Mutter aufklären lassen. Das Treffen war Gampers Idee. Ich tat so, als wollte ich ihm helfen, nach dem Gold zu suchen. Dafür mussten wir erst Matteo und Richard ausschalten. Das hat René übernommen. Während du heute Morgen hinter Magdalena her warst, die von Mutter erledigt wurde, haben wir die Gruft mit dem Gold geöffnet. Ich tat so, als ob ich ebenso überrascht sei wie René, nachdem er sah, dass es weg war. Ich konnte sein Gewehr an mich nehmen. Erst wollte ich ihn erschießen. Dann hörte ich dich zurückkommen. Daraufhin habe ich mich selber angeschossen. René reagierte wie erwartet und hat mir die Waffe aus der Hand gerissen.«

»Wozu der Aufwand? Du hättest mich gleich im Keller erschießen können.«

»Nein, teuerste Cora, für dich habe ich mir etwas Besonderes ausgedacht, nicht wahr, Mutter?«

»Wir sollten uns beeilen«, erwiderte Césarine. »Lass es uns zu Ende bringen.« Sie ergriff das Seil am Knoten der Schlinge.

Cora suchte krampfhaft nach einer Möglichkeit, Zeit zu gewinnen. Wenn sie die beiden lange genug hinhalten konnte, bis die Rettung eintraf, hatte sie eine Chance. Sie hielt die Schlinge fest, bevor sie sich zuzog. »Die Antwort auf eine Frage seid ihr mir schuldig: Wie kommt es, dass die ganze Zeit niemand aus dem

Tal gekommen ist, um nach uns zu sehen? Auf dem Flugplatz Saanen wussten sie über uns Bescheid. Normalerweise erkundigt sich in solchen Fällen die Alpine Rettung bei den Betroffenen. Wenn sie niemanden erreichen, wird nötigenfalls eine Patrouille zu Fuß losgeschickt, sobald es die Umstände zulassen.«

Die beiden Frauen grinsten. »Gut kombiniert, Frau Johannis«, sagte Césarine. »Es sei denn, jemand sagt ihnen, es sei alles in Ordnung.«

»Ich verstehe nicht, die Verbindungen über Mobilnetz sind unterbrochen. Ich habe heute Morgen nachgesehen.«

Césarine griff in ihren Rucksack. Mit einer triumphierenden Geste zog sie ein Handy hervor. »Das ist leider nicht ganz zutreffend.«

Das Gerät sah aus wie ein zu groß geratenes Smartphone mit einer Antenne, wie sie Cora an Funkgeräten gesehen hatte.

»Sieht aus wie ein Handy«, sagte Césarine. »Ist es auch. Mit Hilfe eines speziellen Aufsatzes wird es zum Satellitentelefon.« Sie deutete auf die Antenne. »Ich würde damit nicht zum Nordpol reisen wollen. Jedoch in Europa funktioniert es recht ordentlich.«

Cora war fassungslos. »Ihr hattet die ganze Zeit Kontakt mit der Außenwelt?«

»Ja sicher, wir mussten ja die besorgten Leute vom Alpenclub und den Rettungsdiensten beruhigen.« Césarine schlug sich demonstrativ mit der flachen Hand vor die Stirn. »Entschuldigen Sie, Frau Johannis, ich vergaß: Ein Herr vom Staal hat sich in dieser Zeit mehrmals nach Ihnen erkundigt, weil er sich Sorgen machte. Ich konnte ihm versichern, dass alles in bester Ordnung ist und unsere Gäste, einschließlich Ihnen, wohlauf sind. Das Ding hat gute Dienste geleistet. Jetzt wird es nicht mehr gebraucht.« Césarine holte aus und warf das Handy in hohem Bogen in den Abgrund.

Cora schluckte leer. Sie kämpfte gegen Tränen der Trauer und der Wut an. Vom Staal hatte sicher angerufen, weil sich die Kinder Sorgen gemacht hatten. Der Plan von Ludivine und ihrer

Mutter war so perfekt wie teuflisch gewesen. Niemand hatte sich gefragt, ob mit der kleinen Gesellschaft auf »Blutlauenen« vielleicht etwas nicht in Ordnung sein konnte.

Das dürfte sich jetzt schlagartig geändert haben, was ihren Gegnerinnen klar sein musste. Ludivine deutete in die Richtung der Tungelalp. »Die Rauchwolke haben mittlerweile alle im Tal gesehen und Alarm geschlagen. Uns bleibt wenig Zeit.«

Césarine nickte ihr zu. »Bring du es zu Ende. Du hast lange darauf gewartet.«

Ludivine zog die Schlinge um Coras Hals so weit zu, dass diese gerade noch Luft kriegte.

»Du wirst das Gleiche spüren wie ich, Cora. Im Gegensatz zu mir hast du eine schönere Aussicht. Du musst zugeben, das ist mehr als fair.« Ludivine nahm ihrer Mutter die Pistole ab.

Cora brachte ihre letzte Willenskraft auf, die aufsteigende Panik zu verdrängen und einen klaren Kopf zu behalten. »Ihr seid wahnsinnig, alle beide. Glaubt ihr ernsthaft, ihr kommt damit davon?«

»Und wie wir das werden«, sagte Ludivine. »Ich hatte dreißig Jahre Zeit, diesen Moment zu planen. Bis die Polizei uns etwas nachweisen kann, wenn überhaupt, wird es Césarine Spiegelberg und Ludivine Giroud nicht mehr geben.«

Cora sträubte sich gegen das tödliche Schicksal, das ihr bevorstand. Sie war nicht stolz auf das, was sie sich in ihrer Jugend geleistet hatte. Aber dieser Preis war zu hoch.

»Was ist mit Brand?«, fragte sie in der Hoffnung, bis zum Ende der Antwort einen rettenden Ausweg zu finden. »Was hat er damit zu tun?«

Césarine intervenierte. »Schluss mit dem Geschwätz. Die Zeit wird knapp.«

»Warte, Mutter. Wir sollten ihr alles erzählen. Sie verdient es, alles zu erfahren. Sie wird das Wissen mit ins Grab nehmen.«

Césarines Blick wanderte zwischen Cora und ihrer Tochter hin und her. »Wenn du meinst, aber beeil dich.«

ANNA-LISA BRAND – JULI 1967

Sie hastet den Bergweg entlang und wirft immer wieder gehetzte Blicke über die Schulter zurück. Brand liegt weit hinter ihr, aber er ist schnell und wird sie bald einholen. Hoffentlich schafft sie es bis zur relativen Sicherheit ihrer Hütte, wo Césarine das Kleine hütet.

Wenn Brand sie vorher einholt, ist es um sie geschehen. Er hat es herausgefunden. Fredi Schwizgebel, der Blödmann, hat es sich nicht verklemmen können, in der Wildhorn-Beiz unten in Lauenen herauszuposaunen, sie habe ihn rangelassen. Dieses Mal wird Brand es ihr nicht nachsehen. Zu oft hat er die Augen vor ihren amourösen Eskapaden verschlossen. Dabei hat er nur die wenigsten überhaupt mitbekommen. Hätte er auch nur die leiseste Ahnung, mit wie vielen reichen Touristen sie schon in den Zimmern der Nobelhotels von Gstaad im Bett lag und sich großzügig beschenken ließ, wäre sie schon lange tot. Ob der Balg, den Césarine gerade hütet, seiner ist, weiß sie selbst nicht. Das wird bald keine Rolle mehr spielen.

Endlich ist sie bei der Hütte. Ein erneuter Blick über die Schulter treibt sie an. Ihr bleibt wenig Zeit. Sie schlägt sich mit der flachen Hand zweimal ins Gesicht, damit sich ihre Wangen röten, und zerzaust ihre Haare. Bevor sie hineingeht, atmet sie ein paarmal hastig ein und aus. Sie stößt die Tür heftig auf, sodass sie gegen die Wand kracht. Dann stürmt sie nach Luft schnappend ins Haus.

Césarine, die sich über das Kleine in der Stubenwiege gebeugt hat, fährt erschrocken hoch.

»Anna-Lisa? Was ist passiert?«

»Brand, der Dreckskerl, hat mich geschlagen. Er hätte mich umgebracht, wenn ich mich nicht hätte losreißen können. Er ist hinter mir her.«

»Schon wieder!« Césarine springt auf und nimmt das Wallholz aus dem Küchenschrank. »Diesmal werde ich ihm –«

»Nein!«, ruft Anna-Lisa. »Er bringt uns beide um.« Sie hebt das Kleine aus der Wiege. »Wir müssen weg von hier. Kann ich zu euch nach ›Blutlauenen‹ kommen?«

»Natürlich.«

»Ich muss nur schnell ...« Anna-Lisa legt Césarine das Baby in die Arme und fängt an, hektisch in den Schubladen zu wühlen.

»Was suchst du, wir müssen uns beeilen.« Césarine späht sorgenvoll zur Tür.

»Das Portemonnaie mit meinem Ausweis drin. Hilf mir suchen, es muss hier irgendwo liegen. Ich hatte es gerade noch in der Hand. Vielleicht ist es mir irgendwo hinuntergefallen.«

Césarine legt das Kind zurück in die Wiege. Dann beginnt sie, den Boden abzusuchen.

Anna-Lisa befühlt das Portemonnaie, das sie die ganze Zeit in der Tasche ihrer leichten Sommerjacke trägt. Sie nutzt den Moment, sobald sich Césarine unter den Tisch bückt, um dort zu suchen. Die Axt liegt auf dem Brennholzstapel neben dem Herd. Sie wiegt nicht zu leicht und nicht zu schwer in der Hand. Mit zwei Schritten ist Anna-Lisa bei der Tür und lässt sie krachend aufschwingen. Dabei stößt sie einen gellenden Schrei aus.

Césarine richtet sich auf. »Was zum Teufel ...«

Anna-Lisa holt mit der Axt in der Hand zum Schlag aus.

»Nein!« In einer verzweifelten Abwehrbewegung hebt Césarine beide Hände schützend vor ihren Kopf.

Der erste Hieb schneidet tief in Césarines rechte Hand. Der zweite spaltet ihren Schädel. Sie ist schon tot, als Anna-Lisa mit mehreren weiteren Schlägen ihr Gesicht unkenntlich macht. Das Blut kümmert sie nicht, mit dem sie ihre Kleider besudelt. Bei jedem neuen Hieb entfährt ihr ein euphorischer Schrei. Die Rivalin ist aus dem Weg.

Mit einem zur blutigen Fratze erstarrten Gesicht wendet sie sich der Wiege zu. Das Kleine ist ruhig geworden. Es schaut seine Mutter mit großen fragenden Augen an, als ergebe es sich seinem Schicksal.

»Tut mir leid, Schätzli. Du hättest nie auf diese Welt kommen dürfen. Du und ich, wir sind nicht füreinander bestimmt.« Anna-Lisa befühlt ihren Bauch, wo ein neues Leben heranwächst. Eines, auf das eine goldene Zukunft wartet. Es ist von Spiegelberg, dem Mann, den sie immer haben wollte.

Kaum hat sie ihr blutiges Werk zu Ende gebracht, fühlt sie eine Bewegung hinter sich, beim Eingang. Sie fährt herum. Brand steht in der Tür. Das Grauen und die Fassungslosigkeit lesen sich in seinen Augen, deren Blick an seiner von oben bis unten mit Blut besudelten Frau und Césarines bis zur Unkenntlichkeit verstümmelter Leiche am Boden haften bleibt.

»Was hast du getan, du Satansweib?«, fragt er tonlos.

»Mich befreit, du Idiot.«

Erst in diesem Moment sieht Brand den blutbespritzten Wiegenhimmel. »Das Kleine! Vreneli!« Mit zwei Sätzen ist er bei der Wiege. Anna-Lisa weicht zurück und hebt die Axt erneut. Sie schlägt mit der flachen Klinge zu, als er sich voll Trauer und Schmerz über die Wiege beugt. Mit einem Küchentuch wischt sie den Stiel ab und drückt die Axt in die Hand ihres bewusstlosen Mannes. Nach einem prüfenden Blick in den Raum tritt sie vor die Tür. »Du kannst kommen, es ist vorbei.«

Fredi Schwizgebel kommt hinter der Hausecke hervor. »Hast du's getan?«

»Natürlich habe ich es getan«, erwidert sie unwirsch. »Hilf mir, anstatt zu labern.«

Anna-Lisa entledigt Césarines Leiche ihrer Kleidung und reicht sie Schwizgebel, der sie im Ofen verbrennt. Währenddessen zieht sie der Toten ihre eigenen blutverschmierten Kleidungsstücke an.

Nachdem sie die Spuren verwischt beziehungsweise neu gelegt haben und sich Anna-Lisa umgezogen hat, verlassen sie die Hütte. Draußen will Schwizgebel sie in die Arme nehmen und küssen.

Sie macht sich von ihm los. »Dazu ist später genug Zeit. Lauf hinunter ins Dorf und melde den brutalen Mord von Werner Brand an seiner Familie.«

»Und wenn er sagt, du warst es?«

Anna-Lisa schnaubt verächtlich. »Wer wird dem Saufkopf glauben? Ich liege tot in der Hütte. Geh jetzt! Ich muss rüber nach ›Blutlauenen‹, die Hausherrin spielen.«

Schwizgebel streichelt ihr sanft über das Haar. »Du siehst ihr zum Verwechseln ähnlich.«

»Das will ich schwer hoffen. Ich muss noch die Haare färben. Césarines Haar ist dunkler als meines. Spiegelberg wird's gefallen.«

»Wie lange willst du dich weiter mit dem alten Esel abgeben? Ich halte es nicht mehr aus, wenn ich dich nicht endlich ganz für mich haben kann.«

»Du musst dich gedulden. Er ist der Vater meines Kindes«, antwortet sie ungehalten. Im Bewusstsein, Schwizgebel bei Laune halten zu müssen, streichelt sie seine Wange. »Noch ein paar Tage bis zu eurer Wildhorn-Tour. Du weißt, was du zu tun hast.«

»Ich liebe dich, Anna-Lisa.«

»Du gewöhnst dir ab sofort diesen Namen ab, hörst du. Bis auf Weiteres bin ich für dich niemand anders als Frau Spiegelberg, ist das klar?«

Die neue Césarine Spiegelberg sieht ihm nach, während er mit hängendem Kopf talwärts trottet. Was für einfältige Geschöpfe Männer doch sind. Ein paar Augenaufschläge und schon fressen sie einem aus der Hand. Der Gedanke zaubert zum ersten Mal an diesem Tag ein Lächeln auf ihre Lippen.

SIEBZEHN

»Sie sind in Wirklichkeit Anna-Lisa Brand?« Cora fiel es schwer, die Fassung zu bewahren, während sie der Alten in die Augen sah. »All die Jahre haben Sie sich als Césarine Spiegelberg ausgegeben?«

»Ich war nie eine begnadete Schauspielerin wie Césarine. Bei mir reichte es nur für das Dorftheater.«

»Kein Mensch ist Ihnen je auf die Schliche gekommen?«

Die Alte lächelte. »Sagen wir so: Keiner, der lange genug gelebt hätte, um darüber reden zu können. Césarine und ich sahen uns recht ähnlich. Sie war nur selten im Dorf. Und nach alldem habe ich es vermieden, mich dort blicken zu lassen. Bei der Beerdigung der armen ›Anna-Lisa‹ und ihrem Kind ging es mir schlecht. Ich musste bedauerlicherweise das Bett hüten.«

»Und in Solothurn erinnerte sich niemand an Césarine Spiegelberg?«

»Der berühmte Fast-Hollywood-Star Césarine Rettenmund war seit Jahren nicht mehr dort gewesen. Vor der Heirat hatte sie lange in Deutschland gelebt. Danach folgte sie ihrem Mann nach ›Blutlauenen‹. Meine Schauspielkenntnisse genügten vollauf, den Solothurnern die trauernde Witwe vorzuspielen, die mit ihrem neugeborenen Töchterchen Ludivine in ihre Heimatstadt zurückkehrte.«

Es kostete Coras ganze Selbstbeherrschung, sich nicht auf dieses Monster in Menschengestalt zu stürzen. Wenn sie eine Chance haben wollte, lebend aus dieser Falle herauszukommen, musste sie die nächsten Minuten über kaltblütig bleiben und Zeit gewinnen.

»Sie haben Ihr eigenes Kind, einen Säugling, und Ihre beste Freundin ermordet, damit Sie als Herrin von ›Blutlauenen‹ weiterleben konnten?«

Anna-Lisa sah Cora aus ihren trüben, kalten Augen an.

»Sehen Sie es, wie Sie wollen, Frau Johannis. Für mich war es Notwehr. Sie haben keine Ahnung, wie es war während dieser Zeit als Dorflehrerin in der Männergesellschaft in diesem Kaff dort unten. Eine Frau allein hatte nichts zu melden, schon gar nicht eine ledige, die sich von jedem Dorftölpel betatschen lassen musste.«

Während sie Anna-Lisa zuhörte, suchte Cora fieberhaft nach einer Möglichkeit, sich vom Seil zu befreien. Ihre Karten waren schlecht, bis sie sah, wie Ludivine im Bann der Schilderung ihrer Mutter daran war, einen Fehler zu begehen. Cora musste die Ablenkung um jeden Preis aufrechterhalten.

»Sich von den männlichen Gästen im ›Gstaad Palace‹ betatschen zu lassen scheint Ihnen nichts ausgemacht zu haben, oder wie?«

»Wenigstens haben sich die Säcke nicht lumpen lassen: gutes Essen, teure Kleider, Schmuck und nicht selten ein großzügiges Taschengeld. Diese Männer hatten Kultur. Sie wussten, was eine Frau will. Einer von ihnen war im Ständerat, ein Industrieller aus Glarus. Während einer Parlamentssession hat er mich ein paar Tage auf seine Kosten in seiner Suite im ›Bellevue‹ übernachten lassen. Jeden Tag hat er mir dreihundert Franken bar in die Hand gedrückt – Taschengeld, damit ich in Berns teuersten Läden einkaufen konnte. Leider musste ich die schönen Sachen alle vor meinem Mann und den Leuten verstecken. Erst als Césarine Spiegelberg konnte ich zeigen, was ich besaß.«

Cora warf einen verstohlenen Blick auf das Seil, das Ludivine am Boden ausgelegt und dabei unbedacht einen Fuß in eine Schlaufe gestellt hatte.

»Sagen Sie mir, weshalb Sie Brand heirateten?«, fragte sie, weil ihr nichts Besseres einfiel.

»Damit die schleimigen Idioten im Dorf mich endlich in Ruhe ließen.«

»Und dann wurden Sie die Geliebte von Leopold Spiegelberg.«

»Was soll's? Mein versoffener Ehemann bekam die meiste Zeit nichts mit, bis zu dem Moment, an dem ich schwanger wurde. Er schlug und verfluchte mich, weil er glaubte, ich hätte das Kind von einem anderen. Ich beteuerte ihm, es wäre seins, obwohl es zeitlich nicht aufging. Zum Glück konnte der Halbaffe kaum richtig lesen, geschweige denn rechnen.«

Coras Anspannung stieg und damit die Furcht, die beiden Frauen würden es bemerken. Es war ihr gelungen, das Seil mit einer Schuhspitze Zentimeter für Zentimeter zu sich zu ziehen. Die Schlinge um Ludivines Fuß zog sich zu.

»Das arme Vreneli musste sterben, weil es das Kind vom falschen Vater war?«

»Der Balg hätte nie auf die Welt kommen dürfen. Ich habe alles dafür getan, mich sogar die Treppe runterfallen lassen. Das sture Ding ist trotzdem gekommen. Was sollte ich tun?«

Ohne den Blick von Anna-Lisa zu lassen, konzentrierte sich Cora auf das Seil. Es half, damit ihr vom Zuhören nicht übel wurde. Was sie vor sich hatte, waren keine Menschen.

Sie musste unbedingt Zeit gewinnen. »Die Gestalt, der ich am Freitagabend beim Aufstieg und gestern Morgen früh begegnet bin, das waren Sie?«, fragte sie Anna-Lisa. Sie war Brand in diesen Augenblicken so nah gewesen, dass sie nie daran gezweifelt hatte, einem Mann gegenüberzustehen anstelle einer verkleideten Frau.

Ludivine und Anna-Lisa tauschten einen langen Blick aus, in dem Cora einen Funken Unsicherheit zu erkennen glaubte.

»Wie gesagt, Frau Johannis, oft trügt der Schein, und man sieht, was man sehen will, und nicht, was wirklich ist«, antwortete Anna-Lisa, die offenbar keine Zeit mehr verschwenden wollte. Cora wechselte rasch das Thema. »Leopold Spiegelberg haben Sie von Schwizgebel umbringen lassen. Er war dein Vater, Ludivine.«

»Den ich nie gekannt habe. Mutter war mein Ein und Alles.«

»Im Vergleich zu den Deppen im Dorf war Spiegelberg ganz annehmbar«, sagte Anna-Lisa. »Er liebte Césarine, aber sie langweilte ihn, bis er mich kennenlernte. Äußerlich sahen Césarine und ich uns verblüffend ähnlich. Wir wurden beste Freundinnen. Der Tausch war übrigens Spiegelbergs Idee.«

»Césarines Ermordung ebenfalls?«

»Wie hätte ich es denn sonst anstellen sollen? Césarine hätte sich kaum damit zufriedengegeben, Spiegelberg mit mir zu teilen. Tot kam sie besser weg.«

Cora war fast so weit. Sie brauchte nur ein wenig mehr Zeit. »Weshalb musste Spiegelberg sterben?«

»Weil er ein selbstgefälliger Dummkopf war. Er wollte mit mir auswandern, bevor ein zu schlauer Polizist oder ein Dorfbewohner mit mehr Glück als Verstand hinter das Komplott kommen konnte. Das Gold wollte er zurücklassen. Seien Sie ehrlich, Frau Johannis. Hätten Sie so etwas zugelassen, wenn Sie in meiner Haut gesteckt hätten?«

»Kaum«, sagte Cora, bemüht, so entspannt wie möglich zu klingen.

»Schwizgebel war das ideale Werkzeug und kinderleicht zu manipulieren. Spiegelberg vertraute ihm wie einem Sohn. Er machte seine Arbeit gut. Es war überzeugend, wie er aufgelöst zur Wildhornhütte zurückkam, um die Alpine Rettung zu alarmieren.« Mit gespielter Resignation hob Anna-Lisa die Schultern. »Auch dieser Mohr hat seine Schuldigkeit getan.«

»So wie du, Cora«, schaltete sich Ludivine ein. »Du kannst gehen – auf direktem Weg hinunter ins Tal.«

»Eine letzte Antwort schuldet ihr mir.« Sie sah Ludivine an. »Dass du dich an deinen alten Freunden rächen willst, weil du denkst, wir hätten dich damals im Stich gelassen, kann ich halbwegs nachvollziehen. Aber weshalb musste Alexander sterben? Er hatte nichts mit der Sache von damals zu tun.«

Beide Frauen lachten laut auf. »Niemand ist unschuldig, Frau Johannis«, sagte Anna-Lisa. »Schon gar nicht Alexander Gamper. Das soll Ihnen Ludivine erklären.«

Ludivine machte einen Schritt auf Cora zu. Sie merkte nicht, wie sich ihr Fuß tiefer in der Schlaufe verfing. Cora fixierte

Ludivine mit den Augen, damit diese nicht auf die Idee kam, nach unten zu sehen.

»Alexander war wie sein Vater«, stieß Ludivine hervor, »ein grobes Schwein, wenn es um Frauen ging. Er hat mein Gottenkind sexuell missbraucht und halb totgeprügelt.«

»Violeta – Helen Keller? Du warst die Gotte, die ihr geholfen hatte.«

»Ich versuchte alles, schickte sie zu den besten Psychologen in Therapie. Es half nichts, das arme Mädchen sah keinen anderen Ausweg, sich von der Scham zu befreien.«

»Mag sein, dass Alexander schuldig war, Helen in eine Falle gelockt zu haben. Aber er war es nicht, der sie misshandelte, es waren seine Freunde. Er wollte es sogar verhindern. Das hat er mir erzählt.«

Ludivine wischte den Einwand mit einer Geste weg. »Mag sein, aber er arrangierte das Ganze, und Sibylle half ihm dabei. Deshalb musste sie auch dran glauben. Mutter hat das freundlicherweise für mich erledigt.«

Cora befürchtete, das Schweigen würde Ludivine veranlassen, auf ihre Füße zu schauen, aber sie hielt Coras Blick stand. »Genug geschwatzt. Der Moment, auf den ich mich seit Tagen gefreut habe, ist gekommen. Es ist Zeit, deine Rechnung zu begleichen, Cora.«

Ludivine setzte mit dem Fuß in der Schlinge zu einem weiteren Schritt an. Cora zog mit einem heftigen Ruck ihres Beins das Seil, das sich um Ludivines Schuh gewunden hatte, zusammen.

Ludivine stolperte und verlor das Gleichgewicht, bevor sie den Steilhang hinunterrutschte. In letzter Sekunde gelang es ihr, Coras Fuß zu fassen und sich daran festzuhalten. Cora trat mit der harten Ferse des anderen Bergschuhs so lange auf Ludivines Hand ein, bis diese mit einem Schmerzensschrei losließ.

Cora ungläubig anstarrend und mit aufgerissenem Mund rutschte Ludivine mit schrillem Gebrüll den steilen Abhang hinunter, bis ihr Kopf hart auf einem Felsvorsprung aufschlug. Das hässliche Krachen ihres brechenden Schädels war bis hinauf zum Pfad zu hören. Ludivines Schreie verstummten, während sie über die Kante aus Coras Blickfeld glitt.

Anna-Lisa, die dem Vorgang in stummer Verblüffung zugeschaut hatte, erwachte aus ihrer Lähmung. »Ludivine!«

Im Gegensatz zu Cora war ihr entgangen, dass Ludivine die Pistole verloren hatte, bevor sie den Halt verlor. Cora verschob sich ein paar Zentimeter seitlich, damit sie mit ihrem Bein die Waffe verbergen konnte.

»Du verfluchte rumänische Hexe!« Anna-Lisa hatte sich aufgerichtet. In ihrem Gesicht wetterleuchteten Trauer, Schmerz und Hass.

Auch Monster haben Muttergefühle, ging es Cora durch den Kopf, während sie versuchte, den Sicherheitsabstand zu der mordgierigen Frau zu halten, ohne die Pistole offenzulegen.

Für ihr hohes Alter war Anna-Lisa recht gelenkig. Sie hob das Seil und zog daran, bis sich die Schlinge um Coras Hals zuzog. Cora musste beide Hände zu Hilfe nehmen, wollte sie verhindern, erdrosselt zu werden. Ein weiterer heftiger Ruck riss ihren Körper nach vorne, sodass sie bäuchlings der Länge nach hinfiel. Um ein Haar hätte sie dasselbe Schicksal ereilt wie Ludivine. Es gelang ihr im letzten Moment, ihren Fuß gegen einen Felsvorsprung zu stemmen, was sie die Preisgabe der Pistole kostete.

Anna-Lisa stürzte sich auf die Waffe. Es gelang Cora, sich umzudrehen und ihr ein Bein zu stellen. Ihre Gegnerin fiel ebenfalls flach auf den Bauch. Die Schlinge um Coras Hals lockerte sich. Sie bekam beide Hände frei. Ohne zu zögern, bearbeitete sie Anna-Lisa mit Fußtritten. Anna-Lisa rutschte an derselben Stelle wie ihre Tochter, verzweifelt nach Halt suchend, den Hang hinunter. Im Gegensatz zu Ludivine gelang es ihr, das Seil zu fassen zu kriegen. Die ruckartige Anspannung zog Cora ebenfalls in den Abgrund. Sie stemmte ihren linken Fuß gegen einen Felsvorsprung. Ein stechender Schmerz lähmte sie für den Bruchteil einer Sekunde. Das Seil, an dem sie sich festhielt, schleuderte ihren Arm mit hohem Druck gegen den einen vorspringenden scharfkantigen Stein. Cora hörte den Knochen knacken. Die Schmerzexplosion ignorierend umklammerte sie mit der gesunden Hand einen Stein, bis dieser begann, sich zu lockern.

Aus den Augenwinkeln sah sie die Pistole. Sie lag wenige Zentimeter seitlich über ihr auf einem flachen grasigen Stück. Die Waffe lag eine Handbreit außerhalb der Reichweite ihres gesunden Armes. Coras Kräfte erlahmten, nicht zuletzt wegen der Schmerzen in ihrem linken Arm, der vermutlich gebrochen war.

Um an die Waffe zu gelangen, musste sie sich von der Kante abstoßen, mit dem Risiko, endgültig den Halt zu verlieren und abzurutschen, was unweigerlich dazu führen würde, dass sie sich durch die Wucht des heftigen Falles das Genick brach. Wenn sie langsam abrutschte, würde sie der Zug der Schlinge strangulieren.

Cora biss die Zähne zusammen. Sie richtete ihre ganze Energie, ihre Wut und den Schmerz auf die Waffe. Sie betete, dass Ludivine sie nach den tödlichen Schüssen auf Gamper nicht gesichert hatte. Sie wusste nicht, ob sie noch die Kraft aufzubringen vermochte, den Sicherungshebel umzulegen.

Sie lehnte ihren Oberkörper seitlich zurück und holte Anlauf. Mit einem Aufschrei schwang sie auf die Waffe zu – und bekam sie zu fassen.

Sie nahm die Alte ins Visier, die sie hasserfüllt anstarrte, während sie ständig am Seil zerrte.

»Wir fahren beide zur Hölle«, stieß Anna-Lisa hervor.

Cora hielt den Zug nicht mehr lange aus. Die Schlinge um den Hals drehte ihr die Atemluft ab. Es blieb ihr keine Wahl. Sie legte die Pistole auf Anna-Lisa an. »Bedaure, die rumänische Hexe hat andere Pläne«, stieß sie zwischen den Zähnen hervor und drückte dreimal ab, bis das Magazin leer war. Sie ließ die ausgeschossene Waffe fallen, die sogleich in die Tiefe kullerte.

Cora wurde zum Verhängnis, dass Anna-Lisa in einem letzten Reflex ruckartig am Seil zog, bevor sie ihrer Tochter in den Tod folgte. Coras Oberkörper, der halb auf dem Pfad lag, rutschte erneut ab. Die Schlinge um ihren Hals begann ihr die Luft abzuschnüren. Die Gewissheit, nicht auf dem Talgrund aufzuschlagen, war ein schwacher Trost. Für sie gab es zwei Optionen: Wenn sie schnell abstürzte, brach ihr die Schlinge unweigerlich das Genick. Wenn es langsam geschah, würde das Seil sie erdrosseln.

Die Vibramsohlen der Bergschuhe schlitterten über den glatten Felsen. Sie fanden keinen Griff, der ihr zeitlupengleiches Abgleiten in die Schlucht aufhielt.

Die Schlinge um ihren Hals zog sich stetig zu. Wie durch Watte drang das unaufhörliche Grollen des Wasserfalles zu ihr. Es vermischte sich mit dem Rauschen des Blutes in ihren Ohren.

Cora lag mit dem Rücken zur Wand. Sie versuchte mehrmals, sich umzudrehen und einen Felsvorsprung oder ein Stück Wurzelwerk im Steilhang zu finden, an dem sie sich festhalten konnte.

Obwohl die Sonne hoch am Himmel stand, wurde es schwärzer und enger um sie. Am Rand ihres Gesichtsfeldes zuckten sternförmige Blitze. Die Gesichter von Mila und Julian schwebten an ihrem geistigen Auge vorbei. Sie hätte Mila noch so viel sagen wollen: wie sehr sie sie liebte und wie stolz sie auf ihre Tochter war. Daniel vom Staal lächelte ihr vor ihrem geistigen Auge zu. Sie hatte ihm ihre Gefühle nie offenbart. Das Bedauern darüber kam zu spät.

War es das gewesen? Hatte es einen Zweck, gegen das Schicksal anzukämpfen? Loslassen war der Preis, den sie bezahlen musste, damit die Last ihrer Mitschuld an dieser Katastrophe von ihren Schultern fiel.

Ihr ganzes Leben bis zu den Ereignissen der letzten Tage zog in Bildern an ihr vorbei und hinaus ins Nichts.

Ihr Wille klammerte sich an einen dünner werdenden Lebensfaden. Es erschien ihr wie eine Unendlichkeit, während ihre gesunde Hand den Felsen abtastete, bis sie Halt fand. Nein, er wurde ihr gegeben. Sie spürte einen festen Griff, der ihr Abrutschen stoppte. Der Druck auf ihren Hals ließ nach. Etwas stützte und hielt sie fest. Es zerrte an ihr und hievte sie schließlich nach oben.

Sie lag auf dem Pfad. Eine wärmende Hand umfasste ihre. Sie streichelte ihre Wangen. Cora blickte in ein bärtiges Gesicht, dessen Augen ihren unheimlichen Glanz verloren hatten.

»Brand?«, murmelte sie.

Das Gesicht lächelte sie an, bevor es vor ihren Augen zu verschwimmen begann und sie in Dunkelheit versank.

ACHTZEHN

Der Lichtstrahl fuhr scharf wie ein Skalpell durch ihren Kopf. Cora kniff die Augen zu.

»Sie erwacht«, hörte sie eine weibliche Stimme wie durch einen Trichter. Sie war ihr fremd. Sie machte einen neuen Versuch, die Augen zu öffnen. Eine diffuse Silhouette schirmte das grelle Licht der Deckenlampe ab. Die Konturen wurden allmählich schärfer und formten sich zum Umriss einer Person in Weiß. Ein Paar verschmitzte grünbraune Augen in einem rotbäckigen Gesicht mit Sommersprossen strahlte sie an. »Grüessech, Frau Johannis, schön, Sie wieder bei uns zu haben.«

Die Frau trug eine weiße kurzärmlige Bluse, in deren Brusttasche ein halbes Dutzend Bleistifte und Kugelschreiber in Reih und Glied steckten.

Das Rotbackengesicht verschwand. »Ich lasse Sie allein«, sagte es zu jemandem außerhalb von Coras Blickfeld. »Nicht länger als fünf Minuten bitte. Die Patientin muss sich schonen.«

Eine andere Gestalt beugte sich über sie. Blaue Augen in einem sanftmütigen Gesicht, umrahmt von dunkelblonden Haaren, betrachteten sie teilnahmsvoll.

Coras Gedächtnis benötigte einige Sekunden, die neuen optischen Impulse zu verarbeiten. »Karin?« Der Vorname der Solothurner Kantonspolizistin Karin Jäggi, die ihr seit dem Abenteuer im Schwarzbubenland eine gute Freundin geworden war, ging nur murmelnd über ihre Lippen. »Was … was ist los? Wo bin ich, und warum bist du hier?«

Die Sorgenfalten glätteten sich und machten einem erleichterten Lächeln Platz. »Du glaubst nicht, wie froh ich bin, dich wieder unter den Lebenden zu wissen, Cora. Du hast uns einen schönen Schrecken eingejagt.«

»Wer ist ›uns‹?«

Cora wollte sich aufrichten. Karins Hand drückte sie behutsam zurück aufs Kissen. Sie betätigte den Knopf einer Fernbedienung. Während die Hydraulik des Spitalbettes Coras Oberkörper aufrichtete, trat eine zweite Frau neben Karin. Cora glaubte erst, ihr Bewusstsein würde ihr einen Streich spielen und die Erscheinung eines Engels vorgaukeln. Das durch das Fenster hereinströmende Tageslicht verlieh dem blonden zu einem Pferdeschwanz gebundenen Haar einen rötlichen Schimmer. Bei näherer Betrachtung revidierte Cora ihren ersten Eindruck. Die harten Züge um Mund und Augen verrieten eine Person, die wusste, was sie wollte, und es bekam.

»Das ist Bea Frey«, sagte Karin. »Sie arbeitet bei der Berner Kantonspolizei, Dezernat ›Leib und Leben‹. Sie hat die Leitung des Einsatzbüros ›Blutlauenen‹ übernommen, welches die Ereignisse auf der Tungelalp aufklären soll.«

Frey trat an Coras Bett. Ihr Blick war nicht stechend, jedoch durchdringend. »Fühlen Sie sich in der Lage, uns ein paar Fragen zu beantworten, Frau Johannis?«

»Ereignisse? Einsatzbüro? Ich verstehe gar nichts. Wo bin ich hier eigentlich? Und könnte ich bitte etwas zu trinken haben? Ich bin völlig ausgetrocknet.«

Karin hielt ihr ein Glas Wasser mit einem Trinkhalm hin. »Du befindest dich im Spital Zweisimmen.«

Cora nahm einen langen Zug und sah dabei Karin erwartungsvoll an. »Und was machst du hier? Seit wann gehört das Berner Oberland zum Zuständigkeitsbereich der Solothurner Kantonspolizei?«

»Mein Chef hat mich zur Amtshilfe an die Berner Kollegen abgestellt. Die meisten der Opfer sind Solothurner.«

»Opfer?« Der Nebelschleier über Coras Gedächtnis lichtete sich nur zögernd. »Und weshalb liege ich hier?«

»Ein gebrochener Arm, Gehirnerschütterung, mehrere Schürf-, Prell- und Schnittwunden und eine starke Unterkühlung«, zählte Frey auf. »Wenn Sie der Rettungshelikopter nicht rechtzeitig entdeckt hätte, wären Sie vor Erschöpfung und Kälte am Berg gestorben.«

»Wie lange liege ich hier?«

»Man hat Sie vor zwei Tagen eingeliefert und sofort in Tiefschlaf versetzt, nachdem Ihre Verletzungen versorgt wurden«, antwortete Frey.

»Das heißt, ich habe achtundvierzig Stunden geschlafen?«

Karin setzte sich auf die Bettkante neben Cora.

»Weshalb hat man dich zur Amtshilfe abgestellt, Karin?«, fragte Cora. »Weil du mich kennst?«

»Sie irren sich, Frau Johannis«, schaltete sich Frey ein. »Frau Jäggi ist hier, weil ihr Vorgesetzter mich darum gebeten hatte, sie beizuziehen. Dominik Dornach und ich waren ... wir hatten früher gelegentlich miteinander zu tun – und ich kann Dominik nichts ausschlagen.« Der letzte Satz hatte geklungen wie ein Seufzer. Cora warf einen fragenden Blick zu Karin. Diese gab ihr mit einem kurzen Zwinkern zu verstehen, es dabei zu belassen.

Frey setzte sich auf einen Besucherstuhl. »In der Brandruine des Jagdhauses ›Blutlauenen‹ wurden sieben Leichen gefunden. Fünf von ihnen waren vom Feuer größtenteils unversehrt in einem Raum aufgebahrt, der ehemals als Vorratskammer oder so gedient haben muss. Eine sechste Leiche lag unter eingestürzten Trümmern eines Nebenraumes. Ein weiterer verkohlter Leichnam stammt vermutlich aus einem Obergeschoss. Beide konnten bisher nicht identifiziert werden. Die Obduktion ist im Gange.« Frey wandte ihren Blick nicht von Cora ab. Karin beobachtete ihre Reaktion ebenfalls.

»Ich kann Ihnen die Namen der Toten geben, wenn Sie das von mir erwarten. Ich war dabei, als sie starben, bei den meisten von ihnen zumindest.«

»Dazu kommen wir noch«, erwiderte Frey. »Am Fuß der Felswand, aus der man Sie geborgen hat, stießen die Rettungskräfte auf zwei Frauenleichen. Eine dritte Tote lag am Fuße des Wasserfalls des Tungelbaches beim Lauenensee. Insgesamt sprechen wir von zehn Todesopfern.« Eine erneute Pause trat ein. Cora hielt Freys Blick stand.

Karin schaltete sich in das Gespräch ein. »Cora, du bist die Einzige, die überlebt hat, was auch immer dort oben geschehen ist. Wir sind heilfroh, dich nicht als elftes Opfer beklagen zu müssen.« Karin warf einen vorsichtigen Seitenblick zu Frey, die nach kurzem Zögern zustimmend nickte.

»Und ich erst, das dürft ihr mir glauben«, erwiderte Cora lapidar.

Freys Miene verhärtete sich. »Ruhen Sie sich aus, Frau Johannis. Der Arzt erlaubt uns, Sie morgen einer offiziellen Befragung zu unterziehen. Sie wird vom Staatsanwalt durchgeführt.« Die Ankündigung aus Freys Mund klang weder aggressiv noch arrogant, eher unerbittlich – eine Warnung.

»Benötige ich einen Anwalt?« Cora sah zu Karin, deren Augenbrauen in die Höhe geschossen waren.

Karin war sichtlich unwohl. Frey erhob sich von ihrem Stuhl. »Davon gehen wir im Augenblick nicht aus. Sie werden als Zeugin befragt – vorerst.« Sie sah auf ihre Uhr. »Sie entschuldigen mich. Ich muss zurück nach Lauenen. Dort wurde das Einsatzbüro eingerichtet. Eine Besprechung mit den Ermittlern und den Kriminaltechnikern steht an.« Sie legte die Hand auf Karins Schulter, die sich ebenfalls erheben wollte. »Bleiben Sie, Frau Jäggi. Sollte ich Sie brauchen, rufe ich Sie.«

Cora wartete, bis die Zimmertür hinter Frey ins Schloss fiel. »Was sollte das? Will sie dich von der Ermittlung fernhalten, damit sie mich in die Pfanne hauen kann?«

»Ich weiß selber nicht recht, was ich von Bea Frey halten soll«, sagte Karin. »Im Grunde ist sie in Ordnung. Vielleicht ist sie mir gegenüber etwas gehemmt, wegen der Geschichte mit meinem Chef vor etwa drei Jahren.«

»Was war?«

»Genau weiß ich es nicht. Ich war zu jener Zeit erst kurz in Dominiks Team. Er und die Frey sollen ein Paar gewesen sein, bevor sie für längere Zeit für eine Weiterbildung mit anschließendem Praktikum zum FBI in die Staaten ging. Das war der Trennstrich zwischen den beiden. Gleich darauf hatte Dornach eine Affäre mit …« Sie winkte ab. »Das ist eine andere Geschichte. Kann sein, dass die Frey es ihm gleichwohl nachträgt.«

»Ganz schön umtriebig, dein Chef, was Frauen betrifft«, sagte Cora. »Meinst du, es beeinflusst ihre Ermittlungen zu meinen Ungunsten? Ich hatte nie was mit eurem Dornach. Ich kenne ihn nicht mal persönlich.«

Karin schüttelte den Kopf. »Glaube ich nicht. Dafür ist die Frey zu sehr Profi, soweit ich sie in der kurzen Zeit beurteilen kann. Es ist eher das Ausmaß dieses Falles, das ihr zu schaffen macht. Wem tut es das nicht?«

Coras Gedanken waren inzwischen klar. Ihr war bewusst, wie groß der Erklärungsbedarf zu den Geschehnissen der letzten Tage war. »Kann trotzdem nicht schaden, wenn ich einen Anwalt organisiere, nicht wahr?«

»Ist schon aufgegleist«, erwiderte Karin. »Daniel vom Staal trifft die nötigen Vorkehrungen. Er war gestern und bis heute Vormittag die ganze Zeit an deinem Bett. Er wird morgen der Befragung beiwohnen.« Ihr Ausdruck wurde weicher. »Außerdem bringt er zwei Personen mit, die sich in den letzten Tagen einen Berg Sorgen um dich gemacht haben und dich gerne sehen möchten.«

Cora brauchte nicht lange zu raten. »Die Kinder? Mila und Julian sind heimgekommen?« Tränen schossen ihr in die Augen.

»Vom Staal hat sofort Verbindung mit ihnen aufgenommen, nachdem er die Nachricht von deiner Rettung erhielt. Angeblich hat Mila auf der Stelle angefangen zu packen. Sie soll große Angst um dich gehabt haben, weil du dich seit ihrer Abreise nicht bei ihr gemeldet hast.«

Obwohl es Cora schmerzte, ihrer Tochter, wenn auch unabsichtlich, wehgetan zu haben, durchflutete ein wärmendes Gefühl ihren Bauch. Die Bindung zwischen ihr und Mila hatte sich gefestigt. Ebenso überwältigt war sie von vom Staals Treue, der alles hatte stehen und liegen lassen, um bei ihr zu sein.

Würde sie einmal in der Lage sein, es ihm so zu danken, wie er es verdiente?

Eine bleierne Müdigkeit überkam sie. Die Augen fielen ihr zu. Das brachte die schmerzlichen Bilder zurück. Die Clique, ihre Freunde, die einmal so etwas wie ihre erweiterte Familie gewesen waren. Verrat hatte sie alle getötet, auch der ihre, an Ludivine, damals. Cora selbst hatte zwei von ihnen auf dem Gewissen – aus Notwehr, sicherlich. Sie war Journalistin. Sie recherchierte, hinterfragte, informierte. Sie war keine Richterin und erst recht nicht Vollstreckerin. Der Kampf ums Überleben hatte sie dazu getrieben. Was unterschied sie von Ludivine und ihrer Mutter? Wie dünn war die Grenze zwischen Mensch und Monster?

»Cora?« Karin drückte ihre Hand. »Geht es dir gut, soll ich die Schwester rufen?«

Cora verneinte. »Es ist alles in Flammen aufgegangen, nicht wahr? Auch das Gold?«

Karin sah sie verständnislos an. »Wovon sprichst du?«

Cora schilderte ihr, was sie von dem Nazigold wusste, von den ersten Gesprächen darüber mit Wagner und vom Staal bis zum unheimlichen Fund im Keller von »Blutlauenen«, während sich Karin Notizen machte.

»Das Untergeschoss des Jagdhauses ist durch den Brand eingestürzt«, erklärte sie, nachdem Cora geendet hatte. »Die Brandruine muss ein weiteres Mal gründlich durchsucht werden. Ich werde mit der Frey reden. Sie muss wohl spezielle Baumaschinen auf die Alp schaffen lassen.«

»Ich sage euch alles, was ich weiß«, sagte Cora. »Außerdem sollte ich mit Wagner sprechen. Ich will den Artikel, den er mir angeboten hat, unbedingt schreiben, sonst treibt mich die Erinnerung in den Wahnsinn.«

Karin steckte ihr Notizbuch ein. »Ich lasse dich besser in Ruhe. Wir sehen uns morgen.«

Cora war etwas eingefallen. Sie erzählte Karin von dem Satelliten-Handy, welches Anna-Lisa Brand in den Abgrund geworfen hatte. »Möglicherweise finden sich darin Hinweise, die mich hoffentlich entlasten.«

»Ich gebe das ebenfalls an die Frey weiter, damit sie den Steilhang an der Stelle von Seilschaften absuchen lässt. Zum Glück ist das Wetter seither stabil geblieben.« Sie verabschiedete sich.

Bevor Karin zur Tür hinaus war, rief Cora ihr nach: »Wie geht es Brand?«

Karin blieb abrupt stehen und drehte sich langsam zu ihr um. In ihren Augen war die Verblüffung zu lesen. »Werner Brand? Wie kommst du auf den?«

»Ohne ihn wäre ich nicht hier. Er hat mich aus der Felswand befreit. Er ist ein ebenso wichtiger Zeuge wie ich.«

Karin kam zurück und setzte sich auf die Bettkante. »Bist du sicher, dass es dir gut geht?«

»Was ist? Warum siehst du mich an, als käme ich von einem anderen Stern?«, fragte Cora.

»Es war nicht Werner Brand, der dich gerettet hat, Cora.«

»Wer sonst? Ich habe ihn erkannt, als er sich über mich beugte.«

»Das kann nicht sein.«

»Weshalb nicht, ich –«

»Werner Brand ist tot. Seine Leiche lag im alten Kühlraum des Jagdhauses. Der Raum war hermetisch abgeriegelt. Das Feuer richtete an dieser Stelle nur wenig Schaden an. Er wurde identifiziert, kein Zweifel möglich.«

Cora wurde mit einem Schlag klar, wessen Leiche an Chantals alias Anna-Lisas Stelle im Keller aufgebahrt worden war. »Aber wie … wann?«

»Laut Rechtsmedizin liegt Brands Todeszeitpunkt fünf oder sechs Tage bevor wir dich gefunden haben. Er wurde mit einer Axt erschlagen.«

Cora fuhr hoch. »Unmöglich! Ich bin ihm mehrmals begegnet und habe mit ihm gesprochen. Ich –«

»Cora«, unterbrach sie Karin behutsam. »Wer oder was immer du gesehen hast, es war nicht Brand. Du hast es vorgestern geschafft, dich selber aus deiner misslichen Lage zu retten.«

»Wie hätte ich das fertigbringen sollen? Ich hatte mir den Arm gebrochen.«

Karin drückte ihre Hand. »Wie immer du es fertiggebracht haben magst – du hast es geschafft. Die Besatzung eines Rettungshelikopters hat dich bei einem Überflug entdeckt. Du warst halbwegs bei Bewusstsein, jedoch nicht ansprechbar und hast unzusammenhängendes Zeug geredet. Außer dir befand sich weit und breit kein Mensch in dieser Gegend.«

»Aber ...« Cora brachte den Satz nicht zu Ende. Man würde ihr nicht glauben, wenn sie von der Begegnung mit Brand vor seiner Hütte am Tag zuvor erzählte. Sie hatte ihm in die Augen gesehen – und gewusst, er war keine Gefahr für sie.

Cora schloss erschöpft die Augen. Sie sah sein bärtiges Gesicht, spürte seinen Atem. Das Zimmer begann sich zu drehen, bevor der Schlaf einen flüchtigen Schleier des Vergessens über ihr ausbreitete.

Glossar

alt Regierungsrat – vormaliger Regierungsrat, nicht mehr im Amt

Aufrichte – Richtfest

Ballenberg – historisches Freilichtmuseum im Berner Oberland

Bébé (französisch) – Säugling

Beiz – Kneipe

Bezirksschule – frühere Schulstufe im Kanton Solothurn, heute: Sekundarschule I, Typ E; entspricht den Klassen 5 bis 9 in Deutschland

Bundeshaus – Sitz des Bundesparlamentes und der -regierung

Bundesrat – schweizerische Bundesregierung, Bundesminister

Cheminée (schweizerisch) – offener Kamin

Cüpli (umgangssprachlich) – Schaumwein im Glas

Einsatzbüro – Sonderkommission bei der Berner Kantonspolizei

ETH – Eidgenössische Technische Hochschule

Feldschießen – landesweite Schießübung an einem Tag im Jahr, gilt als größtes Schützenfest der Welt

Glacé – Speiseeis

Gotte (schweizerisch) – Patentante

Gottenkind (schweizerisch) – Patenkind

Grenadierkompanie – Elitekampfeinheit der Infanterie

Gröfaz (umgangssprachlich, abfällig) – Spottname für Adolf Hitler, »größter Feldherr aller Zeiten«

großer Kanton – Synonym für Deutschland aus Schweizer Sicht

Grüessech (Berndeutsch) – grüß euch; ich grüße Sie

Kanti (Abkürzung) – Kantonsschule; Gymnasium

Kantonsrätin – weibliches Mitglied des Solothurner Kantonsparlamentes (Deutschland: Landesparlament)

Landjäger (umgangssprachlich) – Landpolizist

Langendorf – Solothurner Umgangssprache für die kantonale psychiatrische Klinik, die in dieser Gemeinde domiziliert ist

Lauben – Arkaden, typisch für die Berner Altstadt

Meringue – Schaumgebäck aus gezuckertem Eischnee (Baiser)

Ochsnerkübel – normierter Kehrichtkessel der Firma Ochsner

Postauto – Postbus

Postur (schweizerisch) – Figur, Körperbau

Psychi (Abkürzung, umgangssprachlich) – psychiatrische Klinik

Romande, Romand (französisch) – Bezeichnung für eine/-n Westschweizer/-in, auch in der Deutschschweiz üblich

Röstigraben (umgangssprachlich) – Sprachgrenze zwischen französisch- und deutschsprachiger Schweiz

Sackgeld – Taschengeld

Schlagrahm – Schlagsahne

Schoah (hebräisch) – Heimsuchung, Massenvernichtung der Juden unter dem deutschen nationalsozialistischen Regime

Schober – Schopf, Feldscheune

Schoppen (umgangssprachlich) – abfällig für weibliche Brüste; eigentlich: Milchflasche für einen Säugling

Serviertochter – Kellnerin

Stäbler (umgangssprachlich, abfällig) – Stabsoffizier

Stalinorgel – Spitzname für sowjetische Mehrfach-Raketenwerfer im Zweiten Weltkrieg

Ständerat – Kleine Kammer des Bundesparlaments, Vertreter der Kantone (Stände), entspricht dem deutschen Bundesrat

Stange – Bier aus dem Zapfhahn

Strahler – Mineraliensucher und -verkäufer

Supplément – Nachschlag

Thorberg – Justizvollzugsanstalt des Kantons Bern für Langzeithäftlinge und Verwahrte

Toto (französisch, abfällig) – Westschweizer Spottname für Deutschschweizer

Trottoir – Bürgersteig

Velo – Fahrrad

Vereinigte Bundesversammlung – gemeinsame Sitzung der Großen und Kleinen Kammer des Bundesparlamentes

Welsche (abfällig) – Deutschschweizer Bezeichnung für Westschweizer

WK (Abkürzung) – Wiederholungskurs, jährlicher obligatorischer Wehrdienst in der Schweizer Armee

Zustupf – finanzielle Unterstützung, Zuschuss

Anmerkungen und Dank

Wenn Sie, liebe Leserin, lieber Leser, sich beim Lauenensee Richtung Osten wenden und den Steilhang in Angriff nehmen, an dessen felsiger Flanke das Wasser des Tungelschutzes in einer eindrucksvollen Kaskade zu Tal stürzt, erreichen Sie nach einer guten Stunde Marschzeit die Tungelalp. Beeindruckt von der Schönheit der Landschaft wird Ihr Blick über das von den Ausläufern des Wildhornmassivs überragte Hochplateau gleiten. Vereinzelte Alphütten und die Bergstation einer Materialbahn stehen am Ufer des Baches am Kühtungel, wie dieser Teil der Alp genannt wird. Sie schauen über sanft ansteigende Alpwiesen hoch zum Stierentungel und Richtung Tungelpass.

Für Wanderer ist der Ort eine Etappe auf dem Weg in die Lenk oder zum Wildhorn. Auch der rund vierstündige Rundweg über den Geltentritt zur Geltenhütte führt an der Tungelalp vorbei und zurück zum Ausgangspunkt am Lauenensee. An schönen Sommertagen lädt der idyllische Moorsee zum kühlen Bad.

Etwas abseits, am Rand der Marschwiesen des Kühtungels, mit einer imposanten Aussicht über das Lauenental und das Saanenland, stehen zwei Stallgebäude. An dieser Stelle befindet sich in der Handlung das fiktive Jagdhaus »Blutlauenen«. Wenn Sie dorthin gelangen, werden Sie nur Ruhe und Frieden vorfinden, so als hätte es diese Geschichte nie gegeben.

Den Ansporn zum vorliegenden Buch gab mir Agatha Christies Kriminalroman »And Then There Were None«, deutscher Titel »Und dann gab's keines mehr«, dessen Erstausgabe 1939 im Vereinigten Königreich unter seinem ursprünglichen Titel publiziert wurde: »Ten Little Niggers« (»Zehn kleine Negerlein«). Schon immer faszinierte mich dieser Krimiklassiker in allen seither erschienenen literarischen und filmischen Varianten. Den Schauplatz des Originals, ein einsames Landhaus auf einer Insel vor der südwestenglischen Küste kurz vor Beginn des Zweiten Weltkriegs, ersetzte ich mit dem Haus »Blutlauenen« auf der abgelegenen Tungelalp inmitten der imposanten Berglandschaft des Berner Oberlandes. Betrachten Sie es als Hommage an die »First Lady of Crime«, wenn ich, achtzig Jahre nach Erscheinen ihres Romans, die Wurzeln der Handlung bis in jene Epoche zurückreichen lasse.

Es war mir, wie auch beim Vorgängerroman »Schwarzbubenland«, ein Anliegen, einen Ort zu finden, der an der Schnittstelle zwischen dem lateinischen und deutschsprachigen Kulturraum liegt. Regionen und Orte, wo das vermeintlich Fremde alltäglich und vertraut ist, üben eine besondere Faszination auf mich aus.

Frei erfunden wie das Jagdhaus der Familie Spiegelberg ist die Schilderung des brutalen Überfalls von Schweizer Armeeangehörigen auf einen deutschen Transport mit Raubgold in der Region Abländschen kurz vor Ende des Zweiten Weltkriegs. Der historische Hintergrund ist dagegen real, ebenso das inzwischen aufgelöste Solothurner Infanterieregiment 11, das in den Kriegsjahren ab 1940 als »Gruppe Kander« zur Verteidigung der Zugänge zur Alpenfestung im Raum Spiez–Wimmis eingesetzt wurde.

Die in der Handlung geschilderte wirtschaftliche und politische Zusammenarbeit der Schweiz mit dem NS-Regime beruht auf dem Dokument »Die Schweiz und die Goldtransaktionen im Zweiten Weltkrieg – Zwischenbericht« vom Mai 1998 der Unabhängigen Expertenkommission Schweiz – Zweiter Weltkrieg (https://www.uek.ch/de/publikationen1997-2000/gold.pdf) unter dem Präsidium von Professor Dr. Jean-François Bergier. Weitere Quellen sind das Standardwerk des Historikers und Journalisten Werner Rings »Raubgold aus Deutschland – Die ›Golddrehscheibe‹ Schweiz im Zweiten Weltkrieg« sowie der Artikel »Hitlers beflissene Hehler« vom 17. März 1997 im deutschen Magazin »Der Spiegel« über die Rolle der Schweiz bei den Goldgeschäften der Nazis. Dazu inspiriert, dieses Thema als Hintergrundplot in »Blutlauenen« zu verwenden, hat mich die Lektüre des Finanzthrillers »The Swiss Account«, deutscher Titel »Schweizer Konten«, des Kanadiers Paul Erdman, erschienen 1992 bei André Deutsch Limited, London, beziehungsweise beim Eichborn Verlag, Frankfurt am Main. Das Buch ist leider vergriffen. So danke ich meinem lieben Nachbarn Tibor Cselle, mir sein Exemplar für die Recherche überlassen zu haben.

Für die Basisrecherchen vor Ort erhielt ich vom Tourismusbüro und von der Dorfbibliothek in Lauenen in verdankenswerter Weise wertvolle Hintergrundinformationen.

Auch in diesem Buch war ich auf die Beantwortung von medizinischen und juristischen Fragen angewiesen. Dafür danke ich Dr. med. Antje Rindlisbacher, Oberärztin beim Institut für Rechtsmedizin der Universität Bern, und Staatsanwalt Martin Schneider von der Solothurner Staatsanwaltschaft. Wie immer sind jegliche Falschdarstellungen rechtlicher oder medizinischer Sachverhalte ausschließlich mir anzulasten.

Lieben Dank an Claire Frachebourg für die Illustration, die im Internet und den sozialen Medien zu sehen ist.

Weiterer Dank gebührt meiner Lektorin Irène Kost für ihre Rolle als »Gewissen des Autors« und ihre stets prägnanten wie angebrachten Kommentare und Anregungen.

Ein herzliches Dankeschön geht an das Team des Emons Verlags in Köln, namentlich Dr. Christel Steinmetz und Stefanie Rahnfeld vom Lektorat, und nicht zu vergessen all die guten Geister, welche im Hintergrund dem Buch zum Erfolg verhelfen. Stellvertretend seien erwähnt Paula Döring, Daria Gaberdan, Carolin Gladysch, Hannah Naumann, Sophie Olk, Nina Schäfer, Leslie Schmidt, Svenja Schulze sowie Mike Stirnagel.

Ebenso dankbar bin ich meinem Agenten Dr. Michael Wenzel in Lille und Urs Heinz Aerni in Zürich für ihre Unterstützung.

Im wahrsten Sinne des Wortes keine Mühen gescheut hat meine Ehefrau Catherine Frachebourg, die mich bei den Recherchen vor Ort zweimal auf dem anstrengenden Aufstieg auf die Tungelalp begleitete. Die anspruchsvolle Durchquerung des Geltentritts war für uns beide kein Spaziergang. Wir hatten immerhin das Glück, bessere Witterungsbedingungen vorzufinden als die hart geprüfte Cora Johannis. Ist es nicht ein Zeichen der Zuneigung und Liebe, gemeinsam steinige Wege zu gehen?

Ihnen, liebe Leserin, lieber Leser, danke ich für Ihre Treue und hoffe, dass wenigstens Sie ob all der Auf und Abs keinen Muskelkater davontragen.

Christof Gasser

Christof Gasser
SOLOTHURN TRÄGT SCHWARZ
Der 1. Fall für Dominik Dornach und Angela Casagrande
Broschur, 352 Seiten
ISBN 978-3-95451-783-1

Ein Zürcher Journalist wird tot am Aare-Ufer aufgefunden. Steckt die Balkan-Mafia, über die der Reporter recherchiert hat, hinter dem Anschlag? Bevor Dominik Dornach von der Solothurner Kantonspolizei und Staatsanwältin Angela Casagrande die brisanten Zusammenhänge aufdecken können, geschieht ein weiterer Mord – und Dornachs Tochter Pia gerät in tödliche Gefahr …

»Geschliffene Dialoge, rasante Verfolgungsjagden, viel Lokalkolorit, globale Politik – der Krimi hat alles, was man sich als Leser wünscht.« Schweiz am Sonntag

www.emons-verlag.de

Christof Gasser

SOLOTHURN STREUT ASCHE

Der 2. Fall für Dominik Dornach und Angela Casagrande
Broschur, 320 Seiten
ISBN 978-3-7408-0050-5

Eine Ordensschwester wird mit einem Aschenkreuz auf der Stirn tot in der Solothurner Einsiedelei aufgefunden. Die Spur führt die Ermittler zu einer obskuren katholischen Gemeinschaft, die Beziehungen zu rechtsextremen Kreisen pflegt. Kantonspolizist Dominik Dornach und Staatsanwältin Angela Casagrande versuchen die Fäden zu entwirren – und kommen dabei einem mörderischen Komplott auf die Spur …

»Christof Gasser gelingt es, die Leser an die Protagonisten zu binden und ein nicht zu unterschätzendes Suchtpotenzial zu schaffen.«
Solothurner Woche

Christof Gasser
SOLOTHURN SPIELT MIT DEM FEUER
Der 3. Fall für Dominik Dornach und Angela Casagrande
Broschur, 336 Seiten
ISBN 978-3-7408-0305-6

Ein Oberrichter, der gerade ein umstrittenes Urteil gesprochen hat, entgeht knapp einem Bombenanschlag, wenig später verschwindet sein kleiner Sohn. Gibt es einen Zusammenhang zu dem Kinderskelett, das kurz zuvor auf der Burgruine Balm gefunden wurde? Dominik Dornach und sein Team setzen alles daran, den Jungen zu finden, als sich plötzlich Hinweise auf eine akute terroristische Bedrohung für Solothurn verdichten. Ein tödlicher Wettlauf gegen die Zeit beginnt.

»Der neue Krimi von Christof Gasser hat viel Sprengkraft.«
AZ Zeitungen AG